DARK pASSAGES

DARK PASSAGES

黑暗之影

（美）凯瑟琳·斯考特⊙著
余玉清⊙译

KATHRYN LEIGH SCOTT

漓江出版社

一如既往地，送给杰夫。

引 子

我管我自己叫梅格·哈里森，虽然这不是我出生时父母起的名字。除了吸血鬼外，没有名字适合我，不过这个称呼也很难说明我究竟是什么。当然，我并非民间传说所描述的为了生存每天夜里从坟墓里爬出来去吸动物血的死人，也不是那种靠袭扰他人以满足其邪恶念头的怯弱之辈。我是一个活生生的、发育正常、生活在人们中间的——非人。我的生活起居与大多数同龄人没什么两样，不知道自己有不死的过去。虽然我主要的身体构成与外貌和凡人一样，但从根本上讲我是个非人。

我母亲露丝将她的本领传给了我，却没有给过我什么指导。迄今为止，我所走的路全靠我自己摸索，我知道我是属于由吸血鬼母亲生在普通人家里并且拥有人类身体的一类。我是典型的北欧高加索人的体形，不过有些晚熟。发现我的特异本领并驾驭它们并不容易，但我不可中途放弃。

接下来我在普通人中间的生活将取决于我对吸血鬼本领的掌握如何。

在长大成人的过程中，起先我长得并不起眼——体育课排队时总是排在最前头的小不点，牙齿生得歪歪扭扭，脸长得胖乎乎的。少年时代我过得并不容易，我的感觉特别敏锐，尤其是听觉。那些心眼坏的女孩低声嘀咕、说三道四的时候我听得一清二楚。当然，我会报复，她们的午餐券、眼镜会不翼而飞，崭新的鞋子会莫名其妙地冒出泥浆来。但事后我往往感到很后悔，这显然是正常人的反应。

从幼儿园起我就认识玛丽琳，她一直把我当朋友对待，但我很对不住她。她说我这个人总是让她琢磨不透，这样也好。有时为了寻开心我会吓唬吓唬她。一天早上在路过玉米地去双湖小学上学的路上，玛丽琳突然歇斯底里地叫起来。我们看到一只兔子拼命地挣扎，试图将后腿从猎兽夹中挣脱出来。在玛丽琳跑来跑去找东西、想要把尖锐的金属装置撬开的时候，我跪在地上将嘴唇紧紧对着从兔子毛皮流出的热乎乎的血。这是白捡的便宜，几乎和在路上撞死的动物一样。“不浪费，不愁缺”，我想，一边舔喝兔子的血一边用手指试图松开野兽夹的弹簧。

“你在下面干吗呀？”玛丽琳尖声叫道。我在兔子的毛皮上将嘴上的血揩干，举起软绵绵的兔子给她看。“你不是在给它做人工呼吸吧？”

“怎么会呢，它肯定会踢我的。”我回答道，看着她惊愕的眼睛，“只是不忍心看到下面的小东西在猎兽夹上扑腾挣扎。”

“快放下！扔掉它！看你身上全是黏糊糊的血！”

刚才还很关心救助小兔子的玛丽琳厉声责备道，她害怕我因触摸兔子而染上疾病什么的。事实上，我已经吸了一盎司未提炼的纯燃料。兔子出这点血没什么大不了，我也饶了它一命，在我看来这是一宗双方都划算的买卖。

燃料加满了，在接下的垒球课上，我竟将球踢过了树顶（我也说不清楚怎么会那样！），放学后我兴奋莫名，在游泳池里游了好几圈。让人琢磨不透是我最好的掩饰，堂而皇之的撒谎也很管用。再说，我不好意思向玛丽琳挑明我是吸血鬼这事，这样会伤她的心。如果她知道真相，害怕倒不至于，她会把它当作一种正义的挑战去面对。她会用一种“这是为了你好”的态度想法子把我变成正常人，尽管做不到，她总认为自己最正确。

我生下来如此，根本不可能改变。我的本质如此强大，无论在我的意识中承不承认我的真实本性，控制我的始终是构成我的元素。我不可能改变本来的我，虽然玛丽琳费了九牛二虎之力，我还是我自己。

与一般的吸血鬼故事所讲的不一样，对我而言白天从来就不是问题，我不担心阳光会把我化成灰烬。虽说我天性喜欢夜晚，但我是在农场长大的孩子，农场生活的一切都必须在白天进行。另外，阳光是我能量的来源，而不会把我晒黑。太阳照在身上我既不变黑也不会被灼伤。不过在太阳照射下，我的脸上、身上确实会产生一种细腻白皙的保护层，可能这样能保护我这种非人不受太阳光线之害，不会被活活烧死。

生为吸血鬼，我明显嗜血，但相应地我也获得了一种克制自己的能力来控制吸血后所释放的强大能量。即使在没有吸血的时候我也不会生病，只是不能使出我全部的力量而已。从外表看我一切正常，我没有獠牙，6岁换乳齿，门齿很大，盖住了在原来乳齿位置上长出来的输送管。不用说，妈妈从未带我去看过医生或是牙医。坦率地讲也没有这个必要，因为我的牙齿根本就不坏，骨头断了也几乎马上能愈合。

我最大的本领在于能和死者进行沟通。那些死去的和刚刚离世的人喜欢找到我，乐意借助我的力量来控制和影响事件。作为回报，只要我需要，他们就会来到我身边。外公埃格斯托罗姆是第一个出现在我面前的死者。他生前是一名最轻量级拳击运动员和志愿消防员，他大约是在我弟弟埃迪出生时去世的。我无法想象没有外公埃格斯托罗姆的日子。他为我做过一个装化学用具的柜子，还亲手为我雕刻过玩具鸭子和口哨。外公去世后不久的一天早上，我偷偷地跑进苹果树林，发现外公埃格斯托罗姆就坐在我上面的苹果树枝杈上。

“我正想您呢。”我说，不知为什么他坐在上面我并不觉得太奇怪。他穿着褪了色的红格子衬衣，袖子卷起，露出鼓鼓的二头肌；头上长着粗硬的白发，成半月形，头和脸红光焕发，气色好极了。他身上仍有股欧石南根老烟斗、烟草和鲁登樱桃润喉糖混合的味道。“我真想您。”

他笑了：“我知道，我正等着你来叫我。”

“我叫过您吗？我怎么可能叫您呢？”

“那我就不知道了，”他说，“但我很高兴到这里来。你有什么事吗？”

“只是想再看到您。”突然一只苹果出现在我手里，是那种我想要却得不到的带点粉红的青苹果。我把苹果在手里搓来搓去，两耳嗡嗡作响。“外公，这苹果您是怎么弄到的？”

“你自己弄到的。”他摇摇头，“除了告诉你从哪儿来之外，你妈真该多教你一些东西。这种事我一点不懂，不过你外婆知道，还有你妈也知道。”

“这么说我不是寄养的？”

“你哪有那么好的运气！”他微笑道，“这个你得自己去弄明白。你妈就只能靠自己去悟。你也和她一样。”

假如我外婆没有死于分娩，就能给我妈一些指导，教给我妈如何使用遗传来的本领，我妈会是完全不同的一个人。同样，如果不是我妈拼命地想充当正常人，她也会慷慨地给我一些指导。这样在如何吸血以及如何和死者沟通的问题上，我或许能采纳她的一些建议。但是，和我妈一样，在如何使用我的本领上我只能靠自己。

由于意识到自己是吸血鬼，因此我有意与世界保持一段距离：总的来说，我是个独来独往的人，尽管我很少感到孤独。我很善于把任何事情都放在自己心里，能很好地区分外在的我和内在的我。我想象力丰富，这帮了我的大忙，让我能巧妙地将自己伪装成正常人。所以在学校的戏剧演出中我往往出演主角一点不奇怪。我怎么能不向往将演戏作为我的职业呢？既然拿定主意做演员，一旦我能够离开明尼苏达州的双湖镇，纽约就是我要去的地方。什么也阻挡不了我。

性是我没能处理好的问题，因为我现在还是处女。这也是我自己选择的。尽管有欲望，我还是控制了我的冲动，没有和高中时期的准男友埃里克发生性关系。我们是在红鹰超市打零工时认识的，他负责搬运箱子，我是收银员。我们身着番茄红的人造丝工作服，胸前口袋的上方有一只眼睛瞪得大大的鹰的图案。埃里克16岁拿到了民用飞机驾驶员的执照，他花了一个夏天改装他在农场拍卖会上购得的一架泰勒公司1946年制造的小飞机，一心想参加空军。

我俩都害怕一旦发生关系后果将不堪设想：两人将不得不一辈子待在一起，永远也离不开双湖镇了。这种担心是有事实根据的。双湖镇的返校皇后和我们冠军足球队的队长在比赛结束后匆匆赶往爱荷华州结婚，已有3个月身孕的返校皇后邦妮再没回到学校，足球队长罗依也放弃了一所大学的运动员奖学金在自己父亲的加油站找了份差事。埃里克是能生儿育女的人，在这方面我也如同凡人：我俩都认为这件事具有警世意义，像一场没有幸存者的车祸。

我还有另一种担心，即一旦不小心怀孕，我会再给这个世界带来一个吸血鬼。我会比我妈能更好地抚养一个吸血鬼吗？我可不敢说。再说，妈妈极力跟我强调的一件事是：对于我们这些吸血鬼而言，生孩子可能会导致丧命。“你可能成为我们这些吸血鬼的最后的传人。”她说道，想到这点她显得异常乐观。

尽管经历种种不顺，高中时我开始变得好看了，到18岁我已完全出落成一个大姑娘。我长得像我妈，高挑的个，柔韧的身体，蓝紫色的眼睛，白皙的皮肤，一头厚厚的红棕色头发。这种奇迹般的变化不可能不为人察觉。我在别人的怂恿下作为双湖镇小姐选美大赛的选手参加了1962年“玉米人节”的活动。身着高中毕业舞会无吊带白色缎子连衣裙加上蓬松式网眼纱的短裙，我赢得了比赛的冠军。对此，没有人比我更感到惊讶，只有玛丽琳是个例外，她说在她的一生中从未感到如此震惊。

穿着华丽的服饰，头戴莱茵石头冠，我和埃里克用他新改装好的单引擎固定翼飞机兜了一次风，在空中我们可以视察人口为6790的王国。看到埃里克驾驶飞机纯然快乐的样子，我由衷地享受这次兜风，虽然所看到的景色并没有什么新鲜之处。

在我所有的本领中，我最看重的或许是我能够离开我的身体在空中飞翔，其速度远远超过埃里克的泰勒飞机。我还可以盘桓在人群的上方或是双湖镇的上空，它给了我凡人们无法获得的独特视角。当我凭借自己的力量在田野的上空滑翔时，我听到的是来来去去昆虫的声音和鸟的歌声，而不是4缸引擎飞机的沉闷的隆隆机器声。驾驶飞机使埃里克能欣赏空中独有的景色，我也分享他的一份喜悦。

下午，在飞越过一片金黄色的麦地时，一只巨大的秃鹫撞到了飞机的木制螺旋桨，打碎了一只叶片。在鸟撞击飞机的一瞬间，秃鹫和我对视了一下，其眼里露出仇恨和愤怒，我吓得不由得倒吸了一口气，急忙伸出双手做出遮挡的架势。

“别紧张，没什么大不了的。”埃里克在旁边说道，声音里有一种平静。

在螺旋桨叶片破碎散落的过程中，秃鹫突然消失了，既看不到内脏的碎片，也未见一片羽毛。飞机引擎隆隆作响，震动得很厉害，我真担心它会从固定架上掉下来。这时我看了埃里克一眼，他脸色发白但并不显得惊慌，他向后猛拉油门，切断了动力。“没事，不要紧张。”

“这小子真不赖。”外公埃格斯托罗姆又出现了，他坐在表面包着布的机翼的一端，看上去很满意。“这飞机本来就适合做滑翔机，如果你知道如何控制它的话，你就只管欣赏美景吧。”

我真按他说的欣赏起景色来。埃里克轻轻地摆弄着操纵杆，我们滑翔经过一片白桦树林，掠过我父亲的玉米地，在谷仓后面的一块地上平稳着陆了。

“总算把你毫发无损地带回家了。”埃里克说，眉毛里沁透了汗水。说这话时他的手还紧紧握住操纵杆，指关节骨头没有一点血色。我激动不已，靠过去吻了他，一种我从未经历过的狂喜涌上心头。他居然不需要我帮忙，而他只是一个凡人！

“你想在我们那儿吃晚饭吗？”我问道，抖了抖中学舞会连衣裙的网眼纱。

埃里克和我差不多在同一时间离开了家乡，追求我们各自的事业。“你眼睁睁让他溜掉了。”玛丽琳提醒我，“换了其他女孩子一定会抓住他不放的。”他和特罗依·多纳休（美国演员，20世纪60年代美国女孩子心中的白马王子）长得几乎一模一样。

那可不是我俩的想法，我们需各奔前程。唯一我想带去纽约的人是我外公埃格斯托罗姆。就在去机场之前我在苹果树上找到了他。

“对不起，乖孙女，我哪儿也不去。大城市我可受不了。”

“我会孤独的。”

“不会很久的。再说，你18岁了，你会有办法的。不过要小心该死的秃鹫，无论它以什么样子出现。”

一

在我的演艺生涯有起色之前，我在纽约的花花公子俱乐部做兔女郎招待来维持生计，就像在老家双湖镇的弟弟埃迪所调侃的那样：“半裸着身子跑来跑去，给客人端茶倒水。”

当时我到纽约已有8个多月，刚到纽约的时候正好赶上古巴导弹危机。1962年10月末的一天早晨，天气非常阴冷。我忽略掉有关导弹危机的头版消息，想在报纸的招聘栏上找一份能糊口且不影响试演和我上表演课的兼职工作。一则花花公子俱乐部招聘试用兔女郎的广告引起了我的注意：诚招靓丽女生！把握成名机会！花花公子兔女郎！周薪超过数百美元!

广告中，一位漂亮的拥有深褐色头发的白人女子身着那种一件式的泳衣，两个乳房有一半露在外面。她头上戴着一对兔子耳朵，笑得分外迷人。自从那个夏天在老家双湖镇小姐大赛夺冠后，我知道即使我没有她那样的酥胸，至少我能笑得和她一样甜美，更令我想去应聘的是一行小体字：不需要有做过招待的经验。

我把咖啡一饮而尽，一把抓起紧身舞蹈服，冲出排练俱乐部，急忙赶往离第五大街不远的花花公子俱乐部。排练俱乐部是一家为想进军演艺圈打拼的女孩子们提供膳食的家庭旅馆（当红影星卡罗尔·伯内特就曾在此寄住过）。如果我能得到那份兼职，我就有钱来租一套自己的公寓，有钱上表演班，说不定还能添置一件冬装。再说，和白天在办公室做临时工相比，晚上上班更适合我。

在第六大道的交通信号灯处，我停下来喘口气，顺便浏览了一下报刊亭的报纸标题。导弹蓄势待发。肯尼迪和赫鲁晓夫陷入古巴僵局。导弹瞄准纽约城。我周围的人们都低着头，步履匆匆地走过。古巴的卡斯特罗和我们的肯尼迪总统是在拿核武器玩一场可怕的斗胆的游戏。我有一种感觉，在古巴，俄国人制造的导弹已做好发射准备，几天之内就可以彻底摧毁这座我已开始渐渐喜欢的城市，随之摧毁的还有我少女时代的梦想。

很快我意识到，对于吸血鬼而言，纽约具有各种你能想到的魅力。最吸引我的地方是，在这个大都市没人认识你，谁也不注意谁。在这里虽然我不能完全随心所欲，但至少我可以不用有那么多戒备，而在老家双湖镇这是不可能的。

在纽约的第一夜，我沐浴着中央公园夜晚清新的空气，第一次饮用了一顿刚毙命的野鸡的血，将尸体留给了捕获野鸡的郊狼。在银色的月光下，加满了燃料的我浑身是劲，我下到池子里和天鹅一起游泳，在黑莓灌木里寻找田鼠。公园周围有一些蜷曲坐在凳子上，或蹲坐在桥下的纸盒子上的人，一身的汗味。我知道，即使他们能看到我，他们见到的不过是一闪而过的阴影。黎明时分，我坐在冰冷坚硬的石头上，等待剧烈的头痛的消退。我查看身上蹭破皮的地方和挫伤，等待它们愈合，我知道前一天晚上有点做过头了。在那之后，我学会了适当地节制，但晚上我照样在外面寻奇探宝。这是不可能马上停下来的！

我看了看阴沉的天空，竭力想象导弹穿过厚厚的云层呼啸而下是番什么样的光景。我很快地意识到我是离爆炸点最近的人，而且还没待在旅馆里。我想起了长崎遭原子弹袭击后的景象。导弹落下来会怎么样呢？有任何警告吗？无论我有多大的能耐，这些我也无能为力。信号灯变绿，我快步跑过马路，直奔曼哈顿的十字交叉路口。

眼前，我看到参加兔女郎招待面试的人排起长长的队伍，转过59号街的街角一直排到第五大街。世界末日来临之前我能得到这份工作吗？

我上气不接下气地跑过去，站到队里，眼睛透过花花公子俱乐部窗玻璃紧紧盯着里面铮亮的拱形黄铜楼梯，尽量不去想灰暗的天空中会有什么灾难降临。不知为什么，我觉得危机会过去。穿过头上云层的不是导弹而是明媚的阳光，我也会得到我梦寐以求的兔女郎的工作。

如我所愿，我得到了这份工作。由于在私人俱乐部和酒类经营执照上遇到麻烦，这家新俱乐部的开业推迟了一段时间，我们在这段期间内接受培训，拿最低工资。日复一日，我们身着缎子面料的紧身制装，脚穿细高跟鞋，像在新兵训练营一样练习走路的姿势，学习招牌动作。譬如著名的兔女郎下蹲动作（在为客人端上饮料时双膝并拢，背部向后弯曲和客人保持一定的距离）；兔女郎的坐姿（双膝并拢，背部伸直，坐在栏杆或椅背上）；兔女郎的站姿（模特站立姿势）以及托盘绝活（一只手托举着装得满满的10磅重的盘子，至少要和肩一般高，在拥挤嘈杂的房间内能穿梭自如，胆子小的和四肢无力的可干不了这个活），所有这一切意在凸显身着缎子紧身衣的兔女郎的曼妙轮廓。不用说，托盘绝活对我来说是小菜一碟。

这些动作姿势还有其他好处，它们能防止乳房从无吊带、装满填充物的罩杯中无意滑落出来，与客人保持适当的距离，避免客人对兔女郎动手动脚，占便宜。培训人员警告我们说，我们衣服后面的毛茸茸的棉尾巴简直就是招客人动手动脚的诱饵，并告诉我们，当有客人经不住诱惑想对我们实施非礼时，我们首先要说：“先生，请不要对兔女郎动手动脚。”如果这样还不管用，我们可以将装满饮料的盘子砸在试图实施非礼的客人的身上。我对付那些讨厌客人的绝招是将他们的房间钥匙加热到和烙铁一样热，这样要么烧坏他们的礼服，要么在屁股上留下烙印。

到了12月初俱乐部开业的时候，我已经和其他年轻的鸡尾酒兔女郎们混得很熟了。我们兔女郎是一混杂群体，胖瘦、高矮、肤色各不相同。诺妮，牙买加民歌歌手，嗓音嘶哑，褐色的皮肤，是纽瓦克市贫民区长大的孩子。艾莉，纽约东北闸频私立学校毕业，灵活老到，很快成为我们的媒体兔女郎。她已经上了《明星猜猜看》和《加里·默尔访谈录》等节目来为俱乐部做宣传。格劳丽亚，热情活泼，体形匀称，一位家住纽约斯塔腾岛的金发女郎，凡有聚会总少不了她的身影。埃尔克，东德难民，身边带着一个刚刚学会走路的孩子艾尔。她是在柏林墙建好的前几天从柏林逃出来的。她嫁给了一位美国大兵，怀上了孩子，但还没等孩子艾尔出生，丈夫就被一场致命的吉普车车祸夺去了性命。

我们的领头人是萨瓦娜，她身材瘦长，是一位来自怀俄明州大草原的女孩，她的摩托车放在员工入口处内。我在俱乐部第一次认识萨瓦娜时，她正出租房屋，她出租的几个楼层位于一家脏兮兮的店面上面，这个地方肮脏破旧，靠近哈得孙河，是曼哈顿的肉类加工区。这是一幢带有护墙楔形板的四层砖结构房，房子摇摇欲坠，位于铺着鹅卵石街道的一角，周围是破烂不堪的仓库和臭气熏天的垃圾。

这地方本来属于萨瓦娜在咖啡店遇到的一位民歌歌手。不久，她就跟他回到他住的地方，搬进去和他住在了一起。当民歌歌手离开这里到外地巡回演出时，她则继续住在那里。最后，他从加利福尼亚北部寄来一张明信片，说他要搬到蒙多西罗。萨瓦娜马上找到房子的房东，用在花花公子俱乐部所挣的钱买下了整幢房子。起初，她把底楼商店租给了餐馆供应商，为收支相抵，她把房间出租给其他的兔女郎。第一批住进去的是埃尔克和她的孩子。

萨瓦娜搬进去的时候，这房子已有100年，结果证明是了不起的发现。里面到处是角角落落，每个房间都有壁炉，由各种异质材料拼凑成的嵌入墙内的古怪家具摆设有一种古色古香的光泽。当萨瓦娜提出租房给我时，我正好求之不得。大家凑钱买食品杂货，饭菜和家里做的一样，也是大家一起出力。萨瓦娜俨然是我们的母亲，每当早晨我们醒来都似乎闻到香喷喷的烤面包和家里做的燕麦片。

但是，寄宿在萨瓦娜的屋子里后，我立刻意识到在那里虽说舒适和安全，但我的一举一动都受到严格的监视。刚到纽约不久，还不习惯和家人之外的人住在一起，我不屑掩饰我一些习惯了的偏好。

我饮食不规则，又喜欢夜间外出，这让萨瓦娜受不了。她很纳闷为什么有的晚上我的床上没有人，为什么我能徒手将炉子上烧红的水壶挪开，而手一点事都没有。埃尔克、诺妮和艾莉都租住在萨瓦娜那里，要是她们之中谁看到我做了什么不寻常的事，我总是能找个借口搪塞掉。但在萨瓦娜面前，即使我准备了几十种理由也不管用。

这并不是说萨瓦娜自己就很正常。她喜欢枪，枪法极好。在她的老家怀俄明州，她是在枪械中长大的，我猜她自认为自己就是个警察局长什么的。

夜晚枪声响起，准是萨瓦娜在清除旁边小巷的垃圾桶里爬来爬去的老鼠。她还成功地吓退了她家附近那条很少有行人走动的街角里的叫花子，他们身上臭烘烘的，喜欢点燃垃圾桶里的垃圾，通宵达旦地烤火。

在扮演母亲和警察的双重角色中，萨瓦娜会走到街角将我们吃过的剩菜剩饭送给他们，要他们保证把街道上的垃圾清理干净，不要睡在她的门前。有几次我陪她一起过去，看得出来他们有些怕她。他们看到过她开枪打死老鼠的样子，我想，他们认为她心里总是充满怒火。

除非我能控制我任性的习惯，否则，我知道我不可能长期住在萨瓦娜那里。一个星期六的晚上，天鹅绒般的夜空中高悬一轮满月，趁着夜色我半夜里到中央公园游荡，在饱餐一顿松鼠之后才回到萨瓦娜的住处。其他租住在那里的兔女郎都上床睡了，我来到屋顶，坐在烟囱上，数着天上的星星。

很快我听到萨瓦娜推开了带弹簧闩的门。糟了！我可不想被她看见，否则我又要为自己解释半天。我选择一溜了之。

我马上将自己变成一只猫头鹰，这种变法我练习过，但猫头鹰出现在城市中心地区的屋顶上显然很不合适，就像在屋顶上看到兔子、狐狸和狼不合适一样。我想变成松鼠就好了，但已来不及了。我坐在烟囱的边缘，用一只鹰爪紧紧抓住手表，没有手表我变不回来。我真希望萨瓦娜看不到我。我身上的羽毛没有光泽，加上我是静止不动的，她很可能真的看不到我。我目不转睛地看着她一步一步从楼梯来到屋顶，手里拿着一瓶啤酒。

“梅格，梅格，你在哪？我知道你在屋顶上，我想和你谈谈。”

我没料到会是这样。如果她看到或听到我上了屋顶，我最终还是要向她解释为什么她没找到我。我看到她的视线沿着屋顶四周破旧的砖石结构檐看过去，然后穿过烟囱口和高高的水箱投下的长长的阴影四处找我。此时的萨瓦娜也变成了女猎手，她站在那儿，一动不动，头慢慢转动，直到她看到我——一只歇脚在烟囱上的猫头鹰。

“你是从哪来的？”她轻轻地对我说道，好像说悄悄话一样，“好漂亮的猫头鹰啊！瞧，你还给自己发了一个亮闪闪的小奖品呢。”

萨瓦娜注意到了在月光下闪闪发光的手表，她慢慢地将啤酒瓶放在烟囱口上，叉开双腿，手伸向腰带。我知道接下来会发生什么，如果我在此之前变成的是只老鼠（这种变形我觉得很恶心）的话，我就会没命了。将自己的形状改变不好会让我在呈现其他动物的样子时很容易受到伤害，弄不好会送命。我用一只鹰爪牢牢抓住砖，另一只紧紧拽住我的手表，这是我唯一能变回我自身的依靠。我应该飞走，消失，再变回来。但就在我犹豫不决的一瞬间，我发现我自己的眼睛一眨也不眨地盯着萨瓦娜的枪口。她用枪向我瞄准，她的枪法可准了。这下我可完了，要成为她练枪的靶子了，但她抬起枪，把它瞄向了别处。

“小东西，我不想伤害你。”她轻声地说道，转过身去走到屋顶的边缘，用枪瞄准后面巷子里的垃圾桶。

乞丐们已经习惯了她这样，但我不习惯，我不喜欢成为别人的靶子。在她冲着下面的老鼠开第一枪时，我已经变回我自己并溜到烟囱的背面。我爬起来，抖落掉身上的尘土。

“梅格？是你吗？你在那里做什么？”

“嘿，萨瓦娜。”我说，从烟囱的阴影中走了出来，“你在这里干吗？”

“我在找你。你没听见我叫你吗？”

“没有，只听到你打枪。”

“哎，你刚才见过一只猫头鹰没有？太漂亮了。要再喝点啤酒吗？”

这次经历太危险了，我决定去找自己的住处。不到一个星期，我就搬进了我喜欢的格莱麦西公园一室户的小公寓。我还是很喜欢到萨瓦娜房子找那帮兔女郎姐妹去玩，但签完租房合同后我才觉得我成了真正的纽约人。我有自己的工作，自己的住所，我可以随心所欲地做我想做的事情。

我很高兴老家的人知道了我做兔女郎的事情，尽管不止有一个我以前的同班同学问我弟弟，“她在哪一月份？”老家双湖镇的人对外一点也不了解，真令人吃惊。他们难道不知道兔女郎招待和兔女郎性玩伴是有区别的吗？身着兔子服装给客人上菜、端茶倒水是一回事，但用订书针穿过肚脐眼装订在杂志上、一丝不挂的摆弄姿势的女郎又是另外一回事。

虽说在我的家乡我是个名人，但在纽约除了俱乐部的人没人知道我私下做兔女郎招待这回事，更没有人知道我是非人。虽说在花花公子俱乐部工作在某些圈子里是一种荣誉，但不久我就明白了，一旦有人知道你做过兔女郎，就等于给自己蒙上了一层阴影，对于想认真演戏的人而言无异于被判了死刑。如果你希望得到一个正儿八经的角色而不是想和男人约会的话，它释放的无疑是一种错误信号。因此，出于无奈，我谋生的工作和演艺事业的理想占据两个不同的世界。但是，那个时候我也习惯了将我生活中的某些方面埋藏在心底。

即使是我的经纪人韦斯利·特拉斯科特也不知道我做兔女郎招待的事。他有点像位父亲，尽管我自己的父亲死也不会像他那样打一条佩斯利花纹阔领带，也不会涂抹指甲油。我本应该告诉他我下午5点在鸡尾酒巴做兔女郎招待的事，但一直没碰到合适的机会。甚至有一天下午很晚的时候，他打电话跟我说有一个新的肥皂剧的试演机会的时候，我也没有跟他讲。

“他们刚打电话来，孩子，”他说，“穿上跑鞋赶快过去吧！”

冒着瓢泼大雨，出租车载着我穿过城区来到靠近第十大街的制片厂，该地区被称为“地狱厨房”。韦斯利跟我说我要试演的这个角色是一名女家庭教师，据说是一部片名为“黑暗之影”的肥皂剧的主角。我在一张点名表签上名，拿起三页剧本台词。我前面至少有十多个来参加面试的女孩子，后面还不断有人进来，使得围起来的等待区异常拥挤。我不由得紧张起来，心想到俱乐部上班要迟到了。

终于轮到我了，我赶紧站了起来，不巧长袜刮到了椅子上的螺钉。我的心一沉，袜子的丝抽脱了，从上面一直到脚跟，但我却不能把它拉上来恢复原样！怎么搞的？像袜子脱丝这样的小问题我应该能轻而易举地修复的。我环顾四周，寻找使我的本领得不到发挥的能量源。某种力量在阻止我，但我不能确定它来自哪里，肯定不是从朝我这边看的其他演员的脸上发出来的。慌乱之下，我跑进面试房间，以凡人最快的速度向里面跑去，希望不要有什么东西再将我绊倒。我跑到直背的椅子前，僵硬地站着，一只腿缠绕另一只腿，试图遮住刮破的袜子。我坐不下来，有种力量死死地将我的手系在椅子的靠背上。

角色分配导演迪迪·幸德，体形丰满，长着一张讨人喜欢的脸，几周前我们曾见过面。她以一种有些不确定的眼神看着我。“随便你，”她说，“你站着也可以。”接着，她介绍了女导演多丽丝·富兰克林，她个子不高，看上去很严厉，身穿粗花呢和皮坎肩套装；编剧作家霍勒斯·米尔顿，神情忧郁，跨坐在沙发扶手上；制片人保罗·阿博特是位身材高大的男人，宽宽的肩膀，大大的脑袋，坐在桌子后面神色严肃地看着我。

多丽丝·富兰克林仔细地打量着我，脸上没有任何笑容。“有什么问题吗？”我摇摇头。“那么准备好了的话，请开始。”

迪迪·幸德读了第一句台词，我赶紧接上去，读得很快，因为紧张，我的声音结结巴巴，在我看来也就只有几秒钟的工夫面试就结束了。导演看了我一会儿，和其他两位交换了一下眼色然后说道：“非常谢谢你。”我点点头，快步走出房间。

我真想再面试一次，哪怕是放弃我所有的吸血鬼的本领。在去电梯的过道上我停下了，我想做件出格的事，表演老师、经纪人、角色分配导演警告不能做的事——回去请求他们让我再读一遍台词。但我没有这个胆量，我动摇了。再说，酒吧上班已经晚了。

正当我按下电梯按钮的时候，迪迪·幸德从过道急匆匆地跑过来，手里挥动着剧本：“请等一等！他们要你明天来试镜。8点钟。早点到，好吗？”

“当然可以，好的。”我回答道，从她手中接过剧本。刹那间我觉得刚才面试中糟糕的地方似乎正好符合我要演的角色。犹豫不决，哀婉可怜。天哪，穿着脱了丝的长袜的女家庭教师！我认为刚才和我作对的力量其实是在帮我！电梯门开了，当我走进电梯时，另一位来面试的女孩正在将一头金黄色的头发从湿漉漉的雨衣帽子里挣脱出来。

“外面雨下得很大，”她说，与我擦身而过，“希望你能叫到出租车。”

“谢谢。祝你好运。”我大步跑到街上，虽然是高峰时段，而且下着大雨，我还是幸运地打到了一辆车身涂成黄色格子状的Checker出租车。坐进车里，我跺跺脚，试图将雨水从我鞋子上抖落掉，然后对司机说：“到第五大街59号。师傅，请开快点！”

我看了看手表，心情变得沉重起来。伴侣酒吧的鸡尾酒班已经赶不上了，我不喜欢见到兔女郎领班那张拉长的脸。更糟糕的是，我刚刚得到提拔，叫我负责兔女郎的培训，并且分派兔女郎谢莉负责大厅的事务。兔女郎中有不少正在上大学的学生，但很少像谢莉那样聪明、漂亮，且特别勤学好问的。她对一切人、一切事都特别好奇，我不由得怀疑她是不是要写一篇关于私人俱乐部的学期论文。出租车颠簸行驶在街道上，雨刮器不停地来回摆动，我觉得我的好运正在消退。司机是个大个子，后面脖子上长着一颗深红色的疖子，每到交通信号灯他都抢不过去。

车窗蒙上了水汽，雨水冲刷着挡风玻璃，我打开带肩带的手提包，开始忙活起来。我蹲在座位上脱掉我的尼龙长袜，换上黑色的Danskin紧身裤。司机不停地打着方向盘，汽车从一个坑凹跳到另一个坑凹，把我颠簸得骨头都要散了。我用膝盖夹住小化妆镜，粘上双面假睫毛。当出租车终于在花花公子俱乐部停下来的时候，我已经准备好了兔女郎的装扮。

我冲向更衣室，从衣架上一把拿起兔子服，结果发现有人挡住了我的去路，是兔女郎领班——奥德丽。她50年代末上过《花花公子》杂志的裸体插页，31岁，仍然是单身一人，对自己的生活状况极为不满。俱乐部的兔女郎挣的小费都比她的工资多，难怪她对我们看不顺眼。

“扣20分！”她冲我吼道，透过香烟的烟雾眯着眼睛看着我，“这只是对你迟到的惩罚，你也别想当什么兔女郎培训员了。你撇下可怜的谢莉不管，我还要再扣你20分。”可怜的谢莉？她一定因我受罚降职而欣喜若狂吧？我必须一连两个星期获得“每周之星”的称号才能弥补我的过失，从目前的情况来看是不大可能了。

“我会多加些班，奥德丽，我向你保证。”

“我想你肯定会的，还不赶快去给客人服务。快点！”

我快步经过门厅来到我的衣柜，以最快的速度换好衣服，将我不起眼的乳房塞进34-D罩杯的兔子制服里，里面塞着揉成一团的汗袜子。只用5秒钟我就戴好了假发，在上面夹好了兔耳朵，一边安蝶形领结和袖口链扣，一边向电梯奔去。

碰巧客人加里森·斯凯勒·哈多克很早就到了俱乐部，等着我为他服务。萨瓦娜在顶替我的位置。但是想要一杯香槟鸡尾酒的哈迪——他喜欢别人这样称呼他，除了我之外，拒绝其他任何人为他服务。

“你没事吧？”萨瓦娜问道，递给我几张账单，“出什么事了？”

我瞟了一眼她身后的谢莉：“没什么，你不是不知道，交通太拥挤了。”

“你如果需要帮助把迟到的时间弥补回来——”谢莉说，看上去她非常乐意帮忙。

“谢谢，不用！”我说，“谢莉，对不起，我来晚了。”

我急忙来到哈迪靠近壁炉的桌子前，以下蹲的姿势开始日常工作："先生，晚上好。我是兔女郎梅格。我能看看您俱乐部的钥匙吗？"哈迪喜欢这种仪式，即使他的客人号码我背得滚瓜烂熟，我也还是一本正经地这样问他。

他眯着眼睛微笑着："当然，亲爱的，只要你高兴。"他开心地笑着，脸上堆满皱纹，将钥匙放在我手心，再将手指捏拢，握住钥匙。"可要保管好哦。"他对我眨眨眼，我也眨眼示意我明白他的意思。

他喜欢香槟鸡尾酒里面放两块方糖，再掺少量的安果斯图拉树皮苦味液。我总是用餐巾给他多拿一块方糖，对我而言，他就是财神爷，他无论要多少方糖和安果斯图拉树皮苦味液，他都有权享受。如果没有他一直以来很慷慨地每次给我20美元的小费，我根本没有钱上表演班。

哈多克先生总是独自一人来俱乐部，他是位鳏夫，一直为他的妻子鲁比的去世而悲伤不已。鲁比是水族馆的歌舞表演队员，参加过好几次埃斯特·威廉米高梅电影公司的大型表演。

"你知道吗，你长得很像她，"他总是对我说，而且每次说都像是第一次说一样。然后，他会给我看放在他钱包里的鲁比的照片，照片里是他妻子鲁比在《百万美元美人鱼》节目中从水中跃出的那一刻。"她和你一样，高高的个子，腿很长，"他说，"一头红棕色头发，总是笑得那么灿烂。"

我把相片拿在手里，顺着他的话说，我在哪些方面和他妻子长得很像，直到他最终伸手把照片要回去。"当然，谁也代替不了她。"他总是说，然后将相片插进钱包放好。

但是，那天下午他抬起头看着我，接着对我说，"她走得太急了，没有她的日子真不好受。"说着说着，眼泪夺眶而出，弄得干巴巴的、满是皱纹的脸上都是泪水。他并不急于擦掉眼泪。

"哈迪，我为你感到很难过！"我说，抚摩着他的肩膀。

我们不允许和客人有肢体接触，客人也绝对不允许触碰我们。但看到他肩膀下垂、沮丧的样子，我违反了俱乐部的规定，坐在了他的椅背上。更糟糕的是，我放下手中的盘子给了他一个拥抱，将脸紧贴着他花白的头发，他的头发有股Wildroot头油的味道。

“哈迪，你没事吧？你有能在一起生活的其他人吗？譬如家人什么的？”他摇摇头，从胸前的口袋掏出手绢，擦干了眼泪。

从眼角看过去，我看到房间主管罗科·本内特自负的脸上带着鄙视的神情向我走来。谢莉端坐在钢琴吧的栏杆上，我和哈迪之间发生的这一切她看得清清楚楚。

“这样，哈迪，”我说，“如果你要和我说说话，打电话给我好了，好吗？什么时间都可以。”

我草草地将我的电话号码抄在花花公子纸版火柴的反面，塞进他的口袋。给哈迪电话号码，我们的关系就从“一般社交关系”上升到了“深厚的情谊”，这样做我会被马上开除的。如果罗科·本内特把我的事报告上去，无论我做多少好事来弥补也脱不了干系。

尽管我穿着4英寸的尖头高跟鞋，我还是忙不迭地跑到罗科·本内特面前。“对不起，本内特先生，”我说，“他的妻子刚刚去世，他非常难过。我并不是和他坐在一起，我只是坐在他旁边，不要告发我，成吗？”

“我看是一般性的社交举动。”罗科说，“不过你知道的，要是州酒类管理当局的那帮小丑看到这样的事，我们都要丢饭碗的，你明白我的意思吗？”

“当然，本内特先生，我保证再不会发生这种事情了。”

本内特只是给了我个警告，并没有追究此事，但太危险了。我只希望谢莉不要将这件事告诉兔女郎领班。我从快餐食堂给哈迪拿了点小排骨，他要了第二杯香槟鸡尾酒。

"你会不时想起过去的那些事。"他说，并举起酒杯向我表示感谢，"我是356步兵团A连的军士长，经历战争居然毫发无损。1946年复员，但就在那时，一块弹片击中了汽车的冷风电扇，要是没有鲁比我不知道该怎么办。我遇到她的时候，她正在随全国劳军组织演出，是她救了我的命。真希望我能同样地报答她。"

他把手伸进口袋，拿出一个涂有伪装漆带有老式打火石和打火轮的芝宝打火机给我："它的火苗不会在你面前熄灭，即使是在大风的情况下。"他说，"你带着它，它会给你带来好运。它保佑我安全地度过了法国诺曼底登陆日的第一天。"

从我将它握在手里的那一刻起，这个打火机就成了我的护身符。既然它能伴随加里森·斯凯勒·哈多克平安地度过诺曼底登陆初期的恐怖（当然在诺曼底海滩他应该没有工夫停下来，点上一支骆驼牌香烟吧？），我也愿意相信它有能力帮助我渡过我生活中的任何难关，尤其那些我的特殊本领无法施展的方面。另外，我知道我认识只有几个月的哈迪自从在诺曼底登陆幸存下来后似乎遭受了太多的不幸，但我并不因此感觉害怕。失去鲁比对他是最残酷的打击，但他挺过来了。我用手指紧紧握住这只打火机，感觉到它在我的手掌中变热了。

"你好好保管它，梅格。它给我带来了好运，也会给你带来好运的。"

哈迪要起身离开时，我也快下班了，他似乎心情又舒坦了，但我却很发愁，我觉得非常不对劲。"你肯定你不要这个打火机啦，哈迪？你不必现在就给我。"

我试图将打火机放进他夹克衫的口袋里，但他用手捂住了口袋盖。他轻轻地摇摇头，眼睛看上去显得很疲惫："你拿着，是你的了，梅格。"

"谢谢，哈迪。"我用手摸摸他的袖子，感觉很凉，不由得有些担心。“等等，我送你回家，你就在前面的街上等我。”

兔女郎不允许在靠近俱乐部三个街区的范围内和任何人见面，但哈迪知道在哪里等我。

“不必了。”他说，“听话，好好照顾你自己。”

“有事打电话给我，”我轻声地对他说，“我不是客气，打电话给我好了。”

我目送哈迪慢慢地走下螺旋楼梯，走过钢琴吧到衣帽间，每下一步楼梯他的肩膀更加低垂无力。埃尔克那天晚上在门口当班，她从她坐的位置上起身过去，帮他穿上外套。他递给她一张折叠的钞票。我知道那是他准备好，放在口袋里给兔女郎小费的20美元。他们交谈了一会儿，然后哈迪走出酒吧，消失在阴冷的雨中。

我从胸前掏出一卷现金小费，将钞票裹在哈迪送给我的打火机，然后再放回两乳之间，免得弄丢了。

二

刚过早上7点，两个十六区的侦探就来敲门，跟我说哈多克先生死了。据他们说，他是从11楼卧室的窗户坠楼而死的，他的尸体是被一位遛狗的邻居黎明时分发现的。

“很抱歉告诉你这样的事，亲爱的。”一个大块头侦探，看上去没有一点遗憾的意思，咂咂嘴对我说道，“我们在他手里握的花花公子纸版火柴的反面发现了你的名字和电话号码，你应该明白，对吧，孩子？你最后是什么时间见到他的？”

“昨天晚上，在花花公子俱乐部。”我说，我的双手抓住门的球形拉手。哈迪？死了？我几乎喘不过气来。

“我们想进来和你谈谈，你不介意吧？”

我让到一边，他俩挤了进来，来到我公寓里狭窄的前厅，由于忙了一夜，两个人身上有着一股香烟和大衣的味道。

“你们要咖啡吗？”

“要的。你是刚起床，还是刚从外面回来？”一直在讲话的人问道。他讲话的声音很平静，显然话里有话。

“我正在准备试演，今天上午我要去试镜。”

“是吗？我想你是花花公子俱乐部的兔女郎吧？”

"是的。我在那里工作，但我是一名演员。对了，如果你们要找俱乐部的人打听情况，能不能不要提到我给哈多克先生电话号码这件事？拜托了！"

一直不讲话、身材较瘦、比较年轻的那个侦探从外衣口袋里掏出笔记本和铅笔。我的心一个劲往下沉，我后悔请他们喝咖啡。我真不该给他们开门，我能想象小报上的标题——兔女郎和老头之死。我会失去工作，俱乐部要被吊销经营酒类的执照，花花公子帝国因此垮掉。糟糕的是，试镜也试不成了。

"求求你们。"我恳求道，差一点就要哭出来，但我不想把眼睛哭肿，那样会没法试镜。"我会把我所知道的有关哈多克先生的情况全部告诉你们，但千万不要去俱乐部打听这件事！"

"我们只是例行公事，小姐。"

"你们认为他不是——"我不忍心说出那个字。

"跳下去的？他为什么要那样做呢？"

"他妻子死了，他非常郁闷，就是这样。她死了，丢下他孤单的一个人。我告诉他有事给我打电话，和我谈谈。"

"啊，他给你打过电话吗？"

"没有！我希望他打！"

"我们可以查看电话记录，你知道的。他妻子什么时候去世的？"

"我不知道，七八年前吧。"

"这么久了他还想不开？"大块头的侦探叹了口气，"那么他感到孤独，就给你打电话，你就到他那里去了？"

"我怎么会过去呢？如果我过去了，我就肯定会不让他掉下去。"

我说了这么多，没有一句对我有好处。糟糕的是，我不小心将一卷现金小费连同哈迪的打火机放在了厨房的桌子上。我回家时太累了，顾不上把钱点点数，在抽屉里放好。要是这两个侦探看到一沓钱胡乱地放着，尤其是当他们发现打火机是哈迪的，他们会怎么想？我得想办法让他们走，我好准时赶到制片厂。

“反正，他是一位很好的老人，他离开俱乐部后我再没见过他。”我说。我集中能量向他们的外套投射过去，“我下班后直接回家了。”

豆大的汗珠开始出现在他们的脸上，大块头侦探的脸上汗涔涔的，热得通红，他解开外套的扣子，敞开外套：“你这屋子真热啊，孩子。”

“真的吗？我还想把温度调高点呢。”我说，抱着手臂，冷得发抖。

两个侦探交换了一下眼神，汗珠从下巴滴下来，汗水湿透了衬衫。

屋子闷热的空气烘烤着没有洗过的身体，他们周围的空气污浊难闻。瘦个子侦探将笔记本上的汗水抖落掉，把笔记本当扇子使劲给自己扇风。

“好吧。”大块头侦探说，用湿漉漉的手绢揩着脸，“一切我们都能查清楚。只要需要，我们随时都找得到你。”

他打开房门，两人离开了屋子，随他们而去的还有难闻的汗臭味道。我用颤抖的手给门上了两道锁，并挂上了链子。

可怜的哈迪，如果我多个心眼，或许能阻止他死。但是我很清楚我错在哪里，我根本没有把我的本领使出来，都是我不好。在纽约，我在过了几个晚上的吸血鬼的生活之后，又重新过起了像在老家双湖镇一样的生活。我想，如果我想成为一名正儿八经的演员，证明我有和凡人一样的才能，我必须放弃我吸血鬼的本性。饮用我喜欢的血意味着我启用超自然的力量。在喝饱了新鲜的血后，我不可能不利用超人的力量和能力，我不想以这种方式获得演戏的角色。

但这种自我克制给我带来了巨大的损失，我处于一种虚弱的状态。即使我稍稍费了一点力让两个侦探热得难受，就已经有些体力不支了。这样简单的事情我居然要使出全部的精力才能完成。实际上，我开始晚上需要睡觉了。在俱乐部穿着4英寸尖头高跟鞋上班，我的小腿肚子非常疼，而且到快下班的时候我已经快端不动盘子了。我去了试镜，结果在面试的时候我太紧张了，叫我进去读我要演的角色的台词时，我的心就像乘电梯一样，难以平静。我早就应该注意到我自己血气不足。

如果不是血气不足，怎么能解释我把袜子刮破了，却又不能马上把它修好呢？而且我一直怀疑有某种其他的力量在和我的基本的、凡人水平的力量抗衡。无论这股力量是来自朋友还是来自敌人，我应该能查清它的来源。

离上次吸血已经好几周了，我的能量储备严重不足。有一段时间我在法式餐馆狂吃鞑靼牛排，一种正常低等级的燃料，但就量来说，根本不能与我每天晚上消耗的能量相比。有段时间，在从俱乐部下班回家的路上，我通常飘然穿过中央公园，饮用很辛辣的麻雀血，以及我慢慢喜欢上的有坚果味道的松鼠血。要是我妈知道我这些奇怪的嗜好，她一定会震惊的。

妈妈不怎么吃肉，即使偶尔吃，她总是觉得煮得不够熟，血是无论如何也不喝的。“在农场生活的人吃肉总是要煮得很熟。”她总是对我们这样说，并端给我们烤得焦黑的猪排和脱水的肉糕。

在我上高中之前，我根本不知道肉柔软、有韧性，更不知道肉是粉红色的。自己家种的蔬菜是我们的主食。我爸种玉米、卷心菜、西红柿、芜菁甘蓝、甜菜、生菜、土豆、辣椒，煮熟菜加嫩洋葱，三种南瓜属植物，三种豆类，沙果、大黄以及甜瓜等，一周有三个早上他把这些蔬菜运到市场，卖给餐馆和食品杂货店。

我们也吃新鲜鸡蛋，但我们从不杀家禽。鸡我们是吃的，烤得焦脆，自家养的，一般请邻居帮忙开好膛再拿过来，直接放在炉子上做好。妈妈极力克制自己，证明自己和其他凡人一样，但这样一来她整天没精打采、有气无力。现在我也效仿她，结果伤害了我自己。

妈妈嗜血我只见过一次，那是为了帮助我爸爸。我爸爸叫奥维尔，他高高的个子，宽宽的肩膀，有着粗犷的性格，一周六天身着工装连衣裤，大部分时间都在地里干活。一个初春星期六的早上，爸爸在我家房子附近的草地上犁地，我和妈妈从冰凉的架子上将卷心菜苗拿出去摆好。我们不约而同地抬起头，看到爸爸在田地的尽头驾驶一台旧的拖拉机转弯，准备开始挖另一条垄沟。和往常一样，他一手握方向盘，一边探着身子查看犁地的情况。

突然，妈妈惊讶地屏住了呼吸，开始向草地跑去。我心里一紧，也跟着妈妈跑去。瞬间，拖拉机的右轮碰到了石头发生侧滑，整个拖拉机向前倾。爸爸在驾驶员座椅上剧烈摇晃，失去了平衡，从拖拉机上向后摔了下来。

我停下脚步，拼命地叫喊，但妈妈还在继续向前跑，她的脚一跃而起，飞过田地，一下子来到我爸爸身边。拖拉机躺在地上，摇摇欲坠，轮子在垄沟里打转，不断刮掉地上的泥土并抛洒出来。

我跑得更快了，冲向就要倾翻的拖拉机。我爬上拖拉机离我较远的一边，抓住方向盘，用手使劲按住阻风门。我也不知道我怎么会这样的操作，但是马达剧烈震动几下然后停下了。拖拉机的轮子抵住一块土里的大石头向后陷入了土里。我双手握住方向盘，紧紧闭着眼睛，不敢回过头来看我爸。

慢慢地我转过头，睁开眼睛——眼前的一幕使我惊呆了。妈妈双手抱住爸爸，低头靠在爸爸血淋淋的上身。当我看着这一切的时候，她抬头望着我，眼里发光，血从她的嘴里滴下来，爸爸肩膀上的伤口很深，伤到了骨头。“不要往这边看！快走！”她冲我吼道，这是一种从喉咙深处发出的低沉的声音。“还不快走！”

我从拖拉机上跳下来，向离草地较远的一边邻居家的房子跑过去，我知道那应该是我妈的意思。但是，我一边跑，妈妈满脸是血、眼睛闪闪发光的形象刻在了我的脑海里，永远地留在了我的记忆中。

跑到田边，我回过头去，看到我妈已经起身用双臂抱着我爸穿过草地向我们家走去，感觉很轻松，就像抱一个小孩子一样。她一定注意到了我在看她，她转过身来，狠狠地瞪着我，我不由得吓了一跳。她撕碎了爸爸的衣服，将他的头和手臂包扎好，她的脸上看不到任何血迹。

爸爸的伤口很快愈合了，愈合的速度出乎人的想象。与此同时，妈妈由于重新获得了能量，工作再苦、时间再长似乎对她都没有什么影响，我从没见过她如此强壮有力。每天早晨我一醒来就能闻到刚烤好的面包的香味，妈妈在厨房里哼着歌曲，波浪般的长发披在肩上。她和爸爸在一起时也似乎比以前更幸福，他俩总是开心地笑着，相互开玩笑。

过了一段时间，妈妈又回到了她原来的生活，将头发盘成了发髻，阴郁重新回到了她的脸上。爸爸又开始下地干活。唯一的变化是第二年的冬天弟弟埃迪出生了。

然而，妈妈满脸是血、眼睛发光、双手抱着爸爸的可怕的样子深深地留在了我的记忆里。在唯一一次提到那次抱着爸爸穿过田地时她说："在那种情况下，人的潜力是无限的，你有一种激情冲动。你根本不知道你身体的极限是多少。"但我很清楚她那可怕的力量来自于身上血液的涌动。

但是，我还是决定克制自己，不想靠吸血来获得优势。我不会放弃这一原则，即使第一次试镜结果悬而未决。在离开屋子去制片厂之前，我将哈迪给的芝宝打火机放进了口袋——我没有理由不相信这个朴素的、有些年份的吉祥物。

到了制片厂，一方面哈迪的事使我心有余悸，但我又遇到一件我没有想到的事情。布赖恩，俱乐部的一位酒吧招待，也是位演员，正坐在化妆椅上。在试镜时我最不愿让人知道的是我是兔女郎招待这一事实。

和我一样，布赖恩看到我很吃惊。“嘿，是你吗？”他问道，拿起安排表，“你是摩甘娜·哈里奥特？”

“没想到在这里遇到你。”我说，“那是我的艺名。你可以叫我梅格。”

“是吗？看起来我们要一起参加试镜，梅格。”布赖恩说，“我猜你昨晚想早点下班是想研究剧本，你应该早说。”

“根本不是像你所想象的那样。”我说，看着化妆镜中的他。显然他早上涂抹了大量的ManTan防晒露，看上去像一个擦得亮亮的橘子。“也许待会我们可以一起练习练习台词。”

“没问题。哦，罗科·本内特说他昨天又看到你和那老色鬼打情骂俏的，你可得小心点。”

我看了看女化妆师，我们的谈话内容她听得一清二楚。

“本内特这人总是把事情往歪处想。”我赶紧说道，不过使我放心的是看样子他还不知道哈迪的死。“哎，我化完妆后我们一起去看看演戏的现场怎么样？我在外面等你。”

我害怕布赖恩再说出什么不利的话，赶紧溜出化妆间来到靠近制片厂入口大厅的过道转悠。突然，我在电视机屏幕上看到一个灰色的形象。一位拿着麦克风的新闻记者站在东区一幢高层建筑的带有顶棚的入口处。我走近电视，听到：“……在院子里发现一具尸体。”记者小心地接近一位没有化妆、脸色苍白、穿着棉直筒连衣裙的中年妇女，我敢说她做梦都没有想到喜欢早起、关注新闻的纽约人会在电视上看她。我还猜测她穿着脏兮兮的拖鞋，没穿内衣。

“我正在遛狗。”她对记者说，胸前抱着一只身子不停抖动的腊肠犬，她和她的爱犬弗里茨在散步时发现了尸体。“以前我看到哈迪先生总是坐在上面的窗台上，看着外面，我就知道肯定会出事的。”

她呜咽着说道。

她看上去很难过。我也觉得难过，我知道我本可以想办法不让他死。我回过头，正好布赖恩沿着过道大步向我走来。我截住他，把他拉进一间更衣室，远远离开电视机屏幕和化妆工作人员。

“你最好赶快去化妆，”布赖恩说，“他们正在找你。”

“我马上就去。不过，我在想，你没有必要向这里的人提我们在花花公子俱乐部工作的事，是吗？倒不是因为有什么感到可耻的。”我向他保证。毕竟，他也在那里工作。

“好的，孩子。”他将一只手臂搂住我肩膀，这在俱乐部是不允许的，“但是，我想如果我们俩都能获得角色，就万事大吉了！谁在乎谁做过什么？”

我知道布赖恩生性敏感。他是威尔士人，当他喝了点酒后，尤其是因为演艺生涯没有什么起色而感到不开心的时候，他会一边给自己倒罗伯·罗依和曼哈顿鸡尾酒，一边朗诵威尔士诗人迪兰·托马斯的诗句。有时我会看到他在衣帽间对着镜子练习快速拔枪的动作，假装扣动柯尔特手枪的扳机，指望哪一天好莱坞来找他演戏。我真搞不懂他凭什么保住在花花公子俱乐部的工作。不过老板很喜欢看到他的女朋友，一位老练的音乐喜剧明星，在演出工作结束后会来俱乐部的钢琴酒吧露一两手。

我急忙从过道赶到化妆间，坐到椅子上。那时候我才知道我要和两个男演员一起试镜。另一位男演员叫迈克尔·哈利迪，一个出了名的酒鬼。到纽约的第一个星期，我有幸得到一张在中央公园上演的莎士比亚悲剧《奥赛罗》的免费学生票，在戏中，他扮演伊阿古。我看得都入了迷，直到我发现奥赛罗和伊阿古都喝得酩酊大醉，彼此把对方的台词错当成自己的了。

布赖恩也好，迈克尔也好，他们来试镜的时候头脑都很清醒，也许是因为一大早的缘故。我后来得知原来他俩是在嗜酒者互诫协会和演员工作室认识的。试镜结束后他们邀请我和他们一起去一家名叫乔·艾伦的餐馆去吃早饭。我自然巴不得。这是一个演员们经常聚在一起的神圣场所，这样一个俱乐部我自然很想加入。至少我有经纪人，这是因为我参加了一位剧作家作品的预演，演了一个没有报酬的角色。我还拍过一个洗发水的电视广告，也是我唯一上过镜头的工作。

我一直没有时间来想哈迪死的事，直到我到了乔·艾伦餐馆，坐在他们两个人中间的吧台凳子上。他们俩谈起了棒球。一个要了一份矿泉水，另一个要了一份黑咖啡，我则选择了蚱蜢鸡尾酒。当时还不到中午。我不知道为什么我要酒，而且是蚱蜢鸡尾酒。我还没有吃一点东西，由于有种种冲动而觉得胃很不舒服。如果我明智些的话，我应该要杯血玛丽鸡尾酒，它更适合早上一边吃点蔬菜一边喝。

听着两位男士在一旁谈论棒球，我喝起了我点的鸡尾酒。这酒很管用，渐渐地我觉得不紧张了。我摇动酒杯，除掉沾在酒杯壁上的泡沫。“干杯。”我说，举起酒杯。

“你居然喝那种东西呀？”迈克尔问。

“就是带泡沫的漱口水。”布赖恩说，小口呷着他的矿泉水。

“哇，不错。”我说，喝了一大口，抿抿嘴巴，举起酒杯，“祝你们好运！”

“梅格，”迈克尔说，“你嘴这么甜，没有你卖不出去的东西。”

我很快喜欢上了他。两位男士接着又谈论起了棒球，我则将酒杯里的残留液体舔干净，然后沉溺于刚刚萌生的幻想。看着吧台后面镶着橡木镜框的镜子中的他们，我很清楚我希望他们两个谁能得到这个角色。他们两个长得都很高，属于漂亮的类型，但我更喜欢迈克尔，他皮肤黝黑，五官粗糙，而不像布赖恩；布赖恩外表更光滑、白皙。我的身体稍稍向前倾，碰到了迈克尔的衬衣，我想象我俩一起在镜头中的样子，站在他旁边，我披着长长的黑色直发，而他是一头浓密的鬈发。

就在那个时候，我看见酒吧招待皱了皱眉头，放下了正在削皮的柠檬。他把手伸进嘴里，吮吸拇指和食指之间连接部分的皮肤。我能感觉到放在他口里受伤的手的血的味道，一种强烈的口渴感油然而生。我伸手去拿柠檬皮，上面粘着几滴血，闪光诱人。就在我的手即将拿到柠檬皮的时候，酒吧招待一把将它扔进了垃圾箱。我轻轻地叫了一声，身体差点抖动起来。

“嘿，你没有生病吧？”迈克尔问，“我可不希望你从凳子上摔下来。”

“对不起。”我说，把身子再次坐直，手紧紧抓住吧台。

“最糟糕的是喝醉了人不舒服。”布赖恩说，“女孩子不能喝酒就不要喝。”

“我没事。”我说。事实上我已经开始感到有点恶心。我朝镜子看过去，发现镜子里面我的眼睛有点迷迷糊糊。

“你早上吃东西没有？”迈克尔问道，“你们女孩子为了苗条宁愿挨饿。”

“真的，我没事。”我开始感觉有点不舒服了。我从凳子从溜下来，站了一会儿，使自己平静下来，“对不起，我去趟洗手间。”

我摇摇晃晃朝女厕所走去，我听到迈克尔对酒吧招待说：“最好给她拿点鸡蛋来，恐怕刚才喝的那点东西她要全部吐掉了。”

不一会儿，我抓住女厕所的盥洗池，看着镜子里的我。为什么哈迪昨晚不给我打电话？要是我能和他谈谈，要是他给我打个电话，就不会有如此惨剧发生了。

我眼里噙着泪水，看不清楚。我想把水浇在脸上洗一洗，但是为试镜化了很重的妆，要用水洗的话，恐怕搞得不像样子。我不敢放手松开盥洗池，我用一只手将纸巾打湿，轻轻擦去流到脸上的睫毛膏。我又开始感到不舒服，我将手伸进口袋里，手指握住哈迪的打火机，感到头晕乎乎的。

“原谅我，哈迪。”我轻声地说道。觉得耳朵里有簌簌的声音，希望我不要晕倒。

我深呼了几口气，然后走回吧台，布赖恩和迈克尔还在谈论棒球。我将几张皱巴巴的钞票放在吧台上，尽量不去看一盘子煎鸡蛋。酒吧招待点点头表示感谢，拿起我放的钱，手上肉色的创可贴清晰可见。太可惜了。

我乘地铁回家，心情糟糕透了。我是不是很愚蠢，在吸血不吸血这个问题上跟自己较劲，把能得到第一份真正的表演工作的机会给搞砸了？我不应该完全不吸血，而是应该逐步地减少吸血。吸一点点血就完全不一样，但我太固执，一点也不肯让步。在回家的路上我一直责怪我自己，我确信我的演艺生涯还没开始就已经结束了。

我刚打开锁，把钥匙从锁里拿出来，我的电话响了。我拼命往屋里跑，希望是经纪人韦斯利·特拉斯科特打的电话，告诉我我得到了《黑暗之影》的角色。果然是他来的电话，我想我当时一下子蒙了。我的耳朵开始嗡嗡地响，我几乎听不见他接下来说了些什么，我只是肯定地知道我的好运气完全归功于哈迪的打火机。

我放下电话，倒在床上忍不住大哭起来。我为哈迪感到伤心，也感到害怕。一切我都无法控制。我的世界注定要遭遇灾难，好像火星朝着地球撞过来一样。但我决心已定，决不屈服。我没有吸一滴血，是全凭自己的能力得到我的第一份演戏的工作的。

三

直到我的经纪人韦斯利·特拉斯科特请我在百老汇46号霍华德·约翰逊饭店吃饭时，我才知道我刚刚得到的这份演艺工作是什么。我演的角色不是《黑暗之影》的女主角——女家庭教师伊丽莎白。女主角分配给了丽贝卡·戴利，她是谁跟我没什么关系。分配给我的角色是玛吉，路边餐馆的女招待。我能想象出演戏时我要穿的服装，可能是那种硬硬的棉布衣服，胸前的口袋里放一块手绢。

"你要演戏了，摩甘娜。你现在有了一份演艺工作，你应该这样想。毕竟，没有差劲的角色，只有差劲的演员。"我皱了皱眉头，讨厌自己居然有一种不满的情绪，韦斯利·特拉斯科特也好，我本人也好，都不大相信我有了一份工作还会挑挑拣拣。

然而，成为有活干的演员我还是很开心。我会每天都去制片厂，靠演戏挣工资。我再不用去试戏，我可以名正言顺地称自己为演员而不会感觉不好意思了。我可以为自己买一件像样的礼服，我也可以辞掉兔女郎招待的工作了。

"有两件事情，梅格。你肯定你还要用摩甘娜·哈里奥特这个艺名吗？你知道，你自己的名字梅格·哈里森并没有什么不好。不过，现在你要把它确定下来，一旦你的名字出现在演员表里，再改回来就困难了。你好好想想吧。”

“但是，我真的将我自己看成摩甘娜，它听上去很有品位……而梅格是……”

“好好想一想，好吗？还有，你需不需要钱救急，把这段时间度过去？”

“不，不需要，特拉斯科特先生，我可以对付。上次做洗发水广告我还有些剩余的钱。”

“叫我韦斯利好了。”他说，透过架在他鼻子上的金丝框眼镜看着我，“你真是个好孩子，摩甘娜。省下一分就等于多挣了一分钱，尤其是对于年轻演员。现在只是刚开始，你对将来的苦日子要有思想准备。”他用叉子叉起一块农家新鲜奶酪，摇摇头，“你不知道多少没脑子的女演员拿到第一份工资后就迫不及待地去买贵重的衣服。”

我点点头，表示同意。现在还不是向他提及我在花花公子俱乐部工作的时候，也不能跟他说我想买一件黑色的紧身连衣裙。“对了，韦斯利，我这份工作的工资究竟是多少啊？”

“是这样的，亲爱的，我们给你签订的是三年期的合同，确保你每周有三次演出的活，13个星期为一个周期，有一次挑选的机会。你的第一部戏你每次演出的工资是250美元，根据你每周工作时间浮动计算。如果你从周一到周五都工作的话，最多可以拿到950美元。当然这是不大可能的，除非你演的电影真的火了。”

“等等，你不是说我演一次拿250美元吗？”

“是的。”韦斯利说，用餐巾纸揩了揩嘴，“但这只是对第一次而言。那一周接下来的演出每一次你就拿得少一些了，但他们坚持采用这种浮动计算法，我也没有办法。这是你第一次出演肥皂剧，我们没有多少讨价还价的余地，但是有个好消息——”

“250美元！”我的脑子还在琢磨我一天演戏所挣的钱比我在花花

公子俱乐部的鸡尾酒吧上五个半天班所挣的钱还要多这一意外事实，而我结识的女孩子还没有人比花花公子兔女郎招待挣得多！事实上，这比我妈刚在J.C.彭尼百货公司找到的那份工作两周挣得还要多。我在格莱麦西公园一室户公寓的房租每月只有59美元。天哪，我发了！我可以上声乐课，我可以报名参加尤塔·哈根和桑迪·迈斯纳等著名演员授课的演艺学校，我可以买我喜欢的鞋子和搭配它们的手提包。我可以——

“你在听我说吗，摩甘娜？你将和好莱坞一位传奇性的演员共事，莫伊拉·肖。莫——伊——拉——肖。”为了强调，他又重复了一遍，“像她这样级别的人从来不在白天档的肥皂剧演出，这种事没有听说过。你太幸运了。”说到这里时，韦斯利·特拉斯科特又长又密的胡子因为激动不停地抖动，眼睛也湿润了。“莫伊拉·肖。”

“我想，在老家我差不多是看她演的《日间剧场》长大的。”我说，“我还记得她在这些电影中演女仆和管家的情景。”

“而且还有话剧，孩子。她在舞台上太棒了。”

“那么我什么时候开始？”

“这个星期五是台词排练，从下星期一开始整整一周，你们要排练接下来的一个星期要播出的前面五集。在那之后，你每天要做整整半小时播出节目的演出。”

我有些不理解地看着他：“是现场直播吗？一天之中的什么时候演？我好告诉我家人，他们到时可以看到我。”

“是这样的，严格地讲，不是现场直播，但现在用不着担心这个，摩甘娜。到时他们会送来剧本和时间安排，你想知道的东西上面都有。”他拍拍我的手，“我想说，我真羡慕你。”他说，拿起账单来埋单，我知道他脑子里还想着莫伊拉·肖。

我想我该给家里人打电话了。我决定步行回家，这样可以省去地铁票，我有更重要、更值得花钱的东西。再说，过会儿我还得乘地铁去俱乐部的鸡尾酒吧上班呢。如果时间来得及的话，我可以从我屋子里往家里打长途电话，这样可以省去在外面打叫人电话的费用，我想把好消息在同一时间告诉我的父母。

跟他们讲话我有我的策略：如果有坏消息要告诉他们的话，我总是先说好消息。比如，“嘿，你们猜猜我有什么好事？告诉你们吧，我找到工作了。不过，顺便说一下，我改名了。”

在过去这一招很灵。当我离开家（坐的是便宜的定期航班，要在底特律和匹兹堡停留然后才到达纽约的艾德威尔德机场），我在我的包里装了一瓶苏格兰威士忌。我的父母几乎两个月后才发现放在洗碗槽上方碗柜里的这瓶酒不见了，我之所以带走威士忌是因为我知道他们从来都不喝它。这瓶威士忌是来看望我们的表亲在免税商店买的，他们不是很了解我的父母喜欢喝什么。我父母喜欢喝加拿大的黑麦威士忌，而我从杂志广告上得知老到的城市人喜欢苏格兰威士忌。搬进自己的公寓后，我做的第一件事就是将这瓶威士忌酒连同盘子和两只刻花玻璃杯放在了厨房的台子上。细长绿色的酒瓶，明亮的黄色标签使得铺着黑白瓷砖的厨房洋溢着喜气，我知道这瓶酒非我莫属。

到了我父母知道我把酒偷走了的时候，我开始不断地告诉他们好消息，说我以较低价格租来的公寓很不错。

不过，父母也知道捉弄我。在我把演肥皂剧的消息告诉他们后，电话的那头一阵沉默，最后我妈说了：“这事是真的吗？我可从来都没听说过这个电视节目。”

“妈，这是新电视剧，我后天就开始上班了。”我不想告诉他们我演戏挣多少钱，因为我不想伤他们的心。他们的女儿就凭在电视上蹦来蹦去怎么可以比老爸在自己农场的地里干活还挣得多呢？

“这样的话你不是要辞掉你兔女郎招待的工作吗？”妈妈问道，

“我要是你的话我是不会辞的。演戏有时有活，有时没有，靠不住。不要弄得到时候没有事做。”

“你说得对。哦，对了，我差点忘了，我觉得我最好有个艺名，我想取个。其实，我也不知道，我想叫摩甘娜·哈里奥特，不错吧？你们觉得行吗？”

对方又不说话了，我能听到爸爸在那头的呼吸声。然后我妈说话了：“你不是已经把名字改成哈里森了吗？叫玛格丽特·布拉奇有什么不好？干吗还要一个艺名？”

是啊，为什么呢？如何向父母解释呢？难道跟他们说家里的名字，像妈妈的露丝·布拉奇呀，爸爸的奥维尔·布拉奇呀，听起来感觉就像是砖头从空中掉下来一样吗？“其实，我也不知道，只是大家都这样做。哈里森没什么不好……但是感觉哈里奥特听起来更好听一点。”

“在这里我们可不这样认为。布拉奇这个姓在这里存在很久了，布拉奇这个姓本身就是一种好名声。你不会是因为我们感到羞耻吧？”

我感到有些内疚，羞愧。“这又不是法律的硬性要求或是什么大问题。如果你们真的不喜欢我改名，我可以用我原来的名字玛格丽特·布拉奇，也可以呀。”

“你随便吧，不过我们希望不要改得好。”

我不知道如果我把哈迪的事告诉他们，他们会怎么想？他们会怎么都想象不到！有些事情是不能向父母说的，比如警察一大早来到家门口之类的事。

我接下来的长途电话是打给玛丽琳的。我按捺不住，想把我的好消息告诉她。当时我告诉她我要去纽约演戏，体验大都市的魅力和喧嚣时，她一直不赞成。

“就待在家里，考一个教师资格证书会好得多。”她说，“再说，如果你要热闹、喧嚣的话，双湖镇这里又不是没有！”

我想，在她看来魅力就更不成问题了。

在花花公子俱乐部工作后我第一次从纽约回家时，玛丽琳邀请我到明尼苏达大学校园附近的姐妹联谊会的会所去了一趟，因为，她说，要不是因为我的话，他们根本没有机会亲眼见到一位花花公子兔女郎招待。我从俱乐部拿了一大把调制鸡尾酒的搅酒棒作为纪念品送给她们，随身还带了兔女郎手册。玛丽琳还让我打扮得像《时尚》杂志一样时髦，参加她组织的姐妹联谊会的茶会。我应她的要求穿了一件发亮的红色紧身连衣裙，配以高跟鞋和蜂窝式发型。我穿着这一身出现在姐妹联谊会的公共休息室的时候，发现周围是一色的小圆领，间或夹杂着《城市与乡村》杂志风格的长披肩，所有在场的人都把我看成与她们不同的外人，仿佛我就是一商场的时装模型。

“她戴了假睫毛，我肯定。”（是这样。）

“鞋跟这么尖的高跟鞋我从来没有见过！”（的确是这样。）

她们让我展示了兔女郎招待下蹲的姿势，而且我向她们证实电影演员沃伦·比蒂几乎每天晚上都在花花公子俱乐部。（至少我听说是这样，尽管我本人从来没有见到过他。）当我告诉她们我挣多少小费时，她们所有的人，包括玛丽琳都羡慕不已。“不要在听过她的煽动后有什么别的想法！”她责备道。但联谊会中她的一两个姐妹显然动心了。

玛丽琳津津乐道地跟大家说起我小时候我长得难看的事。“和现在的她简直判若两人。”然后，她从她的剪贴簿拿出了几张我照得特别恶心的照片，最糟糕的一张是在天鹅湖照的，那时我13岁，明显发育不良，惨不忍睹。我站在湖边，眯着眼睛看着照相机，长在瘦长的细腿上面的身体还完全没有形，穿着松垮垮的一件连体式游泳衣。

我瘦骨嶙峋的手拿着一个很大的内胎，将它举过头顶，看上去就像是一个蜘蛛驮着一个炸面圈。玛丽琳一定要在场的每个人都仔细地看这张照片，并不停对每一个人重复道："看看她现在的样子，简直是奇迹。"

玛丽琳还让大家看了一张我获得双湖镇小姐冠军的照片，她的联谊会姐妹们注意到那是从丑小鸭向如今的兔女郎过渡的照片。

茶会后我们在校园里散步，玛丽琳问起我怎么可能在纽约那个地方开心地生活。"天啊，你难道不觉得你在那个地方像个外人吗?"

她的这番话现在回想起来我还是有些耿耿于怀。在拨打姐妹联谊会会所的电话号码时我的手指有些发抖。我幸运地找到了她，她正在吃中饭，快吃完了。我不假思索地向她说了我演戏的事。

"那你现在成大明星了？"她问道。我能听到她咀嚼的声音。

"只是出演一部下午的肥皂剧，但是个不错的开始。"我谦虚地回答道，"当然，我要和莫伊拉·肖一起演戏。"

"和谁?"

"莫伊拉·肖，你连她都不知道吗?她可是好莱坞的传奇人物。另外，我决定给自己取个艺名，并不是说布拉奇这个名字有什么不好，只是我想取个更有诗意的艺名。我还没有想好，或许我会取摩甘娜·哈里奥特。"

"你不是哄我玩吧？"玛丽琳尖声笑了起来，"那现在我该叫你摩甘娜喽，这可是我听到的最搞笑的名字。"

我让她去笑好了。我也没有必要告诉她大牌明星加里·格兰特本来叫阿奇·利奇，托尼·柯蒂斯的真名是伯尼·施瓦茨。再说，难道莫伊拉·肖一直用的都是这个名字吗?

在回到俱乐部上班的路上，我决定暂时不跟兔女郎领班提我演戏的事。也许我妈是对的，我要谨慎一点，看这部肥皂剧能不能持续演下去。

兔女郎更衣室的工作安排表的旁边贴了一张通知，邀请花花公子俱乐部的有关人员参加第二天下午2点在纽约塔里镇睡谷公墓举行的加里森·斯凯勒·哈多克的葬礼。大多数认识哈迪的兔女郎要么上中班，要么上晚上鸡尾酒吧的班，包括我在内。但这次我绝不能让哈迪失望，我找了一个人替我，这样我就可以参加他的葬礼了。

早晨我醒来，听到打在窗台上的持续的雨声，我想早点出发，这样有充足的时间赶火车去塔里镇。到10点钟的时候，我带了点三明治，穿上雨靴，匆匆地乘地铁去中央火车站。我乘坐哈得逊线花了一个小时多一点的时间赶到了塔里镇的灰色石头建筑的菲利普庄园火车站。在售票处问路后，我走了半英里左右来到公墓门口的大门。雨已经停了，空气中弥漫着薄雾。

在接待处，一位面容和善、说话很轻的女管理员给了我一张陵园的地图，并为我标出了举行哈迪葬礼的位置。她还递给我一份作家华盛顿·欧文的小说《睡谷的传说》的打印材料。在上学的时候我倒是读过华盛顿·欧文的短篇小说《睡谷的传说》，知道伊卡博德·克莱恩被无头骑士追逐的情节。由于我来得较早，葬礼还没开始，我决定探访一下在地图上标明的一些比较老的公墓的部分景点。

我走在铺着沙砾的小路上，偶尔会踏过蓬松的草地看一看一些古老的墓碑，它们中有很多甚至是18世纪后期的。我的前面走着一位身着淡蓝色外套的女士，她头发乌黑，牵着一条小白狗。我跟在她后面在墓地中不慌不忙地走着，没准备赶上她。我想她是不是也是来参加哈迪葬礼的，因为看上去我们似乎是去同一个地方。

幸好我带了三明治，我想哈迪的葬礼结束后应该不会有招待宴。在我的老家双湖镇，牧师奥迪加德和抬棺者会抬着棺材走在前面将死者安葬在教堂旁边的墓地里，然后大家会直奔教堂里闷热的地下室，在那里铺着油布的搁板桌上摆着沙锅（一般称为“热菜”），里面是金枪鱼、蘑菇汤，或者放有肉末的各种鸡蛋面条和松脆的浇头的大杂烩，应有尽有。副食有各式各样的果冻杯，大部分果冻杯有罐装的水果色拉和糖浆。另外的一张桌子上放着咖啡桶，旁边有甜点心和小块方形的撒有糖霜的薄糕饼。通常一个葬礼要花上大半天时间，而且要花很多心思选择播放什么样的音乐以及读《圣经》上的哪一段，看来哈迪的葬礼不会这么费事。

当然，哈迪已经入柩并盖封上了棺盖。在举行葬礼之前也不会再检查（细想起来这是很奇怪的说法，不过在老家我们就是这么说的）。我觉得这样很好。考虑到目前的情况，我可不希望看到棺材的盖子还是敞开的。

前面的黑发女子带着她的狗绕过一个转弯处，然后消失在一小片树丛中。我穿过一个长满草的土墩走进一块林地，在枫树的绿荫下深深地呼吸着带着泥土芳香的潮湿空气。

穿蓝色上衣的女人又重新出现了，在枫树林边上的一块大石头的旁边伫立着，白色的小狗在她的脚前兴奋地跳动着。她越过她的肩膀回头看了一眼，似乎察觉到了我在静静的树林中的存在。我不认识她，但奇怪的是觉得很面熟。她也没有做出任何举动表明她认识我，而是转过身，轻轻地拉了下牵狗绳，然后向铺着沙砾的小路走去。

石头表面平整光滑，由于树枝的遮挡，毛毛的细雨没有影响，看上去是个不错的地方，可以在此休息一会儿，并把带来的番茄三明治吃掉。我向灰色的石头走过去，石头有云母杂质，闪闪发光，有种暗红色的东西正沿着石头的缝隙往下滴。我马上明白是什么原因了，一只松鼠正躺在石头上做最后痛苦的挣扎，血从它的肚子里一点点渗出来。

不由分说，我坐到石头上将嘴巴对准松鼠出血的伤口，喝起了浓烈、带着松鼠体温的血，这是我喝过的最好的一次血。从喝进去的第一滴起，我的感觉就开始变得异常的灵敏。我能听到石头下面昆虫爬来爬去的声音，能闻到树上鸟的气味。我贪婪地吸着松鼠的血直到将血吸干了才停了下来。我把嘴巴揩干，一股能量从身体中涌起，我环视四周，视野分外清晰。

透过树林我看到一部灵车正缓缓沿着车道朝着一个新挖的土堆驶去，我马上意识到那是哈迪的墓地。

我飞快地跑过去，还没等灵车完全停下来我已经来到了灵车的旁边。司机回过头，惊讶地看着我，摇下车窗。

“你是参加哈迪的葬礼的吗？”他问，“其他人就在后面。”他爬出驾驶室走到灵车的后面打开车门，“天公真是作美，雨总算停了，对吧？”

“是的。”我说，看着车上的棺材。

哈迪这个人的全部都装在里面了。在司机走过去看下葬的地方的时候，我一动不动地站在灵车旁。哈迪死后的几天里我没有时间来思考他，几天的工夫发生了不少事情，大多数是好事。警察再没有来找过我，也许是他们害怕像上次那样再次体验我招待他们的桑拿浴。报纸在报道哈迪的死时也没有提到我的名字，认定他的死纯属偶然。

棺材上面空空的，只有薄薄一层已经有些枯萎的菊花。我怎么就没想到给哈迪带点花过来呢？他生前对我们多大方啊，甚至我能得到演戏这份工作也多亏了他给我的芝宝打火机。我非常后悔，特别希望能弄到一束花。

另一辆小车在我后面停下了，我回过头，看到一个人坐在驾驶室，后排坐着两个人。我意识到我得抓紧时间默默地单独向哈迪告别。

当我再次转过身来看棺材时，上面已经铺了一层厚厚的春季的鲜花。花儿湿润、芳美，沁人心脾，有紫罗兰、牡丹、水仙、蝴蝶花、金鱼草、香豌豆花以及各种玫瑰。我深深地呼吸着好闻的香味，俯下身靠近哈迪的灵柩，手在口袋里紧紧地握住他给我的芝宝打火机。

“哈迪，我得到了一份演戏的工作，而且这部戏要在电视上播出！我希望你能到现场看我演戏。”我把手伸入灵柩上的花丛轻轻地说，“我会怀念你。你安息吧，还有你妻子鲁比。”

“那个人不是我妈。”我听到一个声音说道。我回过头，和一个男人的眼睛对视在一起，他和哈迪长得很像，“鲁比是我继母。”

“我知道。”我说，“他给我看过鲁比的照片。”

“我母亲死于家附近的一场车祸，而他那时正在法国诺曼底海滩打仗，是不是具有讽刺意味？”

“我只能说，很不幸。对不起。这些年来你和你爸爸一定很不容易。”

“不过，他后来结识了鲁比，她就葬在那边。我名字叫劳埃德·哈多克。你是？”

“摩甘娜·哈里奥特，我是一名演员。你父亲哈多克先生叫我梅格。”

“我想你一定是位兔女郎。我妻子和我猜想你们今天应该来了不少人，还有一些科帕卡巴纳女郎。”

“科帕女郎？”这么说哈迪在离开花花公子俱乐部的鸡尾酒吧后还要去科帕？怪不得。科帕卡巴纳夜总会在第5大街和麦迪逊大街第60街之间，从花花公子俱乐部转过一个街角就到了。也许这并非哈迪的本意，但他这种做法给人一种玩弄别人感情的嫌疑。

“我估计她们不会来。”我说，心里有些气，“她们要花很多时间来精心装扮，准备第一场表演。兔女郎们不是上中班就是上晚间的鸡尾酒班，她们都脱不开身。我是专门请了假来的。”

他点点头，似乎有些相信我的话：“不过，很高兴至少你能来。”哈迪的儿子长得很帅，有点像西尔斯罗巴克公司商品购物目录上的模特风格。他的五官和身高长得都很像他爸，虽说没有像他爸那样棱角分明，但更健壮。“我父亲很喜欢女人，不过，总是失望而归。”

这时一个女人来到劳埃德旁边，身材稍胖，头发烫成小卷，看上去有些疲倦。“你好，我是劳埃德的妻子，我叫艾琳。”当看到覆盖哈迪灵柩的那么多的鲜花时，她惊讶地瞪大了眼睛：“这么多的花，都是从哪弄来的？”她惊讶不已。

“是兔女郎们的心意。”我说，“我们一起凑钱为哈迪买的。”

“他给小费一定很大方。”她有些讥讽地说道，“你们一定把花店的花都搬光了。看样子，我们想得不周到，劳埃德，我们是不是也该像她们那样对爸爸有所表示呀？告诉殡仪馆的人让他们快一点。”

一位一头蓬乱白发的男人走了过来，他身材矮小，刚才是他开车载着劳埃德和艾琳来墓地的。他自我介绍说他叫斯隆。他和灵柩车的司机一直在交谈，两个人看上去都不高兴。“很对不起，耽搁了一些时间。”斯隆先生道歉道，“本来在墓地应该有人协助的，但是今天好像人手不够。不管怎么说，或许是天气不好，有些人来晚了，我们不妨再稍等一会儿。”

“不能等了，我们的人都到了。”艾琳说道，“我们开始，好吗？”

“但是我看到有一位牵着狗的女士，”我说，“她似乎也是到这里参加葬礼的。”

“不大可能。”斯隆说，“我们这里不允许狗进来，不会让她带着狗进到陵园的。”

“那么，我们不能就这样站着傻等了。”艾琳说，“雨随时都可能再下大。”大家看看天空，雨云很厚，像马上要下的样子。艾琳捅了捅劳埃德的胳膊，“我真搞不懂为什么你父亲不能和你妈一起葬在斯克兰顿，而是要葬在这样一个偏僻的地方。难道我们不能自己将他的灵柩带到那里去安葬？”

“我觉得不行，”劳埃德说，“真的，艾琳，我们不能这样做。”

“看样子，”她厉声说道，“把这里的事办完后我们还得帮爸爸清理他的公寓。”

她沉重地叹了口气，转过身背对着她丈夫对司机斯隆和我解释道，怕我们不理解，她对我们说话的语气不慌不忙，从容不迫。“我们需要把爸爸葬掉，现在就葬掉！我们的孩子和我的妈妈还在斯克兰顿，我们还要赶回去。所以现在就举行葬礼，好不好？马上！”

没问题，我想。我自己就可以搞定，但不能当着这么多人。艾琳急得简直在跺脚了，仿佛这样就可以催我们快点。

我向车道看过去，发现带着狗的黑发女人正看着我们。我当然不会惊动斯隆去注意她，我开始怀疑除了我，其他人是否能看见她。我还认为可能是她给我提供了松鼠血，也许还给了哈迪那么多的花。但是，为什么呢？她是敌人还是恩人呢？我不得而知，但我的身体充满了能量，准备替哈迪解除这世间的烦恼。艾琳这个样子，他怎么允许艾琳直接称他“爸爸”呢？

“也许我们可以开始。”我说，“如果我们大家都出把力，就可以把灵柩放在墓穴里。”

“是的，如果大家都使把劲，我们也许可以做到。”斯隆也同意我的提议，他瞟了一眼灵柩上厚厚的鲜花，“对不起，有谁知道这些花是从哪里——”

“是兔女郎，”艾琳小声咕哝道，“很多兔女郎，所以有很多鲜花。”她已经抓住了一只把手，“劳埃德，抓住另一头。好，大家，一起！”

看到艾琳已经在用力抬灵柩，我们一起上前帮忙。凭借我超人的力量，我一个人承担了绝大部分灵柩的重量，当然其他人谁也不知道。我们将灵柩抬到了坟墓边上，斯隆主持了一个简短的下葬仪式，要是在老家双湖镇，牧师奥迪加德对这样草率的做法非生气不可。

斯隆刚刚完成他简短的讲话，天空便开始电闪雷鸣，接着，大雨倾盆而下。劳埃德和艾琳赶紧向车跑去，斯隆紧跟其后。灵柩车司机抓住我的手要我走，但被我挣脱了。不一会儿，坟墓旁边就剩下我一个人，我站在那里任凭雨水淋湿我全身，觉得痛快无比。

我一个人将灵柩放到墓穴里，然后在上面覆盖上泥土和鲜花，这使得我非常快乐。这是我能为哈迪做的最后的、也是最值得称道的一件事，当然也许在俱乐部时我在他的香槟酒里额外加点儿安果斯图拉树皮苦味液和方糖是例外，我希望在阴间他已经和鲁比见面了。我把坟墓土丘上的最后一点泥土抹平，然后起身，让大雨把我冲洗干净，随后我赶往火车站。

在墓地上面的土墩上，我回头看了最后一眼。哈迪的坟墓奇迹般出现了一块花圃，带着狗的身材娇好的黑发女人正精心地打理着。她朝我看了一眼，但并没有想和我打招呼的意思。我希望是鲁比欢迎她丈夫终于回家了。

我继续赶路，到了菲利普庄园火车站。在回曼哈顿家里的路上，至少我还有湿漉漉的番茄三明治供我享用，因为在墓地既没有热菜，也没有糕饼。

四

莫伊拉·肖是乘出租车来的，随身带了一个小的蒂芬尼购物袋。我在半个街区前下的公共汽车，但我还是一眼就认出了她。即使我不知道走进制片厂的那个人莫伊拉·肖，我也知道她是个大腕人物。她身穿淡红色的套装，戴着一副大大的蓝色镜片的太阳镜，一条丝巾松散地系在她的手提包上。我穿的是收身的裙子，两件一套的毛衣，平底鞋。当我向制片厂的门口走去的时候，我也学着莫伊拉优雅的低头走路的样子。这样一来，我走得慢了很多。我不断提醒我自己，莫伊拉比我大很多，应该是跟我妈一样的年纪。

我沿着指路标志来到二楼的排练厅。循着一阵嘈杂的声音我来到一个宽敞的过道，在一间幽深的房间的门口我停住了，我看到了迈克尔·哈利迪，他下身穿一条蓝色牛仔裤，脚上穿着莫卡辛软皮皮鞋。他正在倒咖啡，然后送到莫伊拉·肖的面前——莫伊拉·肖已经坐在靠近窗子的一张折叠椅上。

当我打量起我面前的这些人，我开始嘴巴发干，我的膝盖骨散架了，我担心我的脚走不动路了。我太紧张，挪不开步子。我试图说服我自己，毕竟，我也是他们雇的正式演员呀！这里也应该是我的地方！但是我心里又升起另一个声音，如果是他们弄错了呢？他们一定是雇错了人！我环视屋子，希望能找到一些欢迎我来的迹象。

在房间的一角，导演多丽丝·富兰克林，编剧霍勒斯·米尔顿以及制片人保罗·阿博特正聚在一起研究剧本。一位身着礼服衬衣、宽松裤子的人和多丽丝简单地交谈了几句，接着又在铺着漆布的地板上布置起长段的黄色胶带。他的脖子上用绳子挂了一块秒表，手里拿着卷尺，在一旁协助他的是一位短发、较胖的年轻女子。

在屋子较远的一角，演员们围在一张桌子的周围，桌子上有咖啡桶，堆着一盒一盒的烘烤糕点。他们有的在对着镜子精心打扮，有的摆出各种姿势造型在屋子里跑来跑去，说话声此起彼伏。如果我挪得动步子的话，那是我应该去的地方。

我认出了其中的几位，金妮·布莱克，一头金发的年轻女演员，在剧中扮演莫伊拉·肖的女儿安杰拉。站在她旁边的是英俊潇洒的电影明星马克斯韦尔·法拉比，海军蓝的夹克衫斜搭在肩上，一只手叉着后腰，展示他瘦长的身材，他在剧中扮演莫伊拉·肖的兄弟谢尔比。正在埋头吃奶油面包的丰满的女人一定是扮演女管家。我猜那个戴花呢毡帽的大腹便便的男子一定是演我的父亲的演员。

一个有着瓷器一般光滑肌肤的漂亮女孩，长长的黑发用缎带扎起，从咖啡桶附近的人群中出来，走向莫伊拉·肖，在她的脚前跪下！她能扮演的角色只有一个：剧中的主角，天真无邪的少女——女家庭教师，她来到依山而建的庄园，电视剧的故事就从这里开始，而这本来是我的角色！

嫉妒，纯粹的嫉妒，难以遏制的嫉妒充满了我的全身。我脚上穿的是库珀蒂诺平底女鞋，身上穿的是一套我能买得起的最好的羊羔毛套装，但即使是在五六米开外，我也知道她穿的是意大利Pappagallos鞋和开士米山羊绒上衣。更糟糕的是，迈克尔·哈利迪的手指轻轻地摸着她有光泽的黑发。这个女孩不仅抢了我的戏，似乎把迈克尔也给迷住了。我突然感到一阵冲动，不能动弹的四肢能活动了。我准备走过去，但朝谁走过去呢？是加入糕点桌旁边的快乐的大伙呢，还是直接走到莫伊拉·肖的跟前呢？

还好，一时我还用不着做出这个决定，因为我身后传来东西碰撞和嘎吱的声音。我回头看到一个有着浅棕色头发的男孩推着自行车进了排练的屋子。他用脚将自行车的撑脚架在地板上站立好，向我伸出手："你好，我是丹尼尔·巴拉德，叫我丹尼好了。"

"丹尼，你好。我是摩甘娜·哈里奥特。"

"听上去很不自然，这是你的真名吗？"

"现在是。相信我，比我原来的名字好听。"

"那我就相信你的话，摩甘娜。"他把手伸进口袋，环视屋内，"看样子今天开工晚了吗？地板还没有粘贴好胶带。对不起，我得去趟卫生间。"

丹尼尔·巴拉德是我见过的最镇定自若的男孩，他扮演马克斯韦尔·法拉比的儿子，他匆匆地沿着走廊找卫生间去了。但是这个男孩使我明白了一点：大大方方地伸出你的手，说出你的名字。

我走过斑斑点点的漆布向大腹便便、头戴花呢毡帽的男人伸出手去。

"你好，我是摩甘娜·哈里奥特。我扮演玛吉，你一定是我父亲。"

"如果真是那样的话，那我的老婆一定貌美如花了。我叫埃德·麦克纳伯。"他用手臂挽住我的腰，手靠近我的胸部下面一点，把我拉向他，"你可真漂亮。"

我用手指紧紧抓住他的手，把它从我身上掰开。要是在花花公子俱乐部的话，我会用尖尖的高跟鞋踩他的脚，示意楼层主管过来，说不定还会把爱尔兰咖啡泼在他身上。但是我没有这样做，一是我毫无思想准备，二是因为在这样一种所谓友好的场合。结果我冲他一笑，握住他的手，然后走开了。"很高兴见到你，埃德，非常期待和你共事。”

我逃离到咖啡桶这个比较安全的地方。正当我往泡沫塑料杯里倒咖啡时，我听到耳边有一个声音说：“也许你以为他们今天早上提供蚱蜢鸡尾酒和杜松子汽酒吧？”

我笑了，转过身来，见是迈克尔：“我已经学了不少，直到太阳下山都是黑咖啡。”

“那你就不会有事了。我看你已经领教了什么是好色男人，如果我是你，我是不会到他的更衣室和他对台词的。”

“我也是这么想的。”我的心怦怦直跳，希望有更多台词的排练能在迈克尔的更衣室进行，“这里有你认识的人吗？”

“不少。好了，我让你先认识莫伊拉·肖，她是个了不起的老大姐。对不起，我并不是说她真的老。”迈克尔压低声音对我说，回到了窗户边。

我拿上咖啡和奶酪跟着他走过屋子。在迈克尔介绍我的时候，我突然意识到我腾不出手来。我不无遗憾地看着莫伊拉·肖伸过来的那只纤细、瘦小的手，每个手指上都戴着珍贵的金属首饰和闪闪发光的宝石。

“对不起！”我说，很尴尬地想找个地方放下手里的咖啡。

“没关系，亲爱的。”莫伊拉说道，她的眼睛热情而湿润，身上散发出价钱很高的香奈尔五号香水的味道。“我很高兴你能和我们演戏。你见过扮演女家庭教师伊丽莎白的可爱的女孩吗？丽贝卡·戴利，这是摩甘娜·哈里奥特。”

我和丽贝卡笑着对视一下，相互致意。用一种呼吸声很轻的声音，丽贝卡说道：“你身上的衣服的颜色太漂亮了，是深粉红色吗？”

“桃红色的。”我答道，脸上还在笑，“谢谢你。我也很喜欢你穿的平跟鞋。”

“谢谢，穿这种鞋子工作方便。”我正在想，我只有恨她了，她鼻子一皱，低声对我说道：“哇，太恐怖了，哈？我可从来没有在摄像机前面待过，你呢？”

“我也待得不多。”我低声答道。

“你们俩会很快适应的。”莫伊拉在一旁说道，“你们两个都这样年轻漂亮。”她重新戴上蓝色镜片的太阳眼镜，摸摸自己的脖子。“这里的荧光灯我们拿它一点办法都没有，说不定我们会被它照瞎的。”她将头朝向迈克尔那边，“我们是不是可以开始了？从我对这个剧本的了解看来，我们有很多事情要做。”

莫伊拉·肖站起身来，看了看周围。好像得到了什么信号一样，大家讲话声低了下来，向摆放在一张长桌周围的一些椅子走去。在莫伊拉·肖开始走向她的座位之前，她挽起迈克尔的手，转身来看着我还没开始吃的糕饼：“要是我，甜面包卷是不吃的，你现在这样的身材可是你一辈子需要保持的本钱。”

我的目光落在丹麦奶酪上，此时觉得它像一坨油腻腻的牛屎，然后再看看莫伊拉·肖苗条、结实的身材，她的手握住迈克尔的手，在桌子的首席位置坐了下来。我随手把手中的糕饼丢进了垃圾桶，朝桌子旁的一把椅子走去，开始了《黑暗之影》的第一次台词排练。

很自然地，我们本能地依照肥皂剧中的关系来就坐。整个斯坦诺普一家，包括莫伊拉，她女儿，马克斯韦尔和马克斯韦尔的儿子坐在桌子的一边。丽贝卡、迈克尔和管家面对他们坐在桌子的另一边。埃德和我挨着坐在中间。导演、制片人、舞台经理、制片助理坐在桌子的另一头。打开剧本，我的内脏像打了一个结，呼吸变得困难，我不得不提醒自己要注意吸气。

“好了，我们现在开始。我想我们大家都见过面了，但是我想我们还是正式介绍一下。我叫多丽丝·富兰克林，你们的导演，这位是保罗·阿博特，我们的制片人。霍勒斯·米尔顿，首席编剧。奈杰尔·贝克，舞台经理，唐娜·克鲁克香克，我们的制片助理。待会休息喝咖啡的时候大家还有机会相互熟悉。接下来，请你们挨个介绍一下你们自己。我们先从莫伊拉·肖开始，她在剧中扮演的是黛安娜。”

莫伊拉从她的椅子上稍稍起身，用手将太阳镜向上推了推，带着一种电影明星的范儿，以一种临战前几乎完美的措辞开始了她的发言：“多么美妙的头一天，我激动的心情难以言表！我们将进行一场驶入未知领域的伟大冒险！我非常期待能认识大家，让我们一起度过美好的时光。丽贝卡，你说对吗？”莫伊拉用手捧着丽贝卡的手并拍拍它，我特别希望莫伊拉也拍拍我的手。

接下来轮到年轻的丹尼尔，他小心翼翼地看着马克斯韦尔·法拉比，他在好玩似的弄乱丹尼尔的头发。在一阵笑声和拍手声中，扮演安杰拉的小个子金发女郎开始了自我介绍，说自己叫金妮·布莱克。一束耀眼的阳光正好照在她脸上，我马上意识到金妮的实际年龄可能比她希望在我们心目中看起来的年龄要整整大5岁。

埃德介绍了他自己，而且连我他也介绍了！他一边用手慢慢向上抚摩我的大腿，一边用一种做作、奇怪的爱尔兰的口音说道：“我不禁想问，我这样的老家伙怎么可能有像摩甘娜·哈里奥特这样一个漂亮的女儿，我真乃三生有幸！”我一边用指甲盖扎他的手腕不让他继续在我大腿上往上摸，一边对大家说道：“大家好，我是摩甘娜，很高兴认识大家。”

丽贝卡·戴利的确很紧张，以至于她说出她自己的名字时声音在颤抖。看到她这个样子，我总算获得了一丝安慰。我摸着口袋里哈迪的打火机，我心中的不安感消失了，代之以一种兴奋。我的确嫉妒丽贝卡得到演主角的机会，但当我听到她用颤抖的声音说出剧本的头几句的时候（我在面试女家庭教师时读的就是这几句），我意识到我已不再渴望饰演伊丽莎白这个主角了。

我花了很多时间想象玛吉成长的背景故事，分析她性格的各个方面，利用我在花花公子俱乐部做女招待的“光荣历史”诠释这个人物。我对每行台词都详细做了注释。我手中的剧本上每页都写满了我用黑笔做的笔记。当轮到我读一段和埃德·麦克纳伯的一个场景的台词时，我只是装样子照着剧本读。其实，当我的经纪人一告诉我我获得了这个角色，我就开始认真地记台词了。毫无疑问玛吉天生就是属于我的角色，我完全投入到这个人物中了。

台词读完了，屋子里响起一阵稀稀拉拉的掌声。“不错，大家读得都不错。”导演多丽丝·富兰克林说，从她说话的口气看，一点也不像是在祝贺大家。“好了，在我们休息之前，我们来对台词做一些删减。台词太多了。”

看到多丽丝翻着剧本，毫不留情地删掉整段整段的台词，我坐在那里愣住了，很多是玛吉和父亲的戏。我很喜欢这些台词！没了这些台词，我演的角色就成了空壳。埃德很乐意他自己的整段台词被删掉，很高兴不用记那些没用的台词。我和迈克尔的不多的对手戏也被删去整整三段。导演她怎么可以这么干呢？不知我是否有些感情用事，我觉得她砍掉的大部分都是我的戏。到了休息喝咖啡的时间，我感到很麻木，我台词读得很差吗？金妮、丽贝卡她们的台词好像删掉的就没有我的多。我打定主意，过一会儿数一数她们的到底删了多少。

我灰溜溜地向咖啡桶走去，心情糟糕透了。迈克尔截住了我：“嘿，摩甘娜，别那么愁眉苦脸的。这种事很正常，开心点，好吗？”

“这叫正常？我都没有什么台词可说了。”

“你把剩下的台词尽可能地说好不就行了吗？不要因为这件事而垂头丧气，今天可是你的第一天哦。”

第二次读台词之前，从卫生间回来的路上，我路过靠近排练厅的剧务办公室时，听到导演多丽丝在说我的名字，我不由得停下了脚步。

“也许摩甘娜能演好这个角色，不过这里有个问题。对不起，保罗，我得实话实说，她和丽贝卡在镜头前看上去太像了。依我看，这样不行。”

“那现在我们该怎么办？换人？相信我，没有人会把她们两个人搞混。”

“大家都注意到了，比如，两个人都是黑头发。”

“给她戴上假发不就得了吗？戴红发假发，或是金黄色假发，谁在意啊？给她一个短的假发好了。”

“那谁去说服她不要戴假睫毛呢？”

“让她戴好了。反正她只是一名女招待，戴上假睫毛正好显得俗气。”

我回到排练厅，心里嘀咕开了：“戴假发？我该把我这么好的头发塞在愚蠢难看的假发里吗？为什么是我？至少我可以仍然戴假睫毛，它可是深褐色的，一点都不俗。我很难想象我早上去熟食店不戴假睫毛。我已经掌握了英国模特琼·施林普敦的睫毛的戴法，在下睫毛粘上一窄条就行。施林普敦一点都不俗气，时装杂志几乎每一期的封面上都有她。不知道他们到底是怎么想的？”

“我不知道你干吗那么不开心，孩子。”埃德在我们休息、准备吃午饭时对我说道，“你不妨这样想，如果戴假发，你就可以省去不少化妆的时间。”

埃德带来一个草编的篮子，里面有一小瓶香槟酒，一块布里干酪，蘸有芥末酱的鸡胸脯，这是他的午饭。他吃这些东西就够了，无论什么样的演技活，包括他最擅长的体验表演法，他都不在话下。他给人一种清苦艺术家的形象，似乎只吃得起青豆加烤面包。在午餐休息时，莫伊拉跑过来和他一起进餐，她吃的是去掉面包皮的细长三明治和鸡汤，这些都由她家的用人准备好，用蒂芬尼购物袋带来的。马克斯韦尔·法拉比也和他们坐同一张桌子，他的午餐是从熟食店买的金枪鱼沙拉。

我本想和迈克尔一起吃午饭，但他和导演、制片人去了一家餐馆。由于有很多的对手戏，丽贝卡和金妮匆匆去了一家咖啡店，没有邀我和她们一起去。我站在窗户前看到小丹尼在下面大街的摊贩食品摊前买热狗。由于就我是一个人，我决定少摄入点热量，干脆把从家里带来的柚子剥开，吃了起来。

人们都不知道我们的管家在什么地方吃的午饭，但在下午排练的时候事情就清楚了。排练开始半小时后，她踉踉跄跄地来到排练厅，一身威士忌的酒气，在往椅子上坐的时候，她差点从椅子上摔了下来。舞台经理把她拽起来，搀扶着她来到走廊。

“她吃的是那种快过期的棕色袋午餐。”马克斯韦尔压低声音说，周围的人都笑了起来。

“可怜的梅伊芙。”迈克尔轻声地说，“我就知道会是这样，我来跟她的保证人打电话。”

在休息的时候我被叫到发型师那里去试假发，假发都是些稀奇古怪的颜色。麦琪，一位50岁左右的女人，身体很瘦，青筋毕露，她自己的头发看上去就跟鸟窝一样，不停地在我头上摆弄、整理着。我不满意地看着镜子里的自己。我知道她尽力了，但每一次她再拿一个假发给我看，我都摇摇头把它摘下来。我不要的假发在旁边已经摞了一堆，只剩下两个假发我没有试过了，我选了一个荷兰短发式的，它的那种红色我还是可以接受。

“你肯定是这个？”麦琪问道，“其他的还要不要再试？”为了尽一切办法让我满意，她还拿起一团像宠物狗的毛发，难看死了。我自己选择的假发至少不会看上去像在我的头上顶着一只死了的宠物。我选了姜黄色的假发，戴着它回到排练厅让导演看看。

我走进屋子的时候，莫伊拉抬起头，大吃一惊："天啊，你这假发的颜色跟演员露西尔·鲍尔头发的颜色一模一样，简直太恐怖了。"

"你走在大街上回头率肯定高，孩子。"埃德说道。

"说得一点不错。"马克斯韦尔附和道。丽贝卡和金妮转过身去，用手捂住嘴在笑。这时我的眼泪在眼眶里打转，我一把从头上扯下假发，把它拿在手里："我觉得这样不行，或许我扎个马尾辫还好一些，对吧？"

保罗·阿博特和多丽丝·富兰克林交换了一下眼神："你觉得真的很难看吗？"他问道，"也许我们可以把她的头发剪短一点，你觉得如何？"

我的呼吸都几乎要停止了，起初他们要删减我的台词，现在他们又要打我头发的主意。通过我的眼角，我可以看到丽贝卡和金妮在注视着我，一动不动。一下子整个屋子寂静得像墓地一般，屋子里的每个人都将视线集中到我的身上。

"短点是好一些。"多丽丝最后说，"不过，问题是头发的颜色。"

"我可以染发，"我说，声音发颤，"或者就戴假发。"只要不剪掉我的头发就行。

"也许我们可以再看看，看还有没有其他合适的假发。"多丽丝说，"麦琪，在今天下班前再去找一些假发来。好了，下面我们继续。奈杰尔，请准备下一个场景！"

我又能呼吸了，事情没最后定，我现在还有点喘息的机会。在这一周里我们要排练前五集节目，在下周进行实况播出，我还有时间在此期间找到解决办法。我发誓要想尽一切办法保住我的头发，即使这意味着我要在我的头上戴一个像拖地的拖把一样难看的东西。

我朝门口看去，麦琪在那里，手里拿着一大把假发。她示意我过去，看上去她很着急。我走了过去。"如果染发用不了多久你的头发就会变坏的，亲爱的。这些假发你不想再看一看啦？你回家再试试看怎么样？我给你用袋子把它们装好，你看行吗？”

我点头：“谢谢，麦琪，你不用担心，我们会找到解决办法的。”为什么我要让她放心呢？因为我看到她在走廊过道里跑来跑去的，非常感激，总算有一个人站在我这一边。

排练结束后，我到花花公子俱乐部，让兔女郎领班重新安排一下我的上班时间，只安排我在周末上班。就目前的情形来看，我很高兴我没有对领班奥德丽提我在肥皂剧中担任角色的事情。很有可能第一集还没拍完他们就不要我了，正如我妈妈很恰当地告诫我的那样，“不要弄得到时候没有事做。”

员工电梯在四楼短暂地停留了一会儿，我看到布赖恩·邓肯，那位把角色输给了迈克尔的演员，正在娱乐酒吧和罗科·本内特在说些什么。我向他们俩招了招手。

正当电梯门要关上的时候，罗科·本内特冲着我嚷道：“嘿，听说那老家伙哈多克死了，真为你感到难过。”我要乘电梯到兔女郎的更衣室，努力克制着想把本内特推下电梯竖井的冲动。我强迫自己不要有这个念头，担心它会真的发生。

“太好了！赶快换衣服。”我刚刚走进房间，兔女郎领班就对我嚷嚷道，“你能替人上这个班，我给你加20分，娱乐酒吧正缺一个兔女郎。”

尽管有些不情愿，我还是同意了，只要我在参加俱乐部的第一场表演后能够下班就行。然后我和奥德丽协商，让她给我一个比较适合我时间的周末班。我用5分钟匆匆地化好妆，又花了几分钟换好兔女郎服装，领口、袖口和头上的兔耳朵都装好了。

布赖恩已经接到通知，说替班的人是我，因此正在等我。“祝贺你，梅格。我不得不说，你真了不起。”

“谢谢。你能不能让我早点下班？我明天上午有排练。”

“没问题。到时在管事的人面前给我说两句好话，成吗？你们演出有时也许会出点意外情况什么的，知道我的意思吗？对了，梅格，今晚你要在台上宣布演出人员。”

我不情愿地哼哼两声，拿起演出人员安排表，看看上面写了些什么。这正是我需要的，要记一些台词。皮特·艾伦和他的弟弟又要上台表演，如此看来似乎是场不错的表演，弄不好皮特的女朋友莉莎·米耐丽也会到场助兴。10点钟，我回到更衣室，从柜子中拿出我自己的衣服。就在我准备离开俱乐部时，我决定带上我的缎子兔女郎尖底高跟鞋，好给它们重新装上跟，于是我把它们和麦琪给我的假发一起装到我的帆布手提包里。5分钟后，我赶往第60街和第5街之间的地铁站，我想11点钟以前肯定能到家睡觉了。

经过15分钟，换过一次车后，我到了我要下车的车站，然后我沿着街道匆匆往家里走。一时心血来潮，我进了一家街角的熟食店。我觉得有些乏力，本来应该买点蔬菜，但是菠菜看上去软塌塌的，胡萝卜又干巴巴的。于是我买了一品脱哈根达斯巧克力冰淇淋，一袋花生巧克力和一些红的干草，算是补上我的晚饭。我将买的这些东西塞进我的帆布手提包，然后从一卷小费钱中拿了一张5美元的钞票递给营业员。我把零钱和其他的一沓皱巴巴的钱重新放回我的手提包，来到昏暗的街上。

我预感到会有麻烦，只是没有及时提防。在走到离家不到一个街区的地方，一只手勒住了我的脖子，把我向后拽。我浑身打战，我知道我离开熟食店后有人紧跟在我的后面，我早就应该要提防！

我被人向后拖着，滑过褐砂石房屋的楼梯，我的腿擦着栏杆。我用手抓住挎包，把它拿到胸前，一个身上臭烘烘的模糊的身影把我抵到墙上。一个冷冰冰的金属物顶住我的脸颊，我能感觉到锋利的刀刃。

“别动，小骚货，我们一起玩玩。”他拉扯着我挎包里面的手提包的带子，试图用一只手把包拿出来，另一只手用刀顶住我的下巴。

“请你别这样，”我喘着粗气，用力挣脱开，不让他用刀刃顶着我，“把钱拿去好了，拿去。”

他把我向他跟前拽，嘴巴贴住我的耳朵对我说：“我要什么，不用你吩咐，小骚货。”他用刀割开帆布包，假发、缎子鞋以及冰淇淋掉到我的脚上。

他把手伸到我夹克衫的口袋里，拿出哈迪给我的打火机。“这是什么东西？”他扳动打火轮，火苗蹿出来，在黑暗中舞动，“嘿，这个东西不错。”他笑着，来回扳动着打火机。

火苗跳动着，变得越来越热，越来越亮。我大吃一惊，在燃烧的火焰中出现了哈迪的脸，他脸庞红润，眼神凶狠，他的影子充满了肮脏，有地下室的霉味。

劫持我的人吓得大叫一声，把打火机扔在了地上。在他再次发出声音之前，我用胳膊肘顶住他的脖子，把他的头向后猛然一拽。然后我扯开他油腻腻的劳动布工作服的袖子，用力咬他露在外面的手腕。他扔掉手中的刀，试图挣脱被我咬住的手。他动脉里的血有一种发酸、麝香的味道，强有力的人血涌向我口里，几乎把我给呛住了。

我一边咬住他的手腕喝血，一边将他抵住墙向后拖，同时我的膝盖猛击他的腹股沟。他顿时松垮下来，意识不清地靠在我身上。我咬住他的脖子，松开下颌从咬断的动脉深深地吸着血。在我吸血时，这个人的身体不停地颤动，我的全身充满了一种我从未感受过的能量。

直到他的身体开始变冷，整个身体在我的手里感觉软绵绵的时候，我才松开了我咬住他脖子的嘴。我吸了一大口空气，用舌头舔了舔我有些肿的嘴唇。我身体中的每个脉搏点都在跳动，充满了热量和能量。我向后昂起头，聚集在胸中的吼声穿过嘴唇，变成一声长长的叹息。

攻击我的人还有呼吸，但已经很微弱了。他看着我，眼里充满了恐惧。我做了些什么？我这样做是因为愤怒、报复，还是其他什么原因？我很懊悔，虽然我从他身上吸取的血量不足以让他马上死去，但我不能丢下他不管让他慢慢死去。

我很快地将冰淇淋、假发、缎子鞋和我的手提包装进帆布挎包里，然后将它挎在肩上。我从有裂缝的水泥地上拾起哈迪的打火机，放进口袋，然后用双手抱起打劫者，将他抬到通往褐砂石房子门廊的台阶上。我动作很快，一对年轻夫妇从街上向这边走来，不过他们看不到我，在他们看来，我只不过是一团阴影。但这是我住的街区，我不能过久地逗留，我不能被别人看见。

我匆匆离开现场，沿着街道飞快地行走，我的脚几乎没有落地，没有接触到人行道。当我到达我住的那栋楼时，我听到了尖叫声，知道抢劫我的人被人发现了。我从手提包里拿出钥匙，打开我公寓的门，把帆布包扔到地上。我锁好房门，挂上链子，顿时觉得胃痉挛，疼痛得腰都直不起来，还感到很恶心，是因为有酸味的人血在胃里凝固。我觉得天旋地转，看了看脚下的一堆东西：搞坏了的兔女郎鞋；一团乱七八糟的假发；冰淇淋纸盒的盖子已经撕扯开了；花生巧克力撒了一地。好玩吗？好玩吗？

我喘不上气，感到恶心，身体发抖，我捡起鞋子向墙上扔过去。鞋子弹回来，我就用脚踢，然后踢冰淇淋，冰淇淋纸盒被踢得在地板上乱窜。我一次又一次地将假发抛向天花板，看到它们落下来，红的、黄的毛团砸在地板上。好玩吗？

我打开J&B威士忌的封口，往雕花玻璃杯里倒了一杯。我靠着墙，慢慢地抿着杯子里的酒，试图清除口里毒药般的感觉，眼睛盯着脚下的一堆假发。我讨厌这些假发，一想到要戴老太太戴的假发就打心里觉得讨厌。我到厨房抽屉里拿了一把剪子，用剪刀拼命扎一个假发——一个泡状发式的假发，然后把它拿进了浴室。

很长一段时间我站在浴室，喝着有些烧舌头的威士忌，看着盥洗槽上方镜子里的我，眼睛凹陷下去，脸上被睫毛膏弄得污迹斑斑。我拿起戳在剪子上的金黄色的假发，对着自己长长的黑发哭了起来。在刺眼的灯光下，假发像一团稻草颜色的卷曲物，显得很便宜而且俗气。我把它扔到水槽里，把自己头上的头发盘起来，拿起假发，用发夹固定在自己的头发上。

我又喝了一口酒，拿起剪刀修剪起假发来，一绺绺金黄色的头发掉到水槽里。我不断地修剪泡状卷，最后修成了一个男子的短发头型。过了一会儿我放下剪刀，将杯子里剩下的威士忌一饮而尽。

我夹克衫的口袋里有什么东西一阵阵地发热，就像心脏在搏动。我把手伸进口袋用手指握住打火机，然后拿出来把它放在水槽的边上，打火机的伪装色透过雕花玻璃杯冲我眨眼睛。

“谢谢你，哈迪。”我细声说道，“刚才多亏了你。”

“不用谢，亲爱的。”哈迪出现了，在我后面肩膀的上方，在镜子中看起来很模糊，像鬼一样，“你一直对我很好，我很高兴能帮到你。”

“今天真倒霉，什么都不顺心。”我的眼泪扑簌扑簌地掉了下来，“哈迪，我的心情糟糕透了。我不应该做那样的事，我不习惯吸人的血，我认为人血对我的身体不好。是什么让我这样做了呢？”

“嘘——嘘——嘘，你很快就会没事的。”某种东西轻轻地从我的脸颊拂过，揩去我的泪水。“我不会让任何东西伤害你，但是有一种力量想给你带来巨大的伤害，它比街头流氓更危险，我们务必要警惕。”

“我会小心的，我保证。”但是我看着镜子，并没有完全在听。镜子里面的我脸色苍白、憔悴，我又禁不住想哭了。“你看我，哈迪！这么难看的头发！”

“亲爱的，我觉得你看上去像一位过度劳累、疲倦的路边餐馆的女招待，这不正是剧中人物的要求吗？”他轻轻一笑，脸上顿时皱纹一片，“要相信你自己，一切都会好的。”

“谢谢你，哈迪。你怎么样？你见到鲁比了吗？”

“那当然啦，亲爱的，其实你也见过的。”他笑得更开心了，“不要觉得有什么奇怪的。我把你的事都告诉她了，她当时就在墓地等你。”

“你是说那个牵着一条小狗的女人？她就是鲁比？”

“那当然。”他对我眨眨眼，“她还是我的心肝宝贝。”

五

剧本放在厨房的桌子上，但我不用再看了。我不仅记得我自己的台词，其他人的对话我也了然于心。我期待着第一天的正式演出——当然心情也很紧张。

我心里已经接受了难看的假发，每天戴着被我修剪过的金黄色的假发排练，演员也好，剧组工作人员也好都渐渐看习惯了。我同时还意识到头上乱蓬蓬的发型对我扮演玛吉这个角色也有影响。我会把尖尖的女招待帽斜戴着，显得神气十足。我也喜欢在记下客人点的菜后把半截子铅笔夹在耳根上。我摆出一副粗心大意、懒洋洋的样子，说话也带有怒气。所有这一切都使得我扮演的玛吉与其来自贫民窟、脾气特别大的女孩形象定位十分吻合。

和我一样，玛吉这个人物也有自己的秘密，我们俩都有一些基本的致命弱点。在表演时，我会借鉴我遭遇打劫的经历，因为这样我可以体会对这件事保守秘密的愤怒心情。这件事我既没有告诉剧组的人，也没有告诉俱乐部的人，因为我不能把实情告诉任何人。现在，只要想到我喝过另一个人的血我仍然会感到恶心，我发誓以后无论遭到什么样的挑衅我再也不做这样的事。我把我的饮食限定在凡人吃的食物，比任何时候都一心想证明我可以靠自己的能力成功，而不需要借助超自然的本领。

前面的整整一周时间，剧组人员都在熟悉前面三集的剧本，塑造角色，建立人物之间的关系。头几天在排练厅练习，以哑剧的方式模拟开门和爬楼梯的动作，所谓的门和楼梯仅仅是用黄色胶带在地板上标出而已。把椅子叠起来就变成了长沙发、床和我在餐馆工作的柜台。星期四早晨，我们在排练厅完整地排练一遍后，导演多丽丝宣布："大伙听好，我们已经排练好了，可以拍摄了。下面我们要正儿八经地面对摄像机了。"

"喔，太好了，神奇时间到了。"马克斯韦尔说道，做了一个单人踢踏舞的动作，使大家记起他以前曾是一个音乐喜剧明星。"我们要去看魔术啦，能坐上正儿八经的沙发了，那真是太幸福了。"他挽起莫伊拉的胳膊领着我们一行人三三两两地走下楼梯。摄影棚在布置笨重、永久性的布景，安装灯光，在这一切准备好之前，除制作人员外，其他人一律不得入内。还没有任何演员看到摄影棚里面的布景，我们都想知道我们第一次看到的假想出来的斯坦诺普的世界是什么样的。

"慢点走，小心踩到电缆。"当我们推开沉重的大门时奈杰尔·贝克，我们的舞台经理冲着我们喊道。

我们站住，一下子安静下来，以适应昏暗、潮湿、洞穴似的空间。由于墙壁衬有隔音材料，里面更加寂静，同时还能闻到锯末和油漆树脂的味道。太神奇了。奈杰尔在前面带队，我们摸索着，躲开电缆，绕过一片人工的灌木树丛，来到斯坦诺普庄园的哥特式拱形入口。用一种夸张的动作，奈杰尔郑重其事地推开雕工精美的前门，露出镶有橡树护墙板的接待大厅，里面有一张很大的长餐桌。

莫伊拉，第一个跨进门槛，兴奋地叫道："我们的家！终于回家了！"

我们大家都笑了，但是笑声中有一种敬畏。按照特定历史时期特点装饰的屋子太美了：弧形楼梯连接着带有彩色玻璃窗户的夹层楼面，靠近客厅的拱形入口矗立着一只落地式大摆钟。丹尼蹦蹦跳跳地往前跑，发出一声刺耳的口哨。

“别那样，傻孩子！”马克斯韦尔提高声音训斥道，“你这样会给大伙带来坏运气！”

“啊，得了吧。”丹尼说，“这又不是剧场。”

“这是我们的舞台，小伙子。”马克斯韦尔的声音低沉而特别富有感染力，他自言自语地重复道，“舞台！”

“好了，大家继续向前走。”奈杰尔催促道，“油漆还没有干，大家小心，不要碰到墙壁。”

在昏暗的工作灯投下的长长的阴影中，两位道具工人正在给一排有直棂的窗户挂上长长的红色丝绒帷帘。一位油漆工人正在给楼梯的弧形扶手进行最后的刷漆。

镶有橡木护板的巨大的客厅场景有两层楼那么高，壁炉几乎占据了整整一面墙。推开带有厚厚的窗帘的落地窗我们看到的是石制的阳台。我小心翼翼地走在波斯地毯上，看着眼前一排镶在结实的镀金相框里的家族照片。

莫伊拉已经很自然地坐到了华丽的织锦沙发上看起剧本来了。马克斯韦尔和丽贝卡俩坐在做工精美的翼状靠背扶手椅的扶手上对台词。此情此景，一种失望的心情涌上心头，我意识到由于我演的角色是餐馆女招待玛吉，不大可能有机会演在斯坦诺普庄园里喝茶、吃点心的戏。

我看看四围，发现我的餐馆布景在摄影棚后面的一个角落，除了淡淡的工作灯光外，几乎被一片漆黑所笼罩。我一步一步接近它，心情很激动，看到这里有搪瓷和铬合金的冷饮柜台，有带玻璃圆顶的做馅饼的工作台，赛力克斯咖啡壶。台子旁有铬黄色和红色皮凳子，两张小桌子上面铺着红色格子的桌布，与红色的窗帘正好很协调。这一切都是这么温馨、真实。我看一眼就觉得这个地方很亲切。趁附近没有人注意，我拾起一块布开始擦起台子来，轻声地哼着歌曲，假想这是在中午正式开始忙碌之前的一段悠闲的时间。我把装盐和装辣椒的作料瓶擦得干干净净，把它们紧挨着牙签盒、糖罐和餐巾盒放好。

在忙活过程中，我终于明白了为什么玛吉那么热爱她的工作。她是这里的主人，餐馆成了她的避难所，在这里她可以远离她喜欢酗酒的父亲。不仅如此，我还想到，埃德一有机会就将手伸向我的乳房，一想到玛吉的父亲居然也以这种方式来对待他自己的亲生女儿，我就不寒而栗。根据我自己的经验我很难想象，但如果玛吉真的要忍受那样的家庭生活又会怎样呢？当然，她会掩饰她自己的真实感情，很容易发狂，也很容易愤怒。看到挨着布景屏有一把扫帚，我将毛衣的袖子往上一捋，马上拾起扫帚，扫起地来。

天没亮，我坐在我自己公寓的小厨房享受着黎明前的宁静，我想象自己几个小时后又回到摄影棚里的餐馆，开始第一天的拍摄。怀着这种期待我激动不已，既紧张又兴奋。我硬撑着等着第一缕曙光透过落地窗照射到屋子里，然后去洗了个淋浴。我努力让自己镇静，不慌不忙地穿好衣服。尽管离去制片场的时间还早，我还是把剧本塞进挎包里，早早地就出发了。不知道为什么，没完没了的对话在我脑子里不停地闪现，我必须制止，不再想它们。

一辆公共汽车在街角的车站停下。我赶紧奔了过去，陆续来到建筑工地干活的一些建筑工人冲我发出嘘声，打口哨。这个建筑工地原来是一家五月花炸面圈店。我上了公共汽车，找到一个座位坐了下来，试图回忆仅在一周之前这条街道是个什么样子。仿佛一夜之间，带有门廊的褐沙石房屋和小商店组成的整个街区消失了。我很怀念那些古老、破旧的台阶和熟铁栏杆，也很怀念那些古色古香的炸面圈店，它们使我想起老家双湖镇的咖啡店。我做纽约人做了不到一个星期的时间，每当见到破旧的房子用木板封住，我都有一种怀旧的情绪。我不喜欢变化。

在老家双湖镇，没有什么东西会变化。你尽管放心，一切东西都会原封不动地在它原来的地方。邮局的旁边是消防站，自打我记事起，每天一到中午它就会发出警报。知道家乡就在那里，永远不变，对我而言是一种慰藉，虽说我并不想再回到那里去生活。再说，我想念的并非是家，而是埃里克，我希望我记忆中的他没有什么变化。埃里克现在在空军服役，驻扎在加利福尼亚北部的空军基地。我给他去过一封信，告诉他我在肥皂剧《黑暗之影》里扮演角色的事，收到了一封几乎是例行公事的回信。

> “我会试图习惯叫你摩甘娜（你怎么会想到这样一个名字？），如果你情愿称呼我埃里克·泰勒少尉。告诉你一个好消息，我被授予了军官官衔。请告诉我你们的第一次演出什么时间在电视上播出，我一定去看。希望你成了电视明星的时候不要瞧不起人！多来信，我不知道下一步我们驻扎在哪里，不过我会和你保持联系。你天上的伙伴，埃里克。”

接下来我几乎每天都写信给他，告诉他排练的事和我被迫戴上难看的假发的情况。我经常想到他，很奇怪他居然在我的心中占据很重要的位置。看起来，他好像还没有女朋友，如果他有女朋友的话，他应该会在信里提到，毕竟，我们俩彼此都没有向对方做出过任何承诺。

我们一直保持着通信联系，大部分是逗乐的信件和有趣的明信片。对我而言，读他的信甚至比见到他本人要好。我可以听到他的声音，把他想象成我记忆中最好的样子，他站在泰勒飞机的旁边，下午的阳光斑驳地照在他有雀斑的脸上。我会莫名其妙地念到他的名字。

我怎么了？有时，我会在脑海中和他进行长时间的交谈，然后，出人意料地，他的名字会从我的口里冒出来，在呼吸的时候，在发出感叹的时候。偶尔，我这种失态会被人听到。小丹尼什么都听得到，一天在排练的时候，他直愣愣地盯着我，我只好装咳嗽把这件事瞒过去了。

说实话，我心里一直装着埃里克。当我关上公寓的门时，门闩合上的那一刻，我会听到他的名字。当我走在大街上，他的名字会随着我的脚步声一起一落。当我在夜晚听到蟋蟀叫的时候，我发誓它们叫的是埃里——克，埃里——克。我不知道他的心里也是否一样装着我。

在我试穿兔女郎服装时，兔女郎领班把一对绿色的缎子兔耳朵安在我的头上，然后给我拍了一张宝丽来一次成像照片。我有些不好意思地摆着姿势，简直不敢相信我会被选为优秀员工。

“我们再来一张。”奥德丽说道，“这样你可以寄一张给你妈，如果你敢的话。”

更衣室里的人都笑了。我两只手里拿着要换的衣服，看到我的形象出现在黏糊糊的灰色乳胶上。我的头发掠到我耳朵的后面，厚厚的刘海搭着我的眉毛。我笑得很开心，露出两个酒窝。我算不上那种魅力四射的女孩。我看上去没怎么改变，还是原来那个咧着嘴笑的女学生，只不过头上多夹了一对缎子兔子耳朵罢了。我把这张照片寄给了埃里克，随信还寄了一张从报纸上撕下来的兔女郎招聘广告：把握成名机会！成就明星梦想！

埃里克在回信中给我寄来了他自己穿着飞行服的照片，头发剪短了，站在T-28飞机旁边。他长得仍然很像演员特罗依·多纳休，几乎像孪生兄弟一样。我用胶带把他的照片贴在我的冰箱门上，心想不知道什么时候才能再次见到他本人，至少他可以在电视上看到我。

正当我想到电视摄影棚的时候，公共汽车的门呼哧一声关上了。我向窗外看去，发现外面是我不熟悉的建筑——我坐过站了！当汽车启动开走时，我急得跳了起来。“等等！”我大声叫道，“我要在这里下车！”

司机看了看后视镜，看了看我，车门抖动着开了。我下了车，在原地站了一会儿，等待自己缓过神来。什么时候不好，偏偏在今天坐过站！尽管我知道我还有的是时间，我还是匆匆地向制片厂走去。

我还是第一批到排练厅的。和往常一样，演员们聚集在咖啡桶的周围，但是平常懒洋洋的交谈变得有点过于兴奋，每个人看上去都和我一样显得异常激动。第一天的拍摄情况将成为我们今后每天时间安排的基础，早上8点一过，就开始镜头布局的排练。尽管前一周我们已经全面地排练了第一集，多丽丝还是带着大家把镜头布局从头到尾地排练一遍。

10点钟左右我们解散，到各自的更衣室准备在摄影棚的镜头布局。我提前溜下楼，想在餐馆布景独自待一会儿。我把杯子擦拭得干干净净，把菜单重新放好，把斯坦诺普餐馆的角角落落打扫干净，这里是玛吉除了睡觉外大部分时间要待的地方。我完全沉醉在自己的思绪之中，以至于当明亮的灯光突然把摄影棚属于我的小小的一角照亮时，我吓了一跳。我抬起头，看到奈杰尔带着大量的摄像机和一些技术人员闯进了我的餐馆。

“我们来拍特写镜头，你准备好了吗？”奈杰尔用一种友好的伦敦东区的口音对我说道，“大家各就各位，有没有人看到我们可爱的埃德？”

“可能正在摆弄电子提字机。”保罗在一旁嘟哝道。

我看着他的眼睛。他狠狠地瞪我一眼，摇摇头：“想都不要想，好吗？”

“想什么啊？”我问道。

“你不需要，”多丽丝说，“埃德需要。你介意在休息时间和他对台词吗？我想在正式彩排之前尽量做到我们的整个台词排练没有问题。我们还得删掉一些台词。”

删台词？现在？我的心里像打翻了醋一样，很不是个滋味。埃德终于来了，手里还拿着剧本，我们俩开始排练镜头布局。

我终于明白电子提字机是怎么一回事了。我们的对白以大写字母的形式出现在黄色卷纸上，卷纸由固定在三台摄像机的特别装置驱动，不断滚动。埃德的眼睛从我左边的耳朵看过去，我意识到他几乎每个词都要从黄色的卷纸上读取。我越过埃德的肩膀看过去，看到我自已的台词从一个黑盒子流过。我一下子被迷住了，我的眼睛再也离不开它，接下来我的台词也说得结结巴巴。透过我的眼角我看到保罗正看着我，这种新玩意的确太有诱惑力了！

我和埃德完全没有任何的眼睛接触，即使当我们直接面对面时，这的确是一种奇特的体验，但他这种心怀鬼胎的表情或许正好适合他所扮演的角色。在我们演的一场戏里，我怀疑我父亲与马克斯演的谢尔比两人牵扯到一桩欺诈交易。和平时排练一样，我激动起来，但多丽丝把一只手放在我的肩膀上。“亲爱的，现在别激动，到实况播出时再表现出来。奈杰尔，你把她站的位置记下，好吗？下面继续。”

埃德有些不怀好意地笑着说：“我们的表演可是倾注了我们的感情，对吧？”我能闻到香烟的盐水味和他呼出的酒气——还没有到中午。

在我进行下一场戏的布局排练之前，我被叫去化妆。丽贝卡已经坐在化妆椅上，身材魁梧的化妆师克劳德正在往她两颊上涂胭脂。

“很可怕，是吗？”她低声地对我说，脸上是一种惯有的表情。“怪可怕的。”我说，捏了捏她的手。我们只是在第一集快结束的时候有一场简短的对手戏，伊丽莎白进到饭馆，打听去斯坦诺普庄园的路怎么走。我给了她一杯免费咖啡，提醒她要小心，因为“据说山上的那所庄园里发生了一些奇怪的事情”。

作为演员我们根本不知道那些“奇怪的事情”可能是什么。在排练的时候，莫伊拉说她怀疑编剧们也不清楚。《黑暗之影》的主创编剧霍勒斯·米尔顿在我们第一次全体对台词之后就从我们的生活中消失了。

直到彩排我才第一次真正地感到什么叫做心神不定。首先，摄影棚第一次显得特别安静。保罗、多丽丝和其他工作人员都在指挥室。只有奈杰尔，戴着耳机，留在布景现场。即使是为我的首场戏而准备就位的摄像机也只是在平滑的水泥地面上发出呼呼的声音。

当奈杰尔为我的首场戏发出倒计时的指令时，我的手开始发抖。一只汤匙从我端着的碟托上掉了下来。在那令人窒息的一瞬间，我在想我是不是应该把它捡起来。

“坐的时候要慢慢地坐下去，起身的时候也要慢慢地站起来，”多丽丝反复地提醒我们，“否则摄像机镜头里会没有你。”

我叹了口气，弯下身，拾起汤匙，然后开始擦拭我的工作台。就因为叹了口气，我反而平静了下来，和埃德的这场戏比所有平时的排练进行得都要顺利。

在我和迈克尔对戏后，他捏了捏我的肩膀，嘴唇摩擦着我的头发，对我说：“亲爱的，你很专业，演戏对你而言很轻松。”

彩排结束后，我们大家到排练厅进行最后的意见交换。我自我感觉良好，不过保罗把我拉到一边对我说道：“摩甘娜，我们认为你的发音还有点问题。‘屋顶’这个词应该发成‘roof’，而不是‘ruff’。你在排练的时候发的是对的，但在摄像机前，你又把‘water（水）’发成了‘wuhtrrr’。可能是你太紧张了，但是你要改进，明白吗？我们这里可不是堪萨斯州哦。”

我点点头，堪萨斯州也好，明尼苏达州也好，都差不多。保罗整个星期都在因为我的中西部口音找我的碴。“听你说话，好像你刚从国外回来一样。”他总是对我说。

我起初以为他是开玩笑，“明尼苏达人没有口音。”我跟他讲。

“也许在明尼苏达州大家察觉不到，在这里，他们是有口音的。发元音没有必要费那么大的劲，你发的‘O’听上去像冰冷的北风。”他用一种在我看来是很难听的纽约口音跟我说。为了口音问题我做出了很大的努力，甚至晚上回到家里，我也会跟着录音机练习。

“Water（水）。”我认真仔细地读道，“Roof（屋顶），这次我发得怎么样？”

“Better(好一些)。”他说，在我听来，他的“better”听起来像“beddah”。

好在我的台词他们再没有删减，导演多丽丝给我唯一的建议是：“下次可不要把汤匙搞掉了喔，好吗？摩甘娜，不要着急，现在你要放松。”

时钟显示快下午3点了，克劳德和马奇出现在门口。“好了，请大家做最后的润色、修改。”多丽丝说道，拿起剧本和记事本，“大家演得都不错，10分钟后开始直播。”

在演艺圈有句格言，“低劣的彩排意味着完美的演出”。我认为有时情况正好相反。在广告休息时间，看到摄像机对着我向我逼近，我感到紧张、浑身冰冷，不能动弹。我感到头皮绷紧，脑袋失血。我耳朵听不见了，听不见任何声音。在一片寂静中我突然意识到只有奈杰尔在发出倒数提示：“5——4——3——2——”

他用手指指我，第2台摄像机的红灯亮了。这次，不仅是汤匙，连我手里的杯子和碟托也乱动，发出叮咚咣当的声音。咖啡洒在了咖啡台上，我的另一只手赶紧上去帮忙，结果帮了倒忙，把杯子、碟托和汤匙打翻到了水槽里。我再次长叹一口气，开始收拾起来，第一次台子上真正有东西需要清理。我不停地收拾，我们所有的人都被警告过，无论出现什么情况都不要停下来。没有第二次机会，也不可能重拍。

埃德提前进来了。“爸爸！”我叫道，仿佛遇到鬼一样，吓了一跳。

我在台子后面要做的事情有很多。埃德在进来的时候绊了一下，撞到了桌子上，这使得我开心了一点。

我递给他一杯咖啡，这是剧本的要求，“还有一个——”我一下子想不起来我要说的词，于是我用手指着。

“小松饼吗？那当然。”埃德说，他第一次正面看我。

这样一段对手戏帮助我恢复了镇静。我们接下来说的其他台词的顺序基本上都是正确的，不过场景过得比平时排练要快。在结束的时候，埃德有些出汗，走路有些踉跄，我感觉完全短路了，好像一股电流穿透了我的全身。

我站在布景屏的后面，身体发抖，我试图使自己安静下来。我用力吸气，但我记不起如何将气呼出去。我数手指，有的会数重。我再看看我自己的脚，它们看上去离我至少有一个街区那么远。

当迈克尔过来和我一起对戏的时候，我已经镇静了很多。奈杰尔给我们倒数提示，迈克尔走到布景屏后面，通过餐馆的窗户看着我。正如我们排练的那样，我抬起头来，看到他正向我挥手，我感觉我又回到了现实世界。这场戏演得很好。迈克尔问起我父亲的事，警告我说“他可能居心不良”。

当摄像机撤走的时候，我有一种如释重负的感觉。迈克尔给我做了一个“你很棒”的手势，然后匆匆地走过摄影棚去拍他的下一场戏了。

我剩下要演的只有这一集结束时的吸引观众看下一集的悬念式广告。在最后一个场景，我拉下窗帘，准备关门，我突然发现伊丽莎白在餐馆的外面蜷缩成一团。我应该示意她来到前门，但丽贝卡所处的位置不对。我假装我看得见她，向她示意，然后去开门。丽贝卡站在那里，脸色煞白，身子不停地颤抖。我抓住她的手，把她拉进餐馆。看得出来她吓坏了，需要说明的是，对于我给她的有关斯坦诺普庄园的警告，她表现的这种害怕是非常恰当的。不过，她可并没有演戏，而是在摄像机前真的害怕。

演完这场戏后，奈杰尔说道：“大家别动，就待在原地，我们要检查间隙余量。”

过了一会儿，我们听到多丽丝·富兰克林深沉的声音从喇叭里传来：“谢谢大家，拍摄就到这里，太棒了！”

丽贝卡的两颊沾满了泪水。她的身子靠着我，头埋进我女招待服僵硬的棉布里。“太可怕了，”她抽泣地说道，紧紧地抱住我，“这太可怕了。我再也不想干了。太可怕了！”

“你俩没事吧？”奈杰尔问道，回过头，看着我们。

“总算拍完了，我们很高兴。”我说，“我们没事。”我抚摩着丽贝卡的背，感觉到她湿漉漉的脸挨着我的脖子。

“刚才我都想哭了。”奈杰尔开心地说道，“拍得不错。半小时后进行排练，你们最好去换衣服。”

丽贝卡揩去脸上的泪水，我们俩匆匆地跑出摄影棚。我跑上楼梯，往更衣室走的时候，一边走一边解女招待服的扣子，这时我想起了埃里克。我要让他知道，我也赢得了我自己的飞行勋章。在我关上更衣室的门的一刹那，我轻轻地喊着他的名字，“埃里克”，在我换下女招待服时，我大声地念着他的名字。我神情严肃地看着镜子里的我，不可以这样！然而，他的名字再一次从我的口里溜了出来。

我拉上裙子拉链，扎好衬衣，沿过道匆匆来到排练厅。如果运气好的话，回家后说不定邮箱会有埃里克给我来的信。不管怎么说，明天把演出的台词记熟后，我要给他写信，我有好多话要对他说。

六

虽说我们演《黑暗之影》做的是直播，但在全国电视台首次播出这部连续剧之前，我们已经完成了10集，每集半小时的节目制作。我们在摄影棚做实况直播时，节目由监视器录下来制作成屏幕录像，再发往广播电视网全国的附属机构在当地播出。第一集定于星期五的下午作为“悬念广告片”播出，在下周正式开播时，星期一还要进行重播。我们事先并没有机会看到这一集。我们紧张地等待着观看我们在电视上的首次亮相，知道这个节目被录下来了，包括失误等，没有进行剪辑。我最害怕，尤其第一集播出的时间恰好是13号星期五。

我挤到人声鼎沸的演员休息室和其他演员、工作人员和制作人员一起观看星期五的“广告集”。大多数演员还穿着演出的服装，刚刚完成那一天的节目录制。埃德·麦克纳伯强行挤到我后面，将手放在我屁股上。

“我说，香槟酒在哪里？”埃德问道，屏幕上出现了节目标志，“保罗，该打开香槟酒庆贺一下，你这个制片人，真小气！”

大家都笑了，保罗·阿博特本人也跟着笑了。他身子靠着门框，叉着手：“等排练之后吧，你们这些酒鬼。我可不敢掉以轻心。”

“酒后之勇，我们要的就是这个。”马克斯韦尔·法拉比慢吞吞地说道，用手指摸摸自己的领结，“算上我一个，我非常想喝酒。”

“嘘——”莫伊拉说，她说话的声音听上去比平时更加飘忽不定。“反正已经太晚了，n’est-cepas（不是吗）?孩子们，演戏就是这个样子。谢天谢地，我们看一遍，然后就忘了，好好欣赏吧！”莫伊拉有些滑稽的讲话引来三三两两的笑声，大家的目光集中在墙上的屏幕上，看着开场的演员表。

音乐声变大，给人一种神秘、恐怖的感觉。随着丽贝卡的话外音渐渐消失，镜头呈现出一座哥特式的庄园，在那里丽贝卡将担任女家庭教师。尽管几周前我观看过丽贝卡和莫伊拉两人的首场戏的排练，但在电视监视器上看，还是有一种耳目一新的感觉。丽贝卡克服了种种不利条件、重重困难，演得非常精彩。莫伊拉扮演傲气而又优雅的黛安娜，身着珠光宝气的长裙，快速下楼迎接新来的女家庭教师，我简直都看得入迷了。扮演伊丽莎白的丽贝卡站在门口，衣服破旧，温顺谦恭。我很清楚第一天丽贝卡是多么的害怕，但她内心的恐惧几乎看不出来。她看上去腼腆、脆弱，非常迷人。

在电视上你感觉不到舞台经理发出倒计时的信号，也感觉不到话筒吊杆的操作手将话筒很快地输送到严格框定的特写镜头的跟前，丝毫不差。没有摄像机笨重移动的声音，也看不到演员们在舞台上拼命地找标记站位的情景。

在一段广告之后，自动唱机播放着音乐，我的首场戏来了。摄像机从音乐自动播放机移动到我正忙碌地擦拭柜台的场景，我几乎躲藏在马克斯韦尔·法拉比的袖子后面。哎，怎么没有咖啡洒出来？当时我手里的杯子和碟托掉到地上的时候摄像机一定是对着自动唱机，真没想到！我看着我在屏幕上的样子，看得特别认真，尽管场景模糊、快速地过去，我还是力图记起每一个细节。

假发看上去还好，我的表演也还说得过去，尤其是我忘了说“松饼”的一幕。我也打定主意以后总是要出点错，犯点小错误什么的，这样看上去更自然。但我为什么要缩着背？也许是紧张。我下定决心要注意我的姿势。我的眼睛四处张望，嘴巴也显得很僵硬，显然还是因为紧张的关系。不过我的声音听上去还是很有自信，而且我把“水（water）”和“屋顶(roof)”这个字的音也发正确了。

“你看上去好极了，小姑娘。”埃德在我耳边悄悄地说，他的大拇指呵痒似的摸着我的肋骨。他吐出的口气污浊难闻，有一种混合了香烟和中午喝的马提尼酒的味道。

“谢谢，爸爸。”我抱住双手，放在胸前，有效地阻止了他继续向上摸我乳房的企图，我还是一门心思地惦记着我的表演。

节目一放完，我马上跑到楼下，用付费电话给我的经纪人韦斯利·特拉斯科特打电话。我脑子里想的是我在表演中的颤抖、僵硬的情景，我不自信的时刻。“我的表演还行吗？”我随口说道，对方刚刚拿起电话。

“当然可以啦。你要对自已有信心，亲爱的。你所需要的是经验。你的表演非常吸引人，很像演员玛格丽特·苏利文年轻时的样子，正因为有点小毛病反而更显得亲切。”

我特别想相信他说的话。韦斯利·特拉斯科特说话很像老家的牧师奥迪加德，很善于安慰人，不过奥迪加德不大会用这样夸张的词语。“不错”或者“真不赖”已经是牧师奥迪加德或是双湖镇的其他人很慷慨的褒奖了。

“其美妙之处也正在这一点上，摩甘娜。”韦斯利接着说，“将演出当成一个实验室，你必须要敢于实验、要勇敢。反正没多少人看，除了家庭主妇和孩子。一下子就过去了。即使你犯错了，也没人介意，把它当作一种开心的事情来做就对了。”

我挂上电话，感觉好了一些，但是还是有些半信半疑。演戏当好玩？他知不知道当小红灯亮起来的时候是多么的可怕？

“不要这么严肃。”韦斯利曾对我说过，“不要老想着台词！”

好了，我也试图更轻松一些。多丽丝也不止一次地告诉我说在演戏时没有必要老是盯住对方的眼睛。“倒一杯咖啡，就像对方要续杯一样，继续下去。”她这样告诉我。

我上了楼梯，向排练厅走去。保罗的确给我们提供了香槟酒和薄糕饼，上面有赞助商的标志。我走进去的时候，他正在给大家敬酒。

“《黑暗之影》剧组这个大家庭的每个人，让我敬你们一杯。我们希望今天看我们节目的观众周末会谈论我们的演出，星期一全美国都收看我们的节目。祝我们兴旺，收视率长红！干杯！”

“好，说得好！祝贺大家。蓬勃向上！”多丽丝·富兰克林也在一旁插嘴道，她很利落地从小丹尼的手里拿过一杯香槟酒。莫伊拉，和往常一样坐在排练桌的首席，轻轻拍了拍丹尼的手，示意丹尼再去为她拿杯香槟酒。

我和迈克尔的目光相遇了，他对我眨眨眼，我看到他喝的是咖啡。埃德可不是这样，他又给自己满满地倒了一杯，然后将瓶子递给马克斯韦尔·法拉比。我朝着迈克尔笑一笑，举起酒杯默默地向他祝贺。

我演得最出彩的地方是和迈克尔的对手戏，他总是会做一些事让你惊慌失措、措手不及，但却能发挥我的长处。在我们录制的第二集里，在问我父亲的情况时，他的手臂搂住我的肩膀，用力捏我。我不知所措，差一点把赛里克斯咖啡壶摔到了地上。在这之前我们并没有排练他用手搂住我的肩膀这个动作，但实际演起来很自然，我抿着嘴笑着，身体很自然地向他靠近，是整个一集中演出最自然的几处之一。

我幻想编剧们能捕捉到我们俩之间的默契，使剧中的玛吉和史蒂夫成为一对恋人。一想到要和迈克尔演爱情戏，我整个人都酥软了。

但我觉得这是不可能的，迈克尔演的角色在剧中已经和丽贝卡所扮演的伊丽莎白处于一种恋爱关系。迄今为止虽说他们俩的亲密只限于蜻蜓点水式的亲嘴或是拉拉手什么的，但看到他们一起排练我还是感到心里很难受。每个人似乎都认为他们在一起你有情我有义，“回到家乡的坏男人”勾引了纯洁、腼腆的女家庭教师。

虽说我心里一直想着埃里克，但他和我隔着一个世界。我想念他，但更多地是把他当作哥们而不是当作男朋友。我每天都和迈克尔在一起，他和我打情骂俏，逗我玩，所以一点也不奇怪——我爱上了他。

也许是我自作多情，但迈克尔似乎也以这种眼神看我。如果我要将我的处女之身交给一个男人的话，迈克尔应该是我的首选。他没有结婚，似乎也没有女朋友。所以即使我和他有什么，也谈不上我预谋或策划什么，我设想了各种情况，但没有一个是成功的。

自从来纽约后我还有过其他几次单相思。在上表演班时，我爱上过一个名叫维克的男孩。他皮肤黑，长相好，像演员詹姆斯·迪恩，有点爱激动，魅力非凡。我设法找到机会和他在话剧《公共汽车站》中演一场对手戏，《公共汽车站》是剧作家威廉·英吉的作品，维克在里面扮演一个牛仔，和一个妖艳的女人搅在一起，两颗迷失的灵魂。

我们在他住的地方排练，他住在西村一个没有暖气、没有电梯的公寓楼的五楼。他在房门的后面安了一面大穿衣镜，一起排练的时候，我注意到他打量着镜子中的自己，观察每个动作，相应改变自己的姿势和造型。虽说我有些分心，还是觉得他很可爱。

一天下午，在排练结束后，我们去了费加罗咖啡店，我们谈了各自的理想。他很想做电影明星，或者说特别特别想做一位电影明星。不一会儿，我发现他之所以选择坐在我们坐的地方，是后面的墙上有一面镜子。虽说我们在喝咖啡的时候都握住对方的手，我知道越过我的肩膀他在仔细打量镜子中的自己，在分析他的动作和面部表情。偶尔他会把头歪向一边，重复这个动作，似乎是想找到更佳拍摄镜头，一想到如果在床上他也是这个样子的话，我觉得很倒胃口，无论他多么可爱。

我曾结识过一位名叫豪伊的纽约大学电影专业的学生，那是在一个星期天的下午，在华盛顿广场的民歌音乐会上。结果他想要我帮他完成学校的作业，他让我在他拍的8分钟短片中扮演一块空地上的一具死尸。尽管当时寒风刺骨，腐烂的垃圾臭气熏天，我还是答应了他的请求。我在靠近荷兰隧道的某个地方的瓦砾堆上躺了一个小时后，一个漂亮的金发女郎走了过来，我这才意识到那是他的女朋友，她为什么不在他该死的电影中扮演死尸呢?

我也曾有意和花花公子俱乐部的玩伴、酒吧招待乔希约会过。按规定俱乐部员工之间不可以过于亲热，但是他和维克一样可爱，有着我喜欢的爱尔兰口音、黝黑的皮肤和好看的长相。结果弄了半天他是个结了婚的人，有三个孩子和怀孕在身的妻子，他口口声称他妻子“不介意”。有一天我们在第2大街的一家酒吧喝扎啤，当他把这个意思传递给我的时候，我狠狠地瞪了他一眼。我觉得我们俩要继续交往下去是死路一条。“但是我介意”，我告诉他，然后愤愤地离开了。

把处女之身交给一个人不是一件随随便便的行为，和把一副喜欢的太阳眼镜忘在邮局里不一样。“失身”需要大量的侦察、规划和组织，并不是说男人不喜欢我，他们很喜欢。但是和我交往的男人大多是有些怪异的，或是打情骂俏，或是在街道上吹个口哨的那种，从来都没有好端端地请我一起喝杯鸡尾酒呀或是吃个饭什么的，有点下文的东西。我很挑剔，并不是说和谁都可以的。男女之事一定要有点浪漫的成分，如果没有浪漫，也一定要有些意义才好。

我还要考虑另一重要因素，即我一点也不清楚我与正常的凡人女孩究竟有多大的不同。在大多数方面，我和正常人一样，只有牙医检查才会显示我有吸血管。我不想做什么身体检查。我有一些表征，如苍白的肌肤、脉搏频率、体温都不怎么标准。埃里克总是说我的手很冷，玛丽琳也总认为我在不到穿毛衣的天气就穿毛衣。但大家都看到了，我跑得很快，游泳时比班上的男孩子游得还要远，爬起树来毫不害怕，所以大家都认为我的脉搏频率较低是因为我运动天赋好，没有什么奇怪的。再者，我身体很健康也是无可争议的事实，因为我从不生病，即便是当别人得麻疹或流行性腮腺炎时我也没事。

但是，与另一个人的性亲密是向着未知领域的冒险。在这个问题上我妈根本不想给我任何指点，我也不打算向她讨教。我曾想过如果我的性事进展得很糟糕的话，我会找一个完全不认识的人进行试验。但是对于我有什么样的期待我根本不清楚，我也无法预测我身体有什么特定功能会影响我的正常性生活。找一个陌生人，不是表演班的同学，也不是我再次碰到的俱乐部的熟人，也许是解决这个问题的答案。但我无法面对将自己献给一个我不认识的人这样一个现实。

要是埃里克不在世界的另一头的话，或许他是个不错的人选。不知道为什么，我知道他这个人什么事都能拿得起放得下，到了事情变得不可收拾的时候，我可直接告诉他我是吸血鬼，看他有什么反应。在我父母恋爱的某个时刻，我妈一定把一切都如实地告诉了我爸，我爸似乎也坦然接受。我陷入了一种我自己无法解决的困境，看样子这件事我只能听天由命了。但回到化妆间，嘴上还留有香槟酒的味道，我念叨的依然是埃里克的名字。最后，我决定要把心事毫不顾忌地告诉埃里克！

星期一的那一集节目没有我的戏，所以我不用留下来进行下午的排练。于是，我脱下饭馆女招待玛吉的服装，乘坐穿越市区的公共汽车到花花公子俱乐部，换上兔女郎的工作服，准备上鸡尾酒晚班。我觉得这种生活有些讽刺意味，而且我很喜欢这种新生活的节奏。根据安排，一周我只参加三场演出，这样我有时间上尤塔·哈根的镜头研究课，卢吉的爵士舞班，休·西顿的发音课，而且我还有时间星期五和星期六到花花公子俱乐部上鸡尾酒晚班。

本来我的计划是一旦《黑暗之影》在电视台开播，我就辞掉在俱乐部的工作。但是那天下午我走进兔女郎更衣室，签到后从架子上拿起自己的衣服，我突然意识到我不想辞职了。我很想念那帮兔女郎朋友，连领班奥德丽我也有几分舍不得！

兔女郎的更衣室就像一块绿洲，充满各种女孩子的味道，既有发胶、护肤液、美容粉等挥之不去的香味，也回荡着姐妹们唧唧喳喳的说话声。我很享受上班前在这里把自己打扮得漂漂亮亮的过程：打开我的柜子，脱下我白天穿的衣服，在明亮的灯光下坐在化妆桌前，只穿一件黑色的紧身衣，给自己画眼线，装假睫毛。如果还有时间的话，我会把我的头发梳成法式盘发，并用发卡固定兔耳朵，我怎么舍得离开这一切呢？

奥德丽从她的办公室走出来，大声嚷嚷问有没有人自愿在星期天下午的私人聚会上工作。我举了手，一起举手报名的还有诺妮和艾莉。下星期一下午我需要参加星期二那一集的排练，在此之前我在《黑暗之影》剧组没有排练任务。演戏的事我还没有告诉任何人，我不知道是否有人那天下午上班之前看过试播的广告集，但到目前为止还没有人提到在电视看到我的一个字。

我换上兔女郎服，弯下身去用手托住罩杯中的乳房，好让诺妮帮我拉上拉链。“嘿，大伙听着，”她说，“特大消息！”

我屏住呼吸，指望听到诺妮对大家说她在《黑暗之影》上看到了我。我喜欢给大家一个惊喜，然后大家围着我，向我表示祝贺。

“我今天晚上替萨瓦娜上班，因为她有重要的约会，你们能猜得出是谁吗？”

“是谁呀？”我问，很失望，这个重要消息不是有关我的。

“我们附近消防站的消防员尼克·韦斯特利，他昨天晚上过来约她今天出去。”

“终于她这样好管事的人也有人管了！”艾莉笑着说道。

“而且这个小伙子很可爱。有些腼腆，但的确可爱。”诺妮说，“萨瓦娜高兴坏了。”

“她真厉害，”我说，“今晚应该请假。”

我们一群人来到奥德丽的办公室，接受她最后的检查。她总是能挑点毛病出来，诺妮的袜子有个挂洞，我的袖口链扣卡反了。一看到我们要回到更衣室做改进什么的，奥德丽就再高兴不过了。上中班的兔女郎马上就要下班了，奥德丽终于让我们接替她们去鸡尾酒晚班。

我招待的客人中没有一个人提到我在《黑暗之影》演戏的事。当然，这是一档白天播出的节目，大多数人那时都在工作，尽管如此，我多少还是有些失望。我不知道埃里克、我父母或是老家双湖镇的其他什么人是否看到了我的演出。

正当我在客厅间给坐在一张桌子上的四个人服务时，一抬头，我看到埃里克走进了俱乐部。我一下子惊呆了，几乎将手中的盘子摔到了地上。他穿着空军制服，寸头发型，对在门口值班的埃尔克说些什么。

她指引他走向螺旋式楼梯。我看到他四处张望，个子很高，穿着军服，显得很放松，向靠近钢琴吧的楼梯走过来。

我很想对他招手，但我忍住了。相反我慢慢地走到钢琴吧，坐在栏杆上。走到楼梯一半的地方他停住了，看着我，那一刻似乎过了很久很久。首先是突然认出我的惊喜，接下来他会意地对我笑一笑，明白了他的邻家女孩已华丽转身，变成一个身着兔女郎服装的性感女神。

“嘿，瞧你！”他说，一点也没有觉得不好意思。

“嘿，瞧瞧你自己！”我抿嘴笑着对他说道，“我很想给你一个拥抱，但我怕被老板炒鱿鱼。”

“我怎么只可能要一个拥抱呢，他们逮捕我，我也不在乎。”他说。

“你到这里来到底想干吗？”我说，冲着他笑起来。

“这是一个天大的、不可随便说的秘密，但我们不妨这样说吧。我正好在附近，所以我想看看我的女孩，在这里我可以喝杯酒吗？”他模仿起演员博加特来最拿手，尤其是眯着眼看人。

“当然可以，先生。”我答道，尽量模仿女演员白考尔的样子，“请跟我来。”

我让埃尔克在钢琴吧坐下来，在他面前秀了一下兔子蹲的动作，急忙去服务台给他拿来一杯汤姆科林斯鸡尾酒。

“哎，那个帅小伙是谁呀？”诺妮问我。很快，上班的每一位兔女郎都知道我以前的男朋友看我来了。她们仔细地打量他。我给他拿的东西他全吃光了，一点也没有我记得的他在中学时候害羞的样子。他的双肩比以前要厚实，而且也长高了一些（也许是皮鞋的鞋跟变厚了的缘故吧），总之，看上去很精神。我在钢琴上做了扭摆舞的动作，做的是那种比较疯狂的希米舞动作，我的乳房都快要从衣服里掉了出来。埃里克拍着手，吹着口哨，然后搀扶着我从钢琴上下来，每一分每一秒都特别开心。

我让埃里克在我下班后在FAO施瓦茨儿童玩具用品商店边门入口处等我，根据兔女郎手册的规定，它是在离俱乐部半径三个街区之外的地方。我工作结束走出59号街员工入口的时候，外面已经漆黑一片，而且感觉很凉。我沿着第5大街匆匆地往前走，将双手插在我牛仔裤的口袋里，感觉我的自信连同我的兔耳朵和棉制兔尾巴一起留在了更衣室，在我们分别这么久后我们能谈些什么呢？

我看到埃里克在玩具商店的门口，两眼不停地望着街道，寻找着我。我冲他招招手，开始加快脚步，轻轻地跳跃着，想引起他的注意，但是他没有看到我。在距他只有几米远的时候，我跑了起来，到他跟前我跳了起来，张开双臂一把抱住了他。

“别闹了，小姐！”他假装有些恼怒地说道，将我的手从脖子上拿开，“你都对我做了些什么啊？我可是在这里等待兔女郎哦。”

“去你的！”我笑了，他开始挠我痒痒。我俩就像松开了狗绳的小狗，在FAO施瓦茨门口顽皮地你挠挠我，我抓抓你，相互推推搡搡。FAO施瓦茨商店前面巨大的商店橱窗里展示有呼啦圈和毛绒动物。我们亲热地接吻，虽说我们已经接过吻，但这次感觉不同。我觉得他变了，宽大有力的手臂，给人一种沉稳的感觉。不过他嘴里的味道还是和以前差不多。我们吻了很长时间。

“这些东西晚上会脱落吗？”他问道，用拇指轻轻地滑过我的假睫毛。我身体不停地颤抖，我的手伸到他的夹克衫里，感觉到他坚实的肌肉和身体的温度。

“是的，”我说，“我把它和口香糖一起粘在床柱上。”他又开始吻我，不过我们都笑了起来。

我们手拉手走在第5大街上，不时躲进街两边的商店门口接吻或是相互紧紧地抱在一起。在洛克菲勒中心我们向西转，朝百老汇方向走，然后穿过街道来到第46街的乔·艾伦酒吧。我们在酒吧里坐了很长时间，我们坐在角落里的一张小桌子旁喝着啤酒，吃着汉堡和辣味肉豆，桌子上铺着红格子桌布，有一只插在瓶子里的蜡烛，熔化的蜡不断地顺着蜡烛往下流。我告诉他一天早上我和两位男演员在试镜后在这个酒吧坐过，但没有提到我喝蚱蜢鸡尾酒的事。突然我想到在家乡明尼苏达州，埃里克和我还都不到喝酒的法定年龄，我也没有向他说起这件事。

埃里克和我谈起一些之前我们都还没有机会告诉对方的事情。我听了他作为飞行员训练的事。他将被派往东南亚去执行任务，帮助训练游击队飞行员驾驶T-28飞机。我告诉他我看了我们演的第一集肥皂剧后的感受，他错过了，因为电视播出的时候他正好在飞机上。我还告诉他我渐渐喜欢上了我难看的假发。

“要是《黑暗之影》这个节目被取消，我可受不了，我得重新开始面试。”

“如果你真的在这里混不下去，你什么时候都可以回老家双湖镇嘛。我听说红鹰百货商店在招人，你是一位了不起的收银员。”

我一拳打在他肩膀上：“你知道，你也可以回去驾驶农用飞机呀。”

后来我们走过萨迪餐厅，歌手玛琳·黛德丽正在为一辆等候的汽车打开门。我们在林迪熟食店停下来买了干酪饼，一起看看图茨·薛尔餐馆的橱窗，站在都市旅馆的外面听爵士鼓手打鼓。

最后，我们不慌不忙地来到了我靠近格莱麦西公园的有小花园的公寓。我们有的是时间，我俩在一起的时候总是这个样子。我打开公寓的门站到一边，让埃里克先进去。

我毫不掩饰地表露出对于我每月房租59美元的公寓的自豪感。整个房间最佳的观景位置是从前门里面向外看。我俩站在由黑白瓷砖铺成的普尔曼式小厨房的一小块地上。整个公寓包括一个很大的房间，有一个通向花园的落地窗，落地窗的两边有很高的嵌到墙里的书柜。厨房旁边的一条小过道通往浴室以及能装得下人的壁橱。屋里法式的长沙发上堆放着枕头，一个大的白藤箱子可以当咖啡桌用，一台唱机和一叠密纹唱片，这些就是我的全部室内家具陈设。我没有电视机，我也没有接待过一位到访的客人，埃里克是到我屋子里来的第一位客人。

“哎，天花板太高了。”他有些挑衅地说，“否则你会把它翻过来，太可惜了。”

我笑了，带他看镶着黑白瓷砖的浴室，很自豪地指着大大的老式的浴缸。我还让他看了我的储藏室，比厨房稍大一点。我们把夹克衫挂在一起，很亲密的一个举动，我简直都有些无法呼吸了。

在埃里克看我的冰箱时，我在电唱机上放上了一张歌手辛纳特拉的唱片。他从没有看到过这么小、这么空的冰箱。冰箱里有一个西红柿（由于放得久已经皱皱巴巴），两只鸡蛋，三瓶啤酒。我买啤酒不是为了喝，买鸡蛋也不是为了吃。我要这两样东西是为了使我的头发更浓密，不过我没有向埃里克提这事。

“喝点威士忌怎么样？”我伸手去拿我从父母那里擅自带来的酒，我迫不及待地想向他展示我漂亮的雕花玻璃酒杯。

“啤酒就可以了。”埃里克说，并打开两瓶啤酒。我俩坐在长沙发上，一边喝着啤酒，一边听着弗兰克·辛纳特拉的歌曲《午夜时分》。

我们吻了很长时间后，埃里克脱掉了我身上的毛衣。我躺在垫着枕头的沙发上，望着他，月光透过落地窗照在他身上。我伸出一只手放在他胸前，我的手指摸索着解他衬衣的扣子。他温暖轻柔的手和我的手叠在一起，他开始吻我的手指。他脱掉衬衣，然后很熟练地脱掉我的蓝色牛仔裤，他的手轻轻地滑过我裸露的小腹。

“我是不是要小心点？”他亲吻着我的脖子，呢喃道。

“不用。”我答道，都快喘不过气来。到目前为止一切都很美妙，在我看来一切都很正常。

“真的不用吗?”他笑了，“我可不这么认为，你肯定我不用戴任何东西？”

我点点头，算是对他问题的回答，我们又开始接吻。很显然埃里克是有经验的人，而我则什么也不懂，不过这没有什么关系。我整个人融化在一种奇妙的感觉中，如此强烈，以至于即使他抱着我仍然觉得我对他的渴望没有得到满足。埃里克很快意识到这是我的第一次。一段时间他就这样抱着我，然后亲吻我的乳房。

“我很高兴我的第一次是和你在一起。”我长长地出了口气，然后吻他的眼睛、他的嘴唇。

随后，我默默地把头枕在他的胸前，他低声对我说：“这种事你事先应该跟我说的。”

“谁会说这种事情啊！”我笑道。

“是你期待的吗？”他问道，“你感觉还好吧？”

“太好了！”我说，“你觉得我还行吗？”

埃里克笑了，我们又做了一次爱。我本来想问问他我是否正常，看来我没什么问题。

我突然想起来他在俱乐部见到我时，肯定把我想歪了。看到我打扮得花枝招展，又是假睫毛，又是浓艳的口红，怎么也不像是个处女，尤其是看到我在钢琴上大跳希米舞。我一个人在纽约生活，而且大部分时间做花花公子俱乐部的兔女郎招待，他当然会认为我懂得吞服避孕药和寻欢作乐了。相反，现在回想起来，有经验的是埃里克。他很小心，所以我用不着担心什么。我妈跟我说得再清楚不过了，对我们吸血鬼而言，怀孕很困难，搞不好会丢命。

下半夜我和埃里克紧紧相拥，一直在讲话，天刚亮不久我们去了街角的一家咖啡店吃早饭。我们到的时候，他们刚打开平板玻璃门。我们点了鸡蛋，一边拉着手一边吃。我实在不想和他说再见，但埃里克必须在9点之前报到。

“我什么时候能再见到你？”

他耸耸肩：“得有一段时间。记得给我写信，好吗？”他把地址写在餐巾纸上，从桌面上递给我。

我把他给我的地址装进口袋，我的手指碰到了哈迪给我的涂有伪装漆的老式芝宝打火机。我把这块光滑的金属放在手心，感觉到它的重量和热度。然后我的手指轻轻地握住打火机，伸向桌子对面的埃里克，“你有香烟吗？”

“当然。”埃里克说，从口袋里掏出一包老黄金香烟，递给我一支。

他轻巧地翻开哈迪的芝宝打火机的金属盖，给我的烟点上火，然后再给自己点上。“你在哪里弄到的这个东西？我没有见过。”

“一个老朋友送我的，能带来好运的。他对我说，它不会在你面前熄灭，即使是大风情况下，你拿去吧。”

“你肯定？”

“我肯定，反正我也不怎么抽烟。记住给我写信，只要你有空，就给我写信。”

后来，我站在早晨被露水打湿的人行道，目送着埃里克的出租车从几乎没有什么行人的大街上从我的视线中消失。我的嘴唇上还有他最后一吻的余温。我怎么能忘记我赤身裸体躺在他怀里的情景呢？我走回到公寓，蜷曲在皱巴巴的沙发上开始给他写信。

七

美貌是一种本钱。在我看来，和其他任何的天赋一样——一副好嗓子，会跳舞，善于弹钢琴——重点是具有这种禀赋的幸运儿如何来发挥他的才能。我很愿意充分发挥我具有的凡人的特性和才能，不过我不会利用我的超人的能力来获取成就。

但是丽贝卡的主要禀赋是美丽，但她并没有充分利用她这一突出的才能。她皮肤很好，白里透红，不需要专门化妆。她的睫毛浓密乌黑，用不着睫毛膏，眉毛天生规则整齐，不用修理。一头厚厚的乌发不用特意卷曲，嘴唇饱满有光泽，只需偶尔涂抹点防裂膏即可。她一举手，一投足，自然优雅，说起话来轻声柔气，显得柔弱、神秘，颇具风情，而这一切都不带刻意的做作和演技。丽贝卡没有刻意做任何事情来增强她的优势或是发挥她的潜质，但她还是收获了一切。

在镜头前她是如此的紧张，但她的怯场居然在电视上一点也看不出来，的确令人不可思议。她完全没有任何做作、雕饰的成分，她的每个字、每个表情是那样的可信。丽贝卡似乎做任何事情都顺其自然，看不到她任何努力的迹象。我意识到或许这是她最了不起的地方，比她非凡的美丽还要更令人羡慕。

丽贝卡会有更好、更光明的前途，这是迟早的事，但谁会料到来得这么快呢？《黑暗之影》只拍了几个星期，丽贝卡就要进军好莱坞了，她得到了一份广播电视网的合同。有关她从肥皂剧退出的商谈在悄悄地进行，但有消息说，在我们的第一个13周的周期不到一半时她可能就会退出演出。

“我们的小麻雀就要出巢高飞了。”一天下午排练开始前制片人保罗·阿博特正式宣布，“丽贝卡下周就要去好莱坞，在一部黄金档播出的电视剧中演一名新手女警察，我想我们大家都希望她一切顺利。”

他给了丽贝卡一个深情的拥抱，并吻了一下她的额头，然后匆匆回到他的办公室和多丽丝·富兰克林会谈。

虽说我们对于丽贝卡要离开有一些了解，但这样一个消息还是使我们大吃一惊。埃德、莫伊拉、丹尼、迈克尔和我都围着咖啡桶站着，有些手足无措地看着丽贝卡。只见她双手捂着脸，样子楚楚动人。

“看看你，孩子。”迈克尔说，举起咖啡杯向她表示祝贺，“我真希望去好莱坞的是我，那样现在我就可以享受阳光了。”

我瞟了他一眼。这话虽然是随便说说，但我知道他更想得到的是一份电视台网的合同，而不是享受海滩上迷人的天气。我也一样。

“我马上也跟着去。”丹尼说，他的声音虽说还有孩子气，但已经明显有大人的味道了，“难道你们不激动吗？”

“谁知道是好还是坏啊。”丽贝卡不以为然地耸耸肩，她说话的声音一向柔和，“我的经纪人告诉我说电视广播网要给我另一个项目，现在我要孤身一人去加利福尼亚，我有些害怕。”

“我觉得这是个很好的机会。”莫伊拉说，用手轻轻地抚摩丽贝卡有些瘦削的肩膀，“也是像你这个年纪，我在百老汇演戏剧时被选中，我怀里揣着一张华纳兄弟电影公司的合同，匆匆地登上了开往二十世纪列车有限公司的客车。一周后，我就在录音场和演员贾利·库珀同台演出。亲爱的，那种感觉简直太美妙了。现在你的机会来了，我敢说你再不会回头看我们一眼了。”

丽贝卡脸上浮现一丝惊恐不安的神情，使她显得更加的脆弱。“哇，贾利·库珀？他还活着吗？我想我还是情愿留下来，我会非常想念你们的。”

“听听她说的。”埃德低沉的声音在一边响起，“她还以为我们接下来一周都在这里呢。傻孩子，实话对你说吧，这个节目要完蛋了，趁这个机会赶紧逃吧。”

“不会的，整个节目周期还不到一半呢。”我说，试图控制自己的绝望情绪，“他们得给我们一次机会。我们的节目只播出了几个星期的时间。”

“收视率这么低，他们不会的。”丹尼说道，心不在焉地在剧本上乱画些什么，“我的经纪人说我们可能随时关门走人，这就是生活，我们得习惯它。”

大伙一时都不说话了。过了一会儿，埃德开腔了，这次他的声音异常的沙哑刺耳：“是的，丹尼说得对，我们很难说服一个知道这个行当门道的12岁的孩子。那么，丹尼，你打算怎么办，放弃演戏回去上初中吗？”

“嘿，别这么激动，埃德。”迈克尔说，“这里，除了丽贝卡外我们都要再找工作。”他伸出手搂住丽贝卡的腰，“到了那里，给我说点好话，好吗？只要有机会，哪怕在你的戏里客串演一个角色，我会立马坐飞机过去。”

“我还是回我的舞台，我渴望再回到舞台。”莫伊拉说，她有些沮丧地坐到排练桌旁边的椅子上。“我只企求能给我一个形象丰满的好角色，服装我可以自备。”

我的胃非常难受，倒不是因为我喝了咖啡的缘故。事情会真的变得如此糟糕吗？我看看丽贝卡，从她的眼神来看，她也为我们感到难过。对她我怎么都恨不起来，我只是希望得到她拥有的一切：一切都来得那么容易，甚至不用特意去争取，就有人把你要的东西用盘子端上来。而我则正好相反，马上就要失去我的第一份演戏的工作，而且对此我无能为力。谢天谢地，我总算存了一点钱，也没有辞掉兔女郎的兼职。我一屁股坐到莫伊拉旁边的椅子上，希望不要当场流下眼泪，要哭也得回家后再哭。

就在这个时候奈杰尔来到排练厅，把一只手搭在我的肩膀上："摩甘娜，亲爱的，老板有话和你说。"

"现在吗？"我不禁警觉起来，"为什么？要我做什么？"

"小丫头，放心，校长不会拿鞭子抽你，你跟着我来就是了。"

"就像歌曲中唱到的10个小印第安人一样，摩甘娜，我们会一个一个地被干掉。"莫伊拉有些泄气地说，"我能感觉出来，是收起斯拉普和通知你来剧组的电报走人的时候了。"

"还没有到敲响死亡的丧钟的时候。"奈杰尔说，"摩甘娜，跟我来。"

我跟在奈杰尔后面往制片人办公室走："斯拉普?莫伊拉所说的斯拉普是什么意思啊？"

"是化妆品。就莫伊拉而言，就是脸上的化妆油彩。她这位老资格自从即兴喜剧出现就在演戏了。你进去，笑得甜一点。"奈杰尔说，打开保罗办公室的门。

跨进办公室门槛的时候，我的眼泪在眼睛里打转。见我进来，保罗抬起头，一脸的严肃。自从我们一起通读台词后，我就再没见过面的霍勒斯·米尔顿坐在一把扶手椅子上，茫然地看着我。叉着手、走来走去的多丽丝也停下脚步转过身来，上下打量我。

"摩甘娜，我们能看看你的头发吗？我的意思是不戴假发。"

"现在吗？当然可以，不过乱糟糟的，让我拿梳子整理一下。"

"不必了，把假发拿掉，我们看看就可以了。"

我取掉几个发夹，摘去假发，试图用手指把头发弄蓬松一点，但我知道我的头发扭结一团，不像样子。"保罗，霍勒斯，你们觉得怎么样？你们觉得这样行吗？"多丽丝问道。两个人凑上前来，看着我。

我屏住呼吸，我突然意识到了他们在想什么。没错，他们想让我替代丽贝卡！我眨眨眼睛。我冲他们笑。我用手托住我的脸颊。我的头不停地转动，想让我的头发变得和丽贝卡的一样，柔顺，蓬松。我感觉有些晕。

"好了。"保罗说，"你能不能不要动了，停下来一会儿？让我安静地想想。"

"当然可以。"我急切地回答道，像个士兵站得笔直，连气都不敢出。

"我们能不能看看她不戴假睫毛的样子？"保罗问道。

"没问题，我们可以安排。"多丽丝直接来到我面前，"怎么样，摩甘娜，麻烦吗？"

很快，我训练有素的手指从我的眼睑上取下假睫毛，然后像死蟑螂一样把它固定在我的手掌心里。

他们现在可以看到只有我浴室的镜子和我本人看到的东西——我的裸眼。

"看上去效果更好。"保罗说，"霍勒斯，有什么要说的吗？"

"没有什么问题，你说行就行。我只是一位编剧，我知道什么？我向谁去发牢骚？黛安娜需要一位女家庭教师，让本地的女招待来接班。玛吉，虽说只有一张高中文凭，但她善于烙煎饼，她接受了做家教的工作，而且她的头发莫名其妙地长长了，变黑了。但是如果你们认为观众能接受，就请便吧。"霍勒斯翻了翻眼睛，摇摇头，"现在的人哪里有时间关心合不合理，是否合乎逻辑啊！”

“我们当然顾不上了。”保罗明确地指出，“我们也不需要餐馆布景了，因为摄影棚没有它的地方，在接下来的9周里我们也不需要什么女招待了。对了，摩甘娜，我们的想法——”

“我知道，我知道。”我说，这话不假思索地脱口而出，“但是假设有一天玛吉下班回到家里，摘掉假发开始洗脸。你知道，她戴假发……主要是为了工作……但是，你知道……”我结结巴巴地说，最后竟说不出话了。

保罗看着我，摇摇头：“这不是你的问题，我们会想办法把假发的问题解决掉。好了，你就是新的女家庭教师了。你要谢谢多丽丝，是她想到了这个办法。”

“太谢谢了，多丽丝。”我说，张开双臂抱住她，“我保证这样能行，真的太感谢你了！”

当我紧紧地抱住导演，我意识到能够在正确的时间、正确的地点抓住机会也是一种才能。发生这一切我本人并没有出任何力，我只是碰巧赶上了。

我恨不得马上就给埃里克写信，把这个好消息告诉他。我已经习惯了每天给他寄一封信，尽管我只收到两封回信。他在信中写道：“我现在的地方姑且叫它‘花园’，因为我们有规定，不可以告诉我们的具体地点，但这个词能很好地形容东南亚的任何地方。”

晚上我蜷曲在埃里克睡过的枕头上，想象他穿着军装走上花花公子俱乐部钢琴吧的楼梯盯着我看的样子。我把这一段不断地在我的脑海里重现，回味他说过的话，重温他的体温，直到我睡着。早上醒来的时候，我又不由自主地把他的名字挂在嘴上——埃里克。

我给家里又打了几个长途电话，大多是打给家人的。我还给玛丽琳打了个电话。她说她们姐妹会的学生每天下午都要看《黑暗之影》，“都上瘾了”。她还提到有一两个学生甚至不去上课，只为了不错过开始部分的演员表、逐渐增强的音乐和海浪拍打岩石嶙峋的海岸的画面。

“如果你能在你的一本剧本上签上你的名寄给我，我就会成为这里的名人。”听得出她的声音里有一种敬畏，我不禁想，也许我现在终于混得比玛丽琳要略胜一筹了。

现在我父母开始在下午一边喝咖啡一边看我的演出了。“趁这个机会好好休息一下。”我爸爸说，“最近我们这里常下雨。”

我妈认为我的脸在屏幕上动得太多了。“老家这里的人不会仅仅靠说话就那么激动的。”她在电话里告诉我，“你可以安静地站着，不要不停地挥手。”她还说，在去教堂和去J.C.彭尼商店上班时她费了老大的劲向她的朋友们解释，因为他们看到我的名字变了。“他们都搞不懂，”我妈说，“这里的人从来都没听到过摩甘娜这个名字，听起来怪怪的。”说到这儿我和我妈都不说话了，我不知道说什么才好。

我的弟弟问我扮演丹尼的小孩是不是同性恋，我说，“不是，当然不是”。他说在学校里有人告诉他说大多数男演员都是同性恋。我说听到这样的说法我并不奇怪，我还告诉他丹尼一周挣的工资有几百美元。

“真的吗？你觉得我在你们这个节目找份工作怎么样？”他问道。

“你不怕变成同性恋了？”我说。坦率地讲，一个只有13岁的弟弟应该老老实实待在家里，不过那只是我个人的看法。

本来我想跟家人说说我在纽约见埃里克的事情，但时机似乎总是不对劲，但我认为我没有告诉他们这件事的真正原因是我不相信我自己的声音。我妈会从我的声音中听出点什么来。那样的话，她会要我和她说一些我不想跟她说的话。

在接下来的一周里，斯坦诺普庄园没有了餐馆，也没有了在餐馆工作的女招待，似乎失去了肥皂剧与真实世界的任何联系。再拍三集，丽贝卡扮演的角色就会在一次致命的事故中摔下悬崖，玛吉（带有长长的黑头发的女孩）将成为新的女家庭教师，同时会有一位性格古怪、完全意想不到的人来到我们这个位于东北沿海某个地区的偏僻小镇。如果哪位观众的电视机在那周出了毛病，剧中接下来发生的事他会完全搞不懂了。

但是，正如制片人保罗·阿博特所说的那样，“我们才不管他们看得懂还是看不懂，谁能记得上个星期吃的晚饭是什么？如果节目好看，他们就会看下去。”

编剧霍勒斯·米尔顿似乎准备了好几个故事情节，就看观众喜欢哪一个。由漂亮的金妮·布莱克扮演的安杰拉，成为了身为画家的我父亲所画的肖像画的原型。我的父亲深深地爱上了安杰拉，因为她长得很像一位很早就去世的斯坦诺普庄园的前辈。金妮很喜欢这样的故事情节，因为这为她提供了在庄园的阁楼上试穿各种华丽的古典礼服的机会。她也花很多时间在埃德的化妆间，关起门来和他对台词。

丹尼扮演的乔对有关在海岸线的洞穴里有海盗埋藏的财宝的谣传发生了兴趣，但问题是，只有在退潮的时候才能接近这些洞穴。作为他的家庭教师，玛吉经常在黄昏时被派去找他，这意味着我要拿着一只手电筒沿着摄影棚一角堆砌的一小片石头和黑莓灌木无聊地转圈圈。我太想念我的餐馆布景了！

有时我想我现在换了角色，会不会要和迈克尔演爱情戏呢？但是我们俩之间唯一称得上浪漫的场面是，在找小男孩乔的过程中我们在洒满月光的黑莓灌木丛偶尔相遇。迈克尔，穿着双排扣男式风衣，衣领向上翻，显得潇洒、神秘，他突然从暗处走出来，吓了我一跳。我不禁尖叫起来。他双手按住我的肩膀，问我夜里这么晚了我在悬崖边上干什么，提醒我要多加小心（“玛吉，最近这里发现了一些奇怪的事情”）后，他就消失在雾中。白色的雾是道具师把一个便携式的吹风机对着一桶干冰吹制造出来的效果。

迈克尔扮演的史蒂夫，曾经的“回到家乡的坏男人”成了某种便衣侦探，似乎正在调查马克斯韦尔·法拉比扮演的谢尔比·斯坦诺普的一些可疑交易。

迈克尔扮演的史蒂夫在街上神秘兮兮地转来转去，向来来往往的行人打听情况，看上去风流倜傥（甚至连他所穿的男式风衣都成了影迷写信求购的对象）。莫伊拉，饰演黛安娜，因为安杰拉偶然在阁楼上发现一些以前的衣裙而受到启发，正在忙于筹划一场盛大的化装舞会。

“邀请谁参加舞会呢？”多丽丝问保罗和霍勒斯，他们已经习惯性地参加我们下午的排练。“包括管家在内，这镇上只有9个人，看上去不像一个有些场面的舞会。”

“我们雇一些盛装打扮的群众演员，让他们戴上面具。”保罗建议道，“上帝呀，我可从来没有在舞会上结识过什么人，你呢？”我们都哄笑起来。

在我们得知我们节目的收视率直线下降，而丽贝卡被空降到比较保险的黄金档节目剧组而且可能成为好莱坞明星的消息后，面对这样的双重打击，我们演职人员反而形成了一种团结、敢于背水一战的同志情谊。

“如果我们真的失败，大家一起完蛋，但是要失败得体面。”马克斯韦尔·法拉比无不自豪地说，迈着像杂耍的独人踢踏舞的步伐，有些像他在音乐剧《魂系百老汇》演的一个角色。

我又得到一些新的服装，大部分是彩格呢裙子（都太长了，我请求负责服装的女士帮我改短一点）和带有可拆卸小圆领的两件套毛衣。我可以戴假睫毛，金黄色的假发则成为历史了。莫伊拉被派去参加各种各样的脱口秀来为我们的节目做宣传；迈克尔作为“性感男人”上了一期肥皂剧杂志的封面，结果影迷的信件如雪片般向他飞来。“我的演艺生涯被他们给毁了。”一天早晨迈克尔把刊登有他照片的杂志生气地往排练桌上一摔，愤愤地说道，“这样大家都看到了我在杂志封面上的模样，事先他们根本没有通知我，否则我会告诉他们，见他们的鬼去！”

“你不会，大帅哥。”马克斯韦尔揶揄地说道。“你正求之不得呢。你穿的带有可爱衬里的巴宝莉风衣正使你成为大明星。”

“好了，好了。”莫伊拉说道，“请相信我说的话，任何形式的抛头露面都是好事。现在人们根本不知道我们这帮人的存在，除了小孩和无聊的家庭主妇谁会在下午三点半看我们的节目？给我们写信的就是这些人。”

我本来还想说，在我老家双湖镇，我父母在下雨地湿的时候也会看我们的节目。还有，玛丽琳和她姐妹会的同学也会看。

但是导演多丽丝说得很有道理：“我们正在寻找一种故事情节和一个能吸引准备看下午4点档《整点新闻》的大量观众的号召性的人物角色。我们应该把宝压在我们中间的帅哥迈克尔身上，从各个方面来看，他都能吸引那些对浪漫爱情充满幻想的家庭主妇。”

事实上迈克尔也很享受影迷的关注，在摄影棚里他总是昂首阔步，有意敞开男士风衣，衬衣也有意不扣扣子，露出可爱的胸毛。我现在开始怀疑，之所以编剧霍勒斯不赞成史蒂夫和女家庭教师有任何恋情是因为他想将迈克尔演的这个角色打造成一个为女性观众迷恋而又求之不得的偶像。

但剧情的一个奇怪的发展是起用了一个25岁左右的高个子、脸上有皱纹的英国演员，他叫伊恩·弗莱彻，在一集中只出现了一会儿。他身穿有些虚张声势的海盗服装，手里拿着一张破旧的卷轴图。小男孩乔看到这个人在悬崖处走来走去（又出现了黑莓灌木的小型舞台布景），然后走进了一个岩洞（也就是被树木的枝叶和雾气所包裹的黑色帐篷）。

“哎，这个人是谁？”多丽丝问道，“是寻宝游戏的参与者？是变态者？还是臭名昭著的基德海盗船长的鬼魂？”

霍勒斯耸耸肩说道：“我们神秘的嘉宾。也许他是一个杀人犯，也许是个大骗子。总之，要接着往下看，看看到底发生了什么。”

“史蒂夫一定是在调查什么，对吧？”保罗说，拍拍迈克尔的肩膀，“你不能整天在镇上逛来逛去，永远向别人打听下去，调查一宗谋杀案也许是个不错的选择。”

“无论你有什么样的想法，我都举双手赞成。”迈克尔说，他穿着巴宝莉风衣，弓着背，“保罗，你是知道的，我玩枪比较在行。”

“请稍等。”多丽丝说，“我们不要被冲昏头脑，这里有个问题：为什么当这个家伙鬼鬼祟祟在悬崖边转悠的时候，两英尺外的迈克尔看不见他？为什么只有小男孩乔能看见他，而其他人看不到呢？在我的剧本中他是个鬼魂，所以只有小男孩能看见他。”

“是鬼魂吗？那太好玩了！”保罗说，他和霍勒斯相互看着对方，“这么说他是一个鬼魂，我觉得可以。”

“你们疯了吗？”莫伊拉问道，“你们这是做什么，过万圣节吗？你们不能在这部戏中随便引入一个鬼魂。除了小孩子，没人愿意看。”

“我们要等等看。”霍勒斯说。他像个魔术师一样挥挥手指，故意用一种恐怖的声音说道，“要等等，也许他是个吸血鬼呢。”

“那我就放心了。”莫伊拉说，“那正是我们所需要的。”

我是举双手赞成。我的心脏几乎要停止跳动了，我喘不过气来。或者说，我根本忘记了呼吸这回事。我首先想到的是如果我妈看到这样的节目她会怎么想？节目的故事情节中怎么会加进一个吸血鬼呢？她会认为我和这件事有关，她会很生气的。她会认为这是嘲笑她那样的吸血鬼，而她不善于应对别人的嘲笑。我站着一动不动，满脑子都是这种念头；我的耳朵变得异常的灵敏，能听得到屋子里每个人的心跳和细小动作。空气中充满了一种紧张的气氛，是不是有人开始用诧异的眼光在盯着我看？

我尽量不去看哈迪，他此时以白色幽灵的形式出现在咖啡桶的旁边，他抿着嘴笑，仿佛觉得这种事情很好玩。他和马克斯韦尔几乎肩并着肩在屋子里转悠，但马克斯韦尔就是没有意识到他旁边就有一个活生生的鬼。

我很想让咖啡桌上的小包糖跳起舞来，也很想让接待大厅桌子上的一盆唐菖蒲花出现在排练桌上。但我忍住了，因为那样会乱成一片，不可收拾。

“这简直是乱弹琴，霍勒斯！”埃德气急败坏地说，第一个打破了屋子里的宁静，“你们这些人究竟是怎么想的？并不是说完全不能用像贝拉·卢戈西这样的吸血鬼演员，但那样做的话会被别人嘲笑的。”

“听我说，请听我说！”马克斯韦尔说，“那家伙也许是个连环杀手，我们可爱的迈克尔在调查他。也许当时迈克尔的风衣衣领正好向上翻起，所以没有看到。但千万不要在剧情中安排个吸血鬼，拜托，拜托。”

“好了，好了。”霍勒斯说，“我再想想办法。”

哈迪向我使了使眼色，我也会意地向他眨了眨眼。在斯坦诺普庄园将不会有吸血鬼出现。

由于《黑暗之影》出现了这么多的变化，当我在排练后到制片人保罗·阿博特的办公室，请求他把我在演员表上的名字改过来时，他似乎显得有些无所谓。

“我觉得摩甘娜·哈里奥特这个名字不太适合我，我想重新用我的真名。”我对他说，“现在正好是个机会，因为我演的角色变了。”

“还有你的头发也变了。”保罗说，“更不用说你的服装，还有你的工作性质，你本来的名字是——”

“梅格·哈里森。”我回答道。

“这名字不错，”保罗说，“那我们一言为定。”

八

金妮·布莱克对大家宣布道："其实，我的真实年龄是22岁。"她把右脚放在排练厅的窗沿上压腿，开始她的芭蕾舞练习。

看到金妮伸展小孩子似的手，将其举过头顶的样子，我不禁觉得很诧异。虽说她比我大几岁，但在镜头里看上去最多也就17岁左右，正好是她扮演的莫伊拉的女儿安杰拉的年龄。金妮个子瘦小，头发金黄，情绪容易失控，只要给她一点提示，她就能很自然地哭出来，她这种演艺才能令我佩服得五体投地。但她有一个不好的习惯，当你在和她谈话的时候她喜欢做芭蕾舞的下蹲动作，她的头会上下起伏，手会突然摆动，仿佛觉得一分钟都不能浪费。不过，在拍戏的时候和她一起共事很愉快，她非常专注，非常敬业。

她的缺点是她完全没有幽默感，你要是说话夸张一点，她就会说你撒谎；你说话要是带一点讽刺，她就不知道该怎么办了。因此，当我逗她，说她在工作结束后喜欢和埃德到我们常去的街角聚会场所钻石酒吧和格里尔酒吧去喝酒时，她就会质问我为什么要开那样的玩笑，这个我一点也不觉得意外。

当时我的原话是："作为他的女儿我奉劝你，最好对这个老家伙提防着点，否则他会对你动手动脚。"

她这样回答我："你知道，你又不真是他女儿。再说，我真的很喜欢他。"

我站着，傻了眼，简直不敢相信我自己的耳朵："你究竟有多喜欢他，金妮？"

"反正很喜欢。"她说，眼睛里流露出一种惆怅、向往的神情，"我也许会和他结婚。"

"但他那么老，都可以做你的父亲了。"

"其实，他有个儿子，年纪比我大，但他们合不来。你真的觉得年龄是个问题吗？埃德说没有关系。"

年龄——我想，是她和埃德之间最不重要的问题吗？我的天哪，那个老家伙还跟她说了些什么？她也太天真、太容易上钩了，我是有些纳闷为什么埃德偷偷地想摸我乳房的次数少了，原来是她接纳了这个老家伙。我一想到他们离开钻石酒吧后两个人会做什么我就有些发憷。但与此同时，我和金妮不是很熟，我不想劝她不要和埃德来往，万一她真的嫁给了那老头呢？

"一切都取决于两个当事人。"我对她说，"你要对台词吗？"

自从我的角色变成乔的家庭老师搬进山上的斯坦诺普庄园后，我和她的对手戏更多了。为盛大的化装舞会做准备，我和她有好几场在小阁楼的对手戏。

戏里有这样一个场景：我帮她把一只箱子推到一边，结果发现里面有一幅油画，上面画着一位18世纪穿着长裙的美丽的金发女子。安杰拉心情激动地嚷嚷道，她要穿画上那样的衣服去参加舞会，于是她把所有的箱子都翻了个遍，希望找到一件和画上一模一样的裙服。

与此同时，上星期五的那一集的高潮部分是，法医对被海水冲到悬崖下面海滩岩石上的女性尸体做了检查，接下来的报告认定那是园丁的妻子。这次迈克尔为了看上去显得比较正式，特意在防雨风衣上系上了腰带，是他把这个不幸的消息告诉了斯坦诺普家里的人。

“真奇怪。”迈克尔说，“她喉咙的两处伤不像是她从悬崖上摔下造成的。很显然这些伤是在她摔下悬崖之前就已经存在了，而且很可能正是这些伤导致了她的死亡。”

“她是不是遭到了野兽的攻击？”谢尔比问道，“人肯定没有这么残忍，她又没有什么仇人，可怜的女人。”

“也许是一个我们用世俗的智慧无法理解的敌人，”迈克尔说，“一个智力超常、特别嗜血的非人种类。你看，她的身体里几乎完全没有了——”

“你究竟在说什么呀，哥儿们！”谢尔比激动地嚷道，“你把它说清楚！你不会是说——”

“是的，恐怕是这么回事。”迈克尔不慌不忙地回答，“很长一段时间我一直怀疑斯坦诺普庄园悬崖下面的岩洞里住着一个……吸血鬼！”

接下来插播广告，谜底终于揭开了。我们第一次排练读到这里时，大家一片抱怨，表示不满。

“保罗，你答应过的，我们的剧情不向这个方向发展！我们会成为白天电视节目的一个大笑话！”莫伊拉愤愤地说，“这不是我当初签约的节目，我要让我的经纪人过问这件事。这简直是疯狂，这和免下车的露天电影院的垃圾电影没有什么区别，庸俗至极！”

“我完全同意。”马克斯韦尔附和说道，“拍这样的节目，我们出去怎么抬头做人？只要一提到这些愚蠢的台词，人们会笑破肚皮的。”

“我想到一个办法，”保罗说，听得出来他有些不开心，“下星期你准备干什么？难道你有另一份备用的工作等着你？”

“我并不是说我退出不干了，”马克斯韦尔说，“大家听到过我说过这话吗？我只是从艺术的角度表达我个人的看法，如此而已。”

“我也还没有和我的经纪人说这事。”莫伊拉低声地说道，“当然，我们要考虑各种选择。”

接下来，扮演海盗的英国演员伊恩·弗莱彻又在悬崖附近短暂地露过两次面。显然，在剧中他要成为演幽灵的正式演员，不是偶尔作为幽灵出现一下。在一集中我会和他不期而遇过，那是太阳刚刚落下的时候，我和往常一样在寻找小男孩乔。他在平常的海盗服上又加了一件斗篷，使得装扮更加奇特。伊恩接受过正规的训练，显然知道如何把斗篷运用得恰到好处，但对于角色的把握他心中还不是很有数。

“我觉得穿这一身行头在台上转悠很愚蠢。”在节目现场开播前他对我悄悄地说道，“这个吸血鬼肯定会住在某个地方，业余时间有自己的事情。我的意思是，吸血鬼们会撒尿吗？他们应该给我一副獠牙，我认为。否则，我像一个到处转悠的隐士，甚至还不知道1812年美国和英国之间的战争都已经结束了。我想说，我究竟是谁？是一个吸血鬼，还是一个没了船的愚蠢的海盗？”

我很同情他：“你听我说，我也很惨，我这个从女招待改行的女家庭教师还从来没有给乔上过一次课，虽说他已经12岁了，恐怕连自己的名字怎么拼都不知道。”我们俩都笑了。

伊恩·弗莱彻虽然灵活机智，但有着一副忧郁的长相。他很瘦，瘦到有些虚弱的地步。衣服穿在他瘦长的躯干上松松垮垮，增添了他哀愁的气质。他又长又窄，面孔有些像狼，鼻子尖尖的，显得很忧虑，却特别有味道。高高的颧骨，眼睛周围的皱纹，一头浓密的头发，这些都使得他具有莫伊拉所说的英国浪漫主义诗人拜伦式的大气。可能她又想起了演员蒂龙·鲍尔（但应该是以前那个蒂龙·鲍尔，而不是拼命地节食一年而且在一个不为人知的海滩度过一年的蒂龙·鲍尔）。尽管伊恩有一种忧郁的气质，我和他从一开始就很合得来。他自嘲的不仅仅限于他是英国人这一点，我觉得很好玩，也很有趣。

我们合作得也很好，这一点从一开始我们一起在岩石和黑莓灌木丛的布景处拍摄我找小男孩乔的那场戏就可以看出。伊恩从雾气中出现，就像《呼啸山庄》里的希思克利夫在荒野里突然遇到卡西一样，但更具有一种在现代恐怖气氛下服装展示的成分。在肥皂剧中，人们不知道这些邂逅相遇会产生什么样的反应，因此为了保险起见，最好竭尽全力来表现人物的情感。在短短的两分钟戏里，伊恩和我展现出了所有的表情：惊讶、恐惧、困惑、好奇、迷恋和潜伏的色欲。

在不排戏的时候，剧组的其他人很少花很多时间和他在一起。在吃午饭时，没有人喜欢和他一同进餐。在钻石酒吧，除了我主动和他在一起外，他总是一个人站着。他这种不合群的姿态正好有吸血鬼的性格特征：孤独，若有所思，有些古怪。这也是剧组其他人不愿意和他有任何瓜葛的部分原因。没有人愿意相信保罗·阿博特会带领着我们向那个方向发展——即我们可能会开始着手演出白天的恐怖剧。伊恩也不希望这样，这也是为什么他一般情况下比较忧郁的部分原因。

每个人都声称自己知道吸血鬼的生活习性，唯独伊恩和我没有发言。就我而言，我不想参加这场讨论，是因为害怕如果一不小心说漏了嘴会引起人们对我的猜疑，而这不是我想看到的。迄今为止，还没有人抓住我的什么把柄，但有几次很悬。有几次趁没有人注意的时候，我飞快地爬上通往化妆间的后面楼梯，偷听远处关着门的屋子里面人们的谈话，离开我的身体去欣赏空中的景色。虽说这些都是小孩子的把戏，但是我觉得很好玩。令我奇怪的是，人们对于一些稀奇古怪的事总是很乐意提供一些解释。

有一次在摄影棚，正当我脱离我的身体神游时，埃德看着我毫无动静的身体，戳了戳我的肋骨对我说道："孩子，醒醒。"我赶快恢复了对我身体的控制，否则他会把我从椅子上弄掉下来。"又在胡思乱想了，"他在我的眼前挥了挥手说，"你的心远在十万八千里之外。"

“没有，埃德。”我本来可以对他说，“我只是在控制室待了一会儿，看看监视器上我的妆化得怎么样。”

一天下午我赶在所有人的前面第一个来到钻石酒吧，虽然他们都是在我之前离开排练厅的。“老天爷，你是飞过来的吗？”马克斯韦尔问道。

“我从后面的楼梯直接到街上。”我说。事实上，我的确是飞过来的。

人们一般认为吸血鬼一见阳光就消失，所以照相机捕捉不到。但就我而言，这两种情况都不存在，因为我既可以被摄像机拍到，也可以在白天工作。人们也谈到十字架、银器、大蒜、木桩和睡在棺材里，所有这些都使我感到不安，我发誓对这些事情闭口不谈。每当别人提到吸血鬼我都耸耸肩，声称从来没有听说过。也许在现实生活中有一种吸血鬼，戴有闪闪发光的像针一样尖的獠牙，可以收缩，也可以是固定式的，像飞机的起落架一样，但这些我不是很了解。对于用来扎破和撕咬的吸血管我还是有一些发言权的，但我的吸血管并不在我的大大的白色的门齿里。

园丁的妻子由一个跑龙套的演员扮演，没有台词，她只需要在插入广告前对着摄像机发出尖叫，然后躺在黑莓丛里就行了。在广告结束后，她的脖子暴露在摄像机下。克劳德，我们的化妆师，做了一块肉色的乳胶块，上面有两个孔，孔里涂了些黏性的红色物质，看起来像凝固的血。这样一个东西在园丁妻子的脖子上看上去非常血腥。我们所有的人轮流看了克劳德的杰作，钦佩不已。他自豪地告诉我们，他用吃肉的叉子在嫩牛肉片上刺了几个洞，然后把嫩牛肉作为吸血鬼撕咬伤痕的模型。

我仔细地看了乳胶块，不得不承认我口里的吸血管要是撕咬东西的话也可以造成这样的效果。克劳德怎么能够想出这样一个有启发性的替代物呢？不用说，我们这些人里边只有他希望斯坦诺普庄园有更多的吸血鬼出现。

我对我的经纪人韦斯利·特拉斯科特说了在剧情中加入吸血鬼的事情，他答道："孩子，只要管用就行啊。关键是你们的肥皂剧要有人看，这样你们就有活干了。"

与此同时，斯坦诺普庄园再没有其他人受到这只"游荡的野兽"的攻击。保罗一个劲地向我们保证"到时候一切都会水落石出"，我们认为他这句话的意思是要看看收视率的情况再说。在此期间，剧组的精力集中到了化装舞会和霍勒斯想出的故事的另一重大发展上。

一位神秘的女人，头戴面具，只会讲法语，悄然来到舞会，她身上穿着的长裙和安杰拉所喜欢的油画上的妇人的服饰一模一样。她的名字叫杜尚·夏尔曼，是斯坦诺普家族久未联系的有着黑暗秘密的表亲。午夜的钟声响过，黛安娜要我们摘下面具，见见她那位不速之客——杜尚女士。我们的目光一齐落在她身上，夏尔曼转动着水晶项链饰坠，给参加舞会的人施魔法。我们被带回到1790年，转世成为另一个人。迈克尔要扮演英俊潇洒的拦路强盗，而金妮要以歌舞杂耍演员的身份出现。

"你们这是要搞由女巫实施的时间旅行吗？现在我算是明白你们想干什么了！"莫伊拉不屑一顾地说道，"我猜想，接下来你们要搞什么飞船呀，小妖精什么的。"

"请等等，这正好是我想要的，想一想那些可爱的各种礼服。"马克斯韦尔·法拉比已经开始踮起脚尖，想象自己穿着缎子马裤的样子。

当我听说演杜尚·夏尔曼这个角色的演员还没有定下来的时候，我马上跑到公用付费电话亭给莱茵·莘略打电话，她是我表演班上的法国同学，我们一起演过几场戏，我很喜欢她。但遗憾的是她因为口音太重，没有找到自己的经纪人。

“你听好了。”我对她说，用手罩住听筒，仿佛要传达什么军事情报，“这个角色特别适合你。你赶快到我们摄制组这里来，我给你看看剧本。与此同时，我和我们制片人说说，争取让你试演。”

从演《黑暗之影》女招待改演女一号、天真的女家庭教师的一个最大好处（当然，并没有增加工资）是我在剧组的威信大大提高了。我退还了我演女招待的制服和假发，换上了漂亮的毛衣和裙子，更难得的是，我得到了剧组演职人员更多的尊重。和演饭馆女招待时相比，现在演女家庭教师玛吉的我得到了多丽丝、保罗和其他演职人员更多的关注。

每周我排在演出计划表上的演出场次更多了，每一集都是由我的话外音开始的，我也不再是主要剧情之外可有可无的边缘人物。随着我演的角色住进斯坦诺普山庄，我在剧中扮演的玛吉和自己本人都变得更加自信了。因此，我毫不犹豫地打算向保罗推荐莱茵·莘略，我知道他会认真考虑我的建议的。

我放下电话，跑进保罗的办公室：“嘿，我刚刚读到剧中新出现的这个人物，我认识一个人，特别适合演这个角色。”

“她长得什么样？会演戏吗？”

“她无论是长相还是演技都很棒。她身材娇小，黑色鬈发，不仅会说法语，她本身就是法国人！你见到本人就知道我说什么了。”

“当然，干吗不见？明天上午我们要在演员分配导演办公室进行演员的挑选面试。你把她的名字给我，让她10点钟之前赶到那里。”

莱茵用了半小时的时间赶到摄制组，上气不接下气，兴奋不已。我草草给了她一个拥抱，然后给了她剧本，还有角色分配导演办公室的地址。“10点钟一定要到那里，要穿低领的衣服。你演的这个角色要有神秘感，别忘了好好秀秀你的法语！你是最合适的人选了。”

“亲爱的，你对我太好了。”她说，用透彻晶莹的眼睛看着我，

“你认为我真的能行吗？”

“我知道你能行。”我肯定地回答说。

第二天中午，代接电话服务公司转给我一则莱茵的口信。她觉得她在面试中的表现还不错，在家里等消息，我也为她感到焦虑不安。4点钟的时候，所有的演员在排练厅集合，但扮演杜尚·夏尔曼的演员还是迟迟没有露面。

“她跟我说她要晚来几分钟。”多丽丝说，“面试时我不在现场，但我听说这个演员相当不错。不要问我为什么每件事都要拖到最后一刻才做，我们不等她了，我们先全体对一遍台词。”

奈杰尔把接下来四集的台词分发给大家，我们坐在桌子旁边各自的位置上。读了10分钟的台词后，保罗·阿博特推开排练厅的门，带进来一个身材高挑、外表迷人的金发女郎，她身上穿一套贴身的蓝色西装套服，脚上穿着高跟鞋。她突然在门槛处停住了，双手放在胸前，脸上掠过一丝惊讶的神情。

“哎呀，真对不起！我打扰了你们的排练。”她用带着一种像糖浆一样浓稠的南方口音慢吞吞地说道。

“没有关系，一点也没有打搅我们。”保罗急切地答道，用手扶着她的肩膀，催她进门。“大家请注意，这是卡米拉·内斯比特，我们美丽而神秘的杜尚·夏尔曼。我们要让她试衣服，所以来晚了一点。”

“快请进，卡米拉。”多丽丝说道，“欢迎你加入我们剧组，请在迈克尔旁边坐下，就在那。”

“进门这一招太漂亮了。”莫伊拉小声地说道，“演员布兰奇·杜波依斯也未必做得这样漂亮。”

“她看上不像法国人。”我咕哝道。

他们怎么不选莱茵而要这个高个子的南方金发女郎来演一个法国

女人呢？这完全出乎我的意料，我一点也开心不起来。一阵寒暄后，卡米拉和我们一一握手。在此期间保罗的眼睛一直盯着她，这是可以理解的，她确实很有魅力。

她激动地抓住莫伊拉·肖的手说道："肖女士，能遇到您本人，万分荣幸。我非常期待能和您一同共事。"

莫伊拉低头答道："亲爱的，非常感谢。我们很高兴你能加入我们。"

接下来轮到我了。她把手轻轻地放在我的肩膀上对我说道："你就是玛吉，可爱、年轻的女家庭教师。你在节目上表现得太好了！"她轻声笑着，眼睛对着我熠熠闪光。她有一副完美的牙齿，鼻子生得秀气精致。我知道她身上有什么东西不对劲，但我还不清楚具体是什么。

我微笑着对她说道："很高兴你能加入我们，卡米拉。"

我的目光一直跟随着她，看到她在迈克尔旁边坐下，翻开剧本："迈克尔，我们读到哪一页了？"她眼睛向旁边瞟了一眼低声问道。

迈克尔把手伸过她的椅背，身子靠拢过去。

"第3场，第11页。有没有人说你长得像演员格蕾丝·凯利?"

"没——有。"她笑了，"我的生活中也没有出现白马王子。"

"那太好了。"他说，"听到你这样的名花还没有主我太高兴了。"

马克斯韦尔·法拉比反唇相讥地说道："卡米拉，你原谅这可怜的孩子吧，他不怎么参加社交活动。"

丹尼在一旁故意发出很大的接吻的声音。

"别闹了，大家安静下来。"多丽丝说道，"下面我们从头开始，这样卡米拉可以有机会熟悉一下情况。"

这太差劲了。这根本就是个错误。她怎么看也不像个法国人。莱茵才是最适合的人选，而且她是我的朋友。当大家都把剧本翻回到第一页，我则仔细地打量卡米拉。她的嘴唇丰润妩媚，无人能比，颧骨如雕塑般完美。和卡米拉相比，丽贝卡的长相也只能算一般漂亮。

“卡米拉，在你的这一场戏，你要讲法语，我想你应该没问题吧？”

“是的，mais oui.Je parle Francais.（当然，我会讲法语。）”

太厉害了，这女人居然会说法语。

我们慢慢地读着台词，有的地方做了一些删减，中间休息了5分钟，然后开始镜头布置的排练。由于卡米拉演的角色直到一集结束的时候才出场，她悠然自得地坐在排练桌的一角，手里拿着剧本，像一只毛皮光滑的猫，专注地看着多丽丝调动我们其余的人在用黄色胶带做有标记的漆布上来回找位置。

霍勒斯想尽了一切办法让夏尔曼这个人物进入剧情，并充满种种悬念。人们对这个刚刚来到镇上的神秘女人的各种猜疑渗透到了每一场景中，包括在有一场戏中，黛安娜让我去给住在斯坦诺普庄园酒吧的一位杜尚女士去送舞会的服装。

“但我能知道她是谁吗？”

“玛吉，你不要多问。”黛安娜说。我们一起走过做有黄色胶带标记的门厅，“我太兴奋了，真没想到她在巴黎待了这么多年会再回到我们这里。我只是希望她不要觉得我们太土气了。亲爱的，你快点过去。”

我用哑剧的动作模仿推开前门，手臂上搭着假想的服装。下场后，我一屁股坐在排练桌旁边的椅子上，莫伊拉和马克斯韦尔继续下面的排练。

“你动作真快啊，像兔子一样，对吧？”卡米拉低声对我说道。

“什么？”我做了个口形问道，因为在排练现场我们不可以说话。

卡米拉笑了，她的双唇张开，露出整齐洁白的牙齿：“你像一只可爱的兔子蹦蹦跳跳地走出门，太可爱了。”

“我可是女家庭教师。”我压低声音回答道，然后用手指按住我的嘴唇示意要安静。

卡米拉点点头："当然，你很温驯，并且严格地按吩咐做事，但你的确像兔子一样可爱。"

我耸耸肩，瞟了多丽丝一眼。我的胃一阵恶心，并不是我怕受到导演的责备。说我像兔子，卡米拉到底是什么意思？

"但是玛吉在她那拘谨、小心的外表下可能掩藏着什么秘密，对吧？我肯定她有两种截然不同的生活。难道你不觉得演这样的角色很有意思吗？"

"她的爸爸是个酒鬼，她是来自贫民窟的——"

"梅格，请不要讲话！对其他正在演戏的演员有点起码的礼貌，好不好？对不起，卡米拉，但我们这里有规定，梅格应该知道在排练时不能说话的。"

"对不起，多丽丝。"我说，"很对不起，莫伊拉、马克斯韦尔——"

"实在太对不起了。"卡米拉说道，"真的很抱歉，是我不好。"

"好了，你们还有什么话没有说完，请去门口说。"多丽丝有些不耐烦和鄙视地说道，"大家听好了，下面我们把莫伊拉的台词从头再来一遍。"

我悄悄地走出门，来到走廊，胳膊下面夹着剧本。我觉察到卡米拉跟在我的后面，为了躲避她，我向更衣室走去。

"嘿，梅格，真的很对不起。"当我伸手去拧球形门把手时，卡米拉的手轻轻地触摸着我的肩膀，"哎呀，亲爱的，你的手臂真凉啊，一定是空调的缘故。"

"我很好，真的。"球形门把手拧不动。我再试着拧了一次，还是一点都拧不动。

"这门怎么啦？是不是门给锁了？来，让我来试试。"很快，卡米拉的手伸向门把手，轻轻地一拧，门开了。"这不，好了，刚才肯定是哪里卡住了。"

我瞠目结舌，我并没有锁门，再说不管门锁了还是没锁，打开它对我来说都应该是小事一桩。我看着卡米拉，一句话说不出来。她是怎么打开的呢?

"你先请。"她笑着对我说道。

"对不起。谢谢你！"

"很乐意能帮上忙。请原谅我，搞得你和导演之间有点不愉快。我们要在一起共事，我不喜欢刚开始就捅了娄子，尤其是和剧中的女主角有什么过节！"

"我并不是——我的意思是，你不必担心，这件事都怪我不好。"

"不，说真的，是我太愚蠢，我不该那么不识趣。"

"我当时就示意你——"我挤进我的更衣室，我的手靠着门。

"哎，亲爱的，你还在生气，对吧？你认为这都是我的错吗?"

"不，根本不是，我的意思是我想让你明白，我向你示意过这一点。"

卡米拉靠着门框，不让我关门。她叉着手，把头一仰："你的意思是说我很傻，不明白你给的暗示吗？其实你当时可以不回答我呀，那不就什么事都没有了吗？"

"你是对的，卡米拉，这件事情我们不说了，好吗？"她怎么不肯走啊？我需要单独待一会儿，想想为什么我的门打不开。"真的没事，你回排练厅，我过一会儿就来。"

"'一会儿'，你真好玩。"她笑着说道，"恐怕你想单独待一会儿琢磨琢磨为什么你的门打不开吧。"她拍了拍我的肩膀，"穿件毛衣，瞧你冻的！"

"我不冷，门——我的意思是，我没事。我——"然而我还是不由自主地拿起毛衣，开始穿了起来。

“啊哈，这还差不多。”她说，望着我，脸上露出满意的微笑，“我认为有时女士好对着干。”她笑着说道，是那种不发出大声的哧哧的笑，“你看上去火气很大。”

“我根本就没有！”我扯了扯设得兰毛衣下面的衬衫，“哎，我们该回到排练厅去了。”我说，在她前面先走了。同样在我向排练厅走的时候，我能感觉到她跟在我的后面。我挺起胸，用一只手捋捋我的头发，奇怪的是我发现有短路的感觉。我更衣室的门究竟怎么了？一定有什么问题。

“嘿，靓女们总算回来了。”迈克尔说，我们绕过角落来到接待客人的地方。他的身子靠着排练厅的门，手里拿着剧本。“卡米拉，你的隆重登场就要开始了，我们戴着面具的神秘女郎终于就要现形了。哎呀！”

“Vous êtes trop gentil,mon cher（亲爱的，你真温柔。）.”

“Pas de trout（一点都不温柔）！”

“Vous parlez francais（你讲法语吗）?”

“Un peu（会讲一点）,这一点就行了。”迈克尔说道，手向下滑到她的后腰。

“嘿，卡米拉，排练结束后一起去钻石酒吧怎么样？这个地方可是我们经常去的哦。我请你吃汉堡包，还可以顺便向你介绍一下这里的情况。”

“Parfaitement（太好了）！我很乐意！”迈克尔为她打开排练厅的门，她把手指放在嘴唇上，冲着他嫣然一笑。当她从他身边走过的时候，他面色红润，显然为他的得手而感到高兴。我跟在卡米拉的后面，用手中拿着的剧本狠狠地扇了迈克尔的屁股一下。他看看我，嘟哝道：“你也想来吗，小丫头？”

“不想，不过还是谢谢你，我晚上要洗头发。”我说，尽量抑制着我满腔的怒火。

这位对新来的美女异常热情的迈克尔从来都没邀请我吃过晚饭。他有的是机会，比如工作结束后我常常去钻石酒吧，并且会直接去吧台和他在一起。我们和其他的演职人员一起站着，脚踩着花生壳吱吱嘎嘎直响，我们的身体有时会靠在一起，随着欢乐的人群移动。但他一次也没有在离开酒吧后邀请我在点着红蜡烛、铺着蓝色格子布的桌子上吃过一顿晚餐，一次也没有。

排练结束后，我没有去钻石酒吧，而是直接坐公共汽车回了家。我把剧本放在膝盖上，开始记后面要用到的台词，但心怎么也静不下来。我向窗外望去，什么也看不见。我一会儿想到埃里克，一会儿又想到迈克尔，实在无法做出取舍。

直到深夜，我还是无法入睡，我强迫自己不要想象迈克尔和卡米拉在钻石酒吧后面的卡桌里手拉手亲热的样子，这时我突然明白了为什么卡米拉老是叫我“小兔子”。即使这个念头在我的头脑中只是一闪而过，我知道是为什么了。我从我记忆的深处努力回忆起卡米拉的形象来——黑色带网眼的裙子，干净利落的法式盘发。

啊，我记起来了！她就是有一次星期六晚上我在花花公子俱乐部玩伴酒吧看到的那个和埃默特·博德曼坐在一起的冷冰冰的金发女郎。他们来的时候我正好下班，这也是她为什么知道我是兔女郎的原因。我真愚蠢，居然没有早一点认出她来，但当时我只注意了埃默特·博德曼，他是俱乐部的常客，每次来的时候都带着一位金发女郎。他也是一家演艺经纪公司的老板，保罗·阿博特、多丽丝·富兰克林等都是这家公司代理的。她就是通过这层关系获得这个角色的吗？我的经纪人韦斯利·特拉斯科特是位不错的经纪人，但和埃默特·博德曼比起来，充其量只能算个小人物。只要能和他的经纪公司签约，要我做什么都可以。我的头深深地陷在枕头里，和卡米拉在一起，我每走一步都得小心才是。

现在几乎所有在花花公子俱乐部工作的人都知道了我参加肥皂剧《黑暗之影》拍摄的事情。这个剧受到上午餐班的兔女郎的欢迎，她们每天下午在员工休息室观看这个节目。但是我不知道除了卡米拉外，摄制组里还有谁知道我在花花公子俱乐部工作的事情。即使有的话，也没有人提到。即使果真有人知道，还真的有什么关系吗？我以前的生活被人知道是迟早的事，但对我现在演戏又有什么关系呢？我是个货真价实的签约演员，即使花花公子俱乐部客人的老婆、女朋友认出我是《黑暗之影》里面的演员，我也丝毫不介意。我甚至还在给客人端上酒后给他们留过我的签名，但是我很介意卡米拉对我做花花公子兔女郎一事大做文章。至少，如果《黑暗之影》停播了，我在银行里还有存款，还有一份备用的工作。

为什么她要陪埃默特·博德曼，一个年纪大到可以做她父亲的已婚男人喝酒？

为什么她能打开我的更衣室的门，而我却不能？

九

卡米拉笑着说道："我当然知道猫王啦。"她一边说着一边在糕点盒子里选着果子冻卷筒蛋糕，"他还带我出去兜过风呢。我爸都快气死了，当他知道后。"

"是吗？他开什么车？"丹尼在一旁问道，听上去满不在乎的样子。

"喔，是一辆埃尔多拉多。"卡米拉看了看莫伊拉和金妮，做了个鬼脸，"没有顶篷，可想而知，我的头发都快被吹掉了。真刺激！"

"哇！敞篷车吗？"我们都很羡慕，希望丹尼继续问卡米拉问题，"什么颜色的？"

"婴儿蓝。不过他会把车涂成各种各样的颜色。有时他会包下整座免下车的汽车电影院，然后邀请他的朋友们去看，一切免费。有一次他用手臂搂住我，我们一起看过电影《温柔爱我》。"

猫王！我记得在上初中的时候我和我的朋友玛丽琳偷偷地溜出学校，坐公共汽车来到明尼阿波利斯市中心看下午场的《温柔爱我》，我的嗓子都叫哑了。我要告诉玛丽琳我认识一个人，这个人和猫王在汽车电影院看过电影，和猫王一起吃过爆米花，和猫王在一起还做过什么呢？我真想知道。

我又倒了点咖啡，站在放糕点的桌子附近，饶有兴趣地听着卡米拉对她的一帮仰慕者侃侃而谈。离早晨排练开始还有几分钟的时间，我们可以好好听她讲讲她在田纳西州的孟菲斯市的成长经历，看她是如何变得富有、漂亮、有名的。

“这么说，你和猫王在一起，哈？在老式的蓝色的埃尔多拉多车里亲热？”埃德·麦克纳伯替我们问了我们很想知道的问题。

“天啊，你都在说些什么啊？我妈妈不可能让我做那样的事。毕竟，那时我刚刚开始社交，而他——”卡米拉低头看了旁边的埃德一眼，“怎么说呢，一个女孩子要顾及自己的名声。”

埃德的下嘴唇上淌着口水之类的东西：“这么说，你们没有亲嘴？”

“埃德，卡米拉说得很明白了。”金妮在一旁埋怨道，她的脸通红，“有些事情是不好随便问女孩子的。我敢肯定没有那样的事。”

马克斯韦尔很不屑地看了她一眼：“嘘，孩子。继续讲，卡米拉，你和猫王的事。”

“有一次蒂龙·鲍尔带我去西罗夜总会，”莫伊拉说，“当时的报纸报道了这件事。”

卡米拉把留在嘴唇上的一点果子冻舔掉，看到大家全神贯注的样子，她非常开心。她看了看周围，目光落到了我的身上：“我只能说当猫王吻我的时候——”

我屏住呼吸：“你吻了猫王，是真的吗？”

“是他吻的我。”她纠正道，“那个吻我永远无法忘记。”

我附和地点点头，好像我知道猫王的吻是怎么回事似的。

莫伊拉叹了一口气，她的声音有些嘶哑：“蒂龙也是个接吻的高手，真难以忘怀。那时我很年轻，真的很年轻。”

在那一刻我想起两件事情来。一是当我在看《温柔爱我》里面猫王亲吻黛布拉·佩吉特时，我刚刚13岁。那个时候，卡米拉是多大呢？二是我的猫王和蒂龙·鲍尔又在哪里呢？埃里克也是位不错的接吻高手，但他不是猫王。在我的人生阅历中我想不出难以忘怀的事情来。没有出现过危险、神秘男人，也没有什么惊险、刺激的经历。天啊，甚至连和花花公子俱乐部的客人我都没敢约会过。我的生活中没有哪一件事能和得到猫王的吻相提并论。由于我一心想和正常人一样，我连自己特殊的本领都不敢使用，虽说现在看起来这一切都是错的。我蹉跎了我的岁月！

晚上我换上兔女郎工作服的时候，还是满脑子想着猫王给卡米拉的那一吻，要不是这样的话，我可能不会答应格劳丽亚的建议，让我在下班后参加一个聚会。格劳丽亚家住纽约斯塔腾岛，是一位身材丰满的金发女郎，在衣服里不需要垫任何东西，是这些社交聚会的常客。其他兔女郎能被邀请和她一起参加聚会是一种荣耀。我知道在她邀请我之前，她首先要跟聚会的主人说好。聚会主人是花花公子俱乐部的一位高管，也是一位俱乐部的重要客人，他可以和他看上的任何兔女郎约会。我足够漂亮吗？我足够成熟吗？足够性感吗？我能够通过审查并参加他们的聚会，我感到很满足。

和我一样，其他在更衣室的兔女郎对于能不能得到邀请做出一副满不在乎的样子，其实只有几个人是真的不想去。尽管由于受到邀请我很兴奋，但我也听过很多关于这种通宵聚会的种种传说，因而忧虑重重。

“你知道他们在聚会上干些什么吗？”有一个兔女郎问我，“请你相信我的话，那些人是鲨鱼，他们会生吃了你！”

“如果你不喜欢，你什么时候离开都可以。”格劳丽亚说，“另外，一辆大轿车会在俱乐部的外面接我们。那里有很多名人、大人物、要人，别傻了，一起去吧，我这里有件衣服，很适合你穿。”

我决定去参加聚会，既因为有名人（说不定有像猫王一样的名人呢？）的诱惑，而且格劳丽亚向我保证如果我不喜欢我可以提前离开。毕竟是星期六的晚上，我不用担心第二天要演出。另外，我很好奇，很喜欢穿上格劳丽亚在她的衣柜里为我准备的一件亮闪闪的晚礼服。我脱下兔女郎的工作服，换上格劳丽亚抛给我的黑色的中国绸纱晚礼服。幸运的是，我穿的和兔女郎工作服相配的黑色的缎子高跟鞋能够派上用场。

与此同时，格劳丽亚，身着带网眼的风流寡妇紧身胸衣，坐在化妆镜前面，一边传授起她的妇人之道，一边在为参加聚会而精心重塑那张脸。

“请注意听，”她说，“没有人说你一定要买东西，无论是零售还是批发。在服装陈列室你要培养服装品位，男人喜欢看到你打扮得漂漂亮亮，如果你对他们好，他们会很大方。事情就这么简单。”

格劳丽亚很善于将娇嫩的皮肤上的疹子变成美人斑，她会在乳沟处喷很多香水。“在嘈杂的聚会上，关键是说话要小声，因为那样的话，男人就会靠拢过来，闻到你身上的香水味。他觉得他已经和你有了一种亲近感，明白吗？”她以一种娇滴滴的声音说道，“杰奎琳就是用这种办法来吸引肯尼迪总统的，她说话时总是低声细气的，这也是玛丽莲·梦露的秘密武器。”

格劳丽亚把她的淡黄色的头发盘成演员金·诺瓦克的发型，然后用力把她丰满的身体挤进低领的黑色缎子紧身连衣裙。在门口等着她时，我也用手拉拉我自己的紧身连衣裙。当格劳丽亚伸手到柜子去拿她的水貂皮披肩时，我见她快速地看了一下周围，然后拿起藏在架子上的布雷克洗发液的瓶子，喝了一大口。我一下子明白了，她把琥珀色的洗发水换成了卡蒂萨克，她最喜欢的苏格兰威士忌。然后她把瓶子放回到架子上，看了我一眼。“为了路上暖和一些。”她低声说道，“不能到了聚会的地方，全身上下冰凉冰凉的。”

正如她说的那样，一辆大轿车，发动机没有熄火，停在花花公子俱乐部前面的路缘上，准备接我们去聚会地点。文斯，俱乐部的门卫，拉着格劳丽亚的手，帮她坐进车里。看到我跟在后面坐进去，他脸上露出惊讶的表情。“姑娘，你也去参加聚会吗？”

“你认为他们不会邀请我去吗？”

“我不是那个意思，不过小心点，好吗？这种事情并不是每个人都适合的。”

大家是不是都认为我很天真，驾驭不了聚会这种复杂场面？卡米拉和猫王一起兜过风，他甚至还吻了她！我就希望星期一到摄制组去的时候我有点自己的故事讲给大伙听。

几分钟后汽车驶入了圣·皮埃尔饭店的大门。格劳丽亚先下车，理了理肩上的水貂皮的披肩，露出了诱人的乳沟。她像一位出席首映式的电影明星轻盈地走过大厅，奔向电梯。我小心翼翼地跟在她后面，手里紧紧地攥着格劳丽亚借给我的缎子手提包。一位看上去肌肉很发达的保安，穿着发亮的无尾晚礼服，手里拿着一份客人名单，毕恭毕敬地站在通往顶层房间的入口处。

“晚上好，莫。”格劳丽亚轻声地跟他打招呼，“这是梅格，和我一起的。”

连客人名单看都没看，保安莫点点头，为我们打开门。聚会已经开始，人声嘈杂，好不热闹。我们刚走进去，一位身穿鲨鱼皮西服、收拾得整洁干净的男人就用双手抱住了格劳丽亚。她咯咯一笑，身子靠了过去，手搭在他肩上。

“嘿，马蒂，别这么急嘛。我带来了一位朋友，我要帮她介绍一下。”

“心肝，看样子你的朋友不会孤独多久的。”他眨眨眼。

“你们玩你们的去吧，我没事。”我说。

“明白了吧？你的朋友没事。这次我可不能让你从我身边溜掉了。好了，跟我来吧。”他拉了拉格劳丽亚，格劳丽亚无可奈何地耸耸肩膀。

“你看到了吗？我在这里很受欢迎。酒吧就在角落处，梅格，祝你玩得开心，做一些我不敢做的事。”

她咯咯冲我一笑，跟着马蒂消失在人群中。屋子里光线很暗，音乐声很响。我四处张望，希望真能看到什么名人。咖啡桌上有一堆有些卷翘的宝丽来一次成像照片，都是身体某一部分的露骨的艺术裸体照片。我很快将目光转向别处，但是还是忍不住又偷偷看了一眼，认出其中一张是我认识的一位兔女郎。

端着装有马提尼酒盘子的服务生从我身边走过，我拿了一杯，慢慢地向拥挤的人群走过去。屋子里人挤人，摩肩接踵，有的甚至为求肉体之欢脱光了衣服，看到这一切，与其说是震惊，还不如说感到恶心。即使是通过窗户和酒吧后面的烟雾缭绕的镜子的反光，我也看到了我从未想象过的交欢场面，我实在不想看。

好不容易挤到吧台前，我坐上一张凳子，整个聚会上，我的周围只有两个穿衣服的人：酒吧服务生和一位上身穿皱条纹夹克衫，下身穿浅色咔叽布裤子的男子。我把喝光了的马提尼杯子放在吧台上，不假思索地要了我想到第一份酒。

“请来一杯苏格兰威士忌和苏打水，加一片柠檬。”

“加柠檬，那样不会破坏威士忌的味道吗？”穿皱条纹夹克衫的男子问。

“没什么影响，至少没有像苏打水那么厉害。”我轻描淡写地回答。酒吧服务生把调好的酒放在吧台上，我喝了一大口。

“我叫皮特，你抽烟吗？”

我摇了摇头，示意不抽，但还是忍不住要了一支。在我内心深处的某个地方，我记得有个声音曾警告过我，不要抽陌生人的烟。因为对方给你的很可能是大麻烟卷。但现在已无济于事了，我认为我已经到了淫乱群交的场所，干吗不破罐子破摔呢？我又喝了一口威士忌，把香烟拿到嘴唇边，皮特已经把打火机打着了火。我身子向前倾，头偏向一边，看着皮特的眼睛，就像亨弗莱·鲍嘉在给劳伦·白考尔点香烟时，劳伦·白考尔看他的眼神一样。在一阵笨拙的摸索之后，我终于狠狠地抽了一大口烟。

“你是做什么工作的？”他问道。

“我是……其实，我在时装行业工作。”

威士忌很难喝。我转过头，向酒吧服务生要了一种我记得我在俱乐部时给客人上过的鸡尾酒，“能不能给我来一杯锈钉鸡尾酒，加冰块。”

我转身打量起皮特来。他长得不算丑，我比较喜欢的一点是，他穿着和《城市与乡村》杂志上面模特一样的皱条纹夹克衫，他可能知道如何驾驶游艇。

“时装行业，听上去很有意思。你是做零售、写文章，还是喜欢时装的时装顾客？”

“搞设计，你呢？”

“我嘛，我是搞销售的。看来也许你更喜欢特兰布依酒加苏格兰威士忌？”

“是的，不过我还从来没有喝过。也许接下来我要点一杯薄荷鸡尾酒尝一尝。”

我越过他的肩膀向吧台后面的镜子看过去。镜子里格劳丽亚穿着风流寡妇紧身胸衣，躺在沙发的靠背上。我赶紧把目光移开，又喝了一大口酒。从我在乔·艾伦酒吧喝蚱蜢鸡尾酒的经验来看，我对我的酒量有了一些了解，但在目前的情况下顾及不了这些，尽情地喝似乎是个不错的选择，所以我不顾一切地把杯子递到嘴边。

“也许你不应该喝这么急。告诉我，那个——”

“再来一杯玛格丽塔鸡尾酒。”

"这里你常来吗？"

我摇摇头，觉得屋子在旋转。我不知道我能否把字发清楚，但我还是对他说道："我是和一个朋友来的。你呢？"

"第一次。我是和一个克利夫兰市的哥儿们一起来的，他是一位酒类经销商，说实在的——"

"你肯定结婚了。"

皮特向周围看一看，有些不自然地笑了，我知道我的判断是对的。在花花公子俱乐部工作了这么久，我怎么可能不知道一个从克利夫兰市来的搞销售的人是已婚的呢？他穿着家里熨好的、纽扣扣得规规矩矩的白衬衫，上面再加一件皱条纹夹克衫。但同时我又意识到我的脚底正发生不好的事情。

我朝脚下看去，看到有一个男人正趴在地上，脱掉了我的一只鞋子，舔我的脚指头。我用力把脚从他的嘴里挪开，一下子失去了平衡，结果我从凳子上滑落下来，身子向后仰，正好摔在那个在下面吮我脚指头的男人的身上。

皮特把我从地上拉起来，搀扶着我，等我把舔得湿湿的脚穿进鞋子里。"我想我最好带你离开这里。"他说。

我站起身来，稳定了一下情绪，皮特带着我直接穿过人群向门口走去，屋子里阴暗的角角落落到处是扭成一团、忙于缠绵的人们。与其绕来绕去，从他们中间踏过去相比，这也许是一条更为安全的路线。有皮特抓住我的肩膀，我离开我的身体，看了一下整个屋子的全景。虽说我这样一个动作使我得到暂时的放松，但我看到下面人们蠕动、交欢的场面令我感到很恶心，更不用说弥漫在空气中浓烈的香烟的烟雾。在一条组合沙发上有三个人正扭在一起，上下蠕动起伏，其中有格劳丽亚，她正全身心地投入到这场色欲盛宴中。在这种场合下我不好意思和格劳丽亚告别。这个时候无论是我回家了，还是从人间蒸发了，又会有谁留意呢？

我向门口飞去，看到保安莫正在为一位金发女子做登记，她的头发向上梳，打成一个平滑的发髻。她穿着黑色丝绸套服，披巾式衣领向上翻起，遮住了她的脸。她走路的动作和头偏向一边的姿势看上去很熟悉，让我觉得她好像是卡米拉，我最不希望在这种聚会上见到她了。但是，她到这里来做什么呢？我想换个角度，看得更清楚一些，但觉得有一种阻力，有人在把我往回拉。

“好好走，好好走。”皮特在提醒说，我的身体撞到了一位在人群中穿过的黑发男子，他手里高高地举着两杯酒。

我赶紧回到我的身体中，挪开身体躲开，没有让溅出的鸡尾酒洒落在我的身上。

“你真机灵。”这个男人说道，他的脸和我隔得很近，“我差一点把你漂亮的裙子弄脏了。”

“谢谢，我没事。”我在哪遇到过这个人？在俱乐部吗？他是俱乐部的客人吗？反正我在哪见过他，为什么我记不得他是谁呢？

“你看上去很面熟。”他说。

“你也是——”

“原来你俩是熟人啊。”皮特说，总算松了口气，“我说，今天和你在一起交谈很开心。你小心点，慢点走。”

他放下了搀扶着我肩膀的手，仿佛我的肩膀有辐射似的，然后一个人穿过人群向前走去。我怀疑皮特也想悄悄地离开，不想和他一起来的同伴告别。

“嘿，喝一杯。”这个男人说道，将一杯鸡尾酒塞到我手里。“我本来是要把这杯代基里酒给一位女士送过去的，但我在这一群人中找不到她了。”

我微笑着对他说道：“谢谢，不过我正要离开这里。”我希望我能记起他的名字。他人长得很帅，穿一身漂亮的西服。

“我也是。把这杯酒喝了，然后我们就走，我也不习惯这个地方。”

“我也不习惯。”我喝了一小口。他笑了，抓起我的手，拉着我走出人群。我觉得头有些轻飘飘的，但不再感觉到恶心了。

我们来到门口的时候，他说：“来，我们把酒一起干了。”我把剩下的鸡尾酒喝干，把杯子放在旁边的桌子上，靠近他放下的杯子。“我的车停在外面，我可以捎你一截，或者——”他诡秘地笑了笑。

我也笑了：“太好了，咱们走吧。”

当我们来到灯火通明的走廊，门卫莫站在一旁，他的工作是既要什么都看不见，也要什么都看见。我们向电梯走去，这个男人用手搂住我的肩膀。我记得当我们走进电梯的时候，我告诉过他我住在格莱麦西公园附近的公寓。电梯门关上了，我们乘电梯下楼，接下来的事我就记不大清楚了。

他的手搂住我的腰，我们走在街上，但我有一种想要跳跃的感觉，每一步似乎都在空中飞一样。他大声笑着，拉我的手，“蹦蹦跳跳对我来说有些不合适，”他说，“但是你请便。”

只是蹦蹦跳跳吗？我想离开我的身体，飞到空中，飞向远方，但我突然觉得像灌了铅一样，感觉腿很沉，连脚都抬不起。我脚下的人行道似乎吱溜吱溜地冒出什么东西来，像果冻一样的东西。

“快走，孩子，你没事。”他说，向路缘走过去。“慢点，我扶着你。”我们停下来，他找车钥匙。不一会儿我坐到舒服的皮座椅上，闭上了眼睛。“好姑娘，好好休息，宝贝。有好多好玩的东西在等着我们呢。”

好玩的东西？这个词使我很不安，让我想起了不愉快的记忆。我突然有一种不祥的预感，但我脑子一片混乱，说不清楚是什么。我用半睁半闭的眼睛看着车窗外，模糊的灯光一闪而过，白的，绿的，红的，会聚成波浪翻滚的河流。我们行驶在闹市区，车左右摇摆，既让我感到舒适，又使我感到不安。我们在路缘处停了下来。车虽然停了，但我觉得我的身体还在向前冲。我想打开车门逃跑，但我的手抬不起来，打不开车门，然后门开了，这个男人抓住我的上臂，拉我站了起来，走动了几步。

我踢掉鞋子，走在像海绵一样的地毯上，发出扑哧扑哧的声音。我们开始上楼梯，他的手搂住我的腰引导我走向淡黄色的灯光。我们到了楼梯间的平台，他转动我的身体对着他，用嘴巴紧紧地压着我的嘴。“小妞，张开嘴呀。”他的手伸向我的两腿之间，手指粗暴地抓我的大腿，试图扯我的内裤，“小妞，你想假装正经，是吧？告诉你，少跟我来这一套。”

他打了我一嘴巴，我感到脸上火辣辣的，倒在地上。我重重地摔在床脚，头碰到了床脚竖板。然后他骑在我身上，前臂勒住我的喉咙。他的手撕扯着我的裙子，将裙子光滑的布向上拉，露出了我的下体。我的力量到哪里去了？我没有力气抬起胳膊，没有力气阻止他在我的身上挤压。我集中不了注意力。我失去了意识，不能反抗。我听到自己发出的呜咽声，然后他把我的两腿分开，我听到了他低沉、沙哑的声音：“这就对了，小妞，听话，不要紧张。”

突然，我漆黑的脑海里迸发出一片火光，像灿烂的礼花照亮夜空。闪光的碎片在我的脑子里旋转，像五彩纸屑翩翩起舞，然后凝结成古怪的幽灵，飘浮在我的身外，我怎么都够不着。一张美得无与伦比的面孔，熟悉又超然，出现在耀眼的光亮里。它就是卡米拉，她晶莹透彻的蓝色眼睛是那么的专注、迷人。

我的四肢突然有了力量，使我有力气摆脱这个男人。我把他从我身上推开，站了起来，恍恍惚惚地走过房间，追逐着飘浮在我的上方我又够不着的幽灵。我大叫一声，幽灵消失在窗帘里。我蹒跚向前，从黄铜杆上扯下窗帘，把薄纱帷帘扔在一边。

透过窗户，在漆黑的天幕下，卡米拉飘浮在空中，离我只有一个手臂的距离，向我招手。我用力扯窗框，把窗户玻璃都弄碎了。我无法控制自己，我踩着破碎的玻璃爬上窗台。

男人的两只手死死抱住我，要把我拉回去：“你别这样！你一定是中邪了！”

他试图把我从窗台上拉下去，但我奋力反抗。幽灵离我更近了，卡米拉把手伸向我，示意我要挣脱男人抓住她的手。那男人一只手死死地抱住我的腰，另一只手向上抓住我的头，要把我拉回去。在扭打的过程中，他的手刮到了打破的玻璃，锐利的玻璃边缘划破了他的手掌心。他发出痛苦的尖叫，手上的血溅落在我的脸上。我抓住他的手指，把他的手放进我的嘴里。

当我的嘴唇尝到他的血后，我自己的能量爆发了。我不再受卡米拉的控制，我飞出窗外，离开了我在窗台上的身体。我非但没有掉下去，落到下面的院子里，反而一跃飞到幽灵的上方。很快，它炫目的光亮开始减退。

卡米拉的脸不再光彩夺目，而是因为惊讶变得僵硬起来，眼睛里充满了怒火。她的嘴张得很大，仿佛要通过叫喊来发泄她的愤怒似的，她吐出一团烟雾将我裹住，然后消失在茫茫的夜幕中，刺耳的尖叫声在她的身后回荡。

这团烟雾将我团团裹住，越裹越紧，我一点力气都没有了。黑暗笼罩着我，我感觉我又回到了我的身体，卡米拉嘲笑的声音在我的耳边久久不能散去。

十

在过了似乎很久很久的时间，我重新恢复了意识。我的脑袋就像一个袋子，里面装着有棱角、形状各异的石头，相互撞击。鸡尾酒显然不是我的朋友，但我知道使我失去力量的不仅仅是喝了大量的杂酒。我的生命力量耗尽了，我的能量水平如此低下，以至于我几乎成了一个废人。我的脑子里冒出一大堆疑问，一定有某种药性极强的药物引起了我的幻觉。如果是这样的话，那么我又是在哪里？什么时候，如何喝下去的呢？是谁给我的药呢？是我的嫉妒导致幻觉中的幽灵变成卡米拉，还是幽灵要向我发出警告，告诉我她对我具有毁灭性的影响呢？我试图将独立的两个世界再次碰撞到了一起，我必须要更加警惕。

电话响了，好像是在另一个世界里，我怎么都够不到。我睁开一只眼睛，不是两只，看到一只男人裸露的脚，脚趾上有一撮撮的黑毛，走在黄色的长绒地毯上。这可不妙，我闭上眼睛，决定先装傻，等我弄清楚了情况后再做打算。

讨厌的电话铃声停了。一个男人的声音，不再是我前一天晚上记得的那种诱人、温和的语调，他吼道："是的，是我，我一直都在留信息。听我说，我不知道她是谁。我在她的包里发现了你的电话号码，所以你一定认识她。正如我所说的那样，她，很长的黑头发，跟着我回的家。本来不应该让她进我屋的，你知道吗？对了，你可以和她本人讲。如果你认识她，你要过来接她，好吗？”

一只脚碰到了我的肋骨：“嘿，你，该起床了！”一只手一把抓住我的胳膊，把我拽了起来，让我在床上坐好。“有人和你说话。”他把电话听筒塞到我的耳边。现在装傻也不管用了，但我的眼睛还没有睁开，我拿起电话，“喂？”

“梅格吗？老天爷，梅格，是你吗？”听筒里传来的是伊恩·弗莱彻的声音，甜美又有些惊诧。我哼哼道。“梅格，是你吗？”

“是的，伊恩。我不知道他是怎么得到你的号码的。”

“无所谓啦，我过来接你。你没事吧？”

“没事，我现在脑子有些乱。真的，你不必过来，伊恩。”

“他该过来，真的该过来！”男人吼道，用脚推了推我，“他是谁？你男朋友吗？为了你好，希望他不是你的丈夫。”

“那个浑蛋是谁呀？”伊恩说，“告诉他我马上过来！”

“真的不需要，我自己可以乘出租车，伊恩。”我不想让他过来看到我现在这个样子，“我很好，真的。”

那个男人从我的手里一把抢过电话，说：“她是个疯子，我不要她待在我这里。我希望她快走！赶快过来接她走，否则，我要把她赶到大街上去，明白吗？”

他告诉了伊恩他在默里山的地址，把电话重重地摔在床头柜上：“他就要过来了，小姑娘，你收拾一下。”

“我要喝咖啡。”我咕哝道，眼睛睁开了一条缝。他穿着黑色丝绸晨衣，一只手包着纱布，上面缠着白色胶带。

“真见鬼，你以为我是你的管家吗？”他冲我吼道，“我应该要你收拾这一堆乱糟糟的东西才对！”他脚趾上长着毛的脚在长绒地毯上走来走去，绊倒了一个打翻了的废纸篓。他蹲下身把它扶正，噔噔地向楼梯平台走过去。“当然可以，干吗不可以？咖啡马上就来了。不过在我去给你拿咖啡的时候不要又寻思着从窗户往下跳啊。”

我坐直身子，看看周围，试图弄清楚我在什么地方。我穿着格劳丽亚借给我的晚礼服，皱皱巴巴的，有一股汗味。我的两只黑色缎子高跟鞋整齐地放在房门的旁边，一只鞋子里放着我自己屋子的钥匙，另一只鞋子里塞着我的小包。房间里的装饰是比较豪华的单身汉的风格，除了橘黄色的长绒地毯外，还有黑色的埃姆斯皮椅，柚木家具，铬黄的组合壁橱和高级高保真音响设备。很明显屋子的主人是《花花公子》杂志的订阅者。

但是房间里乱七八糟的，怪不得这个男人暴跳如雷。屋子散落着碎片，一只打坏的灯，地上有从窗帘杆上拉扯下来的帷帘，在打破的窗户上，有着斑斑血迹的薄窗纱在风中飞舞。地毯上有一张摊开着的报纸，上面堆着玻璃碴。当然我一个人是不可能造成这么大的破坏的。不过我回忆起了在窗户上的打斗，还有卡米拉的事。

渐渐地我意识到屋子里有别的声音，但声音不大。我转过身，看到一只漂亮的柚木柜子上有一台开着的电视机。虽说音量调得很低，我还是能听得出是主持人休·唐斯和巴巴拉·沃尔特斯在轻松地谈着即将转播的杰奎琳到白宫参观的情况。我马上看得入迷了，我自己的屋子里甚至没有一台电视机，当然我更没有听说过卧室里放电视机的。我一边这样胡思乱想一边抓起床单的一角，使我的身体离开了地面。

我经过橘黄色的长绒地毯来到卫生间，我那软弱无力的腿居然还能支撑我的身体。我轻轻地打开电灯开关，本来以为会袭来一阵耀眼的白炽灯光。但是，照在铺着桃红色地砖的卫生间的是过滤的柔和色调的灯光。我鼓起勇气，看了看镜子中的自己。即使在使人变美的灯光下，镜子中的我还是狼狈不堪。睫毛膏顺着鼻子向下流，痕迹斑斑，两边脸颊满是口红。固定头发的发卡也掉了，乱七八糟的头发遮住了我的脸。不过我一脸可怕的样子完全是表面现象，我的抓伤、挫伤也已经痊愈了。

我打开水龙头，把毛巾浸泡在热水里。我把毛巾贴在脸上，让湿润的热气包裹着我，帮助我思考。我应该想出一个应付伊恩的说法，但是我想不出一个把一切都能解释清楚的说法。我意识到当那一刻来临的时候，我无法向伊恩介绍那个黑色头发陌生男子，他的卧室已经被我搞得一塌糊涂。我用冷水冲洗了一下脸，我本来还想刷牙，但我不可能用这个男人的牙刷，或者用他的漱口杯。突然想起我的口里还有他的血的味道，我从水龙头掬水放在口里，漱了漱口。

门砰的一声关上了，外面有很大的说话声音："她在哪里？梅格？你在上面吗？"

一阵沉重的上楼的脚步声。我用手理了理格劳丽亚借给我的黑色缎子内衣走出卫生间，伊恩正好来到楼梯间平台。他停下来，张开嘴看着我："我的天啊！"

我的样子一定惨极了，我想。而且是在我洗漱一番之后。"嘿，伊恩，谢谢你特意为我赶来，对不起，给你添麻烦了。"

"不用谢。"他轻声地说道，他的手碰了一下我的手臂。由于胡子没有剃，他的脸显得很黑，浅棕色的头发耷拉下来，遮住了一只眼睛。他头一甩把头发甩到脑后，开始环视起屋子来。他穿着一件白色礼服衬衫，领子开口，袖子卷起，衬衣的后背下摆露在牛仔裤的外面。显然他是很匆忙地穿上衣服赶过来的，脚上穿的是平底便鞋，连袜子都没来得及穿。

男人拉了拉身上穿的黑色丝绸晨衣的带子，眯着眼睛看着伊恩。两个男人都是中等身材，但体形完全不一样。伊恩个子瘦长，肩膀很宽。黑色头发的男子主要分量在他的胸部，头向前倾斜。他清了清嗓子，叉着手臂，打量着伊恩。

伊恩板着脸，转过身冲着男人质问道："你对她都做了些什么？"

"你别这样看着我，这完全取决于她！她说了算，她自己控制不住，你明白我的意思吗？"

"什么控制不住，看在老天爷的份上，说清楚点行吗？"伊恩的脸变得乌青，因为愤怒提高了嗓门，"她要控制什么？"

"嘿，老兄，别搞错了，受害的一方是我。"男人说道，伸出两只手来，掌心向上让伊恩看他的绷带。"我试图阻止她，不让她跳下去，你看她对我都做了些什么。我没有到医院缝上几针就是万幸了，她把我的屋子搞得一团糟而自己毫发无损。所以，兄弟，别发火，我不需要你冲我大喊大叫，行吗？"

"兄弟？你叫我兄弟？"伊恩虽说很愤怒，但以一种优雅的语气表现出来，我都禁不住要笑了。但是他的脸色很难看，两只拳头捏得紧紧的。他快要控制不住，要爆发了，"她为什么要从窗子跳下去？你到底对她做了什么？"

"我？什么都没做。你往后站一下，行吗？是她自己把脸上涂得花里胡哨的，就是这样。"

"请等一等，你的确给过我东西。"我突然从嘴里冒出一句话来，"在聚会上，你给我的那杯饮料。"

"本来我是拿给另一个人的，亲爱的，是你从我手里一把抢过去，一口喝掉的。"他有些得意地笑了，转身对伊恩说，"你都看到了，你的朋友就是这样对我凶巴巴的。"

"然后占了你的便宜，是吧，老兄？我认为你在她的酒里下了药。"

"是吗？"他笑了，"请证明给我看！"

"当然，我们现在就打电话叫警察，好不好？"伊恩想跑过去拿墙边桌子上的电话，但那男人抢先拿起了电话，抱在自己的胸前。

“伊恩，别这样，也许我们该走了。”

我能想象在剧组如果保罗·阿博特听说了警察有一份关于他的两个演员的报告会有什么样的负面影响。我不希望“酗酒和妨碍治安”的评语和我的名字联系在一块，尤其是因为哈迪的死我在警察那里已经存有档案。我想伊恩应该持有绿卡，但是对移民局可不能掉以轻心。

“我说，你可以问问你的女朋友嘛。我本来可以把她扔在大街上，而且谁都不知道。”他还抱住电话不放，但他说话的声音里不知不觉有了一种扬扬自得的口气，显然他觉得他占了上风。“我的同情心换来的就是你们这样对我。我可以不给你打电话的，你知道吗？”

伊恩不仅没有倒退一步，相反，他向前走了一步。他语气平和地问道：“能不能把电话借给我一下？她在部队里有一个哥哥，我想我们要给他打个电话。”

伊恩这吓唬人的大胆的一招收到了意料中的效果。男人的肩膀耷拉下来，但他还是紧紧地抓住电话不肯放。他舔舔自己的嘴唇，用有些含混不清的声音轻轻地说：“没有必要把事情闹大，也许我自己是有些太无礼，但是，在那样的聚会上搭上一个女孩子——请相信我，那绝对不是茶舞会，你知道我的意思吗？我是一个男人，你要我那时怎么想呢？”

接下来是短暂的沉默，男人说的话悬在空中。我把脚趾深深地扎入长绒地毯里，两眼看着天花板，这场噩梦还会变得更糟吗？

最后，伊恩终于说话了：“不该想，你什么都不该想，你什么也不该说，明白吗？”

“好的，太好了，这件事就这样了结了。谢天谢地，我要去奈阿克餐厅去吃午饭，否则我老娘会杀了我。”

这时我才想起来怪不得这个人看起来很面熟，他是市里一家顶尖的广告公司的创意指导，在我参加电视广告的面试的时候我见过他两次。其中的一次我得到了拍广告的工作。在我拍洗发水广告的时候，他在拍摄现场，穿着两颗纽扣的衣服，一头光亮的黑发，显得很精神、干练。我已经认不出他来了，我真希望他也永远记不起我来。我从鞋子里拿起钥匙和小提包，然后穿上我的鞋子。

我慢慢向楼梯走去，这时这个男人对伊恩悄悄地问道：“我说，她真有一个当警察的哥哥吗？我的意思是，没有必要提到这件事，对吧？”

“你说得不错，”伊恩说，“但是我们知道你住的地方。”

“天啊，我所要的只是开心，你知道吗？这有什么过分的吗？”

“一点也不过分。”伊恩说。听到有什么东西重重地摔在地上，我回过头去。伊恩站着，俯身看着那个坐在楼梯平台上的男人，手捂住鼻子，“你现在开心了吧？”

我抓住伊恩的胳膊，匆忙走下楼梯，他跟在我后面。如果接下来他们再打起来的话，警察一定会到场，有太多的东西我不想对他们解释。

我推开前面的门，早晨耀眼的阳光照在台阶上，我都睁不开眼睛。我们蹦蹦跳跳走下台阶来到街上，我们手牵着手，像两个做了什么恶作剧的小孩子一样，也的确是这样。

“我想他和我达成了谅解。”伊恩说，我们在街道上急匆匆地走着，“但是他妈妈在和他吃午饭时看到他一定会大吃一惊。”

“他活该，”我说，“但是我希望他没有留下你的电话号码。”

“哎呀，不好，我忘了这件事。”伊恩说。我们在街角处放慢脚步，深深地吸气，“但是我认为他不想和我们俩任何一个人再有联系。”

“希望如此。”我说，转过身看着伊恩，他还握住我的手。在早晨明媚的阳光下他身上穿的白衬衫分外抢眼，他的眼睛闪着光芒。由于刚才和广告男人的对峙和一路快速奔走，他的脸看上去很红，我怀疑主要是因为在和那个男人交手时占了上风而感到自豪的缘故。“我不知道该说些什么，伊恩，但我真的要谢谢你。”

“拜托，请不要这样说，这件事为本来有些沮丧的周末增添了一些鲜活的气氛。不管怎么说，我们现在不需要走得很快了。看上去你一人回家没有什么问题，不过我们先一起吃点早饭怎么样？”

“谢谢，我这样子难看死了，觉得很难受。我真的需要回家收拾一下。”

“得了吧，你看上去挺好的呀。”他已经把我领进街角的一家咖啡店，我没有再推辞。“谢谢梅格，我可真饿死了。”

咖啡店刚开门。店员是一个留着平头的年轻小伙子，正忙着把炸面圈和丹麦酥皮饼堆放在一个玻璃圆盖的下面。“你们随便坐什么地方都可以。”他头也不抬地对我们说。空气中弥漫着一种好闻的咖啡香气和在烤架上烤得嗞嗞冒油的咸猪肉的味道。

我们走过午餐长桌周围的凳子，来到一处红色乙烯基塑料卡座。伊恩从餐巾盒和糖缸之间拿出两份带有塑料保护膜的菜单。“给我来一份煎饼。”他说，“我喝你们的槭树糖浆已经喝上瘾了。你喜欢吃点什么？”

我把黑色的小提包放在餐桌上，一脸茫然地看着菜单。早饭套餐，三明治，喷泉特色菜，一想到吃东西我的胃就变得很不舒服。我的眼睛像进了沙子一样，我的舌头像砂纸，对一切都没有胃口。“我不知道吃什么，你让我再想想。”

店员拿着一壶咖啡来到我们的桌子跟前。“你们要喝牛奶吗？”

“我不喝。”我说，抬起头来。

“我也不要。”伊恩说。

“哎呀！”店员把咖啡壶重重地放在桌面上，看看我，然后又盯着伊恩看，“哇，简直不敢相信。”

“出什么事了？”我问道。店员又转过头来看着我。

“他从来没有见过吸血鬼客人。”伊恩平静地说道。

“什么？”我惊讶得都快说不出话来。一时我很害怕，我想我是不是暴露了我自己。伊恩怎么会知道我是个吸血鬼呢？正当我打算离开桌子跑掉时，伊恩开始大笑了起来。

“你看过《黑暗之影》，对吧？”伊恩对小伙子笑了笑，小伙子点点头，继续盯着我看。“梅格，他是我们节目的影迷。”

“我想说能为你们服务我非常荣幸，哈里森小姐。你真漂亮。”

“谢谢，非常感谢你。”我说，身子坐低了一点，谢天谢地，他没有注意到我皱皱巴巴的裙子和乱七八糟的头发。

“你看，”伊恩笑着说，“我告诉过你，对不对？你今天早上看上去气色好极了，亲爱的。”

“弗莱彻先生，我寝室的室友绝对不会相信这一切，没有人会相信。”

“他们当然会相信。你叫什么名字？我们给你签个名什么的。”

“噢，那太好了。”年轻人棱角分明的脸露出开心的笑容，“我叫威廉。实际上我的名字叫比尔。大家叫我比利。”

“给我们倒点咖啡，比利。我们过一会儿再点餐。”比利点点头，用颤抖的手给我们倒了咖啡。

比利离开我们的位置回到柜台后，伊恩对我说道：“你好像见了鬼一样，你要习惯这种生活。我们的节目开始有一些影响力了。”

“我想也是，但是难道他不会纳闷星期天一大早的，吸血鬼和女家庭教师在一起搞什么名堂呢？”

“而且穿着礼服短裙，一点不假。”伊恩笑着说道，“不可能干什么正经事。好了，我们点餐吧，你也要一份煎饼吗？”

“我不要煎饼。”我说，再看了一下菜单，“我要蒸蔬菜，再来一份菠菜。”

“行。”伊恩说，有些不可思议地看了看我。“比利，你听明白了吗？这位女士要蒸蔬菜，再加一份菠菜；我要咸猪肉和煎饼。”

“请稍等，马上就好。”比利答道，声音里有一种尊敬。

“你再要点泡菜吗？”伊恩问我，他的声音压得很低，“草莓什么的？还是带干酪的香蕉圣代？”

“不要。”我笑了，“我又没有怀孕。我只是喜欢吃蔬菜。说实在的，我不知道你的脑子在想些什么。”

“我在想，我好久没有这么开心过了。周末你都是这样在外面寻开心吗，还是碰巧被我赶上了？”

“很少。”我肯定地对伊恩说。我突然想起伊恩还不知道我在花花公子俱乐部工作的事。如果他知道我在花花公子俱乐部做兔女郎兼职，或者我去那个聚会就因为猫王吻了卡米拉，他会怎么看我呢？我又怎么向他解释我跑到广告创意指导的屋子里去了，而且在我自己没意识的情况下从窗户往下跳呢？玻璃打碎成那样而我一点都没有受伤，难道他不觉得奇怪吗？伊恩的问题悬在空中，需要回答。

“究竟是什么样的过程我也稀里糊涂的。”我说。

“我知道。”伊恩把他的手放在我的手上，神情变得严肃起来，“你的手冰冰冷，你的脸看上去很苍白。我想你一定是受了很大的惊吓，我不想骗你说没事。”

我的手总是很凉，我的脸也一直很苍白，这些我也不想多做解释。我还是觉得有些反胃，尤其是闻到炸咸猪肉的味道，但最主要的原因还是因为我搞得很狼狈。至少，我和伊恩要共事，我不希望我做的这件疯狂的事会影响我俩的关系。“是我自己判断失误。对不起。”

“有人占了你的便宜，梅格。我越是想这件事，我越是肯定有人在聚会上给了你迷幻药，现在恐怕药力还没有完全消退。”

“迷幻药？你真的这样认为吗？”怪不得我会出现卡米拉的幻觉，但是为什么迷幻药会使我完全失去控制呢？

比利拿着咖啡壶走了过来，把我们的杯子重新斟满咖啡。“你们是在说迷幻药吗？来一点大麻烟就很管用。”他含糊不清地说道，“能帮助你安静下来。”

“谢谢你。”伊恩说，“我们知道怎么办了，比利。”

比利点点头，把我们的杯子倒满咖啡后，又回到放烤肉架的地方。如果我可以把这一切归咎于迷幻药，而不是猫王和卡米拉的话，那我再乐意不过了。

“你也许是对的，伊恩，但还是我自己的错。我不想再谈论这件事了。”

“好的，但不要误会，我不想对你进行任何的道德评价。天知道，我本人干过多少我难以启齿的尴尬的事情。我很高兴你有我的电话号码。你知道吗，奇怪的是，我不知道我什么时候给过你电话号码，你记得吗？”

“哦，我也不记得了。”我说，喝了一口咖啡，结果呛了一下，我没有料到他会问这个问题。“我不记得我身上有你的电话号码这一回事。”我打开我的缎子小提包，把里面的东西一股脑儿倒在桌子上。口红、香粉盒、梳子、手绢、硬币小钱包、钥匙，我拉开里面夹层的拉链，里面装着我给小费的钱。

“钱可真不少啊。”看到一卷钞票从拉开拉链的夹层里滚落出来，伊恩说道，“显然昨天晚上某个时刻你抢过银行，我们应该随时准备听到响起的警报声和拔枪的声音。”

“没有，真的没有——”我耸耸肩膀，我知道如果要跟他解释，可能会露馅，“这样，早饭我请客，行吗？”

“当然可以，而且小费要多给点。”他对我笑道，“好了，不必向我解释这解释那了，幸运的是那狗娘养的没有把你的钱偷走。他似乎把电话号码留下了。”

“但我认为我没有你的电话号码。”我打开零钱包，里面有几张叠起来的钞票，一些小面值的零钱和一张卷曲的纸条。在我还没有把这张纸条完全弄平整之前，我已经知道上面写的是什么了。“认得上面的数字吗？”

“我的电话号码，”伊恩松了口气，“是我写的。谜团终于解开了。”

“我想也是。”我说，“谜团解开了。”但是有一点没有弄清楚，为什么这个纸条碰巧在我身上。我把拿出来的东西都放回小提包里，只留下了纸条。

比利端来我们点的食物，将满满的一盘蒸蔬菜摆放在我的面前。“我们的厨师把能找到的蔬菜全都拿来做了，一般客人不怎么点这个菜。”比利说，他的声音里带着不满意的口气，“要不要再来点炸薯条？”

“不要了，谢谢，这样就很好了。只要一杯番茄汁就行了。”

“马上就好。”比利说完，匆匆离开了。

“怪不得你的皮肤像大理石一样光滑。”伊恩一边说，一边往涂抹了厚厚的融化奶油的煎饼上倒了很多槭树糖浆，“除了早餐你喜欢吃大量的蒸植物外，你还有什么特点我不知道的？”

“真的没什么了。”

“你知道嘛，你这人有点怪。人很漂亮，但就是有点怪。”伊恩打开我的小提包的搭扣，把有他电话号码的小纸条又放回了包里，“好了，我希望你带着我的电话号码，并且答应我在开始下一次恶作剧之前一定要给我打电话，我可不想错过看戏的机会。”

我的脑海里突然浮现出这样一种情景，下次半夜里睡不着觉，我去市博物馆或是去帝国大厦屋顶的时候，伊恩总是跟在我后面，和我一起欣赏纽约这座不眠之城美丽的夜景。在那样的时刻如果旁边有一个伴当然很好，而且伊恩似乎也喜欢冒险。但这个念头在我的脑海里只是一闪而过。我永远也不可能把我的秘密告诉伊恩，这是绝对不可能的。

“只要我能够控制我自己，不会有下一次了。”我说，不禁再次想起为什么我碰巧有伊恩的电话在身边。

十一

在饱餐一顿菠菜、燕西蓝花、青豆和胡萝卜后，我决定步行回家。考虑到自己样子难看，我打算这次走点捷径。在餐馆门口和伊恩说了再见，等他在相反的方向转过街角后，我开始在闹市区飞奔起来。我走得速度很快，在那些星期天早起的行人眼里，我只是模糊的一团东西。我顺着列克星顿大街疾驰，清爽的凉风扑面而来，吹乱了我的头发。我一路心情舒畅，以至于我一直走到联合广场才折回往格莱麦西公园走。

回到家里，我马上脱掉格劳丽亚借给我的礼服短裙，把它放在门口。只要好好干洗一下，它就完好如新，又可以穿它出去开心了。这件衣服究竟参加过多少疯狂的聚会呢？我不敢想。再说，过分地纠缠这件事使我想起了自己的不端行为。它也使我纳闷为什么我居然允许我自己陷入一种危险、容易受伤害的境地？为什么我会变得如此可怜、如此虚弱、如此无力以至于我甚至不能保护我自己而受到一个凡人的伤害？

我走进浴室，打开水龙头，一股冷水打在我的肌肤上，从我的肩膀上弹开，落向地面。我脑子还在想着昨晚发生的事情，我把脸对着冰冷的水流，任凭它冲刷，好让自己的脑子变清醒。一定有什么我不知道、无法控制的东西在起作用。我失去了什么？我将开关换到热水，在身上打上肥皂，涂上香波，很开心我有一天的时间来把这些事情想清楚。

从另一个角度看，昨晚也不完全是损失。现在经验已经证明，我不仅不能喝蚱蜢鸡尾酒，也同样不适合喝马提尼酒和锈钉鸡尾酒。我还可以声称我去过淫乱的聚会，虽然没有遇到什么名人，但我却和一个头发很黑的人有着一段令我难忘的危险遭遇。这算得上一种冒险，但无论是在摄影棚现场的咖啡桶周围和剧组的人交谈，还是给老家的玛丽琳写信，这都不是我乐意谈论的话题。

我刚洗好澡，关上水龙头，电话铃就响了。星期天一大早只有妈妈会打电话来，如果发现我不在家的话，她会起疑心。也许我和伊恩还在饭店吃早饭时她就打过了。我拿起毛巾，急忙跑到厨房，在地上留下一串湿湿的脚印。我一把抓起电话说道："早上好，妈妈。"

"对不起，梅格，我是埃尔克。"她吐了一口长气，仿佛刚才她一直屏着呼吸似的，"谢天谢地，你总算回家了。奥德丽刚才给我打过电话，叫我今天在阁楼举办一个私人聚会。我在她手上有许多扣分，所以我不好推辞。再说，我需要钱。"她说话很轻柔，带有德国口音。

"你的意思是让我给你当保姆，照看一下艾尔吗？"

"行不行？我知道你不容易，但其他人都在忙。"

"很高兴能帮你忙，我一个小时后到你那，行吗？"

"一个小时？能快点最好，可以吗？"

不可以，但我还是同意早点过去。心想，好好的星期天又泡汤了。我放下了电话，站了一会儿，脚底下厨房地板上已经积了一摊水。我突然感到头一阵眩晕，很不舒服。对我而言，这是一种陌生的感觉，可能是迷幻药的影响还没有完全消除。但我不能打电话给埃尔克，说我要反悔。我擦干身子，开始穿衣服。

几分钟后我来到街上，头发还是湿的，我在想是不是连小艾尔也会觉得我选的这身装束有些稀奇古怪——木屐，双湖镇游泳队的T恤衫，农民穿的很土的裙子，黑色缎子小提包。我穿衣服时也没怎么多想，甚至也没有好好地把头发吹干。但与其回去换身衣服浪费很多时间，我决定还是快步向萨瓦娜的房子走去。我心想，在那里迎接我的肯定只有心存感激的埃尔克和她刚刚学走路的儿子以及萨瓦娜。

在离萨瓦娜房子不远的地方，我放慢了脚步，走在铺着鹅卵石的街上，哈得逊河水刺激的味道扑鼻而来。萨瓦娜，身着牛仔裤和法兰绒衬衣，正在扫台阶，在我靠近门廊的时候她抬起头来。

“这次你可是创纪录地赶来了。”她说，把手中的扫帚放到一边，“诺妮和艾莉去俱乐部了，埃尔克和我在等你。这次怎么不叫你策划这个事？”

“是我运气好吧，我想。也许奥德丽下次就会叫我了。”

“昨晚的聚会怎么样？”我们走上台阶，她推开门，“遇到什么名人了吗？”

“一个也没有。说真的，都是些无聊透顶的老家伙，坐在那里不肯动，乏味得很。我早早就离开了。”其实我很想把晚上聚会的事情都告诉萨瓦娜，也很想简略地跟我妈说说，但是如果我告诉她广告创意指导和LSD迷幻药的事，她肯定要用枪抽他，有人会对萨瓦娜说谎吗?

“我想也是那样，当然我也从未受到邀请去参加那样的聚会。应该说我还是很好奇的。”

“其实用不着特意去，你什么都知道。”

“帮我个忙，麻烦你让埃尔克快点。”萨瓦娜说，“我拿件夹克衫，在外面等她。我们该走了。”

我沿着走廊过道快速向前走，发现埃尔克在厨房。虽说在厨房里忙忙碌碌，但她看上去很有魅力。她脚上的白靴子和短裙搭配，长长的金色鬈发披在肩上。“嘿，你来得真快啊！我就快好了。”

她在给艾尔倒牛奶，艾尔用手拼命地打高脚椅上的盘子，差一点就要哭了。她一看到我就尖叫起来，用脚猛踢椅子的腿，胖乎乎的小手在她满是金色鬈发的头上挥舞着。

“嘿，小家伙！你好吗？”我亲吻艾尔的额头，把缎子小提包放在桌子上，“我说，埃尔克，这次你替谁呀？”

“格劳丽亚，你以为是谁？她也许现在还在聚会上呢。谢谢你为我做的一切。”

“没关系。”小家伙竭力想要我把她抱起来。我把她从高脚椅抱了出来，亲吻她胖乎乎的脸颊。“我可以把小家伙带回我家吗？你可以下班后在回家路上顺路去把她接回来。”

“可以呀，反正她喜欢和你在一起。”

“那好，你可以走了，我来喂她吃。”外面突然传来摩托车发动的轰鸣声，我们俩不禁跳了起来，“听到了吧？你最好快点，萨瓦娜急匆匆要走了。”

“我才不愿意和她一起走！我的头发！”埃尔克翻翻白眼说道，“我宁愿乘地铁。她一骑上摩托就不要命了！”

一阵忙乱，埃尔克从她的挎包里拿出一条头巾，把头发系住，亲吻了下小家伙艾尔，沿走廊急步向外走去。我跟着她一直到门口，她再次吻了艾尔，然后走下台阶，爬上萨瓦娜摩托车的后座。萨瓦娜猛踩油门，挥挥手。

“我走的时候会把你的门锁好。”我说，向她们招手。抱在我胸前的小家伙动来动去，也向他们挥手，口里嘟哝着“拜拜拜”。

不到一小时，我开始用婴儿车推着艾尔向自己家走。我一点也不着急，沿途不时停下来，看看商店的橱窗。秋天的空气有些烟雾蒙蒙的感觉，树木在阳光的照耀下呈青铜色和金黄色。越往东走，街道开始变得热闹起来，既有来来往往的行人，也有在路边咖啡店坐着小憩的人。我离开闹市区向住宅区方向走，经过熨斗大厦，然后再向东往我住的地方格莱麦西公园走。

我突然想起埃里克来。在老家如果是这样一个阳光灿烂的下午，埃里克和我会开飞机兜风，看着飞机下面的干草堆和玉米秆。现在他在哪里飞呢？我不知道埃里克有没有机会来纽约休假，再次给我惊喜。我很想见到他。

"看看谁来了！"突然传来一阵像沾了蜂蜜一样甜润的声音，让我觉得毛骨悚然。我抬起头，只见卡米拉正站在玩伴俱乐部的带顶棚的入口，她身穿光滑发亮的蓝色山东绸套服，头上戴一顶很相配的筒形女帽。她旁边站着埃默特·博德曼，正在点烟。"天啊！"她说，"这小家伙是你的孩子吗？你总是给我们很多惊奇。"

"嘿，这是艾尔。我是给一个朋友照看孩子。"

"当临时保姆，不错。看来，你的周末就是这样过的。我想你这么小，肯定不能参加聚会。"她笑着说道，用戴着白手套的手指指着艾尔，"看你这身装扮，你以前是你们学校游泳队的？"

"是的，你知道的，要么参加游泳队，要么参加垒球队。"参加聚会？我感觉好像我脸上被人扔了鸡蛋，正在我的脸颊上凝固。如果她注意到了我穿的双湖镇游泳队T恤衫，她肯定也注意到了我穿的木屐，缎子小手提包，自然滴干的头发。"卡米拉，你看上去好极了。"

"谢谢。"她说，调整了一下她手臂上挎的手提包，"我们正要去参加约翰·吉尔古德爵士的招待会。约翰·吉尔古德爵士真是一个亲切、风趣的人。喔，对了，你认识埃默特·博德曼吗？埃默特·博德曼，这是梅格·哈里森。她和我一起在《黑暗之影》剧组，她扮演可爱、年轻的女家庭教师。”

“很高兴认识你。”我说。他透过吐出的烟雾瞟了我一眼，朝我点点头，拉起卡米拉的手。我希望他不要认出我是花花公子俱乐部的兔女郎，我肯定他的确没有认出来。

“我们要进去了。”卡米拉说，笑得很灿烂，“拜拜，下周见。”

“祝你们玩得开心。”我没有马上转身离开，我逗留了一会儿，看着卡米拉和埃默特·博德曼款款走进玩伴俱乐部。这是一家由埃德温·布思于1888年创立的演员俱乐部，是一个神圣的地方。它就在我住的这条街道上，但我从来没有进去过。许多次我从这所著名的房子经过，梦想有一天我能接到邀请，成为里面正式的一员。

生活真不公平。我想象着卡米拉此刻手里拿着香槟酒和约翰·吉尔古德爵士正聊着天，他则完全被她的魅力所折服。一种嫉妒从心头升起，充盈于两眼之间。我的眼前再一次出现了卡米拉的形象，她怒目而视，凶相毕露，示意我从窗台上跳下去。我是不是太嫉妒卡米拉，以至于产生了关于她的幻觉？这是很危险的。

我重新回到街上，向前走，我又想到另外一件事，这件事我拖了一段时间，一直顾不上考虑。我没有直接回家，而是推着婴儿车来到公园。下午的阳光穿过树枝在地上留下金色斑驳的光影，照亮了布满落叶的小径。我把艾尔从婴儿车里抱出来，把她放在草地上。她的手紧紧抓住我的手指，胖墩墩的小腿走起路来左摇右晃，直到她终于站稳了。然后她又是笑，又是挥手，走在刚刚落下的一层树叶上。我向后退，看了她一会儿，然后坐在一张凳子上。

她歪歪斜斜地走在树叶子上，像跳吉格舞一样。突然她包裹了很多层的屁股向后摔到了地上，她抬起头来，望着我。她那如矢车菊一般蓝色的眼睛在很短的时间内露出各种神态，先是惊讶，然后是沮丧，最后是欢喜。她在地上打滚，身上穿的黄色灯芯绒工装裤沾满了地上的草、树叶。过了一会儿，她爬了起来。这种游戏持续进行着，艾尔不停地送给我树叶，然后又走回去，再捡一片给我，我手中的树叶不断增加。我把手中的树叶高高举过她的头顶，让树叶纷纷落在她向上昂起的脸上，她则紧紧抱住我的膝盖，咯咯地笑个不停，不住地拍手，爬上我的膝盖，身体扭来扭去，直到她感觉到舒服为止。

我低下头，向她的耳朵吹热气。她又咯咯地笑起来，我小声地问道："你能保守秘密吗？如果我有一个像你一样的小宝宝你喜欢吗？你觉得那样如何？"

艾尔在我的膝盖上不停地蠕动，一脸困惑地看着我。"我知道，那怎么办呀？我和你一样也觉得吃惊。"她举起小手捂住我的嘴，拍拍我的嘴巴。"你不喜欢？你不喜欢我这个想法。反正，我现在不知道我们该怎么办。"她两眼盯着我，蓝色的眼睛显得很严肃。"你是对的，我应该更小心点才是，但已经这样了，没办法反悔了。我该做些什么呢？"

她皱着眉头，深深地叹了口气，我乐得笑了，我在想她这么一个小孩是否真的懂得我在说些什么。但笑过之后，眼泪出来了，是我自己在流泪，不是艾尔的眼泪。她用她的小手拍拍我的脸颊，用手指在我脸上涂抹向下流淌的眼泪，把我又逗笑了。

"好了，我自己想办法解决。但是，小家伙，不要对别人说，别人很快就会知道的。"

我轻轻地搂住膝盖上的她，感觉我手里的她越来越重，她慢慢地睡着了。我扳着手指计算着埃里克离开我后的周数。我想有一段时间我知道我自己怀孕了，只是不想承认罢了。我写给埃里克的信越来越短，次数越来越少。我无力承担我们两个人任何一个人的后果。

奇怪的是此时我想到的不是埃里克，而是老家双湖镇的返校皇后邦妮。邦妮和她的男朋友罗依因为不小心怀孕的事对我和埃里克而言是引以为戒的先例，我俩无论如何也不想那种事发生在我们身上。

在足球队获得胜利后的星期一的早晨，足球队长让返校皇后意外怀孕的消息如野火蔓延般迅速传遍了学校的各个角落。虽说邦妮和罗依是在爱荷华州结的婚，邦妮的妈妈还是举办了一场茶会（柠檬汁饮料和曲奇饼干），邀请了我们学校的顶尖女生。玛丽琳和我也在受邀之列，其他受到邀请的有拉拉队员，返校皇后的荣誉法庭、学生会的副主席和秘书长，学业优秀奖学金女生获得者和教我们个人生理卫生的家政老师埃里克森小姐。尽管参加茶会的大多数人都知道邦妮和罗依的情况，但当返校皇后的妈妈说出下列这番话时，我们这一帮顶尖女生没有一个人在窃笑。返校皇后的妈妈用纤细、颤抖的声音对我们说：“我们的医生无法解释邦妮为什么会以童贞女之身受孕，但我们现在要做的是关爱创造的新生命。”

这位小个子虔诚的女人是在她整洁干净的客厅里讲出这番话的，听上去既有些刺耳又能产生色情的好奇心，因为我们禁不住要想在停在我爸爸的玉米地旁边的那辆罗依的蓝色的道奇车里，邦妮、罗依和圣灵之间究竟发生了什么样的反应。一个私人的宗教仪式即将举行，我们被告知，但与此同时，“罗依做的没有什么不对”，因为他和邦妮已经确定了情侣关系。他的图章戒指早已重重地挂在一根细绳上，戴在邦妮的脖子上已经一年了。

我看了一眼埃里克森小姐，她有些困惑地看着邦妮妈妈令人称奇的表演。我能看得出来她正在酝酿开一门紧急卫生课，在课堂上可以用一些更直观具体的事例。我们大家对于导致怀孕的男女交媾过程究竟涉及些什么都没有一个明确的概念（也许邦妮除外）。另外，我们的返校皇后邦妮受到了尊重，而且我们很清楚这种童贞女受孕的思路会引起什么。对于玛丽琳和我而言，在回家的路上，我俩展开热烈的辩论。

“玛丽琳！”我恼怒地吼道，“如果他们承认做了傻事，然后结婚、生孩子，不就完了嘛。她可以多生一些孩子，他经营他爸爸的加油站，谁在乎啊？但现在她说什么童贞女受孕，谁信啊？我们等着看好戏吧！”

“我们怎么能知道上帝的恩典不会通过这些奇迹不断显现出来呢？因为我们这个多灾多难的世界需要神的拯救……”

“好了！如果你坚持认为，我们可以将它称为生物现象，一个奇迹，但是，说实在的，请听我一句，它仍然不是纯洁无瑕的！”

尽管我得承认，如果要选择最合适的童贞女受孕的载体的话，没人比得过邦妮。若要论在对付少女怀孕这个麻烦问题时谁表现出最好的风度、甚至热情，也是非邦妮莫属，但我不想向她学习。

我最后一次见邦妮，她正推着购物车在我值班的红鹰超市收银处排队。她看上去就像吞了一个足球似的，臃肿不堪，而且严重消化不良。她肤色苍白，头发干枯，看上去一点也不像我们曾经风光一时的返校皇后。那时的她身穿光滑的缎子长裙，上身背心上的玻璃珠熠熠闪光，肩膀上披着带白鼬领的红色天鹅绒的披肩，向上梳的头发上戴着亮晶晶的冕状头饰。现在她也不像以前那样用戴白色手套的手挎着足球队队长的胳膊，罗依说不定正在给客人加油呢，虽说本来他是可以得到奖学金去上大学，代表大学踢球的。然而她的眼睛在笑，根本没有觉得不好意思。

“嘿，玛格丽特。”她欢快地和我打招呼，“我听说你在学校演戏剧演得棒极了。”

“谢谢你，邦妮。你现在怎么样？”

“很好。”她说，笑得更开心了，“我们打算近期从我父母房子的地下室搬到一个小公寓去。罗依的姐姐要给我举行一个送礼会，你来吗？”

“当然来。”我说，我的注意力集中在收银机上记录的罗依和邦妮常买的东西：午餐肉、Velveeta奶酪、厕所用纸、去污剂等。以前穿缎子衣裙、戴白鼬披肩跳舞的邦妮怎么能够容忍和她的丈夫住自己父母家的地下室里，居然还能笑得出来？

我当然一点也笑不出来。我怎么把我怀孕的事情告诉埃里克呢？“我是不是要小心点？”他曾问过我。我当时到底怎么想的？虽说我俩都逃离了双湖镇，但这并不意味着我们可以不用采取预防措施了！

因为艾尔压在我的膝盖上，我的肩膀向下低垂，我感到恐慌。很难想象肚子里怀着孩子的我能长时间演少女玛吉，斯坦诺普庄园的女家庭教师。我肯定马上就要被换掉，就像丽贝卡一样。我不敢想象我丢掉我喜欢的工作，不再去摄影棚了，我怎么跟我的经纪人韦斯利·特拉斯科特说呢？

当我的身子变大到穿不上兔女郎工作服时，我的花花公子兔女郎的工作也干不了了。有一段时间，我知道终有一天我要永远地交出兔耳朵。每个周末，找我索要签名的花花公子俱乐部的客人的妻子们越来越多，她们总是问为什么女家庭教师玛吉要兼职做兔女郎。但是，是否继续在花花公子俱乐部做兼职的决定权并不在我。一旦我怀孕的身子显现出来，我就得辞去兔女郎的工作。我很快就会没有生活来源，在干不下去、被迫辞职之前，最好维持在俱乐部工作，尽量多存一些钱。我还能干多久？两个月？如果减点重量或许能长一点？

尽管我把演出《黑暗之影》的几乎全部薪酬都存了起来，平时的生活靠在花花公子俱乐部做兼职赚的小费，到目前为止，我所存的钱还不能维持我几个月不工作。而且我迟早还得告诉我的家人，虽说目前还可以再隐瞒一段时间。埃里克在东南亚期间我可以不告诉他孩子的事情。有一点我很清楚，我不想弄得像邦妮一样，再回到老家双湖镇，住在父母家的地下室里。

和邦妮的妈妈不同，我妈妈知道没有什么童贞女受孕这一说，她为我担心的问题，邦妮的妈妈是想象不到的。最大的问题，也是我不敢想的问题是，我肚子里长的究竟是什么东西。一想到这一点我就有些害怕。我妈警告过我，我们吸血鬼生孩子是很困难的，弄不好会丢命的。

艾尔醒了，在我怀里扭动。她肚子饿了，有些烦躁，不想让我重新把她放回到婴儿车里。她两只腿紧紧地夹住我的腰，两只手抓住我的脖子，我推着空婴儿车向家里走去。

幸运的，在离开萨瓦娜家之前我记得带了一些婴儿食物，因为我家的食品柜没有适合小孩子吃的东西。我打开了一罐苹果泥，然后抱住艾尔，准备喂她吃，这时电话响了。我不想和我父母说话，也不想和玛丽琳说话，也不想和我能够想得到的任何人在星期天下午说话。但是，在电话铃第5次响起时，我觉得也许是埃里克打来的，我拿起了电话。

“梅格，是你吗？我是伊恩。电话没人接，我担心你是不是又撂下我一个人出去寻开心了。”

“没有。今天晚上我在家里开心，我正在为客人提供晚餐。”

“那样的话，我很羡慕你的客人能吃上刀豆、卷心菜。是这样的，我记得几天前我把我的电话号码写给了卡米拉，一定是她给你的。”

“真的吗？”这是我想到的唯一的伊恩能给我的回复，然而我脑子里有一大堆疑问。为什么卡米拉会要伊恩的电话号码？她什么时候给我的？为什么要给我？它又是怎么跑到格劳丽亚的手提包里去的？我喂了一勺子苹果泥到艾儿嘴里对电话里说道：“谢谢你打电话告诉我，伊恩。我想，谜团再次解开了。”

“我也这么想。谢谢今天早晨的早餐，我很珍惜这样一个机会。”

我笑了：“你可以想象一下比利拿着我们签名的菜单向他的同寝室的室友炫耀的样子！不过，伊恩，再次感谢你为我所做的一切。”

“小事一桩，不必让大家都知道。明天见。”

挂上电话后，我一动不动、安安静静地坐了一会儿，拼命地想想明白这个事情。又是卡米拉，难道是我失去理智了吗？

“亲爱的，不是的。”哈迪说道，在我狭窄的厨房里他现身了，“你的脑子很正常，但是你还看不清楚目前对你来说已经是很清楚的事情。”

我看了艾尔一眼，想知道她是否知道哈迪和我们在一起。她抬起头看看我，张开嘴巴，还想吃苹果泥，我又喂了她一茶匙。

“究竟发生了什么事，哈迪？无论我到哪里，总能碰到卡米拉。”

“事先得到警告就要事先做好准备。”他神情严肃地对我说道，“我告诉过你，有一种邪恶的力量要严重地伤害你，你一定要警惕。”

“你的意思是要我提防卡米拉？”

“当然，这有什么奇怪的。如果你中了她的邪，会非常危险的。她有魔力并且知道如何应用它们。她精通巫术。”

我笑了：“就像女巫一样？”

“一点不错。你要嘲笑她，你就有危险了。她在试探你，把你的更衣室的门锁住是想故意让你生气。在你的酒里下药，引诱你从窗台跳下去则更严重了。接下来还会有其他事情要发生，你一定要提高警惕。”

“我也有我自己的魔力，而且我还有你的帮助。”我把最后一茶匙苹果泥送到艾尔的嘴里，“对不起，哈迪，我还有比卡米拉更为严重的事情要处理。我现在麻烦大了，而且我向你保证，卡米拉和这件事没有一点关系！”

“明白了，而且你那件事我也帮不上多少忙。”他一本正经地说道。他的声音很低，和叹息声没有什么区别，然后他消失了，“你一定要保持警惕，亲爱的。我的话你绝不可掉以轻心。”

十二

地域靠近有它的好处。在周末，金妮和埃德一起到马里兰州的埃尔金斯结婚了。按计划安排他俩在星期一的那一集中都没有演出任务，但他们还是赶上了下午进行的针对星期二节目的排练。两人手挽着手一起来到摄制组，埃德手臂夹着一瓶白雪香槟。他俩进来的时候，迈克尔、莫伊拉、丹尼、马克斯韦尔和我已经坐在了桌子旁边，在剧本上做记号。

“向夫人问好！”埃德用低沉、做作的苏格兰口音说道。我说：“谁是幸运的新郎？”

大伙一阵惊讶，都没说话。导演多丽丝手里拿着秒表，一脸惊讶的表情。“谁结婚？不会是你吧！”她把剧本放在胸前，“真的是你？但是……那么，恭喜你，当然恭喜你。”她说话的声音越来越小。

“你这是老牛吃嫩草。”迈克尔说，“恭喜你们两位！”

“爸爸，恭喜你！”我说，“还有，金妮，也恭喜你！”大家都笑了，从排练桌子旁站了起来。保罗和霍勒斯出现在走廊，加入到哄笑的人群中来。舞台经理奈杰尔摆上泡沫塑料杯，埃德打开香槟酒。

并不是我一个人将目光投向金妮的小肚子，心想他们这么急急忙忙地结婚是不是因为埃德把她的肚子搞大了。考虑到我自己的状况，我们可谓同是天涯沦落人。我拿起两杯香槟酒，递给莫伊拉和马克斯韦尔，他们正在糕点桌子旁边窃窃私语。

“我看是怀孕了。”莫伊拉说，她的眼睛盯着金妮。

“想不到老东西这么厉害。”马克斯韦尔答道。

“是她主动的，亲爱的。”莫伊拉说，“这才是他俩关系的实情。”

“真想不到！”马克斯韦尔对我眨眨眼睛，手放在自己的胸口，“这些年来我完全想错了。”

我笑了，回到桌子旁，给自己倒了一杯香槟。我看见多丽丝、保罗、霍勒斯都挤到走廊，知道他们也在谈论金妮的事情。即使金妮穿着宽松的直筒式连衣裙也看得出来有问题，她的脸很苍白，眼圈很黑，也不是以前那个热情洋溢的小姑娘了。嫁给埃德会遇到很多困难，但是他们不是在度蜜月吗？对着这对刚刚结婚的新人我举起了我手中的杯子。埃德看着我，冲我眨了眨眼睛。

我坐到排练桌旁靠近丹尼的一把椅子上。他把剧本推到一旁，正忙着赶学校的功课。我瞟了一眼，是代数作业，知道我提供不了什么帮助。

“可怜的金妮。”我说，放下手中的香槟酒。

“我相信过不了一个半月她就要去里诺城。”丹尼说，头也不抬，眼睛看着作业本上的方程式，“就是我妈也不会嫁给像他这样的变态人，这很能说明问题。”想起刚才埃德还冲我眨眼睛，我同意他的看法。

整整一个星期的大部分时间人们还在谈论这个令大家感到震惊的消息。我尤其关注事情的进展，心想，通过这件事我可以事先了解一下我接下来要面对的问题。我们议论更多的是，我们是单独送结婚礼物，还是大家凑份子买一个更像样的礼物。最终我们还是大家凑了钱，指派马克斯韦尔选礼物，因为他最近手头比较拮据，在梅西家用器皿商店打工，能得到员工待遇的折扣。最后范围缩小到几件东西：床上用品，一套很不错的带盘子和燃烧器的火锅，带盖子的沃特福德潘趣酒碗。我们都赞成送潘趣酒碗，虽说我并不认为埃德是喝潘趣酒的人。

到了星期四，金妮看上去非常憔悴，一点都不开心。那天埃德没有演出。“他去赛马场赌那种小型赛马去了。”她说，“我和他去过一次赛马场。”她接着说道，显然没有什么热情，“但是我想他更愿意和他的那帮朋友在一起。”

在摄像机演员位置排练的休息期间，金妮靠着斯坦诺普庄园客厅道具的一张沙发上睡着了。“显然她太疲劳了。”莫伊拉说，“应该告诉埃德，她需要好好休息一晚上。”

“我在这方面没有什么经验。”马克斯韦尔说，“你自己去跟小姑娘讲。”

莫伊拉爽快地答应了。在节目正式演出之后，我看到金妮在莫伊拉的更衣室，从我这里看过去，她哭得像个泪人。“和我想象的完全不一样。”我听到她抽泣道。

“婚前和婚后本来就不是一回事。”莫伊拉说，“他们很快就厌烦了，如果我这样说你好受一些的话。”

莫伊拉很巧妙地将谈话引向了大家都不敢问的话题。站在我的更衣室附近，我能够偷听到从过道对面传来的低声细语。金妮又开始掉眼泪，她用哽咽的声音说道：“没有，当然没有！他根本不想要孩子！今后也不打算要！他坚持要求我服避孕药。”

“那是你的幸运，你一定要坚持服用。”莫伊拉用安慰的语气说道，“我那个年代要是有这个东西就好了。”

情况就是这样。明确的答案是金妮没有怀孕，她将来也不打算要孩子。但是大家没有想到的是我怀孕了，我能坚持多久？我很羡慕金妮，希望能像她一样下午能打个盹。疲劳对我而言完全是陌生的体验。我不能冒这个险，否则别人会觉得奇怪，我为什么会这么容易犯困？除了感到疲劳和一大早觉得恶心外，我的身体没有什么大问题。我开始喜欢上了早晨吃菠菜，午餐啃胡萝卜和西芹，但是我感到极度疲倦。

星期五的一集节目没有我的戏，但是我下午还是去了摄制组，去拿下周的剧本以便我在周末做些准备。我进去的时候，所有的演员都在排练厅记排练的笔记，于是我经过摄影棚后面的路去剧务办公室。

在摄影棚的后面，那里有经常出现的黑莓丛和石头的布景，我碰到了舞台经理奈杰尔和服装师露西，他们正在给裸露的人体模型穿上平纹细布衣服。模型的脸被带有血迹的面纱所遮住，一名道具工作人员把一桶干冰放在人体模型的脚下，还装了电扇。照明电工正在进行灯光布置。灯光装置带有绿色凝胶和能在人体模型身上随机地打上移动阴影的旋转万花筒附件。奈杰尔向道具工作人员做了个手势，一阵雾气从裹着衣服的人体模型周围升腾起来。电扇咔嗒咔嗒发出声响，突然吹出一阵风，把人体模型的面纱吹掉了，露出一张陶瓷脸，上面鼻子已经雕琢好，但是没有眼珠。

“你们这是要干吗？”我问。

“你看不出来吗？”奈杰尔有些失望地回答，“这是吸血鬼失去多年的恋人的鬼魂。”

“这么说，他现在有个女朋友了？看样子他对她不怎么样嘛。”

“她从悬崖上跳到海里，摔在岩石上，换了你也不会有多好看的。你能想象是什么样的效果吗？”

“难道在你们心目中她应该是个秃顶的瞎子，而且鼻子也很难看吗？”

“既然你这样说，亲爱的，你为你自己赢得了一份做替身演员的工作，你愿意吗？”

“为人体模型做替身？我可不干。”

“其实你可以动的。你的头、手都可以稍稍活动。说真的，帮我一个忙。多丽丝在彩排后要过来看，我们想趁我们人手都在，在正式演出前把它做好，你愿意吗？”

“为了你，奈杰尔，一句话的事。你要我戴上面纱吗？”

“赶紧先到美发师那里，亲爱的。我们要给你戴个假发，然后叫克劳德把你的脸涂成白色，或者暗红色，反正要像鬼一样的颜色。”

我爬上楼梯，向化妆和美发室走去，我在想，我答应做人体模型的替身是不是一个可怕的错误。我进屋的时候，马奇正忙着用手指把卡米拉的头发梳成长长的鬈发。

“你来得真早啊，你想我们了吗？”卡米拉问道。“今天不用给人看孩子了？”

“只是觉得和你们在一起怎么都觉得时间不够，卡米拉。”我答道，然后通过拱门躲进了化妆室。究竟是什么东西让她成了个好施虐的女巫呢？当我坐在克劳德的化妆椅上的时候，我的心中充满了怒火。

“奈杰尔刚才来过电话。”克劳德说，把他的手放在我的肩膀上，“我要把你化装成一个格温尼丝·费尔法克斯鬼魂，是淹死的，有些腐烂的迹象，愿她的灵魂得到安息。”

“这是她的名字吗？她是从哪里来的？”

“你是指除了霍勒斯的想象之外还有什么根据吗？我可不知道。下周的剧本里会提到她。英国人，良好家庭出身，生活在18世纪70年代。据背景故事介绍，她和托马斯·杰斐逊一起乘过船。”

“她和杰斐逊还有一段风流韵事吗？我还以为她是塞巴斯蒂安·斯坦诺普的女朋友呢。”

“并没有暗示在船上有什么浪漫故事。”他说，开始在我的脸上涂上一层很厚的乳白色粉底，“但是谁知道呢？在那个年代，乘船要花很长的时间。不管怎么说，她最后和吸血鬼搞到了一起，不是一个明智的选择。怪不得她要跳崖而死，的确是条不该走的路，结果生活搞得一团糟。”克劳德说道，咂咂嘴巴。

我不觉身子畏缩了一下，但我觉得没有必要为这事激动。我的爸爸也好，外公也好，都选择了吸血鬼做伴侣，他们似乎很开心呀。但是克劳德知道什么呢？我决定不跟他较真。“这么说，人体模型应该看上去像一个死了很久的尸体，是吗？”

“这太可笑了！我跟大家讲人体模型不行。我们需要假肢，在上面要弄出一两道伤口，在人体模型上我不好弄。”

“当然，人体模型是不管用，但是她需要假睫毛。”我开玩笑地说，“18世纪70年代假睫毛很流行。”

克劳德抿嘴笑了，然后看看镜子里的我，挥挥他的手指：“上面有严格的命令，小姐，不能给你装假睫毛，否则我要丢饭碗！”他用小手指理了理他自己并没有乱的眉毛，继续在我的额头上画一块颜色很深的淤伤。“另外，”他说，“你不知道你自己有多可爱，施点粉，着点色都是画蛇添足。”

“谢谢你，克劳德。我很需要你这番鼓励。”

“对了，大家都很喜欢你，亲爱的。你穿上古典高雅的衣裙一定非常好看。”

无疑这些都是好消息。自从安杰拉在阁楼里发现几只箱子后，大伙就在讨论发掘斯坦诺普家族的可能性。一连好几周，斯坦诺普化装舞会的准备工作成为了肥皂剧的主要内容。克劳德不慌不忙地在我的脸上忙碌着，把一个样子有些怪的乒乓球切掉一半，涂成眼珠的模样，然后安在我的颧骨上，我在想，剧情的这种变动对我意味着什么。我只是希望故事情节里面保留有一个18世纪女家庭教师的角色。当然，那样的话，我就只能穿带粗硬的白色衣领的毛线衣裙，而不能穿斯坦诺普家族的人所穿的网眼花边和锦缎服装，但只要能留在节目中，我什么都愿意。

克劳德在我的脸上完成了令人感到恐怖的杰作，幸好我已经被他弄得面目全非了。马奇在我头上戴一个弄得凌乱不堪的假发，抹上润肤油，撒上滑石粉。我经过楼梯往回走，迎面碰到了伊恩。

“我的天啊，是你吗？你这是在干吗？”

“扮演一具死尸，我很高兴没有人能认出我来。”

“但是，为什么呀？”

“这都是奈杰尔出的馊主意。再说，也可以说是我自愿的。过来看一看嘛，就几分钟的工夫。我想，在剧中我应该是你的女朋友，或者至少是你女朋友的鬼魂。”

“当然，费尔法克斯女士，你有没有看接下来的剧本？你是因为我才跳下悬崖的。”

“奈杰尔提到过。不过，不要当真噢，伊恩。”

伊恩帮助我爬上活动平台，来到黑莓丛布景。露西把人体模型放到一边，给我穿上褴褛不堪的平纹细布衣服，破烂的花边从我的肩膀凌乱地下垂。奈杰尔把电扇对着我吹，让我抬起手臂，仿佛在呼喊救命。我朝着伊恩的方向伸出手臂，他站在摄像机的旁边。

多丽丝跑过来，看看效果怎么样。我举起的手臂上下来回移动，身上穿的平纹细布衣服在风中飘舞。多丽丝皱着眉头，眯着眼睛，头一会儿偏向这一边，一会儿偏向那一边，看看我，看看人体模型，来回比较，最后说道：

“噢，行，效果是好一些。”

“谢谢。”我说，“这么说我比人体模型要好，是吗？”

“不要说话，”多丽丝厉声地打断我，“鬼是不讲话的。”

保罗和霍勒斯也从楼上的剧务办公室下来，看我们这边的情况。“我觉得可以。”保罗说，“风再大一点。”

电扇调到大风挡，风速仅次于旋风。在狂风的吹拂下，破烂的花边和油腻腻的头发打在我的脸上，我很难保持眼睛睁开的状态，结果我泪流满面。

“很好！”在嘎吱嘎吱电扇的噪声中霍勒斯大声叫道，“看上去有一种你在拼命地喊叫的效果！”

“不要眨眼睛！”多丽丝喊道，“鬼是不眨眼睛的。”

“我们先拍这一场。”保罗说，“我们抓到了一个亮点。”

我们这里的喧闹声吸引了其他的演职人员，他们聚拢过来，观看我们的表演。我的脸上涂抹着食尸鬼般吓人的油彩，身穿着裹尸布，在升腾的雾气包裹下站在人造植物假景之中。我听到有的人在笑，这使得我感到更加狼狈。按照霍勒斯的要求，我张开嘴巴，向空中伸出双臂，发出一种无声、痛苦的尖叫。

由于我们采用无声拍摄，我不时听到其他演员发出的评论。我听到埃德在说：“我的第一个妻子早晨起来就是这个样子。”

“你真刻薄，埃德！”金妮打了埃德一拳。

“有一种悲壮、凄美的感觉。”伊恩说，“她把挪威象征主义画家爱德华·蒙克的油画《尖叫》中的尖叫发挥到了极致，真的。”

“你能高歌一曲《悲伤的小孩》吗？”迈克尔冲我喊道。

马克斯韦尔开始唱起了《我连鬼的机会也没有》的歌词，大家都笑了。

“别闹了，你们这些人。”保罗说，“让她安静一会儿。你们现在看到的是我们新来的格温尼丝·费尔法克斯女士！”

“一颗新星诞生了！”马克斯韦尔模仿电影《绿野仙踪》中的女主角朱迪·嘉兰的样子往脸上扇风，“梅格，一定要奔领衔主演这个位置去！”

因为在强风的吹拂下不可以眨眼睛，我的眼睛有泪水看不清楚，但是我看到大家的脸上显现出各种各样惊讶的表情，对于保罗的宣布，没有人感到特别开心。

“这个事情你是刚刚决定的吗？”多丽丝问道，“这件事情我们需要要斟酌斟酌，保罗。”

金妮显得一脸的惊讶：“这样她不是要演两个角色吗？怎么可能呢？”

埃德的脸绷得紧紧的，他要弄清楚这对于他有什么样的影响。迈克尔摇摇头，莫伊拉小声嘀咕道：“领衔主演？”卡米拉眼睛一眨不眨地认真地看着，她的表情难以琢磨。突然，另一张面孔出现了。我定神一看，是哈迪，他飞到摄像机的上方，停留在那里，向我招手。我伸出手臂，向他示意。

“眼睛向下看，眼睛向下。”多丽丝冲我大声喊道，“双手放下来！”

于是我让我的眼睛朝下看，但只是坚持了一会儿。哈迪升到了摄像机上面更高的地方，朝我招手。我身体向前倾，几乎就要踩到底座的边缘了。

“站着不要动，梅格！”多丽丝再次冲着我大声喊道，“好，摄下来了。停！大家请记好正式演出时候的位置。保罗，我要和你谈谈。”

我放下双手，我察觉到有一种很重的东西从我的头上掠过。我从活动平台上跳下来，一个笨重的物体差一点就砸到我了。我跳到舞台上，被伊恩一把接住，那个东西就重重地砸在我身后的底座上。物体砸到底座的爆裂声和人们被惊吓的尖叫声交织在一起。

“是电灯！”马克斯韦尔尖叫道，“我亲眼看到它掉下来的！”

“大家向后退！请向后退！”保罗叫道。

靠近布景最近的演员争相逃离身后的尘土和碎片，工作人员赶过来帮忙。大家不约而同地发出惊叫声，然后在大家意识到我们几乎是逃过了一场灾难时，都不说话了。在恐怖、怪异的绿色灯光下，被砸坏的底座上方尘土飞扬，而几秒钟之前我就站在那儿。放在摄像机旁边的黑莓丛里的人体模型被落下的电灯砸中，脸朝下，成了一堆碎片。陶瓷脸也被打碎了，断裂成几块。

我抱住伊恩，手指深深地陷进了他披风的褶皱里。我朝他的肩膀上方看过去，看到哈迪消失在摄影棚黑洞般的深处。

“对不起，真的对不起，亲爱的。”伊恩在我耳边喃喃地说道，“你现在安全了。”

“真可怕。谢天谢地，你总算没事了。”保罗说，摸了一下我的脸，“不过，你脸色很苍白，而且感觉冰冷。你一定受了很大的惊吓。”

我是受了点惊吓，但是从哈迪在场这一点来看，我知道这并不是什么事故。虽然我的双手还抱着伊恩，但我离开了我的身体，飞到舞台的上方，快速地察看灯光线路的情况。我不需要什么非常专业的知识就知道有一处是空的，上面有标记，应该是装灯的地方。

下面的声音越来越大，越来越吵。向下望去，只见奈杰尔正组织大家离开被砸坏的地方。“大家请离开这里，向后退，我们需要把这个地方隔离起来。”

好几位工作人员，包括电工和布景制作人员，正在察看受损失的情况，他们抬头看线路的布置情况。演员中只有卡米拉在向上看，她的目光专注而强烈，吓我一大跳。她充满怒火的眼睛似乎一直盯着我在上面察看线路。我的耳边又回响起哈迪的话：她有她自己的魔力，而且她知道如何使用它们。

当我和卡米拉对视的时候，我突然意识到正如我能看到她在下面这样一个活生生的人一样，我在上面察看电灯线路的一举一动她也看得清清楚楚。她犀利的目光使我感到害怕，她的确就是哈迪警告过我的邪恶的力量。但是为什么呢？她想干吗？

十三

多丽丝说："最好请医生来，没有必要冒这个险。"

"不需要！我没事。"我说，马上回到我自己的身体内。被压断的树枝很锋利，划破了我的手臂，留下了一道很深的口子。但是我感觉不到疼痛，也没有血流出来。由于是在破碎的平纹细布的下面，伤口看不出来，但我可不想暴露这个伤口。我最不愿意做的事情就是让人来检查我有没有负伤。"我不需要看医生。"我说，把手从伊恩身上松开，用手紧紧盖住手臂上的伤口。"看到了吗？我这不是好好的嘛。"

"你肯定没事吗？"多丽丝有些怀疑地看着我，"你要躺下休息一会儿吗？"

"我去自己的更衣室休息一会儿就行了。"

"我陪她过去。"伊恩说。

"你不能陪她走过去。"多丽丝说，"第一场戏就有你。我们必须尽快开始正式演出，免得错过了播出的时间档。"

"我和她一起去。"卡米拉说，她抓住我的胳膊肘，"来，梅格，我想你肯定想脱掉这身破烂的服装，对吧？"

"不必麻烦你，"我坚定地回答道，"露西可以帮我。"

“对的，卡米拉，你和她一起去。”保罗说，“过一会儿我也上去，梅格，我要弄清楚这里究竟是怎么一回事。”

“天啊，你冰凉冰凉的！你的皮肤简直感觉就像冰一样。”卡米拉大声地说道，“也许你真的需要看医生。”

“那是因为电扇的冷风吹的。”我说，和她一样提高了嗓门，我的手还捂在另一只手臂的伤口上，“真的，我一个人没事。”

“我真的想陪陪你。”卡米拉说，她抓住我，不肯放手。

“好的，梅格，谢谢你帮忙。”保罗说，“发生这件事我很过意不去，你刚才演得非常好。”

“谢谢，保罗，我很高兴能助一臂之力。”

“你知道吗？很值得的。”卡米拉说。她的声音充满柔美、抚慰，她紧紧地抓住我的胳膊肘，带我向摄影棚的门走去。“梅格，难怪你得到了这个角色，你把她简直演活了。费尔法克斯女士，既年轻又漂亮，但又如此的不幸。可惜，她的美丽很快就毁了，只剩下一个衣衫褴褛的鬼魂。”

“卡米拉，不要那么早下结论，也许那根本不是她的命运，也许只是后来发生的一些事情的先兆。”

“你真乐观！”卡米拉笑起来也是轻声细语的，“我可只对你讲，我一直认为做一个临时演员不是个好差事，但是这次你把握住了时机，对不对？”

“如果要说灯从上面掉下来，那可不是什么好机会，我差一点就没命了。”

“但是你没有，而且你也不大可能受到什么伤害，对不对？”她把我的胳膊肘抓得更紧了。我转过头去看她。她脸上露出微笑，手把我的袖子往上捋，露出警觉的神情。“哎呀，亲爱的，你是不是受伤了？让我看看——”

“没有。”我说，我挣脱了被她抓住的手臂，但是把平纹细布也给弄掉了。幸运的是，我看到刚才的伤口已经基本上愈合了。“你看，只有一点刮擦的痕迹。”

在我们的身后我听到多丽丝大声叫道：“大家请找好自己的位置。快点，动起来！”

“你真幸运。”卡米拉说，“我想你是不需要看医生，但我还是最好送你上楼。”

我感觉哈迪又出现了，我将注意力集中在前面离我们只有几英尺远的包裹很厚的摄影棚的门。在卡米拉伸手去扳把手的时候，我用力让重重的门突然打开，卡米拉吓了一跳，赶紧向后跳了一步。

“你先请。”我说。

她转过身，眼睛盯着我，但没有动。摄影棚一片寂静，奈杰尔开始了倒数计时：“5……4……3……”

我很快地走出摄影棚。在我身后，厚厚的金属门在奈杰尔结束倒数的时候砰的一声重重地关上了。卡米拉要待在摄影棚里直到第一段广告休息，留下我独自思考究竟发生了什么。卡米拉的确是在考验我。我们都亮明了身份，我们之间的怨恨只会愈演愈烈。

克劳德在楼上的过道等着我，他把我带进化妆室。“谢天谢地，你没有伤着。我在监视器上都看到了，梅格。说实话，你使我们很有面子。你很专业，我帮你把假肢拿开，你可洗个淋浴。”

马奇匆匆忙忙地跑进来对我说道：“我在你的更衣室里准备了额外的毛巾。”我谢了她，她帮我从头上取下油腻腻的假发和尼龙防护帽。我自己的头发到处是油，一绺一绺地粘到了头皮上，我看上去像一只拔了毛的鸭子。“如果你愿意，等你冲完淋浴后，我来给你整理头发。”马奇主动向我建议道。

回到更衣室，露西正在打开血迹斑斑的花边和平纹细布衣服，她小心翼翼地把衣服挂在有包裹层的衣架上。“我有一种感觉，我们要经常用这个东西。”她说。她轻轻地在带有破旧花边的衣服上罩上一个塑料袋子，仿佛在精心地对待一套名牌服装。我做了个鬼脸，她说道：“我们根本不知道接下来发生什么，亲爱的。”

她走后，我走进浴室开始洗澡，让热水把我头发上蜡质的、油腻的东西溶解、冲刷掉。我用手搓，然后一点一点揭去我脖子上和脸颊上的胶黏剂。我一边往头上抹洗发水，一边想着保罗宣布我出演格温尼丝·费尔法克斯女士的事情。如果将来这个鬼魂成为一个正式、主要的人物，我开始感到很遗憾，因为我的扮相，观众完全认不出来是我。

过了一会儿，我去剧务办公室拿剧本，我停下来看了看布告栏贴出的时间安排。在演员任务里面并没有出现格温尼丝·费尔法克斯女士这样一个人物，不过，在道具一栏里的确提到了“鬼魂”。如果连演员都没告诉，剧组工作人员又知道多少呢？

“你来了。”保罗说，他正好从办公室走出来，“我们还在调查为什么那只灯会掉下来。你真的没事吧？”

“毫发无损。”

“好样的！很高兴你今天能过来帮忙，真是帮了大忙了。”

“我很乐意。做这个有钱吗？”

他笑了：“没有，你没有讲话。”

“你说对了，鬼是不说话的。”

“但是你表演得很到位。霍勒斯说，他都要感动得快哭了。”

保罗用手捏捏我的肩膀：“你是个不错的演员，梅格，我们还想叫你演鬼魂。”

“仍然是不给钱地白演吗？”我笑着说道。

他也笑了：“我们看情况吧，祝你周末愉快。”

走出摄影棚，我来到排练厅，只见卡米拉和迈克尔坐在一起，迈克尔的手挽着卡米拉的肩膀。卡米拉抬起头，看到了我，说："我希望你好了些，你的手臂怎么样？"

"没事，谢谢关心。祝你们周末愉快。"

"谢谢。"迈克尔答道，"你也一样。"

他们过一会儿可能要去钻石酒吧。尽管我决定不在乎他们，心里还是有些嫉妒。我乘穿越城区的公共汽车，来到花花公子俱乐部。我在想，如果保罗·阿博特知道他心目中的好演员怀孕了并且在周末做兔女郎兼职，会有什么反应呢？至少我因为扮演鬼魂给保罗留下了好的印象，说不定这还会给我带来其他的好处呢？

在花花公子俱乐部我也要尽量弥补我的过失，我可不能冒险。在我上鸡尾酒晚班时诺妮跑进服务区兴冲冲地对我说："嘿，梅格，你看到在钢琴吧喝双七鸡尾酒的人了吗？他刚才给了我两张《奥利弗》音乐剧的门票！这是百老汇最热门的演出，你想去吗？"我采取了比较保守、稳妥的做法。

"你骗人。"我对她笑着说。我坐在制冰机的一角，等待交换台的接线员在确认俱乐部客人的会员身份。"各位兔女郎请注意：威尔马克派来的侦探溜进了钢琴吧，大家要多加小心。"我用低沉的播音员的声音说道。

"住嘴，梅格！"诺妮厉声说道，"你以为是免费票啊？得了吧，全部都卖完了。"她转过身去对格劳丽亚说，"你想去吗？他说我可以带上一位朋友。"

"亲爱的，那个人的确是威尔马克派来的侦探。你站出来要票的话，你会被炒鱿鱼的。"格劳丽亚说。

正在大声告诉酒吧服务生米基客人要什么饮料的艾莉也上来说道："我也看到他了，绝对是威尔马克的人。"

谢莉也掺和了进来："他把票给了你吗？还是你必须要和他见面

去拿票？”

“他手上没有带票，但他会在剧场门口等着我们。他说可以带我和一个朋友进去，有什么不对吗？”

“当然不对劲！”萨瓦娜说，“这是开除你的最稳妥的办法。”

“你们这些人真扫兴！他根本不是威尔马克的人。”诺妮不服气地说道。

“看看他的鞋子——”格劳丽亚说道，“鞋底足有一英寸厚，棕色西服，他喝的酒超过一杯吗？”

“没有，我正准备把他的账单拿过来。”

“把它拿过来，收下戏票。”

“你这是想干吗？”艾莉问道，“想通过威尔马克自杀吗？”

谢莉翻翻眼说：“你们是想要被别人抓住！”

所谓威尔马克侦探是由俱乐部雇佣的一些人。他们装扮成顾客，想出各种办法引诱兔女郎违反兔女郎手册上的规定。无论这种违规是多么的轻微，威尔马克侦探都会向管理层报告。但是最严重的违规是兔女郎和花花公子俱乐部的客人约会，那样会马上被开除。俱乐部已经在州酒类管理当局的严密监视之下，一旦有证据表明有兔女郎给酒吧女当介绍或充当酒吧女，州酒类管理当局会马上让你的私人俱乐部关门。即使这样，格劳丽亚还是决定和诺妮一块去，也许只是想证明她的客人是不是和威尔马克在一起。

“你们两个都会被开除的。”艾莉对她说。

“法不责众。”格劳丽亚说，“我们都去，他不可能把所有的鸡尾酒女郎都开除吧？”

我也毫不顾及后果，在下班后和诺妮、格劳丽亚、艾莉、谢莉、萨瓦娜等聚到一起，以最快的速度换好衣服，然后挤进了一辆出租车，不大一会儿就来到了剧院。进到大厅后，我们四个待在一边，诺妮和格劳丽亚去和客人见面，她们很轻松地就在人群中发现了那人，他穿着棕色西服和厚鞋底皮鞋。

“真高兴你们来了。”他说，“你们两个都要受罚。”

“好啊，是这样的——”格劳丽亚对他说，“和我们一起来的还有其他人。你要承诺不要报告我们违反纪律的事，否则有热闹好看。”

侦探掏出笔记本，说道：“嘿，我记下了你们的名字。你们知道嘛，这是我的本职工作。既然你们违反了纪律，你们就要为此付出代价。”

萨瓦娜从我们站的地方冲了过去，用手臂勒住侦探的脖子，对他大声喊道：“你不是口口声声说爱我吗？我现在发现你在欺骗我！”前来看戏的观众都瞪大了眼睛。

艾莉也在一旁叫道：“你这个狗娘养的！孩子怎么办！你就这么扔下我和孩子不管吗？”

“你竟敢欺骗我？”我抓住他的胳膊，对他吼道。

大厅里的人都笑了。侦探一边试图夺门而逃，一边口里含糊不清地说道：“嘿！你们别这样！我只是在做我的本职工作。”我们抓住他，推推搡搡来到街上。萨瓦娜手臂长，她一把从他手里抢过笔记本对他说道：“什么工作不好，偏要做这个工作！”

侦探不愿和一群女人扭打在一起，他一个劲儿地躲避，直到消失在舒伯特胡同。格劳丽亚亲吻剧场的门票，在头上挥舞着：“早就跟你们说过的！”她高兴地说道。

“你们这帮人，真厉害！我根本不相信你们会成功！”谢莉说，“你们留下来看戏吗？”

“当然，”诺妮说，“我才不想错过这么好的机会。”

结果格劳丽亚和诺妮留下来看音乐剧《奥利弗》，其他的人则要去萨迪斯餐厅去庆祝一番，我选择了回家。但是在回家的路上，我决定飞上克莱斯勒大楼上面去看看。我选择坐在暖气装置盖的漏水嘴上，这是我最喜欢的地方。我坐在那里朝派克大街上望过去，月亮很圆，离地面很低，整个曼哈顿城区都沐浴在柔和的月光里。

“真是不平凡的一天。”哈迪说着在我的旁边坐下，“我看你们这些女孩根本用不着我帮忙。”

“你又不是不知道萨瓦娜这个人！”我笑着对他说，“刚才发生的事情的确蛮好玩的。另外，每当我真正需要你的时候你总是会来帮我，真的谢谢你。”

“不用客气，很高兴能帮上忙。”

“而且谢谢你给我的警告。你说得对，卡米拉有魔力，但她只不过是个女巫，哈迪。”我打了个哈欠，身子向后倾斜，眼睛盯住远方一颗闪闪发光的星星，“她的巫术并没有强大到能真正地伤害到我。所以她有些恼火，但和我相比她的能力算不了什么。”

“不要自我感觉太好，梅格！别忘了，我是名军人，敌人在试探你，寻找你的弱点。”

我将目光投向繁星点点的夜空，天幕下一轮半明半暗的月亮。我不禁想起了丰收时节家乡玉米地上方又圆又大的明月。“我知道你为我操了不少心，哈迪，但是有时间也请你帮忙关心一下埃里克。”

十四

前门的门铃响了，接着又响了一次。我没有睡觉，在看书。我看了一眼闹钟，谁会在星期一早上两点钟左右到我这里来呢？门铃再次响起，有人在不断地按门铃。我从床上跳了起来，拿起睡衣。是埃里克吗？可能真的是埃里克！

我跑到门口，听到什么东西砰砰地打门。“谁呀？”我问。

没有人回答。透过窥视孔看去，只见身材魁梧的大楼管理员挥舞着手臂，制服衬衣裹着他鼓起的啤酒肚。我取下门链子，打开锁，拉开门。

“这里有一个叫花子！”管理员说，他用脚去踢紧紧挨着门槛的一个人，那人一点反应也没有。“醒醒！快醒醒！”

“别踢他！不要踢他的脸！”我大声说。那个人是迈克尔，单凭他穿的咔叽布丛林夹克衫我就知道是他，星期五下午排练时他身上穿的就是这件。“这个人我认识，请你不要踢他了！”

管理员一脸茫然地看着我：“一个酒鬼？你认识这个酒鬼？”

“是的，我认识。”我说，“让我把他挪到屋里来。”

“他身上臭烘烘的！你不会想让他进去的，快把门关上，我这就叫警察。”

“不！不！千万别这样，刚才按门铃的是你还是他？”

“我没有按，是他按的。我看到他按门铃，然后就倒下了。”

“我不知道他是怎么知道我住在这里。对不起，斯派寇先生，他是我的一个朋友，我得将他弄到屋子里来。你能帮我一个忙吗？”如果没有大楼管理员的话，我要自己把迈克尔弄进来不是件容易事，但是斯派寇先生用怀疑的眼光看着我。

“你疯了？你根本不知道他会做什么。”斯派寇先生挥挥手，准备离开，“你这么一漂亮的小姑娘，可要小心点。”

“我知道，但他不会对我做任何事情，我认识他。”

“反正不关我的事。”斯派寇先生说，他很相信自己的判断。

我弯腰跪下，抓住迈克尔的上手臂，他肮脏的夹克衫发出一股臭味，我都快要吐了。我用睡衣的领子堵住我的鼻子，用力抓住他的肩膀，将他拖过门槛。他很重。我不能在旁边有人的情况下用双手抱起他。我看看斯派寇先生，他已经沿过道走出几米开外了。

“非常感谢，斯派寇先生。我一个人能行，你回去睡觉吧。”

“他不能待在过道里。”大楼管理员说，“要我叫警察吗？”

“不要，请不要叫警察，这样他会丢掉工作的。”

斯派寇先生摇摇头：“这个样子他怎么能工作呢？”

“他必须得工作。不用担心，我不会让他待在过道里的。”

我看着迈克尔，他仰面躺在地上，一幕可怕的情景浮现在我的脑海里。他呕吐过，也许不止一次，他的脸上有擦伤，额头上有挫伤。剧本卷成一卷，装在他夹克口袋里。星期五下午排练结束之后他和卡米拉去了钻石酒吧，一直在那里喝酒。现在是凌晨两点多钟，还有不到6个小时，他就要到摄影棚报到。如果他不去的话，节目就无法录制，他会被炒鱿鱼。谁知道这会对《黑暗之影》这部肥皂剧，以及对我的将来有什么长期的影响？这个是问题的关键，我没有别的选择。

我再看看大楼管理员，他叉起双手放在胸前，一点也不想帮我一下，但他也不快点走开。

“他必须工作。”我说，语调很低、很慢，“斯派寇先生，这个可怜的家伙是个非常著名的演员，非常非常有名，但是他喝酒喝多了。如果他今天早晨不去上班的话，就惨了。他自己的事业毁了不说，许多人也要跟着他丢饭碗，这个世界要失去一位伟大的演员。你帮帮我好吗？”

斯派寇先生看看我，我也看看他。

“作为对你的感激，我给你10美元，怎么样？”我问。

很快，斯派寇先生走上前来，抓住迈克尔的腋窝，把他拖进了我的厨房。经过一番讨价还价，我让他脱掉了迈克尔的夹克衫、衬衣、蓝色的牛仔裤。我又加了5美元，他才同意脱掉迈克尔的内衣和袜子，但是他坚持要我转过身去，直到他用被子把赤身裸体的迈克尔盖好后才让我转过身来。

大楼管理员在厨房里为我照看迈克尔，我急忙跑到地下室的洗衣间。我已经从迈克尔的丛林夹克衫的口袋里掏出了剧本，并把它放在厨房的桌子上。但是，在他的衣物中我没有发现钱包，所以我为他垫付的5美元他能不能还还是个问题。

等到我将洗好的迈克尔的干净衣服拿回到我的屋子时，斯派寇先生正舒舒服服地坐在我厨房的椅子上，读着报纸。我把15美元钱交给他，他把钞票塞进自己衣服的口袋，连看也没看，然后打开门，临走时说：“你还有什么需要帮忙的吗？”

“我想没有了。”我说，看看蜷缩成一团，躺在被子里的迈克尔，“谢谢你。”

我关上门，上了锁。我站了一会儿，倾听寂静的夜，思考着怎么办。我突然想起也许迈克尔需要医疗处理，被子里的他一动不动。我在他的头旁边弯身跪下，仔细察看。他的呼吸很平稳均匀，脸颊上的擦伤看上去不深，但需要用消毒液清洗干净，额头的挫伤有油污和沥青，显得很脏。我本想更靠近一些看，但他的气味实在难闻，我不由得缩了回来。他的皮肤上有斑点，三天没有刮胡子，人都显得老了些。要是在摄影棚克劳德会很轻松地搞定这些问题，但是我认为不需要为迈克尔专门请医生来，所以我决定让他就睡在厨房的地上。

我在长沙发上把床单和毯子叠好，然后和枕头一起放进可以兼做咖啡桌的白藤柜。在为迈克尔的事忙活一阵子并处理了他臭烘烘的衣服后，我感觉有些疲倦，于是我决定去洗个热水澡。我点燃一只蜡烛，在浴缸里撒上浴盐，正当我打算脱衣服洗澡时我突然想到，我要去厨房看看，确认迈克尔是不是睡得很熟。确认他确实熟睡后，我拿了J&B威士忌，重新回到浴室，锁上门。

当银灰色的光线开始透过落地窗射进屋子时，我已经洗好澡，穿好了衣服，准备开始一天的工作。我用熨斗把迈克尔的衣服熨烫好，并且还为自己泡了一杯茶。可能是在我泡在浴缸里的时候，迈克尔翻过了身子，把被子压在身子下。刚开始，看到他完全暴露在厨房刺眼的白炽灯光下的赤裸身体，我觉得很不好意思。他就像实验室的一个标本，在铺有方格子黑白地砖的厨房地板上，他像一只摊开的泛黄的死青蛙。我忍住不去看他，从他的身上跨过去，把烧水的壶放在炉子上。但当我泡好了茶，坐在厨房的凳子上时，一种可怕的好奇心拽住了我。我的眼睛紧紧盯住迈克尔，不肯移开。

或许我幻想过种种迈克尔可能赤身裸体地躺在我厨房地板上的情景，但眼前这种是我绝对没有想到的。我一边慢慢地喝着茶，一边打量着展现在我面前的有些可怜的整个躯体，一个部分接一个部分地盯着察看。要不是有这样一个机会，我还真不知道他第二个脚指头比大拇指长；每个脚趾和手指上都长有黑毛；腿肚子很瘦，毛发很多；膝盖也很瘦，上手臂细长。他鼓起的小肚子下面是凹陷，长满黑色的绒毛，一直延伸到胸部。他的乳头很坚硬，呈黑色，像干瘪的浆果。在小肚子下面部分有一道很细的疤痕，是做了阑尾切除手术留下的？上面没有毛。总的来说，我认为他还是穿好衣服后更好看，我开始失去兴趣了。

但是，从他的腹股沟里的绒毛丛里有一个明显的身体部件在向上伸长，随着尺寸变大，它轻轻地颤动，它几乎隐藏在短卷毛丛里。我马上认出这是什么东西。处于这种状态下的阴茎除此之外我只见过一次，那是埃里克的，但是其形状与这个完全不同。我看到它在迈克尔的大腿处蠕动，然后挺起，皱皱巴巴的杆子上面是一个鲜艳闪光的圆头。我在我有限的男人身体结构知识里寻找，但几乎马上就找到了答案：包皮切除！整个上面的包皮被切掉了。

"你看够没有？"

我吓了一跳，从凳子上掉了下来，手里的茶也洒了一地。我朝迈克尔的脸看过去，指望看到他狡猾的狞笑。但是他并没有笑，我们的眼睛对视了一下，他的眼睛有些疲倦，眯成一条缝，打量着我。我没有躲避他的目光。

"对不起，迈克尔，我忘了把被子再给你盖上了。"

"没关系。现在几点了？"他翻身，准备坐起来，眼睛仍然盯着我。

"6点左右。如果你想洗个澡，我可以给你冲杯咖啡。"

"谢谢。"他拿起被子，盖住肩膀，眼睛始终盯住我，"你没事吧？我的意思是，我没有……你知道的，做什么吧？"

"什么事情也没发生，不要担心。大楼管理员发现你在我的门口。你怎么知道我住在这里？"

"电话号码簿。"他摇摇头，"你知道，你应该把你的名字从电话号码簿上去掉的，你这样，每个人都能找到你。"

"我想也是，不知道哪一天又有什么人来到我家门口。"知道这次迈克尔的电话号码并不是卡米拉给的我也就放心了。

然后他发出一种声音，不知是哼哼声还是笑声："卡米拉说你住在格莱麦西公园，结果当我发现我在你家附近的时候，我就试图找你。你觉得我运气怎么样？"

"你运气很好。"我赞同地说道。我转过身去，这样他可以站起来，而我不用看见他赤身裸体的样子。我知道他站起来要比较麻烦，而且要点时间。"我来冲点咖啡，来点麦麸小松饼怎么样？你在洗澡的时候我来准备。我给你找了一条毛巾，你的衣服挂在门后面的钩子上。"

"很好，不错。"他轻声地说。

"如果你想让我帮你把脸洗干净的话，我这里有过氧化氢。"

透过我的眼角，我看到他缓慢地向浴室走去，被子像披风一样在他的肩膀上散开。我屏住呼吸，等着他摔倒。"你自己行吗？需不需要帮助？"我听到的唯一回答是他关上浴室门的声音。我把威士忌的酒瓶和冰箱里拿出的唯一一瓶啤酒藏在了清洁剂后面的杂品储藏柜里，把从药品柜拿来的按摩用的摩擦醇和止咳糖浆放在了鞋盒里。我漏掉什么没有？我马上忙碌起来，把厨房的地面擦得干干净净，把每一个麦麸小松饼都在盘子里摆好位置，并且煮了一小壶咖啡。一下子我突然觉得即使我闻到咖啡的味道我的胃也不觉得难受，但是我不敢冒险给自己倒一杯咖啡喝。我又煮了一些茶，这样就不用一个劲地吃小松饼。除此之外，我也没有什么事情做，只有等着迈克尔离开。我蜷缩着坐在厨房桌子的旁边，心里越来越烦躁。

为什么卡米拉要派迈克尔到我这儿来？而且是在这样一种情况下过来？是她让他狂欢畅饮的吗？我看不出这一切对她自己有什么好处。

与此同时，我开始觉得虽说我在自己的家里，却很像一个人质，迈克尔就这样闯到我家里来，我一点也不觉得舒服，这可是我渴望得到的迈克尔啊！令我吃惊的是我居然对他这样跑到我这里来如此的反感。这个在钻石酒吧连汉堡包都从来没有给我买过的男人就这样喝得烂醉，来到我家门口，也没有觉得有什么不好意思。他为什么不去麻烦卡米拉呢？我为什么要给他洗脏衣服？给他熨衬衣？还给他吃小松饼！他在我的浴室中等得越久，我越是感到恼火。

他终于穿好衣服，从浴室中走出来，湿润的头发用梳子梳得很低，盖住了额头的挫伤，这时我已经吃完了小松饼。我得承认他收拾得干净、利落，脸上的伤一点也不明显。虽说胡子拉碴，眼睛有些疲倦，他看上去反而显得更加粗犷、潇洒，他是怎么做到这一点的呢？我怀疑他看过浴室里的镜子，对自己的外观得出了和我同样的结论。他走路的步伐趾高气扬的，也许是为了掩盖他走路还有些不稳的窘态。他的衬衣有几颗扣子没有扣上，领口向上翻起，正好恰到好处地显现了他潇洒的一面。他微笑着向我眨眨眼，我真的很恨他。

“我把你的小松饼吃了。”我说，“对不起。”

“没关系，有咖啡就行。黑咖啡，越多越好。”他把手伸到我的头发上方，在我的对面坐下来，卷起丛林夹克衫的袖子。“谢谢你为我做的一切，梅格，真的非常谢谢你。”

“没什么。能帮上忙很开心。”我给他倒了一杯咖啡，沿桌面滑过去，递给了他，“现在感觉怎么样？”

“很好，死不了。”他喝了一小口，然后握住我的手，身子隔着桌子向我这边倾斜。“真的，梅格，在我需要的时候你帮了我，我永远不会忘记的。谢谢你。”他的声音嘶哑低沉，听上去很有诚意。我相信他所说的话，开始回忆为什么我暗中爱恋他了。

“我想你丢了钱包。”

“是的，被人偷走了，很倒霉，是吧？也正是在这种情况下我开始找你，我知道我可以指望你。你能不能借我几块钱？”

“没问题。另外，我看了你的剧本，你和卡米拉有两场对手戏，和莫伊拉和马克斯韦尔各一场，你想对一下台词吗？”

“想啊，这个主意不错。”

他的眼睛掠过一丝阴影，也就是一闪而过，但我注意到了。我拿出剧本，翻到他的第一场戏，考虑着心里不断嘀咕的疑问。“我给你买公共汽车票的钱，够了吗？”

“不给打的费？再多给几块钱就好了。”

我同意了，我们俩开始对台词。他和卡米拉的戏有发展成为情人关系的可能。我不知道霍勒斯会不会注意到他俩去钻石酒吧的事情，把他们之间的相互爱慕之情融入到肥皂剧故事情节中去。我给迈克尔又倒了一些咖啡，找了个借口去卫生间。

我在地上看到毛巾和衣架。我的牙刷打湿了，一块肥皂扔在盥洗槽中的一摊水中。这些我可以过会儿再来整理，我关心的是药品柜。我认真地查看了每个容器，然后看了废纸篓，没有丢失东西。接着我的目光落在一瓶漱口水上，它颜色很淡，装得满满的。我拧开盖子，马上知道这个瓶子装的是自来水。在阅读了标签上的成分表后，我意识到如果迈克尔能喝完一瓶杀菌漱口水，说明他还没有醒酒，我不想借给他钱或是让他自己一个人去摄制组。

我回到厨房时，迈克尔已经把咖啡喝完了。“我改变想法了，迈克尔，我要去剧组拿台词，所以我们还是一起坐出租车去吧。”

“真的非常感谢，梅格。”他的眼睛闪现一丝亮光，我在想，他在我的橱柜里还希望找到什么东西。然后他的两只眼睛里充满了什么东西，很快我意识到那是泪水。“卡米拉把我给甩了，我心里很难受。不应该是这个样的，你知道吗？”

“昨晚你给她打电话了吗？”

“打过了，就在我丢钱包前。”他看上去有些难为情，用手擦去泪水，把头转了过去。

“所以她向你提起了我住在哪儿，对吗？”

“差不多吧，就像我刚才说的，我真的很感谢你为我做的一切，梅格。”

“不用。无论如何，我们走吧。”

今天早上我俩讲的有一句是真心话吗？另外，这样一段冒险经历我无论如何也不会写信告诉老家的玛丽琳的。离摄影棚有一个街区远的地方，我付了出租车的车钱，然后下了车。迈克尔继续坐车直到摄制组，我看着他走进大楼——让人看到我们俩一起来摄制组很不好。和平时一样，短短一分钟后保罗从停在剧组大楼的前的出租车出来，看到了正在街上走的我。他站着等我，一脸的微笑。

“你真勤奋啊，今天这么早你来干吗？”

“我来拿剧本，另外露西说是要今天试衣服。”

“很高兴你来了，我有一个惊喜要告诉你。”

保罗把我领到旁边的一个入口处，工作人员正在搭建斯坦福陵墓布景，那是一个地下墓穴，墙上有出水口，还有几口锈迹斑斑的棺材。在星期四的那一集中，小丹尼会发现其隐秘的入口，我会发现他就躲藏在地下墓穴外面的黑莓丛中。保罗和我走过我们每天几乎都要利用的客厅布景，来到道具工作人员正在布置的莫伊拉的卧室。在布景储藏室的另一边，保罗在一个支撑着一大张油画的画架前停了下来，油画上盖着平纹细布。

“我们有一个道具车间在周末的时候专门做这个，我想在完成之前看一看。”他扯起平纹细布的一角，掀开放到油画上，“你觉得怎么样？”

我惊呆了。“这就是我！”至少它是一个长得特别像我的人的肖像，但是头发的发型很精美，穿着18世纪华丽的服装。面部表情是我的，姿势模仿我的一张大头照。

“这是我和霍勒斯搞了一点头脑风暴想出来的。”保罗让我站在油画旁边，在我和油画之间来回比较，“我得说，的确很像，只是脸略显红润了一点。我们不希望你看上去像一位挤奶女工。”

“这么说，这就是格温尼丝·费尔法克斯？”

“格温尼丝·费尔法克斯女士。”他说，他张开双臂，“还会是谁呢？我是星期五想到这个主意的。干吗不可以多做几个闪回场景，多看看她本人在生前是个什么样呢？”他诡秘地笑了笑，“希望你不介意给鬼魂多做几回替身。”

“还是免费！”我笑了，“我一点也不介意。”一想到我可以穿丝绸衣服，留华丽的发型，我就兴奋莫名。

“这件事暂时不要对别人讲。”保罗说，“具体的故事情节我们还没有想好。”

保守秘密我没有问题，我自己就是秘密，无非是多了一个而已。另外，我已经注意到了格温尼丝·费尔法克斯穿的法兰西第一帝国时代的服装风格的衣裙，觉得高腰的样式很适合我。

我和保罗一起来到剧务办公室，我又拿了几份我星期五曾经拿回家过的剧本。正当我准备去服装间看看露西有没有时间给我试穿时，我看到多丽丝和奈杰尔急匆匆地向保罗的办公室走来。伊恩、卡米拉和莫伊拉站在排练厅的外面，脸上露出关切的表情。

“出了点问题。”我听到多丽丝说，“就在我们准备开始彩排的时候，迈克尔不见了。”

“他向我借了几块钱去买早饭，”奈杰尔补充道，“但现在还没有回来。”

我顾不上考虑什么后果，走到保罗办公室的门口，轻声地说道：“你们也许应该给钻石酒吧打个电话，或者看一下街角卖酒的商店。”

保罗看了看我，点点头。“好的，奈杰尔，你和克劳德最好到附近街区找找。我来看钻石酒吧开门没有。不要问我为什么，我也不会做什么解释。”

但是卡米拉走上前来说道：“这简直太不像话了！梅格，他究竟怎么了？他跟我说他昨晚在你那里。你知道他这个人是不能喝酒的。”

世界一下子静止了，周围一片寂静。一刹那，每个人脸上的表情都变了，大家的目光刷的一下全都集中在我身上。莫伊拉的脸上呈现的是一种琢磨不透的表情，伊恩感觉受到了伤害一般，保罗、多丽丝和奈杰尔则是一脸的惊讶。只有卡米拉透露出一种深深的，哪怕是伪装的——关切。

“在你那？喝酒？究竟怎么回事？”多丽丝问道。

“没什么事！他并没有在我那里待上一夜。”我说，我的辩解显得很无力，“我是说，他丢了钱包，他需要打出租车的钱。除了咖啡，我没给他喝什么东西。我是想一定让他来这里上班。”

“你应该早点说。”保罗说，语气有些冰冷，“如果我知道他又开始喝酒了，我会给他的保证人打电话。”

“哎呀，糟糕！我是不是太冒失了？对不起。”卡米拉说。

“没什么。”保罗说，“我们去找他。”

“演员约翰·巴里摩尔以前总是往我那里跑。”莫伊拉说，“真可怜。我有什么办法，只有让他进来。”

“好了，大家听好，你们可以对台词、吃饭，我们去找迈克尔。”奈杰尔说完，匆匆地离开了。

我看看伊恩。他摇摇头，转身向更衣室走去。我跟着他走到门口：“伊恩，说真的，我发现他在我家门口，喝得醉醺醺的。我和他之间什么事也没有发生。”

“当然没有。但是，你没有义务向我解释什么，你知道。”他走进更衣室，准备关门。

"我只是希望你不要——"

"不要什么？"

"没什么。"

"我也正是这么想的，不管怎么样，我想利用一下本来应该是演戏的这样一个难得空闲机会研究一下我的台词。"说完，他轻轻地，但很坚定地关上了更衣室的门。

卡米拉已经到了过道对面的更衣室里，不过门敞开着。一眼看去，她站着，胳膊下夹着剧本，做出一副没有在听伊恩和我谈话的样子。"是不是和男朋友闹别扭啊？"她问道，一副假惺惺的样子。

"伊恩不是我男朋友，迈克尔也不是。你干吗要这样做？"

"我道歉过了，你知道的，我是为了我们这个节目着想。我很难想象迈克尔会在你家里，喝得烂醉，正如你所说的那样。"

"真的吗？是你告诉他我住在哪里的，你这是陷害。"

"我？"她笑了，"你也太神经过敏了，也许你真的需要一个男朋友。"

"我有男朋友！"这话刚说出口，我就后悔了。

"那太好了，梅格，真没想到，他是谁呀？"

"反正你不认识的人，别问了。"

我沿过道匆匆地向服装间走去，身后听到她得意的笑声。我真希望刚才对她什么也没说，但太晚了，说出去的话已不可能再收回。

为了我试穿，露西已经准备了一堆衣服。她有像鹰一样敏锐的眼睛，很快发现有一条裙子的裙腰我穿着有点起褶皱，决定把它改短一点。我理想的裙子长度是它的下摆能达到我的脚指。经过一番讨价还价，我们达成了一致。正当我站在椅子上让露西为我用别针固定下摆时，奈杰尔出现在服装间的门口。

"露西，我们需要为迈克尔弄点头饰，你能不能到下面的化妆室看一下？”

等到露西走出门后，奈杰尔回过头对我说：“谢谢你提供线索，梅格。我们在街上的波多黎各理发店找到了他，烂醉如泥。他正在理一个莫希干人的发型，我怀疑在接下来的几周里，他只好戴着一顶猎鹿帽来配他身上穿的巴宝莉风衣了。”

“奈杰尔，请相信我，我没有给他任何酒。我俩也真的什么事都没发生。”

他眨了眨眼睛说道：“当然没有。”

十五

整整一夜我坐在克莱斯勒大楼的顶上，思绪万千，五味杂存。我感到羞愧、愤怒、忧伤、困惑，尤其感到孤独。我凝视远处黑色天幕上闪闪发光的点点繁星，它们和点缀在派克大街上的耀眼的灯光相映成趣。哈迪和我待了一会儿，试图用他自己的方式来给我打气。

“你一定要坚持，小姑娘！不要抱怨，不要解释。”他劝我道，“你越是矢口否认，越是给人一种你做了的印象。最后一点，永远不要屈服，永远不要后退！”

“别说了，哈迪！请你不要再说了！”

他消失了一会儿，过了一会儿又回来了，看上去很委屈。“我只是想帮帮你。”他说，“前景并非一片昏暗。根据我自己的经验，人们主要关心自己的事情，他们很快就会忘了你这件事。最重要的是，你要全力以赴——”

“请你别说了，哈迪。我辜负了保罗对我的一片好意，多丽丝、莫伊拉、奈杰尔以及其他所有的人都认为我应该对迈克尔喝醉酒负责。还有伊恩，我不知道他是怎么想的。还有，一旦他们发现我怀孕了，我真的不知道该如何面对。”

“你没有做什么错事！至于卡米拉，你要敢于和她斗争，敢于和她硬碰硬！不要给她任何机会！”

“不要说了！”

接下来我一个人待在大楼的顶上，为什么卡米拉不能从我的生活中消失？我不想和她打交道，但似乎又不可能。我太差劲了，我让我周围的人失望了，包括伊恩，我被动，不作为。但是我会对卡米拉构成什么威胁呢？她究竟想干吗？我开始浮想联翩，要是埃里克能回来该有多好，一切都会解决。虽然我不知道怎么解决，但至少我觉得有一个可以说说心里话的人，有一个我可以信赖的盟友。

随着天边刚刚露出清冷的曙光，我开始往家赶，准备开始一天的工作。奈杰尔通知过大家，在迈克尔的事情没有解决之前，下午的排练暂行取消。那天他肯定不能工作，即使是戴顶帽子遮住他的莫希干发型也不行。我们的进度比电视的播出进度要提前两周，保罗似乎正好可以利用这段空闲时间对故事情节做一些改动。霍勒斯连夜对一些部分进行重写，演出时间安排表也要做重新调整，要留出额外的一天用来在地上用胶带做标记。不管怎么说，那天早上我们要来剧组，坐在一起读台词，然后再进行排练。“到吃午饭的时候，大家台词应该都记住了。”奈杰尔说道，一脸很高兴的样子。

我一点都高兴不起来。那天早上我害怕遇见每一个人，我想迈克尔也和我一样。结果没想到的是，那天我到达剧组见到的第一个人是伊恩。他看上去很阴沉。他一个人坐在排练桌子旁边，显得很凄凉、孤楚。我给自己倒了一杯咖啡，挨着他坐下。

“伊恩，真的很对不起。”

“为什么要道歉？”他显得很惊讶，然后做了个鬼脸，“哦，你是说迈克尔的事吧？我想说，你的确已经觉得没事了。”

“并不是像你所想象的那样。”不要抱怨，不要解释，我提醒自己，“不管怎么说，我们忘了这件事，好吗？”

“没问题。坦率地讲，我脑子现在想的并不是你这种奇异的感情纠葛。”

“那你在想什么呢？”

“我出事了，”他说，显得更加闷闷不乐。“我要镶牙齿。”

“哦，对不起，伊恩。你需要装假牙吗？”我是听说过英国的牙医不是很好。可怜的奈杰尔，他是在伦敦长大的，总是在抱怨他必须要换掉一整口的gnashers(牙齿)，反正他是这么叫的。

“应该叫Fangs(尖牙)！让我们叫它们应该叫的名字，该死的fangs。昨天下午他们让我去看正牙医生。我坐在候诊室里，结果满屋子都是要戴矫正牙箍的小孩子。我到那里是去装尖牙的，也就是那些要夹在我的犬牙上的傻乎乎的东西，真希望在镜头前看不到。在全国的电视观众面前摆弄个假牙齿太可怕了，这个念头我想都不敢想。相信我，到时候会出洋相的！如果我正在吃东西的时候它们掉了，我得到处找，那真会叫人笑掉大牙的。”

这个时候本来不该笑，但是我还是忍不住笑了。伊恩对此很不高兴，他不屑地看了我一眼。“对不起，伊恩，太搞笑了。也许现在你觉得没什么好笑的，但总有一天你会觉得这个事很好笑。”

“我不觉得这是什么好笑的事情，我也并不是在说什么牙医的医术。这些锋利的尖齿的作用在于撕咬肉，具体地讲，是人肉，说得再具体一点，其唯一的目的是要咬住一个人的喉咙去喝他的血。这太不道德了！”

“我明白，伊恩，我懂。”我把手放在他的肩上去安慰他，但是我开始为我自己是吸血鬼而焦虑起来。我怎么样做才能纠正他对于吸血鬼嗜血的错误认识而不暴露自己呢？

“这太不像话了！”他很冲动地说道，差一点从坐着的椅子上跳了起来。我得尽量让他平静下来。其他的演员马上就要来开始排练了，如果伊恩在多丽丝和保罗面前太激动，说话说过了头的话，他有可能演不成这个角色了。我要阻止他这样做。

“嘿，海盗也不是什么好角色。”我说，推搡一下他的肩膀，“而你并不介意演海盗。”

“奸淫、掠夺是一回事，但是吸血……你知道这些邪恶的动物做什么吗？他们会把无辜的受害者变成行尸走肉，他们的邪恶会毁坏人类的道德基础本身，简直是令人发指！孩子们看我们的节目能学到什么呢？”

“别这样激动。反正小孩子也要咬食物，这是他们必须经历的阶段，他们也不会变成吸血鬼。”

“他们会做噩梦！”

“所有的孩子都会做噩梦。我在读了《长发公主》和《小红帽》后就做过噩梦，我现在不也很好嘛！”我都在说些什么呀！

“童话故事根本就没有什么影响！”

“放松些，伊恩。”我能听到卡米拉在过道的声音，她快走到排练厅了。“听我说——”我低声地说道，“如果你不想演塞巴斯蒂安·斯坦诺普这个角色，会有人愿意演，只是没有你演得那么好，而且工资落不到你的口袋里。”

他点点头，眼睛里流露出恳求的神情：“对不起，我知道我有些激动得过了头，但是——”

“嘘，你所能做的一切就是尽量把吸血鬼演好。你也是个受害者，你知道的。”

“要不是你，我真没有意识到这一点。”他说，“谢谢你，梅格。”

“你们两个在一起谈些什么？”卡米拉问道，她把剧本一推，放在桌子上，“在谋划什么有趣的事情吗？”

“你猜得一点不错，卡米拉。伊恩和我认为我们是一对倒霉的情人。”

“太好了！”她说，“多么完美的一对，就像歌手、女演员安妮特·富尼切洛和歌手、男演员弗兰基·阿瓦隆一样。我看你今天又得要演鬼魂，梅格，应该没什么意思。”

我懒得再答理她，无论我说什么听起来都像是在为我自己做辩护。迈克尔、莫伊拉、马克斯韦尔·法拉比已经拿着咖啡和糕点向排练桌走了过来。多丽丝、保罗和奈杰尔也已经站在门口，马上就要过来，我不想给卡米拉提供更多当着大伙的面攻击我的机会。

另外，卡米拉的确给了我一个不错的主意。伊恩和我没有必要把我们所扮演的角色当成是一个邪恶的吸血鬼和他的受害者。只要有机会让这两个角色在现实中复活，我们扮演的塞巴斯蒂安·斯坦诺普和格温尼丝·费尔法克斯既忍受相思之苦的折磨，又彼此嫉妒、猜疑，就像电影《海滩聚会》里的安妮特·富尼切洛和弗兰基·阿瓦隆一样，成为观众们希望看到的坠入爱河、长相厮守的完美的一对。

考虑到我们扮演的角色离马利布（《海滩聚会》的地点）海滩的聚会有100年或者200年的时间间隔，我们这样演或许有些牵强附会，我们的故事发生的地点没有比基尼，也没有冲浪板，我们的地点是受大风侵袭的荒野，但我们还是可以演绎出一段浪漫动人的故事，不必把它演成悲观无望的绝唱。也许霍勒斯和保罗甚至找到一种办法能把吸血鬼“治好”，那样伊恩肯定高兴坏了！

并且，我们演的吸血鬼故事是一个很美的故事，甚至得到我妈的喜欢。妈妈一定会很开心！

我就这样沉溺于幻想中，几乎忘记了说我的第一句台词。伊恩在我的剧本上找到塞巴斯蒂安·斯坦诺普来到庄园参加化装舞会和我见面的那场戏的第一句台词，用手指为我指出来。他穿的是缎子马裤、深红色背心、织锦缎夹克衫，据说这些衣服都属于一个和他同名同姓的人——塞巴斯蒂安·斯坦诺普，他的肖像就挂在前厅。作为家庭教师玛吉的扮演者，我穿的是在斯坦诺普庄园阁楼发现的一些差一些的衣服，但是塞巴斯蒂安还是对我说了一大堆恭维话。我感谢他，并给他拿来一杯潘趣酒。

在我读这一场戏的最后一句台词时，我把手轻轻地放在了伊恩的手上。我要是能把这一切变成现实该有多好啊！如果要我在闪回的时间段刻画格温尼丝·费尔法克斯这个人物，我会表现得生气勃勃、善于打情骂俏，就像在海边沙滩上打球的安妮特一样。完全被塞巴斯蒂安迷住了的格温尼丝顽皮、精力充沛，在她跳崖而死之前简直就是为爱而献身的悲剧性鬼魂的化身。

我更加热情地冲着伊恩微笑，他似乎觉得我有些怪，把手缩了回去。考虑到最近我犯的错误，我意识到如果我们要以一种适当的友好、默契的关系来演一对倒霉的恋人的话，我需要向他做一些弥补。

与此同时，从桌子对面看过来的目光告诉我卡米拉和迈克尔之间培育、开出的无论是什么样的爱情之花都已经凋谢了。当迈克尔来到排练厅的时候，我尽量不去看他的眼睛，我觉得迈克尔也在尽量克制不往我这边看。在我家里的时候，他赤身裸体地躺在厨房地上，我看他也并没有觉得什么，现在在大家面前他穿着衣服，我却不好意思看他。

我把脸转过去，避免直接看他，但他的一举一动我通过余光还是看得清楚。他看上去有些害怕，他的脸煞白，眼睑下垂。我好心好意在半夜里给他熨烫了衬衣，但显然他穿着它又睡过觉。衬衣皱皱巴巴，领子附近挤成一团。他的头发我看不到，但是估计是最糟糕的，露西给他找了那种我外公埃格斯托罗姆在后院用耙子收拾树叶时戴的灰色毡帽让他戴上，遮住头发。至少在我们拍摄化装舞会这场戏时，他的头发可以用涂了粉的假发盖住。但除此之外，他什么都拍不了，只能戴一顶帽子，拍拍外景，等待头发重新长起来。

他的手臂很随意地搭在卡米拉坐的椅子的椅背上，但是卡米拉身体向前倾，弯着背。他们的身体语言告诉我：排练之后他们不会再去钻石酒吧喝酒了。假如保罗·阿博特有一点点脑子，只要迈克尔不演戏，他一定要迈克尔的保证人带他去最近的嗜酒者互诫协会去，显然他们已有约定在先，否则迈克尔不可能继续演戏。

另外，我把这件事情看成我在《黑暗之影》剧组前途的一个预演：他们既然能容忍一个酒鬼喝酒，难道他们不能容忍一个扮演天真少女的演员怀孕吗？我要尽量努力使自己成为剧组里不可缺少的人物，哪怕这意味着免费地扮演衣衫褴褛的鬼魂，我也会欣然接受。只要能让我继续扮演活着的格温尼丝·费尔法克斯，格温尼丝的画像很像我。一旦这个肖像在肥皂剧形成固定印象，他们怎么会随便把我换掉呢？

我想，目前最好不要向我的经纪人韦斯利·特拉斯科特提到这个额外的鬼魂角色，免得他向保罗·阿博特吵着闹着要工资。我需要尽量避免事端，不要惹麻烦。事实上我也不打算告诉韦斯利·特拉斯科特我怀孕的事。我不知道他会做出什么样的反应，也许他会既感到惊讶，又感到尴尬；也许他还会感到失望，因为他失去了一位客户。我可不想冒这个险，除非我没有其他的选择了，非告诉他不可。他又能做些什么呢？从道义上讲，他可能觉得有义务告诉保罗·阿博特，这样我就不能在《黑暗之影》剧组演戏了。

我不敢想象保罗、多丽丝和编剧们能容忍我怀孕。如果说我，或者玛吉结婚了，那将是另外一回事，即使是那样，我也敢肯定他们会让我走人。让一个未婚先孕的女演员在一个面向家庭主妇和学龄儿童的白天档的节目中扮演一位纯真少女的女家庭教师，简直太不可思议了。即使我的演出全是特写镜头，或者站在沙发后面，观众们也会很快地意识到我有问题。最好的办法是暂且不要告诉任何人，过一天是一天。

对卡米拉我也想采取一种中立的立场。我不能和她再发生冲突，以免把注意力吸引到我身上来。正像哈迪所预料的那样，大家都在关心自己的事，似乎没人想提一天前发生的关于迈克尔和我的事情。

在排练桌读完剧本准备进行位置排练之前，我们要休息一会儿。正当我收拾剧本时，奈杰尔递给我一张纸条："在排练的时候有你的一个电话，你的朋友说很急。"

"谢谢你，奈杰尔。"我打开纸条，只见上面写着："今天晚上，请你吃饭。萨瓦娜。"我笑了。当然，对于萨瓦娜来说，吃饭就是大事情，我用接待台的电话打了过去。

一听到我的声音，萨瓦娜就说："你能来，对吧？大家都来的，你一定要来。"

"今天一整天、还有明天我都有事，我不知道我能不能过来。"

"不要找什么理由！你可以早点走嘛。"说完，她把电话挂了。

显然这是一场不得不参加的御前演出，没有办法推辞。但我发现我自己很期待和我的兔女郎朋友在晚上聚一聚，从剧组脱身出来也是我想要的一种逃避。与此同时，这一天所有的演员都在赶时间，大家要记台词，适应故事情节的新的变化。时间紧的一个好处是我们大家都埋头于自己的工作，没有时间用于彼此之间的交往。一天的大部分时间里我尽量避免和迈克尔和卡米拉接触，因为和我搭戏的是伊恩或莫伊拉。

在正式演出和下午的排练结束之后，我匆匆地走下楼梯，准备出门，结果在大厅门口碰到了迈克尔。在很窄的入口处，他的旁边站着一位骨瘦如柴、留着浅棕色头发、神情很严肃的男子。两个人相互看了一眼，然后，浅棕色头发的男子向墙边移动了一点，转过身去。我猜他是迈克尔的保证人为他指定的、并强制性地要求见面的"嗜酒者互诫协会"的人。

迈克尔把手插进口袋，清了清嗓子："嘿，请听我说，梅格。

那天晚上的事，真的很抱歉。谢谢你收留我，以及，你知道的，你为我所做的一切。真的很感谢，我会补偿你。我想，我应该欠你一些钱吧？”

“没什么。”我强迫自己看着他的眼睛，压低声音说道，“不用着急还，我借了你15块钱。”

“好的，好的，我明天还你好吗？”

“好啊。”我听到楼梯上有人说话的声音。我在想，迈克尔是不是要一个接一个地向大家道歉？我敢肯定他在拍摄现场的这一天过得不容易，尤其是他与卡米拉的对手戏。我不禁可怜起他来了。我对他笑了笑，向他表明我对他没有意见：“放宽心，别往心里去，我得走了。”

“一定。我是说真的，谢谢你。”他让到一边，为我打开门。我来到外面，已经是薄暮时分，我深深地吸了一口清凉、新鲜的空气。我很高兴迈克尔能说一番感谢的话，我们可以不计前嫌。我还知道每当我见到他，我就会记起那天晚上的事。他也一定会记得的。

我在第8大街乘地铁，坐了5站后下车，总共10分钟的车程，我从一个破旧的街区来到了一个几乎废弃的街区。顶着从河面上迎面吹来的寒风，我裹紧身上的夹克衫，把挎包抱在胸前往前走。我快步向萨瓦娜的房子走去，她的房子在鹅卵石街道的尽头，给街道提供照明的是破旧的路灯。各家肉品加工厂门口的垃圾已经堆了很高，只等第二天一大早垃圾车把它们运走。

萨瓦娜的房子下面底楼的餐馆供应商店已经关门。我快步走上门前的台阶，发现门半开着。推开门，我马上闻到一股炖牛肉和烤面包的味道，厨房里传来一群女孩子唧唧喳喳讲话的声音和笑声。迎接我的还有一位粗壮的男士，他正站在过道上一个很矮的梯凳上，用螺丝刀固定电灯。

“嘿，你好，我是尼克·韦斯特利。你一定是梅格。”他的声音很热情、深沉，有布鲁克林区的口音。他把手在裤子上擦了擦，伸出来和我握手，“大家都在等你。”

“嘿，尼克，很高兴终于见到你了。”我伸出手来和他握手，他的手肉乎乎的，包住我的手指，很有劲儿。他是一个长得像玩具熊一样的男人，深褐色的眼睛，浓密的眉毛，红润、活泼的脸。虽说是初次见面，我马上就对他有了好感。萨瓦娜眼光不错，住在一个需要大修的木制框架建筑的地区，能结交一位街区的消防队员，是再好不过的事了。从他帮忙修东西这一事实来看，两个人的关系可能差不多了。

“彼此彼此。请进，我一会儿就修好了。”

“谢谢你在过道为我们新装了一个电灯。”

他做了个鬼脸：“这个地方需要更换的是整个线路。”

我想，这肯定是在萨瓦娜计划要做的事情的清单中，其他要做的事情有管道修理、粉刷墙、刷漆等。我沿着弯弯曲曲的过道向厨房走去，一阵浓郁茶饭香味扑面而来。大家七嘴八舌地和我打招呼。诺妮、格劳丽亚、埃尔克、艾莉已经围着长桌子就座了。小艾尔坐在艾莉的膝盖上，偎依着，她已经洗了澡，准备上床睡觉了。

“你找了一个心灵手巧、会干活的人，”我小声地说道，“让给我吧。”

“坚决不同意！”萨瓦娜笑了，给我倒了一些葡萄酒。

“请我来就喝这点酒吗？”我看到桌子上有10个人的餐具，“还有谁来？”

“这是晚饭前的开胃酒，乔利和利兹下了班过来。我试图联系谢莉，但是，她没有回音。”

“她辞不了职，”格劳丽亚说，“大家都没有她的消息。奥德丽说，她甚至连她最后的工资都没有来拿。”

“那就奇怪了，我希望她没事，”诺妮说，“但是用不了多久，我们都要走人的。”

“你说什么？还有谁要离开俱乐部？”我问道。

“早晚我们都要离开的，”艾莉说，“我做到感恩节就离开。我们不可能永远做下去的。”

“这倒是，”我同意她的观点，“下一个还有谁？”

“我们认为你早就该离开了，”诺妮说，“反正你有份稳定的工作。”

“我要在这里坚持下去，直到我们的节目被选中，进入下一个周期。”我说，“格劳丽亚呢？诺妮呢？你们这些人打算怎么办？”

埃尔克看了看萨瓦娜，她耸了耸肩膀：“我们要看情况而定，”埃尔克说，“也许很快，如果顺利的话。”

“别说了！你们会坏事的！”萨瓦娜说，“反正，我觉得他们又在清除异己，尽管奥德丽什么都没说。我觉得我们都很安全，但是，梭子鱼在水里已经闻到了血腥。”

我们都笑了起来，因为情况的确如此。我们是很安全，但是一些年纪比较大的兔女郎——被我们称为“梭子鱼”的兔女郎，总是觉得她们的工作岌岌可危。她们当中的很多人比她们自己报的年龄要大得多，在来花花公子俱乐部工作之前，她们一般在拉斯维加斯和密西西比河上的演艺船的赌场做临时工。她们贪婪、损人利己，是令人感到害怕的一群人，只要对自己有利，她们就会不择手段。据说，曾经在游船上给魔术师做助手的红发兔女郎多洛雷丝的实际年龄是42岁，也就是我们有些女孩子妈妈的年龄。虽然她看上去并没有那么老，但格劳丽亚说：“你只要看看她的胳膊和她乳房间的皮肤，就知道了。”花花公子俱乐部会定期对人员进行清理，辞退一些年纪大的女员工，因为，她们不再具有清新、靓丽、健康的“兔女郎形象”。这些清理或“周末大屠杀”，通常是在星期六晚上张贴下一周时间安排时进行的——如果你发现你的名字不在名单里，就可以认定你被开除了。虽说这很残酷，但干净利落。

与此同时，尼克来到厨房，大家突然不说话了。他走到水槽去洗手，大家的目光都集中到了他身上。萨瓦娜很喜欢洗手，会用刷子清洗指甲根部。我们看着尼克打上肥皂，使用指甲根部刷，用水把手仔细冲洗干净，这表明他和萨瓦娜在一起不是一天两天了。萨瓦娜把毛巾递给他，他转过身来，边把手揩干边对大伙笑。

“很抱歉打断了你们热烈的聚会，我可不想在这里成为‘鸡舍中的黄鼠狼’。”

“你这是什么话，我们巴不得桌子旁边有个男人。”格劳丽亚说。我们都哄笑起来。

“能来你们中间是我的荣幸。当我告诉我的那帮哥儿们今天我要和花花公子的兔女郎一起吃晚饭时，他们都羡慕死我了。”

“下次来的时候把他们都带来。”诺妮说，“哎，我说，萨瓦娜，你把帅哥弄到手的最大诀窍是什么？我们真的很想知道。”

“好的，好的，”她说。桌子的一端是一叠大的汤盘子，旁边是一块切面包的板子，萨瓦娜把炖锅放在切面包板上。她手放叉腰上，站了一会儿，看了一下桌子的四周，然后对大家宣布：“埃尔克和我准备接手楼下的餐馆供应商店，他们的租期到了。我们打算开一家面包咖啡店，供应汤、三明治，家庭烤面包和糕点。”

“Strudel（果馅卷）！”埃尔克尖叫道，从她的椅子上跳了起来，“Stollen und baumkuchen（葡萄干面包和年轮蛋糕），像家里一样……”

“但不卖汉堡包和炸薯条，”萨瓦娜坚定地说道，打断了埃尔克的话，“只是家庭做的食物。新鲜、全谷物。不用蒸汽桌，不用烤架。”

“就在这里？”诺妮说，她的声音提高了八度，“没有油炸的任何东西？”

“如果这里的那些傻瓜想吃的就是油炸食品的话，他们只需到任何街角的流动摊贩的饮食摊上就能买到。”萨瓦娜说。

“但是，这里是肉类加工区，”我说，“吃高档糕点的顾客不大敢到这里来。”

萨瓦娜咄咄逼人地瞪了我一眼：“人们一般是有什么吃什么。你给他美食，他就吃美食。再说，我们已经有了经常性的订单。我们很多食品都送外卖，面包和糕点直接送到西边的餐馆。你以为我是傻瓜吗？我们必须建立我们的顾客群。”

“可以和花花公子俱乐部谈谈，”艾莉说，“让他们在客人喝马丁尼酒时，给客人吃奶油泡芙。”

“这个主意不错！”萨瓦娜笑着说道，“VIP客房给客人上果馅卷！”

“消防站应该居客人名单之首，”尼克说道，“我们每天都要吃面包，星期五吃果馅卷。”

萨瓦娜冲着尼克笑一笑，给了他一大份炖牛肉：“其实，你们每天都可以吃一个果馅卷。也许我们会在星期三给你们送点儿苹果饼和杏仁奶油蛋糕，作为样品给你们品尝品尝。”

“但是，问题是，”埃尔克说，“我们需要钱，你知道……”

“投资者！”萨瓦娜叫道，“投资者。我们起步并不需要很多钱。埃尔克和我把我们的积蓄都投进去了。我们的管理开支不高，由于餐馆供应商不做了，我们得到了许多设备。我们自己可以做一些粉刷、装修，所以——请大家出点钱，我们就能合伙做生意了！谁愿意参加？”

看着我盘子里的炖牛肉，尽管我知道我拼命攒钱是为了我自己，但我不能不贡献一点儿。“我可以拿出几百块。”我说。

“你可是电视明星！”萨瓦娜说，“再多出点儿！”

“我的意思是200块！”

大家笑了。

“就这么多？”萨瓦娜问道。

“这是起步的钱。”

“我们只要起步的钱，”埃尔克说，“是不是每个人都出200美元？因为，这样的话，我们开店的钱就够了。”

“大家出了钱，还要出力，”萨瓦娜说，“我们这个周末就开始粉刷、装修，因此，大家都要参加！”

这意味着：重体力活要尼克和他们的那帮哥儿们包了，兔女郎只要有空闲时间，就要拿起扫帚和刷油漆的刷子。以前在萨瓦娜粉刷、装修上面几层屋子的时候，我们都干过这种事情。

“有一天我们将成为一家成熟、受欢迎的餐馆，”萨瓦娜说，“到时候会排起长长的队伍，一直排过街角。”

“就像花花公子俱乐部一样！”埃尔克说。我们都笑了。不知道为什么，对此我一点儿都不怀疑。

十六

玛丽琳说："我爱吸血鬼！这里的每个人都喜欢。我们姐妹会的学生们要我问问你，他本人长得什么样？"

那是星期天的下午，是打电话享受优惠的时段。尽管那是一个普通长途电话，而不是通过接线员叫人的长途电话，但我知道玛丽琳要我爽快地给她一个答案。难道我要把真实情况告诉她——说伊恩是一个孤僻、内向、古怪的人，因为演吸血鬼这个角色而很痛苦吗？

"他人很好，玛丽琳。和他一起演戏非常有意思。"

"他单身吗？"

"绝对的。"

"但是，不会是同性恋……"

"不是，绝对不是。很性感，是个调情老手。"

"哎，你真走运！我特别喜欢他那双眼睛。他拼命地盯着你，让你觉得自己是世界上最了不起的人。他看得你身上都要起鸡皮疙瘩了。我跟你说，要是那口棺材有地方的话，我甚至想跳下去！"玛丽琳毫不顾忌地笑着说道。电话线的另一头有些静电噪声，我怀疑是不是她的姐妹会的几个同学通过电话分机在偷听我们的谈话。

"我觉得，你们两个之间应该有点儿风流韵事。对吧？"她问道。

“这种事情，编剧是不会让我们事先知道的，”我说，“但似乎是我使他想起一段早已逝去的恋情。我们等着瞧吧。”

“当然，格温尼丝·费尔法克斯，我们一看就知道，他们很幸运地发现了很像你的画像。他们为什么那样做呢？我想，这表明很快你就要和他演恋爱的对手戏了。我的天哪，这是明摆着的事！另外，如果你要回来过圣诞节，能不能再来我们姐妹会的俱乐部？大家都盼望着你来。”

“一定，我回家时会通知你的，玛丽琳。”

挂电话的时候，我听到更多的静电噪声和背景噪声，我觉得打长途电话的钱是她姐妹会的同学一起凑的。另外，我觉得自从上了大学后，她就开始变得有些傻了。在高中的时候，她很严肃，认为我不干正经事。到了大学后，她和姐妹会的同学喝喝茶、看看足球比赛、读点儿法国文学，过着一种安逸、舒适的生活，而我要靠自己谋生，付房租，还要面对怀孕的难题。很快回家过圣诞节，或者在条件允许的情况下去她的学校看她和她姐妹会的同学，我觉得不大可能。

我心里这样嘀咕着，也很高兴玛丽琳的全部心思都放在吸血鬼的身上，没有问我最近有没有埃里克的消息。我一直想着埃里克，只是找不到人一起谈及他。我一开口，就会把自己的秘密暴露了。

甚至在给埃里克写信时，我也要注意我在信里写了些什么。我在信里告诉他俱乐部的事、摄制组的事，都是些我知道他喜欢看的逗人开心的信。但是，我绝口不提任何可能暴露我怀孕的事情。在晚上，我会在印有平行线的活页笔记本的“信纸”上给他写信，把不能对别人说的话向他倾诉。

由于我还没有去看医生，我只能猜测着我身体发生的奇妙变化。如果我怀的孩子是个像我一样的非人类，而不是像我弟弟埃迪一样的正常人，我也没有任何办法。自古以来女人就会生孩子，很多根本不需要医生的帮助，我打算相信自然、依靠常识。我每天都服用复合维生素，每天早晨喝一杯牛奶，坚持吃蔬菜，它们以最少的热量为我提供最多的营养。我坚持正常人的养生法，不喝血，不吃动物肉，这一套迄今为止都很管用。只是，我要小心，这样，我就可以尽可能地工作更长的时间。

玛丽琳姐妹会的同学对伊恩印象很好是一个可喜的迹象，它至少表明我们这个剧可以继续演下去。另外，还有其他迹象表明，自从塞巴斯蒂安·斯坦诺普来到小镇之后，《黑暗之影》节目开始大受欢迎。他起初那种躲藏在悬崖附近、喜怒无常的海盗形象完全被观众忘记，再也没有什么人提及。他现在是斯坦诺普的表弟，刚从英格兰来，是个神秘的人物。不可思议的是，他的长相与前门大厅里挂的一张肖像很相像。斯坦诺普家族的人对他险恶的用心毫无察觉，但是，观众从一开始就对他的身份猜了八九不离十——一个随时准备攻击人的吸血鬼！他们很喜欢这样的剧情。

塞巴斯蒂安·斯坦诺普在化装舞会上出现后一个星期，就有学生在下午的晚些时候来到摄影棚的门口，希望得到伊恩的签名。他对待他的这些小影迷的态度很傲慢，在草草地写下自己名字的时候，很少说声感谢他们的话，可这似乎更增添了他的魅力。他往往低着头，脖子上围着黑色围巾遮住嘴巴，只要他在门口一出现，总有一大群青少年把签名簿争相递上去，请他签名。他们中间的很多人带着勃朗尼袖珍照相机请求和他一起拍照留念。伊恩站在他的那些年轻的崇拜者中，看上去像一个邪恶的幽灵，浓密眉毛下面的黑色眼睛时隐时现。他看上去有点儿令人望而生畏，却又透露出一种怪异迷人的孩子亲近感。

我知道总的说来，他不太喜欢受人关注，但我觉得，在某种程度上，他已经开始享受观众对他的喜爱。在摄影棚他还是穿一身黑衣服，但在下班离开时，他会在大厅的镜子前打量一下自己。当然其他演员也会被邀签名，不过，伊恩的崇拜者最狂热。

由于伊恩和我经常留下来一起工作，我亲眼目睹了他对他年轻的影迷具有什么样的影响。一天下午，一位女学生尖叫着他的名字，靠着他，晕倒了。正当伊恩抓住她的肩膀、围巾遮住的嘴离她的脖子只有几英寸的时候，女学生的朋友成功地抢到了一张快照。从那以后，大家都要他摆那个姿势——伴随着晕倒的尖叫声也更加高亢了。

有人（也许是保罗·阿博特），通知了各大报社，《美国杂志》刊登了一张伊恩和他的影迷的照片。结果第二天下午，摄影棚外面的人增加了一倍。《时代镜报》和《先驱论坛报》在那周的后面几天派了摄影记者。照片上的我和伊恩头靠在一起，特意摆好姿势，影迷们挥舞着签名簿要我们签名。新闻通讯社很快得到了这个消息，甚至我老家的人也在《明尼阿波利斯星报》上看到了有我的新闻照片。我妈妈写信告诉我，说她把从报纸剪下来的剪报贴在了电冰箱上。我也剪下报纸上的照片，把它寄给了埃里克。

在经过挣扎、努力争取观众的几周后，似乎一夜之间，我们成了白天的收视率热门节目。广播电视网注意到了我们，起先对霍勒斯·米尔顿设想加入吸血鬼这个角色的哥特式悬念剧情不屑一顾的白天节目部主任，也来了个180度的大转弯。据霍勒斯乐呵呵的复述，广播电视网的高管很想知道，什么时候这个吸血鬼要对第一个受害者下手。

“别急，快了。”霍勒斯低声说道。

另外，在每一集里都出现的化装舞会赢得了很多影迷的来信，因此我们决定用蒙太奇手法回顾其中的一些亮点。收视率的飙升，促使霍勒斯和保罗想设计出一个梦境，在梦中，所有的斯坦诺普家族通过时间旅行回到18世纪90年代。那样的话，格温尼丝·费尔法克斯会以真人的面貌出现。我最担心的是会派另一个女演员来演这个角色，尽管保罗向我保证过这个角色是我的。我得到这个角色很悬。首先要说服多丽丝，我演塞巴斯蒂安的单相思情人的真人化身并不会使观众感到困惑。要我说，在我在剧中扮演第二个角色这个问题上，多丽丝多少有些缺乏想象力，但是，她的意见举足轻重。

格温尼丝·费尔法克斯的肖像要挂在斯坦诺普庄园的大厅里，在保罗揭开完成的格温尼丝·费尔法克斯的肖像那天，多丽丝就提出了反对意见。斯坦诺普庄园大厅是一个新做好的布景，代表庄园的一个不再使用的被遗弃的厢房。小丹尼会无意之中闯进去、迷失方向，女家庭教师玛吉去找他。然后举着迎风摇曳的蜡烛，我们仔细看着那些画，当看到玛吉和肖像画上斯坦诺普的先人很像时，我们感到非常惊讶。不用说，这一集会在星期五播放，在结尾处会配有一段打动人心的充满戏剧性的音乐，接着，小丹尼说出他的台词：“但是，玛吉，这究竟是怎么一回事？你和画上的她一模一样！”

“你不能那样做，保罗！”多丽丝说，“也许她们看上去是很像，但也仅此而已。这是个小镇，近亲结婚呀，或那个时候其他不幸的事呀，都可以说明她俩为什么长得很像，然而，不能用一个女演员来同时扮演两个角色，观众们会搞不清楚谁是谁。让梅格替代一下人体模型、扮演一下鬼魂是可以的，但这样做极为不妥！”

“我看没什么不妥。观众既然接受梅格从演餐馆的女服务员改演女家庭教师，她为什么不能演活的鬼魂？只是一场梦戏嘛。”

“但是，我们怎么可以让她在现在的时间段里演女家庭教师，而一段广告之后，又让她再次扮演一个完全不同的角色，在上面又说又动？这样不合乎逻辑，没有人会相信！”

我真想上前大吼：“会的，他们会相信的！这是一个梦！不要破坏这个梦！”但是，我知道我上去干涉是不对的，尤其是我不应该偷听他们之间有关节目如何制作的谈话。不过我假装去看时间安排，站在门关起来的保罗办公室的外面，听多丽丝和保罗两个人之间的争论。想到这一点的是保罗和霍勒斯，我希望多丽丝不要说服保罗放弃这个想法。我本人也并没有隐瞒我想争取到这个角色的真实想法。在接下来的好几集里，我毫无怨言地主动为服装模型做替身。而且，肖像是照我的样子画的。

在新剧情中看到这种可能性的，也不止我一个。我们如果能通过梦境这种手法回到以前，马克斯韦尔·法拉比和莫伊拉·肖都想扮演一下他们现在所扮演的人物的古代版。“他们不能就这样扔下我们，”马克斯韦尔说，“我们的影迷不会答应！”

“再说，”莫伊拉不动声色地补充道，“我们是签了合同的。”

卡米拉也很想扮演一位更高贵、着装更华丽的杜尚·夏尔曼。“当然，我可以扮演高级妓女，”一天下午在大家坐在一起读台词之前，她把嘴凑到保罗耳朵旁轻轻地说道。她的手碰了一下保罗的上臂，“当然是法国妓女，是法国国王路易十五的情妇杜·巴里夫人那种。”

“她不是被斩首了吗？”我问道，身子向前倾，“我敢肯定是这样的。在被处决的路上，她叫呀喊呀，真可怜。”

“我并不是说和她一模一样，”卡米拉激动地说，“我的意思是富有、高贵的女人，有权力，有影响……”

“而且穿戴华美。但是，杜·巴里夫人是一个骗子，阴谋家，不是一个好人。我看过电影。”

“有意思，”保罗说，“你们给了我灵感。”

卡米拉和我相互看着对方，一点儿也不知道这一回合谁占了上风。和卡米拉在一起我不可以掉以轻心，但我还是忍不住要还击一下，然后我们就扯平了。她真的很讨厌。她对保罗说，和画上的格温尼丝相比，我的脸显得比较胖；她还质疑，人们很难相信扮演单纯简单的女家庭教师、再之前扮演餐馆女招待的我能够扮演古时候斯坦诺普家族德高望重的女性。“她怎么到了现在就变成这样的普通人了呢？”卡米拉问道。

我们大家都想在新的剧情中得到一个有分量的角色。很明显《黑暗之影》正处于一种上升的势头，而我们都想巩固自己的地位，甚至连丹尼也不例外。一本青少年杂志刊登了他的一张横跨两版的照片，祝贺他13岁的生日，还夹了一张他在中央公园光着上身骑自行车的照片。这是一张照得很不错的照片，也许只有那些容易受外界影响、暗恋《黑暗之影》中的乔·斯坦诺普的12岁女孩子才能真正地欣赏。照片上他的身体还没有发育成形，更像一只拔了毛的小鸡，而不像健身教练查尔斯·阿特拉斯的健壮。

与此同时，在排练厅的一个角落里，写明了某个演员名字的影迷邮件一箱一箱地堆积起来。从邮件堆积的高度，可以明显地看出谁的忠实影迷最多。伊恩轻而易举地拔得头筹，不过丹尼的影迷也不少。我名列第二，迈克尔和卡米拉紧随其后。剧务办公室要我们把这些影迷邮件搬回家，给影迷写回信，但我喜欢看到它们堆在那里。

我写信给埃里克，告诉他跟我写信时一定不要写上“由剧组转交”，在我那么多的影迷邮件中去找信，是不可能的。“有些影迷，”我写道，来信要相片和纪念品，“我一个女孩子家该怎么办？”

埃里克回信说他也遇到同样的问题：

> 我问我自己，这些人是谁，他们是怎么发现在森林中的我？签名，签名——我都几乎没有时间驾驶飞机啦！

我马上回信说：

亲爱的空军哥哥，我在这么一个遥远的地方（太遥远了）！崇拜你好长时间了。请送给我你的一缕头发，把它放在盒式项链坠里，我好一直挂在胸前。一位暗恋你的仰慕者。

一小撮姜黄色的头发，从他的平头上也只能取这么多，随着下一封信寄了过来。

我想，你可能就是我默默的爱慕者。天哪，我希望我没有看错！

出名，对我而言，是一种新奇而又令人陶醉的体验——即使在老家赢得过“双湖镇小姐冠军”称号的我，现在也不知道如何应对。在邮局和公共汽车上，我会被人认出来。有时候会有人要我的签名，但多数时候人们会告诉我他们多么喜欢我们这个节目。他们总是叫我“玛吉”，告诉我我如何像他们身边的某个人——姐妹、女儿、婶婶或朋友。每个人都有一个不同的故事。

“我的孩子会从学校一路跑回家，然后我们一起看你们的节目！”

“我的儿子虽然看了会做噩梦，还是求我让他看！”

“我特别喜欢塞巴斯蒂安！他到底长什么样？”

“你可要小心那个杜尚·夏尔曼，她一心想收拾你！”

“我的父亲也是个酒鬼，所以我理解你所经历的痛苦！”

但是，关于埃德·麦克纳伯，我遇到的最糟糕的情况是他过于依赖提字机。现在，他根本就不记台词了。事实上，有一天他让操作提字机的工作人员把他的舞台说明放在括号里。结果在正式录制的时候，括号不小心被删掉了，埃德于是说道：“你回来得很早，玛吉，向右，往门走去。”

“好的，爸爸。我会的，”我答道，试图给他解围。

由于埃德是从装在摄像机上方的卷轴的卷纸上读台词的，所以他在镜头上从来不会出现侧影的情况。另外，他总是瞪着眼睛，因为他要读台词，所以很少眨眼睛。霍勒斯提出一个方案，他扮演的角色眼睛要失明，所以他可能要戴墨镜。这样情节上的巧妙改动具有一种合理的戏剧性，因为埃德扮演的是肖像画家，一旦他看不见了，他的生计就成了问题。还有，站在门口的埃德并没有意识到吸血鬼从只有几英尺外的地方向他接近。因为他不知道一直盯着他正在睡觉的女儿的吸血鬼，就藏匿在玛吉卧室窗子外面的阴暗处。

剧情加入梦境情节给埃德带来了一些问题。因为他本人喜欢演海盗船长。那样的话，他认为戴眼罩就行了，而不用像原来的计划那样：一旦他扮演的人物失明之后，他必须戴墨镜。这一切霍勒斯都还没有定下来。他认为埃德应该扮演一位视力没有任何问题的有钱地主——埃德要记台词。两个人为此经常争得面红耳赤，霍勒斯的意思是，记台词是一位演员工作必不可少的一部分。我觉得即使埃德能戴眼罩，最终也拗不过霍勒斯，埃德最终扮演了一位聋哑盲的残疾人。

最激烈的分歧是在伊恩和摄制组的工作人员之间展开的。伊恩断然拒绝从棺材爬进爬出。所谓的棺材是一个布满灰尘的黑色箱子，用生了锈的链子捆着，上面结有厚厚一层蜘蛛网，放在一个离地面足足有四英尺高的基座上。我们第一次看到棺材是在星期五正式录制结束的时候。伴随着恐怖音乐的响起，出现了在链子中穿梭翻飞的蝙蝠，链子断了，砸在陵墓的石头地上。

接下来的一个星期播出的几集，都在为塞巴斯蒂安到斯坦诺普庄园做铺垫，画面上，伊恩的手在掀棺材的盖子。在那一周的最后一集中，棺材的盖子完全打开了，我们看到伊恩躺在里面，身上穿的衣服是他在参加化装舞会时穿的前人衣服。

一旦收视率开始飙升，保罗和霍勒斯又要伊恩回到棺材，盖子不合上，同时响起恐怖的音乐，蝙蝠在周围飞来飞去。在早上的摄像位置排练的时候，一位道具工作人员在一旁等候，拿着一个用看不见的线连接到钓鱼竿上的塑料蝙蝠，准备让蝙蝠做俯冲的动作。另一个道具工作人员蹲在棺材的正下方，等待指令用绞车把棺材盖吱吱嘎嘎地吊起。伊恩已经要求在棺材上多钻一些气孔。

我们几个站在一旁看着，显然伊恩还是不满意。“里面太闷，透不过气来！”他说，看着被打开的棺材盖。

“你就行行好，我们不能再钻孔了，否则就看得见了。”奈杰尔说。

“那样的话，吸血鬼就会死在你们手里。”伊恩愤愤地答道。

这话很有趣，我们都笑了。但是，伊恩说话的口气传达着别的意思。赢得影迷的是伊恩。来到摄影棚外的那些人都是冲着伊恩来的。报纸、杂志感兴趣的是伊恩，而不是《黑暗之影》这个节目，广播电视网也注意到了。这一切离开了伊恩，都是不可能的。

“我要再加一句，”伊恩说，“如果我要从棺材里爬出来，西装革履，拿一根拐杖，肩披披风，那么我会看上去怪怪的——很像那种很傻的新娘子在车里动来动去，弄弄花束啊，整理整理婚纱等，这样不管用的。”

“但是，你不能只是坐在棺材里，像一个人坐在船里手里不拿桨一样，”奈杰尔说，“那样看上去更加怪怪的。”

“如果我必须要出去，那我需要人帮助。”

“我们现场有伴娘吗？”奈杰尔问道，看看周围。

那个时候，多丽丝、保罗和霍勒斯已经离开了指挥室，来到了拍摄现场。“你得从那里面爬出来，伊恩，你不能坐在那里。”多丽丝说。

“那么，我爬出来的时候镜头不要对着我。”伊恩回答，“我可不喜欢让别人看到我的腿跨过棺材的边缘，然后跳下来。”他叉起双手，看着多丽丝，“我绝对不干。”

多丽丝很不高兴地翻翻眼睛，然后看着保罗。我们其他的人都沉默无语，我们觉得这次伊恩可能可以坚持自己的意见。

“究竟怎么办，保罗？”

“正像伊恩所说的那样，他不能穿得那样整整齐齐，又是拐杖、又是披风地从棺材跳下去。也许可以把拐杖和披风挂在陵墓大门背面的钩子上，这样可以吗？”

“几乎不可能。”多丽丝说，“好了，我们这么来做。一号机，先拍蝙蝠。伊恩，你从棺材里爬出来，整理好自己的着装。摄像机接下来拍在墙上的蝙蝠以及你在墙上的影子，然后再摇回，拍到你。明白了吗？”

“还有一件事，”伊恩说，“我们能不能在棺材旁边搭个台阶？”

伊恩的请求得到了允许。在摄像机不拍摄的情况下，道具工作人员乔拿来一个梯凳放在旁边，并且伸出手臂帮助伊恩从棺材里爬了下来。

“不管怎样，这次拍得要好一些。”多丽丝说，然后大摇大摆地走回指挥室，霍勒斯和保罗紧紧跟在她的后面。

安抚吸血鬼成为了司空见惯的事。但是，说句公道话，伊恩还并没有因为他火速成名而对其他演员耍大牌。不过，马克斯韦尔悲观地暗示这只是时间问题：“他们会很快在他更衣室的门上挂一颗星，然后你们发现自己的门上什么也没有。”

“这种事情我以前见过，”埃德·麦克纳伯低沉地说道，“他很快就会在演出时对我们发号施令，要求我们在他经过的时候赶快向两边躲闪。”

只有丹尼比较大度，他的一番无私的话使得大家不再抱怨了。“我们之所以能保住我们的饭碗，要感谢伊恩，”他实事求是地说道，“难道你们情愿自己被赶到大街上找工作不成？”

伊恩似乎并没有意识到他们的抱怨，由于我们这个节目越来越受欢迎，他把他自己看成我们大家的领头人。“我们必须坚持我们自己的艺术水准，”一天下午我们大家在一起排练的时候，他对大家宣布道，“塞巴斯蒂安·斯坦诺普不能被看成是一个笨手笨脚的傻瓜，否则，一切都无从说起。”

就这样——伊恩开始接受他作为我们一员的吸血鬼的角色。我心头涌起一种豪情，但我并没有流露出来。

十七

一大早就有电话来。听到我妈的声音，我不禁有些紧张，我们很少打长途电话。如果是好消息，她绝不会在周末一大早给我打长途电话的。坏消息总是发生得很快，而好消息要贴上邮票用信件来通知我。

“这件事，我想，我还是打电话而不是写信通知你为好，”妈妈在电话里说，“我很难过。我想这样可怕的消息，你还是知道为好。我遇到了埃里克的父亲，他说埃里克死了……是被打下来的。他的遗体正被运回老家安葬。太可怕了，那个可爱的小伙子，太不幸了。小时候你们是关系那么好的朋友，很抱歉告诉你这一不幸的消息……玛格丽特？你在听吗？”

我终于开了口：“妈妈，我没事。我很高兴您打电话告诉我这件事，他爸爸现在怎么样？”

“克拉伦斯非常痛苦。听到这个噩耗，他就把自己关在屋子里。他简直不敢相信这是真的，他不知道他该如何是好。他不停地说：‘好人命不长，好人命不长。’似乎果真如此。现在没了儿子，可怜的父亲凡事都要靠自己了。很遗憾去年夏天埃里克回家的时候你没有回来，你不知道他穿那身军装有多帅。”

“太惨了，”我说，我的耳朵能感觉到我的心在怦怦直跳，“葬礼什么时候举行？”

“明天。11点，可怜的克拉伦斯把一切都交给奥迪加德牧师来处理。妇女协会挨家挨户地通知了大家，我想整个镇上的人都会参加的。我请了假，带上大家都很喜欢吃的金枪鱼热菜。我想，你可能来不了……我的意思是，时间太仓促了。”

“我走不开，妈妈。明天下午还要演戏，实在没时间。”

“我想也是，不过……我知道玛丽琳和你们班上的其他同学会出席的，你爸爸和我也会去的。”

我有些哽咽：“很抱歉，我真希望我能够赶回来。”

“我知道，玛格丽特，我也很难过。别忘了寄一张慰问卡过来。”

我感谢妈妈打电话来，然后说了“再见”。电话断线的时候，我都没听到对方咔嚓挂掉电话的声音。我拿听筒的手还没放下，好像是想再听妈妈多讲一会儿。在听到“嘟——嘟——嘟”的声音持续响了一阵子后，我才把听筒放回到电话机上。接下来，是一阵可怕的沉寂，我甚至想重新拿起电话，让时间倒流，回到没有打电话之前，取消刚才说的话。我坐回到厨房的椅子上，一动也不动。也许刚才的电话、母亲的声音，都是我的凭空想象，但我知道，它们是真的。埃里克的名字在我的胸中突然迸发出来。埃——里——克，埃——里——克。

我坐在椅子上，身体僵硬，一点儿都动不了，思绪翻滚，但我还是强迫自己尽量不要多想。尽管我每天都想到埃里克，然而，我发现我记得的，都是些片段瞬间。快照从我的眼前飞逝而过：埃里克钻进泰勒飞机，走进花花公子俱乐部，在我的枕头旁转过头，透过出租车窗向我挥手。这些简短的瞬间消失得太快，我真想他能再一次拥抱我。

我能否回家一趟，再赶回来参加排练呢？我真想为了埃里克，也是为了我自己回去一趟。

真奇怪，埃里克死了，我居然会不知道？这个念头不断地在我的脑海里出现，我根本摆脱不掉。他死的时候我在哪里？我在做些什么愚蠢的事？我怎么会不知道——甚至去阻止它发生呢？我试图想象埃里克在一个我从来没有去过的地方，驾驶着一种我从来没有见过的飞机。但脑海里浮现的是我和他坐在泰勒飞机上的情景。我们在一片树林上方飞过，白云在上面翻滚，下面是一片片绿油油的田地和一块一块的水面。我把这些片段在我的脑海里一遍又一遍地播放：他走上楼梯，来到钢琴吧，看着我，对我抿嘴笑。他死了，不可能。

我机械麻木地做着我每天早晨要做的事情。我洗好澡，穿上衣服，煮上咖啡，然后穿上夹克衫，出了门。我来到街角的报刊亭，到了跟前，我才意识到我这样做是为了买一张慰问卡寄给埃里克的父亲。我把卡放在衣服的口袋里，继续向前走。我感觉不到我的脚正走在人行道上。那天剧组没有拍摄任务，花花公子俱乐部的兼职也要直到晚上的鸡尾酒班才开始，于是我漫无目的地在街上走着。

最终，我发现我离市区已经很远了，我就决定回头向俱乐部的方向走去。一看到我走进兔女郎的更衣室，奥德丽就要我上班，让我到玩伴吧去接替一个身体感觉不舒服的兔女郎。至于我怎么换好衣服、怎么样给客人服务，我已经记不清楚了。实际上，我什么都记不得，当然也不记得我那天下午在服务区晕倒过去的事情。

醒来后，我发现我坐在倒扣着的板条箱的边缘，头埋在两个膝盖之间，艾莉和乔治——一名波多黎各的勤杂工，扶着我。我能感觉到周围有很多别的兔女郎挤到了服务区，高声地报出客人点的饮料同时，关切地问我怎么样。我的眼睛盯着磨损得很厉害的油漆布，看到各种各样的缎子高跟鞋在我周围走动，我设法弄明白自己在哪里。

“我没事，我没事，”我不停地说，一个又一个兔女郎拍拍我的背、理理我的头发。

在嘈杂的人声当中，我听到格劳丽亚说道："你可别怀孕啊，梅格！"

我抬起头，笑着对她说："没有的事。"

大家跟着一起笑了起来。在大家的笑声中，我站起来，去找我的盘子。

"你不要再回去服务了，"艾莉说，"兔女郎领班的吩咐。"

"我已经在替你上班了，"乔利说，"再来一轮，我就会把你的账结了。"

"非常感谢，多卖点儿纪念杯，给我多挣点儿小费。"

要论给客人推销用特制的兔女郎纪念杯喝酒，没有人比得上乔利。如果客人不喜欢兔女郎纪念杯里面装的朗姆潘趣酒的话，她会主动提出换成马丁尼或者威士忌酸酒——什么酒都可以，只要客人愿意出双倍的价钱、喝完后把纪念杯带回家就行。

"为了你，什么都成。"她笑着说道，"你缩成一团，真机灵。你是怎么做到摔下去的时候不伤自己的脸的？"

"你开什么玩笑，我是演员呀！"

艾莉帮我进了服务电梯，我们一起乘电梯来到6楼的兔女郎更衣室。奥德丽看了我的情况。我昏倒的时候并没有惊动顾客，我的兔女郎服装上也没有血污。了解了这些后，她显然松了一口气。我只是弄断了一只高跟鞋的鞋跟，那也不是俱乐部的财产。领班用一种明显缺乏母亲的关爱的口气对我说："好了，孩子，没什么损失。你回家吧。"

艾莉坚持要把我送回家。但是，我们一坐到出租车里，她就指挥司机把车停在派克大街一家诊所前面，她的男朋友特德·鲁滨逊医生在那里上班。

"我不需要看医生，艾莉，"我说，我意识到她想做什么，"肯定不需要整形外科医生！你看看我，身上哪儿都没摔坏。"

“进去看看也没什么坏处。我知道他现在就在办公室，之前我跟他打过电话。再说，我也正好找个借口去看看他。”

“我真的不想像这样进去打搅他，他要看病人。”

“你不用操心。我在俱乐部时，跟他打过电话了。他在等你呢。”

“他会告诉我吃块三明治，就这样。我真的没事。”

说着说着，出租车已经在特德·鲁滨逊诊所外面的路缘处停了下来。艾莉付了车钱，先下车，伸出手来抓我的手，仿佛她不紧紧地握住我的手，我会跑掉似的。事实上，我也真的有这种想法。我不需要看医生，尤其是她的男朋友给我看病，还有艾莉站在一旁。尽管如此，我还是从乙烯基塑料的椅子中间穿过，任由她把我领进了特德的诊所。艾莉很热情地和前台接待员打招呼，两个人相互寒暄了几句。候诊室里只有一个小男孩，胳膊上打着吊带，他旁边的长背靠椅上坐着一位妇女，可能是他的妈妈。

艾莉从接待员手里拿过登记簿，我俩坐在窗户旁两张绿色低背皮安乐椅上。她取下圆珠笔的笔帽问道：“嗯，我们开始吧，出生日期？”

“艾莉，求你啦，我的胳膊没问题，我可以自己填表。”我不想告诉她我出生时登记的名字是玛格丽特·布拉奇，也不想告诉她我的出生日期，尽管我们的年纪只相差几个月。

“行，你自己填吧。不过，别激动。”她说着，递给我登记簿，拿起了一本《时尚》杂志。

幸运的是，当接待员叫到我名字的时候，艾莉很识趣，没有跟着我一起进检查室。特德个子很高，穿着白大褂，看起来干净整洁。他握住我的手，很热情地和我打招呼：“你感觉怎么样？我听说你今天下午摔倒了。”

“我感觉没什么问题，”我回答，“我忘了吃早饭，有点儿头晕。回家后，我要马上喝碗汤。”

“好孩子，”他说道，“不过，还是让我先看看。请稍等，我马上回来。”

我跟着护士来到其中一个检查室里。

“请坐在检查台上，我们来给你量量体温和血压。”她轻快地说道。

“不需要，”我也很轻快地说道，“我没事。”

她有些吃惊地看着我，一手拿着体温表，一手拿着血压计的橡皮囊袖带，说：“这些检查是必须要做的。有什么问题吗？”

当然有问题，但我不打算说出来。我支支吾吾，犹豫不决地拖了半天，护士终于给出了她自己的解释：“是不是宗教方面的原因？”

我点了点头。

“我来跟医生说，”她说，“不过，那样的话，就没什么必要到这里来了。”她给了我一件病号服，然后离开了房间。我把病号服挂在钩子上，在一把椅子上坐了下来。几分钟后，特德敲门进来了，看到我并没有穿棉病号服，也没有坐上检查台，他并不觉得有什么意外。

“我真的只需要一碗汤，”我说。

他在凳子一角坐下，叉着双手。隐隐约约地，我觉得他身上有股檀香木的味道。我又开始觉得头有点儿发晕了，我感觉到他的手抓住了我的肩膀，扶着我。

“我知道自己是什么毛病，鲁滨逊医生，”我说，努力想把堵在喉咙的一块东西吞下去。“没什么好担心的。我没病，只想回家休息一下。”

“你怀孕几个月了？”

我盯着他，大吃一惊。在他进来前，我一直在想埃里克，没有想着怀孕。鲁滨逊医生点了点头，关切地望着我：“我想，我猜得不错吧？你还什么人都没告诉吧？甚至连……”

“没有，没有人知道，甚至连艾莉都不知道。我不想让别人知道。再说，我怀孕还没几天，至少从外表上还看不出来。”

“首先，怀孕几天、怀孕几个月，都是怀孕，梅格。你有没有想过接下来该怎么办？和孩子的父亲谈过这件事吗？”

“没有，没有，我还没有告诉他。”我说，尽量控制着，不让眼泪流出来，否则我又要解释一番。我能想象出特德心里在想些什么，我听出了他语气的变化。

“我明白了，你不想告诉他。你看过医生没有？”

我摇摇头，因为我说不出话来。

“你真的不能再拖下去了，梅格。我告诉你一个人的名字……”

“等等，你不明白，我不想打掉这个孩子！我不可以那样做！”

我很后悔一口气说了上面的话。鲁滨逊医生看上去很惊讶，然后，他的嘴角耷拉下来。

“对不起，真的很对不起。我知道你不会让我去做那样的事，我也不知道刚才我是怎么想的。”我说。

“你需要去看医生，”他郑重其事地重复道，“我可以把我同事的名字给你，去不去由你。但是，我认为你应该去。”特德拿起一张便笺纸，写上名字和电话号码。他把纸递给我，我把纸折叠好，放进了口袋，连看也没看。

“谢谢你，”我说着，起身站了起来，“真的非常感谢。”

“当然，你知道，你的事我绝对不会对别人说的。不过，答应我，要好好照顾自己。如果需要我的帮助，就请给我打电话，梅格。”

又有一个人知道了我的秘密，而这个人是特德·鲁滨逊。谢天谢地，艾莉还不知道这件事。我真希望，特德·鲁滨逊要是埃里克就好了。如果我不能和埃里克在一起，我宁愿一个人。特德陪我走到了接待区，艾莉在那里等着我。

“她没什么问题，连挫伤都没有，”特德说，“如果你们愿意的话，我想今晚请你们吃饭。”

“不管怎么说，谢谢你，”我赶忙回答，“不过，我家里备好了吃的。另外，我想今天早点儿休息。事实上，我想步行回家，顺便呼吸点儿新鲜空气，你们俩好好吃吧。”

“你肯定没问题？”艾莉问道，看上去放心了。

“绝对没问题，多谢！”我冲他们笑了笑，向门口走去。和他俩待一个晚上，对谁都没有什么好处。鲁滨逊医生越是少观察我越好，而且没有我在一边，艾莉可以自由自在地和他单独在一起。

回到家里，我坐在厨桌前的凳子上给埃里克的父亲写慰问卡。我想到了几句似乎较为合适用来表达同情的话，但是，一写起来，我就发现要说的话还有很多。我拿出信纸，想写封信。我想告诉埃里克的父亲克拉伦斯，在过去的一年中，我们一直在通信，我们的友谊也随着相互写信而不断加深，我是多么珍惜埃里克在我的生活中留下的美好回忆——但是，我无法把这些话写在信纸上，尤其不能说我怀了埃里克的孩子。

想到这些，我坐直了身子，想起了我本来有机会写信告诉埃里克自己怀孕的事却没有那样做。我想到在过去的几周里，我很天真地把怀孕这件事看成是某种个人的冒险，那种惊喜和危险只属于我自己。对于什么时候把这件事告诉埃里克以及如何告诉他，我并没有一个清晰的想法。我曾想象着在他放假回家时告诉他，接下来该怎么办呢？我真的没有想那么远。我们都曾为老家的邦妮和罗依感到可惜，甚至嘲笑过发生到他们身上的后果，从没想过这种事居然会发生到我们自己身上。

在当时那种情况下，我没有告诉埃里克我怀了他的孩子，似乎是最正确的决定，但我非常懊悔。如果他知道这一情况，会不会对他有什么影响呢？我又怎么能向他弥补这一过失呢？我再次试图给克拉伦斯写信，可我还是写不出来。

我放下了手中的笔，抬头看到哈迪就在我房间的另一端，夕阳透过落地窗照射进来，映衬出了他的轮廓。我的眼睛眯成了一条缝，看着他的板刷头和他挺拔的军人姿态。他的表情很庄重，皮肤上的皱纹加深了悲伤的气氛。一定有一个像这样穿着蓝色空军制服的人敲开了克拉伦斯的门。如果哈迪是想亲口来告诉我埃里克的死讯的话，那他来晚了。

“最近不怎么见到你，你到哪里去了？”

“对不起，梅格。我特别不愿意看到一个人倒下，尤其是埃里克。我尽力了，但是……”

“你真的帮忙了？我原来还以为，那个帮助你在诺曼底登陆第一天生存下来的打火机会给他带来好运。”我的声音有些嘶哑，愤怒也随着止不住的眼泪涌了出来，“究竟是怎么回事？你怎么食言了呢？你不是说好要帮我照看他的吗？”

“我尽力了，但我无能为力。他打仗很拼命，梅格。他太勇敢了，但他不愿意撤出来——真的很抱歉。”

“别说了！我不想听这些！我只要他回到我身边！”

“我知道，我知道。”哈迪说。我能感觉到他离我很近，在我哭泣时抚摩着我的头发，“他没有生还的机会，也许我不该这样说。他甚至没有遭受敌人炮火的攻击，在他的飞机起飞时，一只鸟撞进了驾驶舱，他没办法躲避。”

“一只鸟？”我的脑子似乎一下子明白了，“是什么样的鸟？”

“蜂鹰！东南亚特有的一种鹰。真对不起，梅格，但是，我认为你知道……”

“卡米拉！”我轻声地说。我想起撞击埃里克驾驶的泰乐飞机的情景，顿时被恐惧吞噬了，“这一切都是卡米拉做的，你警告过我！”

外公埃格斯托罗姆也警告过我，当时我却没怎么在意。

怒火在我的心头升起，如此强烈，我难以控制住喉咙里发出的吼叫。哈迪包裹住我，用一层厚厚的骈盖住我，遮住了我痛苦的叫喊，使我能发泄我的愤怒。

“她从我的身边夺走了埃里克！”我咆哮着，身体因为愤怒不停地颤抖，“我怎么能允许她做那样的事！”

哈迪的声音很轻很低，穿透了我可怕愤怒的叫喊：“我在这里，梅格，你想做什么？”

我突然明白了：“埃里克的葬礼，我要去参加他的葬礼。”

“会有危险，但是我们可以去。你能行吗？”

“我们去，现在就去。”

“那么，穿好衣服，姑娘。这才是我想听到的，”他爽快地说道，“你可以在路上补充能量。”

十八

我变成了红尾鹰，乘着热气流，向加拿大方向飞去，速度要比一般的红尾鹰快得多，这是我自己选择的回老家双湖镇的交通方式。用其他的交通方式我可以更快、更安全，但对我而言，自己飞回家去参加埃里克的葬礼似乎更合适。风吹着我的羽毛，在自己的动力下飞行的兴奋使我恢复了目的感。无论前面有什么危险，我都将勇往直前，这一切是因为埃里克。

哈迪，我虽然看不见他，但他一直在我附近，他是我指路的灯塔。他机警、坚定。很明显，埃里克的死使他本人感到非常痛苦和气愤，这次他不想再让我失望。他负责路线的选定，他选择了一条直接向北的路线，绕着五大湖广大的水域向北飞。按照他的指示，我会在布法罗市郊外用白足鼠给自己补充能量。在空中飞翔，我耗费的能量很少。沿途经过大片的草地和沼泽，在不到半英里的前方灌木丛中，我发现了我的猎物。一只胖胖的红棕色老鼠，有着白色的腹部，正在白桦树的树皮上追逐一只甲虫。

“对准目标！”哈迪指示道，“我找到了你要的高能量食物！”

我俯冲下去，用针一样尖利的爪子抓住了老鼠。在强大的爪子捏紧力下，它碎了。我急急忙忙地吃了一些，留了一部分在嗉囊，等我有时间一点儿一点儿地往胃里输送的时候再慢慢地消化。即使有哈迪做警戒，我也不能在地面上待得太久。当我的眼睛盯着下面吃东西的时候，很容易受到攻击。

我们往西北方向飞，追逐着渐渐逝去的最后的暮色。在我飞进安大略湖区域的时候，天黑了下来。“你需要加油了！”哈迪对我厉声说道，提醒我需要再次进食。

我在空中滑翔，最后一抹淡紫色的余晖从地平线落下。我的眼睛搜索着湖滨的沼泽地带，在芦苇和香蒲中寻找着食物。突然一只粗脖子的橄榄绿牛蛙，从一根掏空的原木中跑出来，冲着即将完全黑下来的天色大叫一声。我抓住牛蛙浅色的圆鼓鼓的腺状组织，它还在发出声音，我把它按在芦苇上。我变成的红腿鹰除了和人一样的上眼皮和下眼皮外，还有一层透明的膜，相当于第三个眼皮，它在我到密密的高草丛中抓取猎物时，可以从旁边合上，这样可以保护我的眼睛不受伤害。牛蛙肉肥汁多，我的喙撕开咬进它的肉里，立刻觉得味道鲜美无比。

“快上来！注意你的右侧！”哈迪向我发出警告。我听到了乌鸦的叫声，赶紧离开地面，把最后一点儿牛蛙吞了下去，然后飞到空中，向前方飞去。

“它们虽然不能伤害你，但是它们的俯冲很讨厌，你再飞1000英里左右没问题吧？”

“油料完全加满了，哈迪。我们前进吧。”

天完全黑了。我在天空中翱翔着，在月光的映照下，我飞过黑色的平原和大片灰蒙蒙的水域。离加拿大的边界还有很长一段路程，但以这样的速度飞翔，我还是觉得很激动。我绕着苏必利尔湖的湖滨飞行，然后向西。即使是在夜色中，下面的地形也开始变得越来越熟悉起来。一年前不到的时候，埃里克和我曾驾驶飞机在这些地方飞行过。我看着下面荒凉的玉米地，高低不平的土地上已经堆满了晒干枯死了的玉米秆。

埃里克。死了，过去的情景又在我的脑海里浮现：一只巨大的秃鹫撞进了埃里克驾驶的泰勒飞机的木制螺旋桨。它虎视眈眈的眼睛和我对视了一下，螺旋桨被打碎了。埃里克熟练灵巧地操控着飞机，保全了我俩的性命，并没有需要我的干预。秃鹫撞进驾驶室、导致埃里克丧命的最后一刻情景已经有了预言，只是我没有在乎这个警告。埃里克的死不是事故，我本来应该知道它会发生。

我不能原谅我自己。

“你没事吧？保持警惕，梅格！双湖镇快到了。”

“已经看到了，哈迪，我从这里下去。”半英里以外，我看到我的爸爸正向粮仓走去，他在睡觉之前要再检查一遍。妈妈正在厨房里把盐弄碎，然后撒在她做的金枪鱼热菜上。她抬起头来，在围裙上擦擦手指上的灰尘——她已经察觉到我到了家的附近。

我贴着停尸房的上方飞过，停尸房由木制框架的农舍改建而成，离教堂不远。我在屋檐上方徘徊，看到阳台上牧师奥迪加德和克拉伦斯在谈话，只有走廊的一只灯照着入口。门口站着一位海外作战老兵协会的成员。这是双湖镇的习俗，从退伍军人组织来的老兵会轮流24小时不间断守灵。牧师搂住克拉伦斯的双肩，拍拍他的背，沿着步行道，向自己的家走去。正式探望的时间已过。

我停在客厅的窗台上，向里面看去，只见克拉伦斯回到了接待室，把手放在盖着国旗的埃里克的灵柩上。他躬身坐着，极度悲伤，他看上去很老，茫然无措。他低着头，哭泣着。我感到一阵痛苦袭来，几乎不能自已。我希望我能安慰他，但是，对于一个要埋葬自己唯一儿子的人，我又能给他什么安慰呢？克拉伦斯拍拍灵柩，然后转过身去。退伍老兵走过来，陪着他走出客厅，等着他坐进小卡车开走。

改变自己的形状，也把我圄住了。尽管我很想靠近埃里克，但我必须要注意外面。他是人，而且正处在转变阶段，我不能召唤他。如果他能像哈迪一样在我面前出现的话，那将取决他自己是否愿意，他了解的是以前的我。不知为什么，这些事情我倒是清楚，我也认识到，在真正认明了如何使用我的本领方面，我是多么的匮乏。在这之前，我需要多少，就用多少我的本领，从没有试过去发掘它的潜力。我也没有充分意识到，尽管我有超常的本领，但有些本领如果被邪恶的力量利用的话，不仅会给我，而且会给我身边的人带来伤害。

我在窗台上蜷缩成一团，倾听在夜里上演的大合唱。蟋蟀、甲虫、黄蜂和白蚂蚁，都在老木制结构的停尸房安了家。可恶的蚊子和黑螨，这些我在纽约不怎么遇到的害虫，成群地围着走廊上的灯飞来飞去。在一棵悬铃木树上，成群结队的乌鸦要命地喳喳大叫，像是在嘲笑我。我转过身背对着它们，眼睛盯着停尸房客厅昏暗灯光下埃里克的灵柩。

一阵噼噼啪啪翅膀扇动的声音过后，乌鸦不叫了，接下来是一阵短暂的沉寂。但是，在这短暂的沉寂中，要留意那种不动声色的杀手！除了寂静外，没有任何预兆。夜色中，一只带翅膀的猛兽向我扑来——卡米拉变成了一只巨型大雕枭，突然俯冲了下来。她那邪恶的黄眼睛盯着我，张开了鹰爪。

就在那生死一刻，一只巨大的白鹰从天而降，将鹰爪插进黑夜中的无声杀手身上，把它从我身上拉开，将它抛向空中。巨大的白鹰用爪子托住我的整个身体，快速往上升，它宽大的翅膀划过夜空。我听到远处传来受了伤的大雕枭断断续续的痛苦哀号，是妈妈带着我在飞翔，高高地飞过了玉米地。

一段时间过后，我眨眨自己的人眼，发现我看到的，是我原来住的房间墙上的百叶蔷薇壁纸。我呼吸着我熟悉的床单及枕套的味道，那是刚刚被雨淋过又在晾衣绳上晒干了的味道。妈妈已经变回来了：肩上一头蓬松的黑发，毛茸茸的睡衣袖子向上卷起来。她正看着我，嘴巴紧闭成一条细线，但一脸的焦急。

“你能再次回家太好了，但是不能像这个样子回家。你知道吗，你受了伤？还好，你可以愈合。”她歪着头，又惊又怕地看着我，“你居然能活下来，真是奇迹。你刚才在想什么呢？”

“哈迪在哪里？”

“他对你没有义务服从！你不应该有点儿什么事就召唤哈多克先生，让他做这做那的。你少麻烦人家，玛格丽特，你已经不是小孩子了，你必须要对你自己负责。”

妈妈越说越生气，尽管她想在我的面前尽量不生气，但还是没控制住自己。同情，并不是她所拿手的。

“坦率地讲，要想生存下来不能这样依赖人家，如果你认为要走几千英里一定要变形的话，那无疑是犯傻——尽管很浪漫，但你不能选择一种使自己容易成为别人猎物的东西！你知道吗，在休伦湖的北岸，你差点儿成了游隼袭击的对象？你很幸运，因为它看到了一只野兔，它认为野兔更好吃。而且，变回去的唯一方法你也忘了！如果发生意外，你打算怎么变回去呢？你完全不知道如何保护你自己！真的，玛格丽特，你自己应该把这些事情想清楚，我必须这样告诉你！”

我让她把脾气发完。妈妈生气的时候，最好不要顶撞她。何况，我明白我犯了几个战术性的错误。“您是怎么把我变回来的？”

“你扎头发的丝带，”妈妈说，“你把丝带放在衣柜里了。”

“谢谢，妈妈，对不起。”

“我知道。”妈妈叹了口气，“我只是一味地责备你，我也不对。你现在感觉怎么样？”

“好些了。”我看着伤口很深的两只胳膊，它们是刀片一样锋利的鹰爪留下的，愈合得很快。卡米拉很冷酷，但是我想她的伤也不轻。

“你没有听懂我的意思，”妈妈说，“你怀孕了。”

我点点头：“是埃里克的。您什么时候知道的？”

“我也是看到你本人后才知道的，我猜是埃里克的。你知道，那很不容易。”

“会和我一样吗？”

“在出生之前，我们什么也不知道，没有什么迹象。否则，我们就可以……进行选择了。”

“我明白了。”

“现在不要想它，”妈妈不耐烦地说道，“你也好，你弟弟也好，就我们吸血鬼而言，生一个和生几个没有什么不同，都不容易。那是没有办法的事——反正，我想让你知道，我会支持你。当要生的时候，我会尽全力帮助你，使它更容易些。没有医生能帮助你，而且，你尤其容易受到伤害。”

“卡米拉。”

“是的，这是她现在叫她自己的名字。”妈妈坐在床边，目光落到我手臂上的狭长伤口上，它现在几乎痊愈了，“你都看到了，她是多么能作恶。我没意识到她会对你构成危险，否则我早该告诉你一些事情。多年以前，你的外婆把她打跑了，以为没什么事了，但她又回来了。”妈妈用手指玩着床罩，声音有一种愤怒，“她邪恶、嫉妒、欲壑难填。有一次在田地里，她想害死你爸爸，你也许还记得。我狠狠地惩罚了她，现在想起来，应该再狠点儿就好了。”

“那外婆格斯托罗姆呢？”

“虽说我的妈妈萨拉贝丝既有本领又有技术，但还是死于难产。有一段时间贾丝婷，也就是那个时候的卡米拉，是她的弟媳。这种关系的亲戚，就我所知，我的妈妈萨拉贝丝没怎么来往过。我的叔叔，她的弟弟，是个很愚蠢的凡人，从他的第一个妻子那里继承了一大笔财产。他后来和贾丝婷这个女巫混在一起，这是家庭不幸的开始。贾丝婷嫉妒萨拉贝丝，萨拉贝丝既美丽又比她有能力，但贾丝婷——或者说你现在所知道的卡米拉，狡猾、冷酷，一心只想给他人制造痛苦。”

“埃里克。”这个名字悄无声息地从我的口里吐了出来，伴随着一阵可怕的痛苦。

“是的，埃里克。”

我紧闭着双眼，尽力克制内心的巨大悲伤。妈妈把手轻轻地放在我的肩上，希望以此来缓解我的痛苦。

“你知道你该做什么，玛格丽特。你是你外婆萨拉贝丝的化身，和她一样美丽，但是你没有她那样刚强——对敌人必须冷酷无情。”

“我会的，”我发誓，“为了埃里克。”

“这就对了。”妈妈点点头，挺直了身子，“过一会儿我们再谈。你的伤口快好了，先去梳洗一下。我去叫你爸爸进来，免得你弟弟埃迪醒了，这孩子已经很困惑了，我们不能再让他乱上加乱了。”

“我想参加葬礼。”

“当然，你要去，但是，不能以你现在这个样子去。你有没有想过变成另外一个人？”

“我可以吗？”

“当然可以，交给我吧，不是什么大不了的事情，到时候你可不要大惊小怪。你就坐在外公埃格斯托罗姆旁边。”

“他也会去吗？”

“是的，某种意义上是的，用他自己的方式参加。毕竟，他认识克拉伦斯，而且很喜欢埃里克，再说他也很想见到你。这个月轮到我在祭坛协会做事，所以我要早点儿去教堂。我要拿一些干净的床单、枕套之类的东西去，还要指挥停尸房的人怎么做，你和我一起去。”

就在天将要破晓的时候，爸爸敲了敲我房间的门。我的伤已经痊愈了，看上去没有什么问题。我爸爸不像我妈，他是个直来直去的人。他一把抱住我前后摇晃，换了别人，恐怕骨头都要被捏碎了。他说：“你妈妈说葬礼一结束你就要赶回去，我们真希望你能在家里多待会儿。”说这话时，他的眼睛里甚至含着泪。

“我会回来的，我保证，而且我会经常回来看你们，”我笑着说，“我们不想让别人说闲话。”我模仿妈妈的语气。

为了不使做的热菜变冷，妈妈用铝箔纸把派莱克斯烤盘和金枪鱼沙锅包好，再盖上厚毛巾，然后我们开车去教堂。爸爸和埃迪下午开小卡车去。妈妈觉得我最好以一个名叫多蒂·威尔逊的人的形象出现，她是随便编造的我们家一个朋友的朋友，刚好路过我们这里。在开车去教堂的路上，我变成了多蒂——一位中年妇女，胖乎乎的脚腕、松软的胳膊、肥大的屁股，这些显著特征，使得我和我们遇到的那些中年农妇几乎没什么区别。虽然变成这样我很不开心，但我还是很有眼色，没有抱怨个不停，以免妈妈骂我一顿。

我们到的时候，退伍老兵协会的守灵人护送埃里克的灵柩从停尸房到了教堂的圣殿后，正准备离开。

“这里暂时没有人来，”妈妈说，“你干吗不进去一个人待一会儿？”

我快速地看了她一眼，她点了点头：“放心吧，我在外面为你望风，没人会来打搅你。”

我溜进了教堂，在门厅站了一会儿，沿着走道看过去，看到了盖着国旗的埃里克的灵柩。我很熟悉这座教堂，就像熟悉我们的农舍一样，但是我从来没有看过晨光中如此安静的教堂，一排排的长凳空无一人，没有点着的蜡烛，也没有管风琴的回响。我蹑手蹑脚地沿着走道向下走，能闻到圣坛上的温室里的菊花和布道坛附近撒的玫瑰花。

到了灵柩前面的时候，我变回了我自己，作为梅格站在那里，双手放在埃里克的灵柩上，一言不发、愧疚万分。

此时此刻，我的感觉变得异常灵敏。我能听到灰尘粒擦过石头地面上的声音，也能听到唱诗班楼座上蚂蚁行进的嗒嗒脚步声。我能看到布道坛附近人们鞋子走过留下的沙粒，能闻到圣坛上撒下的一滴滴圣餐红酒味道。但是，灵柩里一片肃然，穿着蓝色空军服的埃里克庄重地躺在里面，没有一点儿声音，这正是我所需要的。

“我是多么地爱你。”我轻轻地对他说，突然意识到这句话我还从来没有对他说过。在转身离开之前，我向前蹲下，吻了装着他的灵柩。

走出教堂，我就站在离教堂入口不远的地方，清冽的阳光照在我身上，参加葬礼的人们已经开始陆陆续续地来到教堂。玛丽琳穿着马球外套，头发理得很短，来得很早。是和一个穿着粗花呢夹克、身材瘦长的男人手挽着手一起来的。我看到她在四处张望，她也许在想我会不会来。她的眼睛红了，手里攥着一条皱巴巴的手帕。罗依和邦妮也来得很早。邦妮手里抱着一个婴儿，显然她又有了一个孩子。没有人注意到我——一个穿得很厚的衣服，脚踩一双锻炼鞋的没精打采的陌生人。

在整个仪式过程中，外公埃格斯托罗姆一直在我肩膀的上方。玛丽琳的妈妈唱了一首单曲，然后开始读《福音书》。牧师奥迪加德开始致辞，他深情地讲述着打埃里克小时候他就认识了的这位年轻人：埃里克如何喜欢开飞机，他对他的爸爸多么的孝敬，他的爸爸如何在埃里克9岁妈妈去世后一个人把他养大。奥迪加德的话不多，干净利落，再加上他使用《圣经》里面的原话和教义来回答大家都在想的问题：“为什么是埃里克而不是别人？为什么这么快？”所有的这一切，反而使得他的话更能打动人。

我没有注意他在说什么，我的目光一直在盖着国旗的灵柩上。我一心想要复仇，尽管我努力不去考虑这个问题。我尽量想着我和埃里克一起度过的美好时光，而不去想着安葬和别的事情。我知道埃里克会在哪里埋葬，他会葬在教堂墓地一块靠近他妈妈坟墓的地方，那里下午能晒得到阳光，我和埃里克一起去过那里。一想到在那里要破土安葬他，我的心都碎了。因此，就像只想着前者那样，我想着我写给他的一封逗他开心的信，不知他收到没有。

妈妈本来要留下来，在教堂地下室里吃午饭。沙锅、果冻杯、薄糕饼等各式各样的食物的确很诱人，她也喜欢在收拾之前和别的妇女们慢慢地喝点儿咖啡，但是，下葬后，妈妈马上问我："你必须什么时候回去？"

"排练在下午4点，但是，我要先变回去。"我说。

"那样的话，时间很紧。我们这里慢了一个小时，我们是中部时间。"

她叹了一口气，然后拿起了手提包："我们得走了，和你爸爸道个别，我不知道埃迪到哪里去了。"

"我们怎么回去呢？"

"反正，我们总不能变成蜂鸟一路飞到纽约去！"我妈有些不耐烦地说，"看我的吧。"

她这样讽刺地说着，一是因为她失去了在教堂和大家一起喝咖啡聊天的机会，二是因为她对我自己都不知道怎么回纽约非常不快。我慢吞吞地走到爸爸跟前和他道别，他不得不假装是和一个名叫多蒂·威尔逊的中年妇女拥抱、亲吻，我真想马上变回我自己。

我们以声波的形式，很快用超音速回到了我在格莱麦西公园的公寓。我变回了我自己，领着妈妈看我住的地方，给她倒了一些茶。但是，她注意到了厨房台子上的J&B威士忌和雕花玻璃杯。

"这么说……"我妈妈开口，她那种令人觉得不妙的明尼苏达州口音拖得很长，让人不寒而栗，"我想，我们家里碗柜里的威士忌被你拿到这里，就剩下这么多了，是吗？不管怎么说，我得回去做晚饭了。”

“真舍不得您马上就走，妈妈。我可以带您到我们剧组、甚至到花花公子俱乐部看看，挺有趣的。”

“下次吧，”妈妈说。

她的眼睛慢慢地环视着我住的公寓，看到了屋内的长沙发和很高的落地窗。“不错，”她说，“你这里很不错。虽说房子不大，但是很舒适，”我知道从她口中说出这些话来，就算很高的夸奖了。“你需要我的时候我随时会过来，玛格丽特，通知我一声就行。记住，要克制住自己身上的凡人情感，不要让它干扰你的判断。”

十九

我匆匆地赶往剧组，试图把埃里克和刚刚从他的葬礼赶回来的事抛到脑后。正式演出要实况播出，所以，我可以趁没人注意，沿着后面的楼梯偷偷地溜进去，来到自己的更衣室。

我已经忘记了那天是谁在演戏，或者那一集的内容是什么。我很少读那些没有我戏份的剧本部分，而且，无论有我的演出还是没有，我都不看我们的节目——很少有演员看自己演的戏。一天的戏演完了，也就忘了——演砸了的、台词读错了的，统统都忘了。

没有编辑，也不能重拍，无论我们希望大家马上就能忘掉的那些出错的地方错误有多严重。我们想象着，在家中看电视的小孩子你看我、我看你，疑惑着问对方：

“你看到那幅画从墙上掉下来了吗？”

“那个戴着耳机在陵墓里走过的人是谁呀？”

“我想，门把手刚才被她拉掉了。”

偶尔，我们也能对一些失误进行急中生智的现场临时补救。在我和父亲的一场戏里，头顶灯上的挡光布松了，掉到了地上，埃德抬起头嘟囔道：“玛吉，最好把屋顶修理工人叫来。”接着，他继续从提字机里念他自己的台词。

有时候，特技效果太多，我们几乎没有时间来对台词，就像电视里现场直播的夏季剧目轮演一样。在拍摄中，麦克风缠绕在一起，墙摇摇欲坠，关紧的门突然开了……不过，我相信自己的本能，无论发生什么时——东西洒了，东西打破了，东西掉下来了，或东西不管用，我都能从容面对。有时候，我们不忍心看正在演的节目播出，或者是重播，实在太痛苦了。但是，我打算一有时间，哪怕一次也行，我也要在更衣室的监视器上看一看。

监视器的测试条纹抖动着，出现了图像。莫伊拉在拍摄现场，正用化妆粉盒的镜子检查妆容，这也是她在正式演出之前的习惯做法。我看到她不断地改变自己头的位置，把镜子放在离自己有一个手臂远的地方，我意识到，她在检查摄影的主光是否合适，而不是脸上扑粉的情况。怪不得她有一种不可思议的能力，总是能找到最佳的拍摄角度，这样的窍门一定是在她去好莱坞电影出品方那里试镜签约时期学会的。感到满意后，她合上了化妆粉盒，把它放在长靠椅的垫子下面。扮演谢尔比的马克斯韦尔正在练习面部肌肉，他做了个怪相，仿佛刚吞下了很苦的士的宁一样。

当你准备和他演对手戏时，他为热身而发出的呼噜噜漱口声音，总是弄得你心烦意乱。

凭着一时兴起，我走出更衣室，跑下楼，来到保罗办公室附近的窄小放映室里。我更衣室的监视器只有图像，没有声音，而我想听听对话。我在两人座沙发的一角坐下，对一个坐在扶手椅上的丰满女人点了点头。她是从广播电视网来的人，是标准业务公司的代表。我只知道她的名字叫莉迪亚。她每天都来看正式演出，据保罗讲，她来的目的，是确保广告插入得恰到好处，既不能掐头、也不能去尾，而且不能有粗话。虽然莉迪亚看上去很友好，可不知为什么，我们觉得我们不能随便和她说话，也真的没人和她说话。

音乐声渐渐响起，演职员字幕开始滚动，海水拍打着怪石嶙峋的灰暗海岸。画外音响起来，宣布“斯坦诺普庄园的神秘来访者，结果是一个失去联系已经很久的表亲，但是，在这种情况下来到斯坦诺普庄园，更增添了神秘感……”主题音乐越来越响，拍打海岸的浪花渐渐淡出，接下来是一个摇动白兰地酒杯的特写。摄像机摇近站在壁炉旁边的谢尔比，谢尔比怒气冲冲：“我想，你知道我如何看这件事，黛安娜……”

“我当然知道，谢尔比，”黛安娜轻声细语。她转过脸来对着光线，笑了，“你嫉妒塞巴斯蒂安，这是明摆着的事。请听我一句，这很不像你的风格。”

“胡扯！”谢尔比的鼻孔张开，眼睛冒着怒火。论夸张的表演，没人能比得上谢尔比。荧幕上的他气得咬牙切齿，“塞巴斯蒂安·斯坦诺普也许可以拿我们家族的名字招摇撞骗，但他绝对是个冒牌货——我要证明给你们看。”

摄像机切换到乔·斯坦诺普，他悄悄地站在客厅的门后，偷听他父亲和婶婶的谈话。黛安娜说：“好了，别说了！你这样做很愚蠢，会使全家人都感到难堪的，有什么好处呢，我想问问你？”

“他想控制我们的生活，难道你没看出来吗？你看看他是如何影响乔的。”刚才一言不发的丹尼，脸上露出讨厌的表情，然后我们看到了机灵和坚毅。

镜头再切回到莫伊拉，她在进入特写镜头时掌握得恰到好处。她的下巴上扬，正好对着主光。黛安娜欢快地说道：“就是这样！你这纯粹是嫉妒，正像我刚才提到的。也许乔也只是一个借口吧？你更关心的是塞巴斯蒂安提出要翻修东厢房的建议，你干吗要这么坚决地反对呢？”黛安娜的语调，有一种20世纪30年代好莱坞客厅喜剧和谋杀神秘剧里常见的大西洋对岸特有的抑扬顿挫的优雅。

“你也中了这个恶棍的魔法了，黛安娜。你对他的所作所为完全不了解！我绝对不允许！这是错的，我告诉你！大错特错！”谢尔比把喝光了白兰地的空酒杯砸向壁炉，向着客厅的门走去。他又转过身来，用威胁的口吻说道：“你们不能得逞，我绝对不允许！”

乔赶紧跑到楼梯下面的隐蔽处躲了起来，谢尔比大步走过门厅，进了自己的办公室，砰的一声把门一摔。门剧烈抖动了几下，关上了，摄像机向乔靠近，但是移动速度不快，免得摄到门时，门可能又轻轻地自动打开了。

这些都是空洞俗套的，但是表演得很好，是那种很能吸引观众的胡扯。荧幕上的画面切换到了广告女代言人，展示不容易弄脏的耐吻唇膏时，莉迪亚冲我笑了一下：“他们的表演很到位，我想说！”

我也有同样的看法，但我更多的是从他们所给的剧本角度来考虑的。莫伊拉和马克斯韦尔的表演堪称完美，没有任何高人一等的感觉，但对话过于冗长乏味，故事情节没什么意义。不过，山上庄园里正在酝酿的阴谋对观众具有强烈的吸引力——失去联系很久的神秘表亲，究竟要做些什么呢？我想，即使是编剧霍勒斯，心中也没有数。但是，对即将发生什么和观众一样一无所知的演员们，则试图使每场戏多一些戏剧性。插入的广告结束了，我交叉着双腿，身子完全坐到了沙发上。

第二幕开始，是一个特写镜头，乔的手指在书房镶有护墙板的墙上面的线脚隆起部分寻找什么。摄像机拉回，乔的手碰到了一个杠杆，他扳动杠杆，发现了一个可以滑动的嵌板。他向后退，脸上浮现惊讶的表情。第二台摄像机从相反的方向捕捉到乔，他鼓起勇气，从露出的窄窄缝隙中走了进去。他进去的时候，脚绊到了什么机关，后面的嵌板合上了。他转过身来试图抓开嵌板，但没来得及，它还是合上了。他回过头来，目光越过肩膀看着镜头，眼睛里充满了恐惧，他的脸笼罩在阴影之中。我自己的心跳加快了，我知道乔也一定和我一样，他的眼睛看着阴暗、满是蜘蛛网的密室内部。

我知道，所谓的蜘蛛网是用一台机器把一种黏性物质拉制成丝状物而做成的；阴森恐怖的效果，是通过安装到电灯上的一个转动圆盘来实现的，不过效果还很吓人，令人毛骨悚然，在人们心中，能引发各种难以想象的恐惧：一个人困在一个黑暗封闭的空间里，周围有爬动的蜘蛛和别的未知的东西！但乔还是勇敢地向前走。他拨开蜘蛛网，沿着很窄的通道小心翼翼地摸索前进，沿途看到了包装箱、怪异的家具等。突然，传来一阵“丁零丁零”的声音，虽然重复单调，但奇怪的是很悦耳。它在哪里？那是种什么声音？还有谁在？他停了下来，眼睛睁大，嘴巴张开，在一个布满灰尘的扁形行李箱后面慢慢地跪了下来。

摄像机开始拍周围的背景，慢慢地摇到箱子的上方，从侧面看，是一个人手里拿着一个镶金的音乐盒，正盯着一幅肖像画在看。我吃了一惊，发出一声喘息——认出了，那肖像画上的人是我！虽说这幅画我以前见过，但还是感到有些意外。格温尼丝·费尔法克斯的肖像挂在壁炉台上，两边摆放有长长的蜡烛，蜡烛上粘满厚厚的蜡油。摇曳的烛光照亮了油画。音乐盒发出轻柔的乐音，摄像机移到了塞巴斯蒂安的脸部，他的眼睛里，充满了渴望和爱意。

镜头转到蜷缩在箱子后面的乔。他用手捂住嘴巴，不想让打喷嚏的声音发出来，但还是有了一点儿动静。他身子缩得更低了，眼里充满了恐惧。

塞巴斯蒂安，通过一个中距离的特写镜头转过身来，咔嚓一下，关上了音乐盒。他的眼睛涂了重眼影粉，眼神像激光一样锐利。“你！”他吼道，嗓音洪亮，回声不绝，像通过回音装置过滤过的一样。摄像机又捕捉到可怜的乔，他从箱子后面慢慢地站起来。回声过后，一阵刺耳的音乐响起，摄像机切换到了电视台台标。

此时，我的心怦怦直跳。我想，当我们的节目在下周播出时，这样的一种感觉，全国的亿万观众也能体验到。

“很有冲击力，”莉迪亚在一旁小声说道，“怪不得孩子们会做噩梦。”

“但他们还是喜欢看，”我说，“收视率在上升。”

“没错，这玩意儿谁不想看呢？”她手拿秒表，眼睛盯着屏幕，接着说道，“我都看上瘾了。”

我笑了：“你这样说，我很高兴。”也许，就像英国女王一样，如果她主动和你说话，你也可以和她讲话。

最打动人的场面是在电视台台标识别和广告之后的，乔·斯坦诺普和从英国来的表亲塞巴斯蒂安之间的冲突。小男孩的父亲冷淡又没有爱心，根本不关心他。突然，家里新来了一个魅力十足的人，这使得小男孩既敬慕，又有些害怕。他的父亲讨厌塞巴斯蒂安·斯坦诺普，反而使得小男孩乔更加好奇。自从塞巴斯蒂安来这里后，小男孩就一直追着他。塞巴斯蒂安对小男孩很好，给了他一个老纵帆船玩具模型。但他的这一番好意小男孩并不很领情，很明显，塞巴斯蒂安对此非常恼火。

然而，小男孩发现了隐蔽的嵌板，他也看到了肖像画，并且惊讶地发现画上的人和女家庭教师很像。塞巴斯蒂安不得不让小男孩成为他这一边的盟友。这是左右为难的处境。一个自称是家族一员的性情古怪的长辈，把小男孩引入一个隐蔽的暗室——为了什么样的险恶目的？霍勒斯又在编织什么样的危险之网呢？

小男孩乔蜷缩在扁形箱子后面看着在蜡烛光下朦朦胧胧的塞巴斯蒂安，似乎入了迷，剧情变得更加紧张和扑朔迷离。

“你是一个聪明的孩子，乔。我知道你发现了秘密的嵌板，”塞巴斯蒂安说，他的声音很亲切，“欢迎你来到老房子的东厢房，斯坦诺普原来的房子就是在独立战争前建造的。我想，你应该知道乔治·华盛顿吧？当时，他是这里的常客。小心点儿站稳，这个地方年久失修、破烂不堪。”

“这个地方为什么要封掉？”

“为什么要封掉？没错。真是不像话，仅仅凭它的历史价值就不应该。门应该打开，可你的爸爸就是不同意，我甚至主动提出由我来承担翻修的费用，这也是我回到斯坦诺普庄园的原因。”

“你以前在这里住过吗？什么时候？”

“唉，说来说长，下次再讲给你听吧。我的使命，就是让斯坦诺普庄园重现昔日的辉煌。”

“我能到处看看吗？”

“当然可以，乔。你一定要告诉你爸爸，你亲眼目睹了往日的辉煌已遭损毁，你一定要帮助我说服你爸爸重新开放东厢房。”

“如果他知道我偷偷地跑来这里的话，他一定会惩罚我的！”

“有一天，这里的一切都会是你的。年轻人，勇敢些。就这么简单！”

“那幅画像呢？她是谁？”

塞巴斯蒂把大枝形烛台高高地举了起来，用一种悲伤惆怅的眼神看着画上的人：“一个集美貌和优雅于一身的女人，一个我如此钟爱却又命途多舛的女人。她就是格温尼丝·费尔法克斯女士。”

高亢的音乐把节目推向了高潮，镜头推进，放大了画像。演职员字幕在格温尼丝·费尔法克斯的肖像画上方滚动，这也是今天最漂亮的一个镜头。《黑暗之影》的主题音乐响起来，这一集结束了。我演的人物成为头条人物，非常优雅，女家庭教师望尘莫及。

“嘿，摩甘娜，”丹尼对我打着招呼。他挨着我，在靠背长椅上坐了下来，“你觉得演得怎么样？”

“叫我梅格好了——我觉得你演得棒极了，尤其是和塞巴斯蒂安那场戏。”

“他是最棒的，你想和我一起看重播的吗？”

“好啊，你每天都看吗？”

“那当然。”他有些迷惑不解地看着我，“这是家庭作业，要不我们怎么能钻研进步呢？”

莉迪亚转过头来笑了：“他是我的搭档，每天都在这里陪我。”

重播节目的开始音乐响起来了。我给丹尼腾了点儿地方，看到演职员字幕在滚动、海浪拍打着怪石嶙峋的海岸。我开始有点儿明白了为什么我们节目的收视率一直在上升——为什么孩子们一回到家里就和妈妈一起观看。我们的节目让他们能逃到另外一个世界，在这个平行的时间维度里，灾难性的事件发生在别人身上，但他们似乎离我们自己的生活很远。一小时的大部分时间我并没有刻意去想埃里克，但我的脸颊已被泪水打湿。塞巴斯蒂安，用细腻的表演，传达出了爱情无望的辛酸。

下午，我和丹尼、莫伊拉、马克斯韦尔和伊恩一起在排练厅读台词。当看到堆在房间角落的一箱又一箱的影迷来信时，我突然有了一个主意，我应该拿一些回去看，并写一些回信。正如丹尼所言：“这是家庭作业。”

尽管我很担心回双湖镇老家后会赶不及下午的排练，但真正迟到的是卡米拉。多丽丝让我们不要等她就开始读台词，奈杰尔则试着给她住处打电话。大约20分钟后，只见她一瘸一拐地走进了排练厅。她戴着墨镜，上身穿长袖衬衫，下身穿一条休闲裤，头上围着一条围巾。她的面部肿胀着，挂了彩，动作僵硬，走起路来明显有些跛。她的出场让大家无比惊讶，以至于当大家看到她走进屋时，都不约而同地倒吸了一口凉气。

“我的天哪，出了什么事？”多丽丝问道，从椅子上跳了起来。

“你受伤了，”伊恩说着，急忙跑到她旁边，“来，我来帮你。”

“对不起，”卡米拉说，“昨晚出了点儿事故。我在黑暗中碰到了什么东西，我太笨手笨脚了。”

“你看上去像是被卡车撞了，”马克斯韦尔惊讶地叫道，“你没事吧？”

“哎呀，你的脸！”莫伊拉说，“看你那张漂亮美丽的脸！”

“我没事，”卡米拉说着，在离我最远的桌子旁的一张椅子上小心翼翼地坐下来，“稍稍化点儿妆，基本上就看不出来了。”

“你肯定你能继续工作吗？”多丽丝问道，“看上去你很难受。”

“一点儿问题也没有，”卡米拉说着，打开了她的剧本，“很抱歉打断了大家的排练。”

“对不起，卡米拉，你撞到什么东西了？”我问道，“什么时候？在哪里？怎么发生的？”

“你问的问题也太多了，”她说着，没有直视我，“天很黑，很难说清是什么。反正，不严重，我们还是开始排练吧。”

“你真是勇气可嘉！”莫伊拉说，“我很佩服！”

我们又围着桌子重新坐好，从卡米拉进来后打断的地方读起。她似乎特别爱用一只胳膊，她的下颌看上去很脆弱，而且有挫伤。显而易见，和我不同，卡米拉好像没有立刻愈合的能力——妈妈一定伤她不轻。我真想妈妈别急着赶回双湖镇去，和我一起到摄制组就好了。我会将卡米拉介绍给她，那样就大快我心。虽然看到卡米拉艰难地读台词的样子我挺开心，但是，这并不能完全消除我的心头之恨。我不由得想起了埃里克以及卡米拉对他所做的一切。

总有一天要找她算账，我要为那一天做好准备。我不能再按照自己原来的想法只吃凡人的食物，必要的时候必须让自己的本领增强。认为敌人会自行走开，是过于莽撞的一相情愿。卡米拉还会发起进攻的。

莫伊拉出于母性的本能，坚持要求护送卡米拉回家。我们大家都能感觉出，她很明显是想以此和卡米拉套近乎，希望卡米拉能告诉她实情。马克斯韦尔暗示说，如果涉及男女关系中的虐待粗暴行为时，这种关心很可能变成一场"警察式的盘问"。

"我们得承认这样一个事实，美女爱野兽，"他自鸣得意地笑着说，"谁不是这样呢？"

我真想告诉他们，这只是吸血鬼和女巫之间的一场短暂打斗，女巫挨了一顿打——但我没说出口。

相反，我在口袋里装了几封影迷的来信，等排练一结束，就溜出了摄制组。我走在大街上，想着是不是该去中央公园找点儿什么，快速地补充一下能量，结果发现伊恩在后面快步跟了过来。

"嘿，不要走得这么快嘛。我想向你道歉，"他说着，走到我身边，步伐慢了下来，"那天我太粗暴了，很对不起。如果你家里藏有什么激发情欲的好酒，我乐意和你一起喝。"

"哦，非常感谢！"我笑了，"如果你真想知道，我可以告诉你，迈克尔那天喝得醉醺醺的，不可能对我有什么情欲。说实话，我真的发现他躺在我家门口，醉得不省人事。"

"我当然相信你。可怜的卡米拉因为门槛而绊倒了，这种事情经常发生。不管怎么说，作为那天我对你发的一点儿小脾气的赔罪，能不能请你到钻石酒吧，吃一个那儿不错的汉堡包？"

"我接受你的邀请。不过肉要半熟的，我还要炸薯条、麦芽啤酒。"

"你这个人真难伺候，小姐。"

我们在一个角落的卡座坐了下来，点了我们要吃的。伊恩像个孩子一样嬉闹顽皮，一点儿都看不到他平时在摄制组表现出来的那种阴郁情绪。我不禁想着，他在摄制现场所表现出来的忧郁性格是否刻意而为的人格面具，因为觉得这样更符合他扮演的人物性格？如果是这样的话，不止我一个觉得他很烦，可他现在变得悠然自得、兴高采烈。当我们的饮料端上来时，他不小心把服务生端的盘子碰翻了。麦芽啤酒杯打破了，桌子上都是啤酒和玻璃碎片。由于这一切发生得太快，伊恩想伸手去抓快要倾倒的玻璃杯但没有抓住，割破了手指。转瞬之间，我抓住他的手，用嘴唇去吮流血的手指，结果把他和我自己都吓住了。

“不，请别这样！”伊恩叫道，从我的嘴里把手指缩回来，“你不必这样做。”他马上拿餐巾缠在他的手指上，服务生也过来把桌子收拾干净。

我舔了舔我的嘴唇，然后用餐巾揩干净：“对不起，伊恩。”

他微笑着说：“以前我妈妈也这样做。吮一吮，就好了。”

“伤口很疼吗？”我问道，眼睛盯着餐巾上粘的血。

他笑了：“现在不疼了，你把它吮好了。”

“那就好。”我坐正身子，试图平息我怦怦乱跳的心。我从没想到，对我周围的人来说，我可能是一种危险。如果我要完全改变现在的生活方式、采取吸血鬼的摄生法的话，也许最好是控制与凡人来往。

二十

多丽丝发火了。

“这算什么？像得了流行病一样！”她怒气冲冲地说道，“上个星期是卡米拉，这次轮到埃德，是不是大家都觉得一起读台词不重要了？除非你们爬不动了，否则，我要你们一定到这里来！要准时到！没有任何理由！”

要说记台词，埃德·麦克纳伯这个人不怎么样，不过，一般还是比较准时的。正因如此，在下午的排练开始10分钟后他还没有来，大家不免觉得奇怪。卡米拉、迈克尔、伊恩和我，已经在排练桌旁坐下，翻开剧本，拿着咖啡，准备开始读台词了。

我偷偷地看了一眼卡米拉，最近她一直表现得特别老实，可能想等她的伤口痊愈之后，再伺机下手。克劳德用巧妙的化妆遮住了她的伤口和淤青，但她下巴周围的肿胀处，只有靠垂下长鬈发和穿高领衣服来掩盖。看到卡米拉似乎有忏悔之意，我的确觉得出乎意料，更觉得有些不安。

周末的时候，传来了消息，埃默特·博德曼的尸体在他办公楼的电梯井被发现，我知道卡米拉已经完全恢复了。很显然，想用请一餐或送一件贵重珠宝来结束和女巫的一段关系很难——除非你不想活了。卡米拉可以随意夺去一位顶尖经纪人的生命这一事实，表明她的报复是多么的不留情，我是领教过了。

与此同时，多丽丝还在发脾气。“最好给埃德家打电话，”多丽丝冲着制片助理唐娜·克鲁克香克吩咐道，“不管他，我们先读台词。奈杰尔，你和梅格一组，读埃德的台词。”

唐娜回来的时候，迈克尔和卡米拉已经在读第二场的台词了。她站在门口，耐心地等着他们把这一场读完。

“怎么样？他在哪里？”多丽丝问道，“他为什么不来？”

“是这样的，他今天不能来了，”唐娜回答，她说起话来有些没有条理，“金妮说他在喂鸽子，今天不下来了。”

“下来？你指的是什么，下来？你是说下到摄制组来吗？”

“从窗台上下来。我想，他在窗台上已经待了一段时间了。”唐娜含糊不清地说道，“还有什么事要我做吗？”

“保罗！天哪，保罗在哪里？”多丽丝从坐的椅子上跳了起来，匆匆地走出了排练厅。

“大家先休息一会儿。”奈杰尔说着，身子碰了一下唐娜，出去了。

“唐娜，金妮还说什么？”迈克尔问道，“除了喂鸽子，他在做什么？”

“没做什么，”唐娜回答，用手玩着散落下来的一缕头发，“金妮似乎很不开心。”她耸耸肩，回到了自己的座位上。

卡米拉笑了：“这太好玩了！”

“可怜的家伙，”伊恩说，“他一定是疯了。”

“可怜的金妮，”迈克尔说，“我想，今天的排练是搞不成了。我想过去看看。”

“我们都去吧，我可不想失去这种看热闹的好机会！”卡米拉说。

我们打了一辆出租车，赶到了埃德在湖滨大道的家，只比保罗、多丽丝和奈杰尔晚到了几分钟。医护人员和救火车已经赶到了现场，警察在那个地方拉起了警戒线，一般人不得随便进入那栋大楼。保罗和多丽丝说服了守门的警察，让他们进了里面。奈杰尔和我们其他人被指引到马路对面的一个地方。我们聚集在一个长满草的斜坡上，能直接看到埃德·麦克纳伯五楼的公寓。我们看得很清楚，埃德光着脚，坐在两扇开着的窗户之间的窗台上。尽管外面很冷，天空阴沉沉的，但他只穿了一条拳击短裤和T恤衫。他手里拿着一瓶白雪香槟，放在膝盖上。

周围聚集了一些人，不过，埃德很快就看到了我们，向我们挥手，我们也向他挥挥手。他摇摇他露在窗台外面的脚，再次向我们挥挥手，然后双手抱住瓶子，喝了一口香槟酒。

“他会掉下来的！”我叫道。

“他才不在乎，”迈克尔说，“只要下面有人在看他。”

“他喝醉了。即使是鸽子，也不愿意靠近他。”伊恩说，“你们看。”

埃德好像在他的膝盖上放了一袋麦粒或面包屑。他在窗台上撒了一把，那里有一只鸽子。鸽子向后退了两小步，警觉地看着他。突然，多丽丝从一扇窗户中伸出了手，开始拍手。鸽子飞走了，绕了一圈又飞了回来，停在离埃德较远的一边。埃德看上去很不高兴，对着多丽丝挥挥香槟酒瓶。

“你走开，”埃德喊道，“你吓着锡德尼了。”

“我是不会选多丽丝·富兰克林这样的特使去解决问题的，”伊恩说，“她这个人缺乏一种同情心。”

金妮在另一扇窗户前出现了，显然心乱如麻，双手捂着自己的嘴巴。她说话的声音我们听不太清楚，似乎是在恳求埃德坐好不要乱动。埃德向他的四周看了看，再看看下面，警察正在下面安放垫子之类的东西，以免他跳下去或不小心掉下去摔伤。埃德挥了挥手，然后把纸袋子里的东西撒向下面来救援的人群中，引来了一大堆鸽子。

保罗在多丽丝旁边出现了，他手掌向下，做出一个安抚的姿势。多丽丝的身子收回去了。两个男人你一句我一句地谈了一会儿，然后，埃德转过了身子，用口哨吹起了《黑暗之影》的主题曲。

“他的样子没一点儿不开心，”卡米拉说，“你们觉得他想干吗？”

“肯定不是想增加工资，”奈杰尔说，“没人会以这样的方式要求增加工资。”

“他们又开始谈了，”迈克尔说，“他在听保罗讲。看上去，保罗在承诺他什么。”

埃德点点头，喝了一大口香槟酒，然后把瓶子递给保罗。突然，埃德大声叫道：“哎呀！救命！帮帮我！”他的手拼命地挥舞着，似乎是被人推了一把，从窗台上滑落下去了。

我看了一眼卡米拉，她开始死死地盯住埃德。我转过身，面对着她，挡住了她的视线。我的眼睛紧紧地盯住她的眼睛，吸收着她的能量，不让她伤害埃德。埃德还挂在窗台边上，很紧张，没有再往下滑。而卡米拉和我上演了一场胆量比赛。虽然有很强烈的灼烧感，但我俩谁也不肯退让。突然，她退缩了，转过身去。

我离开我的身体，向埃德飞奔过去。他已经抓紧了窗台，正在试图挪动身体靠近窗户。刹那间，我把他推向消防员，消防员向他扔出了一根吊索。埃德拴好安全吊带，被拖回了他自己的公寓。

聚集在街上的人，包括卡米拉，开始鼓掌欢呼。“干得漂亮，”她说，我又回到自己的身体，“而且一点儿都不费力。”

“算不上什么挑战。”我回答。

“你俩在说些什么啊？”迈克尔说，“那个消防员救了他的命。你们知道吗？那功夫可不是一两天能练成的。”

“是的，是很了不起，”卡米拉漫不经心地附和，“让人大开眼界。”

“另外，”我说，“听到埃默特·博德曼的事，我很难过。是事故吗？”

“我听说是这样。但是，他很忧郁。可怜的人。Quel dommage（真可惜）。”

“好了，谢天谢地，埃德总算平安无事，”奈杰尔说，“我建议你们先回家，过一会儿我会打电话通知你们明天演出的情况。我不知道头头们怎么来处理这件事。”

“我想留下来和金妮待一会儿，”我说，“她不能一个人。我敢肯定今晚埃德要在医院里度过。”

“或者被关押。他们不会让他舒舒服服地躺在床上的，我敢和你们打赌！我要待在这里，看他们怎么处置，”迈克尔情绪有些激动说，“可怜的家伙，需要有人帮帮他。”我猜迈克尔的这种同情可能与自身的经历有关，他在酒鬼监禁室或精神病病房里都待过。

直到埃德被带子固定在医院用的轮床上、推进救护车后，大家才被允许到街对面去。金妮爬上救护车和埃德在一起。几分钟后，救护车响着警报器，穿梭于别的抢险车辆中，行驶在湖滨大道上了。等到我们五个人进到大楼后，多丽丝和保罗已经在大厅了。

“是这样，我们打破原来的顺序，星期天早晨，我们做明天的节目，”我们围拢过去的时候，保罗说道，“8点报到。对不起，这是广播电视网给我们的唯一播出时间。我们明天下午要排练后天的节目，要准备好计划的衣服试穿。记住，我们又要演时光倒流的部分，所以会有很多特效。”

“埃德怎么办？”我问道。

“现在还不知道呢。另外，金妮在纽黑文有个姐姐会过来陪她。埃德只是……我们不妨这么说吧，筋疲力尽。”

“那么，你是怎么说服他下来的呢？”奈杰尔问道。

“眼罩，”保罗说，“我答应他可以戴眼罩，演海盗船长。”他耸耸肩，显得无可奈何的样子，“也许船沉了，他也随船葬身海底，又变成鬼魂跑了回来，谁知道呢？不管怎么说，奈杰尔去打听打听埃德的情况，明天排练时会把最新的消息告诉大家。大致情况就是这样。对不起，我们还有一些事情要处理。”保罗突然转过身和多丽丝一起走到大厅远处的角落，继续谈论他们的事情。

迈克尔和奈杰尔进了一辆出租车，去了医院。卡米拉挥挥手和我们告别，匆匆地赶去街角叫出租车。

“我们提前吃顿晚饭怎么样？”伊恩问，“如果你愿意的话，就在你家附近吧。”

“谢谢，不过，回家的路上我还要去看一个人。”

“如果你愿意合乘一辆车的话，我可以在你要下车的地方让司机停一下车。”

“我要去的地方不顺路，”我说，开始沿着街道走起来，“不管怎么说，谢谢你。别管我了，你先走吧，我想散会儿步。”

“那么，我和你一起走，”伊恩说，“你也意识到了，如果他们不能找到人替代埃德，你马上就会成为孤儿。我想，我们是最后一次见埃德了。反正，因为埃德喝酒，我们的周末也没有了。”

“这也是没办法的事，”我说，“明天早上之前，他们将会再请一个演员或者改剧本。我敢肯定，保罗和霍勒斯今天晚上一定不睡觉，他们已经习以为常。不过，你有什么计划吗？”

“我打算去康涅狄格州我的家，在海边上。什么时候你可以和我一起去看看？”

“没问题，”我说，“听起来不错。”

“其实你不想去，对吧？真的，很抱歉，你知道的。你是不是因为什么事躲着我？”

“当然没有，伊恩。”我停下来，面对着他，他的眼神有一种焦虑。为了让他放心，我冲他微微一笑，“我怎么会呢？”

“那就好，很高兴你这样说。”看上去也确实放心了，他说道，“那么，我先走了。明天下午见。”

他匆匆地走到街上，叫了一辆出租车，向我挥挥手，坐进了汽车。我向他挥挥手，直到出租车拐过街角不见了。我不想伤害伊恩的感情，如果我能主动和他保持一定距离的话，我俩会更安全一些。我之所以有戒备心理还因为卡米拉，另外，我又开始进食，要积聚我的力量了。我不知道一旦饿了我能否控制自己，我不想冒这个险。

我经过中央公园，飞快地往家里赶，中央公园是我最好的打猎场。我吃了兔子，再加上点儿田鼠，然后回到我在格莱麦西公园附近的家。我甚至还没有脱下外衣，就给代接电话服务公司打电话。值班的接线员听到我的声音后终于松了一口气：“很高兴您打电话过来询问，”她说，“有您8条信息，大部分都标明着紧急。”

玛丽琳打电话说，在葬礼上没有看到我，在写给我的信中，她夹了一些新的关于埃里克的剪报。其他7条标明为紧急的电话来自于萨瓦娜、诺妮、艾莉、乔利、埃尔克、格劳丽亚以及兔女郎领班奥德丽，于是我打电话给萨瓦娜。

一听到我的声音，萨瓦娜就问：“你有没有和别人讲这个事？”

“没有，出什么事了？”

“你坐下，别激动。我们刚刚发现为什么谢莉不打招呼就辞职了。顺便说一下，谢莉不是她的真名。她的真名叫莱斯利·蔡斯。她在为一本《演艺界》杂志专门撰写揭露内幕的文章——听好！这本杂志是她刚结婚的丈夫创办的。他是一位在时装界富得流油的家伙，格劳丽亚曾和他一起出去过一次（当然，那是另外一回事）。他创办这本杂志的目的，就是揭露别人的隐私。你猜，她揭露了谁？

“我？”我怯怯地说。

“我们所有人，”萨瓦娜说，“她把我们一个不漏地都说到了，好像自己有多高尚似的。她写的那些话都让我觉得恶心！”

“出版了吗？人们看得到吗？”

“是的。花花公子俱乐部已经派艾莉去尽量挽回损失了。明天晚上她要上大卫·萨斯坎德的脱口秀节目，他们甚至还想让她这个星期上强尼·卡森的节目。如果你要来这里的话，她们都在我家。我这里有一本刚出版的杂志，我们还开了一瓶红葡萄酒。”

“我就不过去了，我去街上的报刊亭去买一本。把我们写得很差劲吗？”

“反正你不会喜欢的。很抱歉，梅格，她甚至写到在聚会上有人给你LSD迷幻药，为什么你没有告诉我这些事情？”

“我没有告诉任何人！她怎么知道的？”

“这么说，是真的？她没有提到消息来源，但是一定有人告诉了她。莱斯利甚至提到了给你迷幻药人的名字以及某家广告公司，所以或许他会丢了饭碗而起诉她。他们两个人都活该！你把杂志的文章看完了再给我打电话，好吗？”

“好的，”我说，挂上电话。我又重新出门，向报刊亭去。我感到很恐惧，除了伊恩外，没有其他人知道我那次被灌LSD迷幻药的事。他和广告艺术总监打过架，知道那个人的名字和地址。他怎么会这么愚蠢，把这件事告诉别人呢？况且，他又怎么认识以前的兔女郎谢莉（现在的真名是莱斯利·蔡斯）呢？

我在架子上看到了那本杂志，大开本版式，和《生活》周刊一般大，比我想象的要贵。看到封面标题“花花公子兔女郎秘闻”，我不由得心往下一沉。为了忍受即将到来的折磨，我用钱包里剩下的钱买了一包甘草糖。

我坐到长沙发上看起这篇文章来。首先让我感到吃惊的是，当莱斯利·蔡斯以谢莉的名义接受这份兔女郎的工作时，她就知道要写这一类报道。她不停地用她的勃朗尼傻瓜相机拍照，总是问很多问题。我想到的第二个难题是，我老家双湖镇的人不大可能见到《演艺界》这本杂志，但玛丽琳是有机会买到的，那样的话，我父母、我弟弟埃迪得知这件事也只是个时间问题。

的确，谢莉写得非常详尽，没有任何遗漏。我用手捂着脸，想一想这对我们究竟意味着什么。对我个人而言，最致命的爆料莫过于她揭露我在一次狂欢聚会上和一位广告公司高管服用LSD迷幻药，她还披露我兔女郎梅格，总是迟到早退，因为我要在下午播放的肥皂剧《黑暗之影》中担任角色。

显然，即使保罗·阿博特或霍勒斯·米尔顿看不到这本杂志，广播电视网的人也会读到《花花公子兔女郎秘闻》这篇文章。尽管只提到我的身份是兔女郎梅格，但知道我是《黑暗之影》的演员后，就很容易确定是谁。我违反了合同中有关道德部分的条款吗？即使穿得很少、给客人上酒做兼职不算违法的话，吸毒一定是被禁止的。我拼命地回忆广告艺术总监的公司客户是不是包括耐吻唇膏、卓夫特肥皂粉或我们节目的其他赞助商——如果是那样的话，那可就真要命了。

不久我的经纪人韦斯利·特拉斯科特可能就会找我，质问我，为什么要把演戏这么一个有前途的事业毁在做花花公子兔女郎的兼职上。哦，而且我想补充一点儿，特拉斯科特先生，我怀孕了，是未婚先孕，过不了几个星期，我变大的肚子就会被人发现。坏消息已经够多了，再说几条又有什么关系？虽说莱斯利·蔡斯写的事情已经很糟糕了，但是，至少她不知道我和埃里克的事，也不知道我怀孕的事。

兔女郎谢莉爆料的大部分事情让大伙感到尴尬难堪。她把别的兔女郎描绘成没头脑的傻瓜，整天想的是穿好的和如何嫁一个有钱人。

现在倒好，莱斯利·蔡斯一下子既能穿上名牌衣服，又嫁了一个有钱人。她利用她嫁人所获得的这个舆论阵地，讽刺打击和她在花花公子俱乐部一起工作的那些姐妹，在我看来，这也太虚伪了！一方面，她挖苦鄙视她的姐妹，另一方面，她又吹嘘自己拿的小费平均有多高。她还透露，她穿兔女郎衣服不用垫胸，表明她是多么的自我陶醉。更令我懊恼的是，我注意到，许多兔女郎谢莉的配图照片，是我用她的勃朗尼傻瓜相机帮她拍的。

莱斯利还写了我们和威尔马克侦探的事，相当有趣，她还引用罗科·本内特的原话，称加里森·斯凯勒·哈多克为我的“甜爹”，这个一点儿都不好笑。据莱斯利说，之所以不让我做她的兔女郎培训教练，是因为我经常迟到，还因为我喜欢和别人“套近乎”和“拉关系”。文章多处提到格劳丽亚下班后的聚会——一些最恶毒的指控，是提到几个兔女郎（格劳丽亚在其中）靠吸食毒品和饮酒来有助于达成她们上班及下班后与客人的交往。总而言之，她通过影射，侮辱了我们所有人。

我太累了，欲哭无泪，脑子乱成一团糨糊，难以理出个头绪来。我把手伸到提包里，拿出一沓从摄制组带回来的影迷来信。我一边吃着红色的甘草糖，一边读了几封信。一位家住佛罗里达州的女孩这样写道：

> 亲爱的哈里森小姐，我真的很喜欢你在《黑暗之影》上的表演，因为你很漂亮、没有什么废话。我父亲喜欢喝酒，喝醉了就很凶，我们不得不经常搬家。我很想搬过来和你住在一起。

一位家住俄亥俄州的男孩写道：

我们学校放学回家的校车总是晚点，所以至少有五分钟的节目我们看不到。你能不能让我们家里的节目晚开始几分钟，这样，我的妹妹和我就能看到完整的节目了？请寄给我们一张你的照片吧。

艾奥瓦州的一位老师写道：

孩子们匆匆地赶回家，去看你们的节目，我们也总是在下午4点打开教师休息室的电视，准时收看《黑暗之影》，这正好为我们提供了一个逃避现实的机会——谢谢你们！虽然你们的故事情节直接模仿《简·爱》，但是很精彩。谨致问候。

他们要是碰巧看到了这一期《演艺界》的文章，会怎么想呢？终于，我掉了几滴眼泪。我生活中有意义的事情似乎都处在危险之中，都可能有可怕的后果。明天早晨我就要去摄制组亲自和保罗·阿博特谈这件事。而且，我没有别的选择，只能硬着头皮去见韦斯利·特拉斯科特。我还要去质问伊恩，他怎么可以这样出卖我？

当我把最后一块甘草糖放进嘴里，我在落地窗那里看到一个模糊的身影。

"哈迪？是你吗？听我说，对不起，好吗？我妈妈说我老是利用你，我想说声对不起。你想进来吗？"

"你不必道歉，"他说着，看上去清晰了一些，"我突然想到了你，就来看看。一切都还好吧？"

"你知道我现在不好，是不是有更多的坏消息要告诉我？"

"只是一个我自己的想法而已。卡米拉……"

“我知道。她试图把可怜的埃德干掉，但我阻止了她。真的，哈迪，我不认为她有多么强大能战胜我。”

“那只是些试探你的小打小闹。她在侦察，还在对你进行评估，她在寻找你的弱点。”

“可我每次都把她打败了！我有什么弱点呢？”

“同情心。”

“这也算弱点吗？我怎么能克服这个弱点？”

“我觉得，你很难克服，”哈迪话一说出口，又觉得有些后悔，“克服盲目自大的骄傲情绪……要保持警惕。别忘了，卡米拉得知埃里克的事后就有了什么样的后果。你本人、你身边的任何人都有危险，你必须做好战斗的准备。”哈迪开始慢慢地消失，他的声音也越来越低，“要消灭她，你必须冷酷无情。”

莱斯利·蔡斯是不是也是卡米拉用来摧毁我的工具呢？在接下来的一天中，我有可能失去我在《黑暗之影》的角色，失去我在花花公子俱乐部兔女郎的兼职工作，失去我的经纪人和伊恩的友谊。

二十一

我打算开始我赎罪的一天。我准备轻快地走到摄制组，在中央公园停下来补充能量。我还对自己说，如果伊恩邀请我吃晚饭，我一定要拒绝他。但那天一大早，我冲了个澡刚从浴室里出来，他就打来了电话，让我有些措手不及。

“是这样的，今天傍晚我要到国家艺术俱乐部去看一个朋友的画展，我觉得你也许有兴趣过来和我一起看。7点钟怎么样？就在离你家不远的街上。”

“哦，我知道那个地方，不过——”

“你看，你又在躲着我，不是吗？”

“不是，伊恩，真的，不是，但明天我要工作，而且——”

“别说了，梅格，晚上见。”

我刚才的信誓旦旦呢？不过，至少我有机会弄清楚伊恩有没有告诉莱斯利·蔡斯我在俱乐部的那些事。我还想到俱乐部去告诉奥德丽，我打算递交辞职报告。在那之后，我要见韦斯利·特拉斯科特，轻描淡写地说我要辞掉兔女郎的兼职——好像他早就知道我在花花公子俱乐部做兔女郎兼职一样。

这些我都不指望能有什么好结果。不过，我最害怕的还是和保罗·阿博特的见面，我想趁自己现在还有勇气，就和他见个面，了却这桩心事。

我迅速地赶到中央公园，仓促地进食后，就来到了摄制组，直接走到制片办公室。保罗办公室的门半掩着，没有看到唐娜。我敲了一下门，把头伸进去张望着。

保罗以一个很危险的角度向后仰躺在转椅上，他宽大的肩膀鼓起来，压着黑色皮革的头靠上。他大张着嘴，两条腿叉开着放在桌上，裤腿皱巴巴地卷到了短袜上面。他还是穿着前一天那身衣服，看上去样子怪吓人的。我真后悔我敲了门。我正打算撤退，但保罗的眼睛已经睁开了。

就像地震一样，椅背轰隆轰隆地向前移，他把腿放下来落地，然后笔挺地坐好。他擦了擦脸，嘴里发出咂巴咂巴的声音。他睡眼惺忪地看着我："现在来排练，是不是太早了？有什么事吗？"

"对不起，打扰你睡觉了。我没看到唐娜。我给你冲杯咖啡，好吗？"

"好的。你看看那里还有没有丹麦的咖啡。"

我倒了两杯咖啡，把它们放在盘子上，盘子里我还放了几包糖、咖啡伴侣、搅拌勺、几块丹麦奶酪。我控制住自己，慢慢地呼吸，直到心不再扑通扑通地跳个不停，然后才把盘子端进保罗的办公室。他清醒了一些，可看上去还像是最重量级拳击运动员被击倒后点数的样子。

"埃德怎么样了？"我问，琢磨着保罗一夜没睡是因为埃德。

"你担心他？这就是你这么早到这里的原因吗？"他阴沉地看着我，弯下身子，"谁知道？他们把他留在那里进行观察。霍勒斯和我昨晚忙活了一夜，重写了剧本。反正我们现在的故事已经回到了18世纪90年代，即使缺了他也没有太大问题。"他往咖啡里放了一些咖啡伴侣，搅拌后，喝了一小口，"一切都没有定。不要说出去。明白吗？”

“知道，我会守口如瓶。不过，我想和你说件事，你知道，起初你们和我签约……”

“是的，当初和你签约的时候，你演女招待。现在你演女家庭教师，有时候你帮忙救救场，演鬼魂。从明天开始，你演格温尼丝·费尔法克斯女士。我们和你签合同的时候是按照这签约部戏来付薪酬的，不是按照演多少角色来付薪酬的，明白吗？”他有些恼火地问道，“你到这里来，是要求加工资的吗？”

“不！我要说的不是这个。”

“听你这样说，我很高兴。你知道吗，你是个不错的年轻演员，演得越来越好。只要你肯努力的话，你前面的路还很长。另外，这部戏是一个很好的跳板，所以，不要因为一点儿成绩就冲昏了头脑，明白吗？”他做了个怪相，我反而觉得他好像是在冲我笑，“你又想改名字吗？”

我笑了：“不，也不是这件事。我想说的是，我来《黑暗之影》剧组工作之前我从事另一份工作，当时那样做是怕演戏不保险，直到我知道《黑暗之影》肯定要火……”

“哇，兼职兔女郎？告诉你吧，我在白城堡餐厅做过汉堡包，卖过《百科全书》，直到我在广播电视网的邮件收发室找到一份差事。你做什么，那是你自己的事情。”

“你知道吗？可你什么也没有说。”

“我的会计是你们俱乐部的一位客人，他说几周前在那里见过你。我得承认你很不错，小姑娘，你沉得住气，换了别的人，恐怕早就在吹嘘自己是花花公子的兔女郎啦，然后，凭借自己的长相吃青春饭，但你不是这样。你给我说实话，你有没有碰到过赫夫特？”

“没有，他住在芝加哥。”我把《演艺界》杂志递给桌子对面的他，“我想说的是，很多人会因为上面的一篇文章而知道我在花花公子兼职的一些事，你有没有碰巧看到那篇文章？”

“没有，看上去是本不错的杂志。你能不能先把它放在我这里？也许广播电视网负责公共关系的人能从中做点儿文章，多引起一点儿关注对我们也不是什么坏事。”他坐回到椅子上，呷着咖啡，又咂咂嘴，“好事情，梅格。别的呢？还有什么事情你想告诉我？”

“没有，差不多了，没有别的事情了。”

“好的，因为我可再不需要乱七八糟的事情了。你知道吗？我们有的演员穿着内裤在窗台上喂鸽子；我们还有一个演员喝醉了给自己理了一个莫希干人的发型，就因为他，今天的节目我们得在星期天做。费时费力，整天给我惹事。顺便说一下，迈克尔跟我说那天晚上是你让他进屋，并说服他来摄制组按时来上班的。这种行为值得肯定，梅格，可你要多小心点儿为好。你根本不知道男人在那种情况下会做出什么事情来。”他狠狠地看了我一眼，打了一个哈欠，“嘿，你的咖啡你不喝了？”

“我不想喝，你想喝吗？”我把我没动过的一杯咖啡和丹麦奶酪递给桌子对面的他。

“如果再发生那样的事，你就给我打电话，明白吗？”保罗拿了一块丹麦奶酪，把它放在嘴里，他喝着咖啡，吃下去了，“我可不是开玩笑的，再不要随便收留酒鬼。”

“明白了，”我说，“排练时再见。”

“告诉唐娜，让她跟露西说你来了。你不妨先换好衣服，这样排练开始时，你就少了一桩事情。”

“好的。”我赶快离开了保罗的办公室。因为我下过决心，想把一切问题都解决，我不敢说当着他的面，我肯定不提怀孕的事。还没有暴露的时候提出辞职是一个更好的选择。再说，说不定他觉得我的怀孕对我们节目也是一件好事呢！谁知道在他看了《花花公子兔女郎秘闻》那篇文章后会怎么想？也许，光是LSD迷幻药那一段，就会让他发疯。

唐娜回到了她的桌子前，正在专心致志地修指甲，所以我没有打扰她。

和往常一样，露西系一件带很深的口袋、有围嘴的围裙，穿着宽松的毛衣和裙子，在服装室的后面翻弄着一堆法国第一帝国（拿破仑？）时期的束腰礼服。看到我，她眼睛一亮，“哦，太好了，我真希望大家都能和你一样认真。我们就在这里试穿你的衣服吧，这样就不用去你的更衣室了，好吗？”

“没问题。”

只要露西看不到穿内衣的我，就没有问题。排练的时候，我穿着宽松的衬衣，蓝色的牛仔裤上套一件很土气的上衣。大家似乎都没注意到我有什么变化，但这只是时间问题。我的体形每天都在发生变化。我真希望故事情节要求我们穿着18世纪90年代的服装，时间越长越好。法国第一帝国时期的服装造型不仅能掩盖我变得越来越粗的腰，而且能恰到好处地衬托出我胀大的乳房。

为了寻找适合我穿的衣服，我在衣架中进进出出，把一件长裙很快地套在头上，真希望不要因为我的肚子使得细薄织物的裙子上半身显得很紧。我把蓝色牛仔裤下拉到脚踝处，打量穿衣镜中的自己。坏了，我最担心的事发生了。衣服的肩很窄，几乎穿不上，紧身胸衣根本就穿不了，背部张开足足有六英寸之多。

“哎呀！对不起！”露西笑了，看着镜子中的我，“我错把金妮的衣服给你了。”

我也笑了，高兴得有些忘乎所以，快要歇斯底里了。我赶紧脱下白天穿的细薄织物裙子，换上一套更宽松的淡紫色皱绸旅行套服，这是格温尼丝·费尔法克斯女士到达斯坦诺普庄园穿的一套衣服。

“正好！”露西说，“一点儿都没变胖，我把袖子缩短一点儿就可以了。”

我还试了几件宽大的晨衣。我选择的都是最大、绒毛最多、饰有缎带的那种，和卡米拉演对手戏要穿的。我选的那件很宽大，我微微隆起的肚子完全被花边褶饰遮盖住了。

时光倒流的最大好处是，除了能穿华美的衣服外，剧组还决定让卡米拉扮演格温尼丝·费尔法克斯女士的女仆迪迪·斯迈思这个角色。霍勒斯和保罗通过改写剧本，对18世纪90年代的故事情节做了一个大致规定，卡米拉的角色有了很大的变动。对此，我想卡米拉一定很不高兴，她还是希望能演一个和杜巴利夫人更接近的角色。

在露西帮我试穿好衣服之后，我马上赶到花花公子俱乐部去告诉奥德丽我要辞职。我到的时候，中班的兔女郎们已经开始上班了。更衣室除了女裁缝贝蒂外，没有其他人。“你可要小心点儿，”见到我，她悄悄地对我说，“奥德丽正在气头上，从早晨到现在，她见人就骂。”

我看到领班在她的办公室里，眼圈红红的，眼睛有些肿。《演艺界》的杂志翻开着放在桌子上。奥德丽没好气地看了我一眼：“你们兔女郎倒是可以一走了之，你知道吗？你知道州酒类管理当局怎么看待这个事情吗？你知道，在这里危及的是谁的工作吗？胡作非为的是你们，受惩罚的是我！”她用力地敲着桌子，“因为我雇佣了谢莉，所以要我来做替罪羊！你们怎么不向我报告！你们一定早就知道！”

我摇摇头：“我不知道，奥德丽，我真的一无所知。我的意思是，关于我，你看她写了些什么？我的确一点儿都不知道。”

“你们应该都要被开除，一个不剩地被开除！”

“那么，你开除我好了，奥德丽，我认为你有理由开除我。如果你不开除我，我就主动要求离职。我不是在开玩笑，我要永久地交出兔耳朵。就在今天，就是现在。”

她吃惊地看着我，然后冲我喊：“你才不愿意呢！你是因为现在演电视剧才说得这么轻松！你不可以走，你不能离开我。”

“但是，我星期六晚上不能来上班，星期天我们要重新拍一期，我很早就得去摄制组。我想，我还是现在就辞职的好。”

“你不能辞职！绝对不能辞职！”她开始有些精神失常，说话的声音充满了紧张感，“萨瓦娜和埃尔克要走——去开什么面包店，天哪！乔利要去读研究生，艾莉也递交了辞职申请。我该怎么办？你至少要做到感恩节等我培训好一些新人后，”她恳求道，“求你了，请别这样对我。”

“感恩节，可以，我就做到感恩节。”

“你真好，梅格，帮了我的大忙。”她看上去都快要哭了。她伸手拿了一张纸巾，擤了擤鼻子。“不过，有一件事，”她说，我要离开她办公室的时候，她恢复了镇静的语气，“最好一段时间不要再吃炸薯条和麦乳精，你开始有些胖了。”

“好的！”我说着，匆匆地向电梯走去，我敢说奥德丽完全疯了。我应该和她搞好关系，说不定哪天我揭不开锅时可以去求她，哪怕让我在俱乐部的总机交换台当个接线生也好。

下一站：韦斯利·特拉斯科特的办公室。“你可真狡猾啊，”看到我，韦斯利说道。

“你看了那篇文章了吗？”

“还没有，但是保罗·阿博特给我来过电话，说了这件事。我看你就没有给我带一本？”

“对不起。保罗有没有生气？”

“谈不上。”韦斯利透过金边框架眼镜，竖起眉毛来打量着我，

“要我说，他觉得这件事挺有趣，有一点儿负面报道也是件好事。我认为，我们的阿博特先生更关心的是你去他那里要求涨工资。根据我在广播电视网灵通人士的消息，你正变得越来越吃香——而且，你很聪明，你抓住这个新的角色对你很有利。祝你能走得更远、更高，亲爱的！”

“谢谢，韦斯利。我本来是想告诉你我在花花公子俱乐部做兼职的事，但我觉得，没什么大不了的……”

“应该说，我还是觉得有点儿吃惊。你比我想象的要大胆，不过，算得上是个时髦的地方，对吧？仅次于薄荷迪斯科厅，我听说葛丽泰·嘉宝到那里去跳过摇摆舞！”韦斯利随即开始前后扭动着肩膀，笑嘻嘻地向我展示他知道什么是摇摆舞。

我笑了：“请相信我说的，葛丽泰·嘉宝从来没有去过花花公子俱乐部！”

“真遗憾，就这些？”韦斯利问道，“再没有什么新闻了吗？我可是非常喜欢听小道消息！”

“就这么多！”我说。又一次躲过了子弹。

我到了摄制组，演员们已经到齐了，准备开始下午的台词排练。进去的时候，我能感到一种紧张的气氛，就在桌子旁的座位坐了下来。

霍勒斯也被叫过来了，他现在已经基本上很少参加排练了。对角色变动不满的不只是卡米拉一人：马克斯韦尔一脸不想听话的神情，莫伊拉也是一副圣女贞德在火刑柱上的表情。多丽丝用手指在桌子上不停地敲着，显得十分恼怒。大家似乎都不喜欢改变故事的情节方向，除了我以外。

“角色转换，难道你没看到吗？”霍勒斯对卡米拉说，“迪迪非常嫉妒费尔法克斯女士，那位女士所做的一切，她都想方设法地暗中破坏。由于她在偏僻的英格兰乡村长大，对魔法略知一二，还学过一点儿巫术。”

“跟我想象的不一样，”卡米拉咕哝着，她的脸因为气愤而显得很僵硬。卡米拉显然很讨厌扮演我的女仆，她会穿普通的平纹细布裙子，用一顶布巾式女帽把金发遮住。我还怀疑，她对于霍勒斯提出的扮演女巫的想法并不感兴趣。

“我说，至少他们不会让你戴一顶尖顶的帽子，也不会给你一把扫帚，”莫伊拉说，“说实话，这就是最大限度，霍勒斯。”

“这是保罗的主意，我觉得很不错。巫术在那个时代很流行，那个时代的人没有什么文化，很相信迷信。”霍勒斯说。

我瞅了瞅卡米拉，想看看听了霍勒斯有关巫术的话她有什么样的反应。显然，从她一脸愤怒的表情中，可以看出她不高兴。

“行行好吧，哥儿们，下次你可能要在剧中引入狼人了！”

“谢谢你，马克斯韦尔，”霍勒斯说，“你这主意不错。我可以跟保罗讲，让他把这个角色给你。”

“我可不想穿一身的毛，还要安上爪子！”马克斯韦尔急忙说道，“哎，保罗在哪儿？”

“太累，回家了。”多丽丝说，“可不可以开始排练，这样我们也能早点儿回家？”

“请稍等。能不能让迪迪引起一位有钱地主的注意？”卡米拉提议道，“然后嫁入豪门呢？”

“可能，可以的，”霍勒斯说，“这是一个思路。现在，我们能不能开始读剧本？我想，你们会觉得这个剧本还可以。”

不管大家各种各样的抱怨，剧本还是写得很不错，再说，也没有时间来对剧本做大幅度的调整。即使卡米拉非常不愿意扮演我的女仆迪迪，在我们第一次出现在斯坦诺普庄园时，她也将在离我三步远的地方，跟在我的后面进屋，帮我拿着帽盒和小手提包。

我们读完剧本后，卡米拉费了很大的劲，使态度来了个180度的大转变，喜欢上了扮演迪迪·斯迈思。

“很有味道的一个角色！”她开心地说，冲着霍勒斯笑，“你说的一点儿也不错，我看到了这个角色的潜力。”她也冲我一笑，“我们一定会很开心！”

警报响起来了，开心？这个字有一种不妙的意味。卡米拉所说的开心，对我而言绝对不是什么开心。

“太好了！”霍勒斯也激动地说，“你看到了吗？在演戏过程中，我们都会经历一些开心的事情。”

“我们准备再来点儿开心的事，好吗？”多丽丝说，“我要做一些调整删除，然后，我们就都可以回家了。”

我回到格莱麦西公园的家的时候，天已经黑了。转过街角，我看到伊恩站在国家艺术俱乐部的前面。他挥挥手，向我走过来。

“展览不怎么样，”伊恩说，“和我一起在拐角处吃点儿汉堡怎样？”

“别忙，我想先问你一件事，你认识一个名叫莱斯利·蔡斯的人吗？还有，你有没有把我和那个住在默里山的广告艺术总监的事情告诉过任何人？”

“没有，你说的两种情况都没有。我不知道什么莱斯利·蔡斯。关于那天晚上，我从没有想过要对任何人提及，这样的事是不好对外人说的。你为什么要问我这个？”

我知道他没有撒谎，并不仅仅是因为他惊讶的表情，而且是我看得出他很关心我，我相信他。

“我们先吃饭，然后慢慢说。事实上，我们要先去一下报刊亭。”

我所谓补救的一天进行得异常顺利——但就我所下定决心做的事而言，我彻底失败了。我还意识到，看到在伊恩等我，我有多么开心。

二十二

虽然《黑暗之影》的女家庭教师原来是兼职兔女郎的黑体大标题出现在威尔逊伯爵的辛迪加《纽约邮报》上，我还是觉得老家双湖镇不大可能有人看到。总的来说，花花公子兔女郎秘闻所带来的正面影响要大于负面，尤其是在剧组的演员当中。卡米拉，本来嘲笑我在俱乐部做兼职兔女郎，现在却因为这件事我意外出名而嫉妒得要死。我怀疑我和广告艺术总监的事是她告诉莱斯利·蔡斯的，如果是这样的话，她的这种暗中破坏适得其反。与此同时，我很享受这种新的名声，很乐意回答人们对花花公子俱乐部的种种好奇。

我在摄制组的“新闻人物”地位维持了没多久，马上又出了另一则新闻，莫伊拉·肖和金妮乘飞机去了墨西哥的胡亚雷斯。莫伊拉在那个地方待过，有经验，主动提出帮助金妮和埃德·麦克纳伯办理快速离婚手续。离婚手续持续了一天，高潮部分是一顿庆祝离婚成功的肉馅玉米辣卷饼和玛格丽塔鸡尾酒的美餐，接下来，连夜坐飞机赶回纽约。不幸的是，这顿饭吃出了问题。金妮虽说甩掉了一个丈夫，但立刻又被墨西哥腹泻缠上了。

“回来不顺利，”莫伊拉说，看上去自己的身体也有些不舒服，“我不是指导者，我简直就是个保姆。不过，至少她和埃德离了婚。”

事实上，正如伊恩所料，新的剧情中没有埃德的戏。他的结束来得如此突然——他并不是寿终正寝，而是一下子消失了。在修改过的18世纪90年代的剧情大纲里已经没有他。亲眼目睹了一个制造麻烦的演员如此被快速除掉的迈克尔，即刻开始端正了自己的行为。每天排练结束后，他的保证人会出现在摄制组门口，两人一起走到最近的教堂，参加在教堂大厅举行的嗜酒者互诫协会的会议。我也注意到了这一现象，我很高兴我当时很有头脑，没提我怀孕的事。

知道我怀孕的人为数不多，有我妈妈、哈迪、特德·鲁滨逊医生；一个是吸血鬼，一个是鬼魂，另一个是艾莉的男朋友。我觉得，除非大家都清清楚楚地看出我怀孕，要不然不会有人知道我的秘密。

我还知道，前面有两条平行战线：准备迎接婴儿的出生；不可避免地要和卡米拉决战。奇怪的是，和她共事变得越来越快乐。她经验十足，能使我们一起演的每场戏都熠熠生辉。她刚到剧组的时候，我们一起演过几场对手戏，不过，在当代时间剧情段里，我们演的人物并没有什么直接交锋。在我们演18世纪90年代角色的时候，卡米拉不情愿演我的女仆，这影响到她对迪迪·斯迈思这个角色的塑造刻画，也反映了我们之间关系的种种暗流。

霍勒斯也察觉到我们这种紧张的关系，想出了充满张力的故事情节：费尔法克斯女士和她本来是女巫的女仆成了竞争对手，她们都想得到塞巴斯蒂安这位吸血鬼的爱情。由于女巫的诅咒，塞巴斯蒂安过着一种背叛与单恋的不死不活的生活。这种永恒扭曲的三角关系是一个无情的讽刺，卡米拉和我对此心知肚明，伊恩则完全蒙在鼓里。

就自身而言，伊恩已经成了真正意义上的白天电视剧场的偶像，征服了下午收看电视剧的人群。全国各地渴望得到爱的女性，对吸血鬼塞巴斯蒂安·斯坦诺普心醉神迷，我们节目的收视率也是一路飙升。对她那些姐妹会同学而言，玛丽琳也是名副其实的名人，就因为可以弄到塞巴斯蒂安8英寸乘10英寸的个人签名照片。作为塞巴斯蒂安的未婚妻，我有自己忠实的影迷，就连邪恶的女巫卡米拉也有她的影迷。不过，毫无悬念，伊恩是我们这个节目最耀眼的明星，而且他是按照自己的想法取得了这样的成绩。他成了他能够做到的“最好的吸血鬼”，他不愿意喝无辜受害者的血，他会为此感到愧疚。

伊恩已经习惯了扮演吸血鬼，但还是有一些事情让他感到不安，大多数似乎和我有关。扮成吓人的样子，肩膀上披着披风，在半夜里寻找猎物，这些他很容易做到。他在英国传统剧目轮演剧团待过，身穿紧身衣和蓬松袖衬衣，挥舞狼头手杖，用洪亮的声音说话……对他而言，这些都没有任何问题，但一到要咬我喝血的时候，他就开始紧张。

即使是在排练的时候，我们只是标记下动作，他还总是声音嘶哑，关切地问：“我伤着你没有？请一定要告诉我。”

“没有！别问，”我生气地低声说道，“咬的时候一定要狠。只要你的獠牙不刮伤我的脸颊，就没事。”

“你生我的气了。”

“我没有！抱歉，但我们是在演戏。”

其实，最大的问题在于摄影协调。首先，化好妆、戴上假发的我以好莱坞的典型睡姿躺下。当摄像机对着我的时候，伊恩低下头，装上獠牙。一旦獠牙安好，第二台摄像机会切换成伊恩的特写镜头，他的头向后仰，门齿对着主光，然后把脸对着我的脖子。到目前为止，都是闹着玩的，并非真咬。塞巴斯蒂安之所以还没有真去咬费尔法克斯女士，是因为他不忍心夺取他命定爱人的生命，一旦被咬，她就和他一样，永远不能做凡人了。

这场戏很好地表现了富有戏剧性的艳情浪漫故事精髓。费尔法克斯女士静静地睡在四帏柱大床上，月光照着她白净光滑的肌肤。摄像机对着摆动的纱窗帘进行拍摄，落地窗慢慢地打开，一个穿着披风的人影站在有些蓝色调的月光下。镜头拉近，塞巴斯蒂安一往情深地看着熟睡的费尔法克斯女士。

慢慢地，他来到她的床上，披风搭在肩上。他用手指尖轻轻地触摸她的脸颊，她被惊醒了。她眨眨眼睛，嘴唇微微颤动。他把她的一缕头发绕在他的手指上，一枚硕大的图章戒指在她的裸肩上闪闪发光。他把手放在她的下巴上，转过她的头，让她的脖子暴露出来。她的头在枕头上不停地扭动，痛苦使得她紧锁着眉头。她的头开始往上抬起，嘴唇张开，仿佛乞求被人亲吻一样。就在那一刻，镜头切到发光的可怕獠牙上，塞巴斯蒂安的头扑向费尔法克斯的脖子，乐声逐渐增强。

整个场景，性的含义非常明显。孩子们看到的是血腥可怕的幽灵，他们的妈妈则幻想着阴郁的陌生男子，她们的心渴望杀戮，灵魂乞求得到救赎。这样一种奇妙的组合，以及伊恩对于人物自我矛盾的刻画，几乎等于要求女人们对主人公有一份同情、有一份理解——而且是在大白天！节目播出的时间是在下午四五点的时候，屋子打扫干净了，孩子们放学了，晚饭已经放在烤炉里，丈夫们还在回家的路上。在半小时的时间里，逃到另一时空，感受不伦之爱和阴谋算计，是一种很好的消遣。《黑暗之影》有了自己固定的观众群。

对我本人来说，拍摄现场根本谈不上什么浪漫、计谋。在插播广告的时候，伊恩取下獠牙，他因为把唾沫滴到我的脖子上而一个劲地道歉，并拼命地用自己的手绢把它揩干净。我宽慰他说，在獠牙上形成唾液是很自然的事，要他别把我的头发弄乱。在广告结束后，我们回到镜头前，我会发出低微的抽泣声，塞巴斯蒂安抬起头，獠牙完全收了回去。他难过地看着镜头，其眼神似乎在说，他在渴望得到一种永恒的爱，而这种爱必须付出可怕的代价才能获得。费尔法克斯女士仍然在花边枕头上熟睡，塞巴斯蒂安再一次放过了她。

在正式演出的时候，我们只有一次大的失误——伊恩的獠牙刮住了我的头发。在广告时间，他假牙的齿桥拔不出来，只好让獠牙插在我的假发里。广告结束之前，他的獠牙缠了好几绺头发，等我们再回到镜头前时，他的獠牙已经完全被遮住，看不见了。直到正式演出结束后，才叫发型师麦琪带剪刀来到摄制现场剪开了它们。

除了这次事故之外，这一场戏的效果非常好，这一版本分三次出现在三集里，两次是作为闪回。肥皂剧杂志、甚至几个大城市的电视评论员都开始讨论起第一个不愿滥杀无辜的吸血鬼——《黑暗之影》肥皂剧里的塞巴斯蒂安·斯坦诺普的故事。由于广播电视网的公关部门的推广宣传，这些文章总是会提到以下事实：具有贵族气质的费尔法克斯女士，也就是饱受爱情折磨的吸血鬼的未婚妻，是由梅格·哈里森扮演的，而梅格·哈里森是花花公子俱乐部的兼职兔女郎。文章里经常提到的还有卡米拉·内斯比特，这位总是在暗中作梗的费尔法克斯女士的女仆的扮演者，曾经和猫王约会过，等等有趣的花边新闻。自从18世纪90年代的故事开始后，我们节目的收视率大幅度上升，广播电视网也欢欣鼓舞。

保罗也很开心。他似乎一直怀揣着做导演的梦想，好几次，他亲自在现场执导，多丽丝站在一旁帮忙把关。很快，大家发现保罗找到了他真正喜欢的职业。他很快地掌握了执导电视剧的基本技能和行话，毫不畏惧地释放自己的创造活力。和保罗合作很愉快，他总是喜欢创新，善于鼓励演员，本能地知道如何充分发挥每个演员的最大潜力。多丽丝是首批电视剧女导演，在现场直播的黄金时期获得过不少大奖，她手把手地教保罗，仿佛他是她的得意门生。反过来，保罗也特别爱听这位女导演对他慷慨的赞扬。

一天下午，在执导的另外一集台词读完后，保罗宣布，他和霍勒斯在合写一个《黑暗之影》故事片长的电影版，由他来导演。就像一个放风筝的孩子一样，他显得异常激动。“如果能够把预算的钱凑齐，我们春天就可以投入拍摄。”他说，“我们有很好的故事，一个很好的平台，一定会成功的！”

排练桌旁的人一时惊讶不已，都没有说话。过了一会儿，莫伊拉拉长声音，慢慢地说话了：“那太好了，保罗。但是，你的人那个时候都在忙着拍电视剧呢。告诉我，你想要谁来扮演我的角色？”

“你！”保罗说，“还有谁能来演你的角色，莫伊拉？”

“还有我呢？”马克斯韦尔问道。

“你们都会在电影里！”保罗说，“我们所有的人都有双重任务。那样运作，后勤可能会很麻烦，不过唯一行得通的办法，就是我们一边拍电影，一边继续拍电视剧。我们这个电视剧是广播电视网收视率飘红的节目，他们绝对不可能让我们停下不拍，我们得在保证每天节目播出的同时拍电影。”保罗用一只胳膊搂住我的肩膀，紧紧地拽住我：“当然，梅格和伊恩，我们倒霉的一对恋人，要首当其冲，但他们肯定没问题。对吧，梅格？”

“绝对没问题，我都等不及了。”我说，我硬着头皮从嘴里挤出了这么几个字。保罗老虎钳一样的手紧紧地拽住我，让我既感到惊喜万分，又觉得绝望透顶。一方面，第一次有人请我在电影里担任主角，另一方面，我知道我不能出演。到电影开拍的时候，我应该在生孩子。我现在没办法了，只能把我怀孕的事情告诉保罗和韦斯利·特拉斯科特。

“我也在电影里吗？”卡米拉问着，撅着嘴，很不高兴的样子。

“当然！我们需要美丽的辣妹，夏尔曼。离了你可不行，卡米拉。”

“反正，我觉得很意外，”莫伊拉说着，显得很困惑，“我想，到时候你们应该会找我们的经纪人，肯定不会是我们现在签的电视剧合同的延期吧？”

“到时候，都会按规矩办的，”保罗说，听他的声音，感觉明显有些不悦，“我还想告诉你们，你们可以跟你们的经纪人讲，这部电影绝对是个低成本的制作，行业的基本工资加10%经纪人的佣金。如果你们愿意参加，我非常欢迎。我们不可能到好莱坞找一家大的电影出品商来支持我们，至少现在不大可能。”

“故事情节，”伊恩说，脸上没什么表情，“我想，应该是血腥的、尖桩刺穿心脏的那种。”

保罗笑了：“是这样的，这是一部有吸血鬼的恐怖电影。当然有血腥的场面，但是，我向你保证，没有尖桩刺穿心脏的内容。如果我们还想拍续集的话，肯定没有这样的内容！”

每个人都笑了，除了伊恩。“那么，这部电影要传达什么样的信息呢？”伊恩很平静地问道，“一个嗜血的英雄？一个杀手，装装样子悔恨一番，接着又开始杀人？”

“我们不是电报公司，”保罗大声说道，但还是尽量装出很开心的样子，“我们不发送什么信息，我们只是提供娱乐。人们喜欢它，很显然，你不喜欢它，对吧？你不喜欢咬断别人的脖子，但你一点儿办法都没有。在戏里，你中了女巫的魔咒。你不能在整部电影里都是愁眉苦脸的，那样的话，观众就感到太乏味了。也许，在拍续集的时候，我们会解除魔咒，但是在这部电影中，会有血腥，而且会有很多血腥，还有獠牙伤人的场景！”

马克斯韦尔笑了，莫伊拉不满地翻着白眼。“原来是这样，”她叹了口气，“也就是说，要再拍一部恐怖电影。但是我有一个底线，如果出现恐龙、火星人什么的，我不演。”

“说得一点儿没错，”马克斯韦尔附和道，“古罗马的长袍、凉鞋还行。太空服或其他带鳞甲的，我可不演。”

“你们这是怎么了？大家注意，我们不是在拍《战争与和平》。

那种电影孩子们不会想到放学后马上跑回家来看，也没有哪个家庭主妇会关掉除尘器来看什么曲高和寡的精英作品。大家请注意，我们手里就有一部很火的，所以我们得充分利用它！”

在保罗对大家慷慨激昂的讲演中，我的眼睛一直盯着伊恩，我希望他能理智一些。如果继续争辩下去，他很可能演不成主角了，这个如此受大家欢迎的主角是他自己一手塑造的，我不能让他那样做。

“伊恩，你尽可能把吸血鬼演好就行了。这就是你要传达的信息：你是一个不愿意伤人的吸血鬼，大家都同情你。”

“这就对了！”保罗高兴地说道，又紧紧地按了一下我的肩膀，“梅格说得比我要好！好了，我们开始工作了。”

保罗放在我肩膀上的手拿开了，我把手伸向伊恩。“这是一个绝好的机会，伊恩，”我悄悄地说道，“你会飞黄腾达的！”

“只要和你共事就行，”伊恩轻声地说，“但我还是不喜欢这部电影。”

不知道为什么伊恩就是不明白，人们之所以同情他所塑造的人物，是因为他们自己心中有弱点、有恶魔要去克服。如果他要向观众传达信息，那就是在遭遇难以克服困难时所表现出来的一种勇气。

我瞅了一眼卡米拉，她注视着伊恩拉着我的手。她抬起头看看我，眼里冒着仇恨的怒火，然后把头转了过去。伊恩也没有意识到，因为他对我很好，卡米拉变得非常嫉妒。尽管伊恩对卡米拉一向很热情、很友好，但他对我的好感越来越明显了。我知道这种情况并不能长久。尽管我下决心为了伊恩的安全和他保持一定的距离，但我还是和他继续保持来往，我们在一起很开心。当我和他在一起的时候，我感觉很放松，但我也同时意识到，这样对我俩都很危险。

我要多加小心为好。于是，我放开了他的手。

二十三

尽管在摄制组一个星期有四次演出，我还是坚持在俱乐部做兼职。我答应过奥德丽至少要帮她做到感恩节，我要信守我的诺言。当有一天星期五早晨她给我打电话、问我能不能上中班时，我同意了，因为那天我在剧组没有拍摄。

在去俱乐部上班之前，我看了一下我的邮箱，发现里面有几封装得鼓鼓的信，一封是我妈妈的，另一封是玛丽琳的。还有一封是迟来的埃里克给我的信，显然是他在死之前写给我的最后一封信。那是11月的早晨，天气很冷，我走过马路，坐在公园的凳子上，打开信封，拿出了一张我熟悉的蓝色信纸。

我的眼睛直接看他的落款“爱你的，埃里克”，在落款的下面，是他潦草的字迹：“想你，我需要你。”这是我收到的他写得最短的一封信。看着他写在很薄的葱皮纸上的短信，我感到莫名的寂寞惆怅。他写道，他很疲倦，需要睡觉休息。周末他要和来自俄亥俄州的一位哥儿们去西贡。

我希望有时候你能和我在一起，这样，我和你能在我们的营地“花园地点”驾驶着飞机，紧挨着树顶飞过，可是，我不想让你看到我们要做的事情。当我们离开这个地方的时候，它已经没有我们刚来的时候那么美丽。非常想你，你多保重。

爱你的，埃里克

这几个字我读了一遍又一遍。我的耳边回荡着他的声音，我的嘴巴不自觉地说出他的名字，我不想让他离开我。空闲下来的时候，我会经历思念的痛苦和刻骨铭心的悲伤。然后，我一动不动坐着，心中充满失落惆怅。我担心有一天我不会再有这些可怕的情感，到那时，我也就真正地失去埃里克了。

我把信折好，放回信封里，然后和妈妈、玛丽琳寄来的厚厚的信一起，放在手提包里。她们信里写的无非是关于葬礼的情况，或者是关于我的一些剪报，可以等我回到家后一个人慢慢地读。

我到俱乐部的时候，消息已经在更衣室传开了，说诺妮已经在市中心的一家爵士俱乐部找到了周末兼职的工作。艾莉和埃尔克正在组织一群兔女郎去看诺妮的演出。艾莉在布告栏里用别针别上了一张星期六晚上第一场和第二场演出的报名表。萨瓦娜用俱乐部的油印机印了一些传单，让兔女郎分发给吃午餐的客人。我在报名表上签了名，拿了一把萨瓦娜给我的折叠好的传单，大家向电梯走去。

“最近你怎么不来了，”萨瓦娜说，“是不是不喜欢吃我做的菜了？”

“很抱歉，最近摄制组很忙。不过我会尽量抽空过去，帮点儿忙。开面包店的事进行得怎么样了？”

“非常顺利，”埃尔克说，“盛大的开业典礼定在感恩节后的周末。”

“我们想多接一些圣诞节曲奇饼和果馅卷的订单，”萨瓦娜说，“如果你愿意参与，我们当然需要帮手来刷漆。”

电梯门在客厅楼层打开了，那里有午饭自助餐，有肉圆、猪排骨、伦敦烤牛腩。我们向爱尔兰酒吧的服务生米吉报到，他脸色红润，年纪也大一些，然后我们装好了盘子。客房服务部的经理罗科·本内特在当班，负责分配我们的服务场所。我是他最不喜欢的兔女郎，所以他把我分配到卡通角时，我一点儿也不奇怪。从我们这里的地理位置上讲，卡通角属于西伯利亚，因为它离服务吧台距离最远，我要多跑腿。萨瓦娜和艾莉服务的桌位最好。

我靠在卡通角的椅背上，向格劳丽亚挥手，她正在礼品店上班。一般来说，兔女郎在承租的地方上班是没有小费的，但是格劳丽亚有办法把印有花花公子标志的珠宝和其他小饰件卖给客人，所以老板把她安排在那里，她的收入也不少。埃尔克的工作是接待客人的看门兔女郎，她在兔女郎的服装上再加一件短而暴露的白色毛皮波蕾若外套，这样可以抵御门口客人带进来的冷风。本内特打开大门，在寒冷天气里排着长队等候在外面的俱乐部客人一齐涌了进来，一般星期五客人都比较多。

两小时后，在服务吧台熙熙攘攘的人群中大声报出客人点的饮料时，我突然看到，米吉站着，身子一动不动，服务电话夹在肩膀和耳朵之间。他的鸡尾酒调了一半，每只手里动作很夸张地拿着1/5的红方红酒和野火鸡威士忌。他看着我，脸耷拉下来，眼泪从灰色眼睛里流了出来。

“总统，”米吉说，“遭枪击了。他们认为他死了。”他泪流满面。

“什么？”我盯着他，“你说的是肯尼迪总统吗？发生了什么事？”

站在我旁边正在边抽烟边看账单的艾莉转过身来：“米吉？你刚才说什么？”

“我们的总统杰克，有人向他开枪，”他说，“在达拉斯州。”

艾莉弄灭手上的香烟，扔在分隔间下，伸手从米吉的耳边把电话拿开，我从服务吧台探过身接过他手里调酒的瓶子。他瘫靠在后面的吧台上，叉着双手。

我转过身看着艾莉，她还在打电话。“是真的吗？”

艾莉点点头，然后对正在朝服务吧台走来的萨瓦娜说道：“刚刚证实，肯尼迪总统死了。在达拉斯遭枪击身亡。”

我听到萨瓦娜倒抽了一口凉气，手紧紧地抓住了吧台，我也有同感。我向挤满客人的客厅间和钢琴吧看过去，兔女郎们身着珠光宝气的服装，举着载满饮料的盘子，或蹲下给客人上酒，或昂首阔步地穿行在各个桌子之间，对达拉斯发生的悲剧还一无所知。客人们有说有笑，源源不断地从前门进来，走上黄铜楼梯，把11月的寒气甩在身后。罗科·本内特示意穿橘黄色夹克的餐厅勤杂工快点儿把盘子和餐具清理干净。不过，我注意到由此及彼地出现了担忧的表情，然后，随着这个令人震惊的消息从刚刚到达门口的客人传向正拿衣服准备离开的人或在圆形楼梯等桌的人，我看到了惊讶的表情。

“总统遭到枪击……肯尼迪死了，刺杀身亡。”随着震惊的消息嗡嗡地传遍整个俱乐部，房间里反而显得越来越安静。过了一会儿，抽泣声和惊恐的哭声打破了这种安静。我看到本内特的肩膀松垮下来，他用手遮住了自己的脸。

“我不敢相信这是真的，”艾莉说着，抓住了我的胳膊，“有人向他的车队开枪，打死了他。”

“杰奎琳呢？她怎么样？”

艾莉眼里噙着泪水，摇摇头：“我知道的就是这些。”

我看看手里的盘子，冰已经在杯子里化了。谁杀死了他？为什么要杀他？接下来会发生什么？古巴的导弹会从天而降吗？我觉得一切都好像停止了，等了好长的时间，等待着这最后的一击。埃里克死了，肯尼迪被人刺杀身亡，还有更可怕的事情发生吗？

我抬起头，看到艾莉站在米吉旁边，用胳膊搂着他的肩膀，眼睛还是红红的；仍然感到茫然的米吉，开始把账单输入现金出纳机，给客人结账。我周围的人们在走动，不时有冰块掉在杯子里的声音。我走出服务吧台，很机械地把我盘子上杯子里已经化了的冰倒掉，加入新的冰块。我周围的兔女郎用很轻的声音说话，她们仍然不敢相信，仍感到震惊。我叫了客人点的饮料，回到我服务的地方。整个俱乐部里，任凭泪水打湿脸的兔女郎们，还在给客人端饮料，给客人结账。

终于，客人都走了，我走到更衣室，把鞋子踢掉，兔女郎的服装也没脱，和其他兔女郎一起在领班的办公室里看着一台小黑白电视机的新闻。电视里正在播放从达拉斯州爱之田机场、柏龄纪念医院和空中一号总统专机发来的新闻。

我离开俱乐部回家的时候，天已经黑了。我穿过麦迪逊大街向南走，街道上很安静，和我擦肩而过的几个为数不多的行人神情严肃、低垂着双眼。我飞到克莱斯勒大楼的顶上，坐了几分钟，看到人们聚集在圣帕特里克大教堂的门外。然后，我向家飞去。在转过街角来到我家的那条街上后，我降低速度，变成了轻快地走。

伊恩正站在我家公寓楼的外面，他的衣领向上翻起，脸冻得红彤彤的。我靠近他的时候，他伸出手来。“我知道你最终会回来的。”他抱住了我，我们紧紧地抱住对方，“可怕的消息，太可怕了。你没事吧？我一定要见到你，要不然我不放心。”

他说话的时候，我的耳朵能感觉到他呼出的热气。他摸着我的头发，我把脸紧贴在他的面颊上。

“我没事，很高兴你能来。赶快进屋吧，外面很冷。”

我打开过道的门，我们走过一个小门厅，来到我的公寓门前。

“我得事先和你打声招呼，屋里没有任何吃的东西，但我有点儿威士忌。”

“太好了，一点点威士忌正合我的胃口，谢谢你。如果你愿意的话，我来叫点儿外卖比萨。”

我开了灯，为伊恩打开门："这就是我住的地方，就你看到的这么大。让我帮你拿外套，我家里有个壁橱。"

"很不错，非常像欧洲的布置。"伊恩笑了，摆出一副要张开双臂的架势，他的手指尖差点儿碰到了过道两边的墙壁，"不过，我不会搬一台钢琴进来的。"

伊恩脱下外套，取下围巾。我把肩背的提包扔在餐桌上，但它从那里掉到了地上，里面的东西撒了一地。伊恩在我旁边半蹲着帮忙捡起唇膏、笔和滚了一地的零钱。埃里克的信落在椅子下面，我伸手去捡它，盯住了蓝色的航空邮递信封。突然，我想起了埃里克，几乎无法呼吸。我捡起了他的信，眼泪止不住地流出来。

伊恩靠拢过来，用胳膊搂住我的肩膀。"没关系，梅格，你就尽情地哭出来吧，现在是该你哭的时候。"他用手指为我揩去脸上的眼泪，然后把手伸进衣服口袋里，拿出手绢，"这么可怕的事情发生了，全世界都在哭泣。"

"我知道，"我说着，声音哽咽了。他非常小心，轻轻地为我擦去眼泪。我笑了，尽管眼泪还是止不住地往下流。

"谢谢你，伊恩。对了，我说过要让你喝威士忌，说不定我也喝一点儿。"我把地上其余的东西收拾到包里，把玛丽琳寄来的厚厚的信封（里面装的是照片和新闻剪报）和埃里克的信一起放在桌子上，"我这里没有电视，我放点儿音乐吧。"

"太好了，你能不能带我参观一下你的房间，看看你放衣服的壁橱在哪里？"

"跟我来。我们选择一条风景很好的路，你可以好好欣赏外面的美景，别眨眼睛。"我把衣服挂在壁橱里。当我挂衣服的时候，突然回想起把埃里克的夹克衫挂在我的衣服旁边和埃里克很亲密的那个情景，于是，我的眼泪再次止不住地流了下来。

“你怎么样？你想单独待一会儿吗？”伊恩的话语很轻，令人感到安慰。他用嘴唇轻轻地在我的脸颊上划过，手抓住我的肩膀。

“抱歉，伊恩，我一下子想起了很多往事。”

“可以理解。我们喝点儿威士忌，然后我就回家。”

“可以理解。”我笑了，“威士忌要加冰，还是就这么喝？”

“请什么也不加。”

“太好了，因为我觉得，我好像忘了在制冰块的盘子里放水了。”

伊恩在餐桌旁坐下，我拿了一张爵士女歌手黛娜·华盛顿的唱片，放在唱机上。他看着我点亮一根蜡烛，摆好餐巾，把苏格兰威士忌倒进雕花玻璃杯里。

“一流的服务，我想说。而且，我很期待兔女郎的下蹲动作。”

“您的东西来了，先生，”我说着，把玻璃杯放在膝盖上，刻意做了一个下蹲的动作，“随时愿意效劳。”

“太好了，我会给你丰厚的小费。”

“最好是那样。”我们相互碰杯，慢慢地喝起威士忌，听着唱机轻轻地播放歌曲《多么有意义的一天》。“仅仅24小时……”声音朴实、歌词优美，直到这首歌放完了，又一首歌开始后，它令人难以忘怀的歌词还在我们心头萦绕。然后，在静静的厨房里，我开始向伊恩讲起埃里克的事。我本来没想到、也没打算向他说埃里克的事，但当我说的时候，我并不感到后悔。伊恩安静地听着，一言不发，即使当我告诉他我怀了埃里克的孩子时，他的眼睛也显得很平静。

我拆开今天早上我在邮箱里拿的老家寄来的厚厚的信，两封信里装的都是报纸的剪报，我把它们摊在餐桌上。

《明尼阿波利斯星报》登载了一篇有关埃里克的长篇文章，配有一些照片：埃里克的父亲站在谷仓外面，穿着工装裤和一件肥大的夹克衫的照片；埃里克高中毕业照；一张埃里克穿飞行服站在T-28飞机旁边的快照。这时，伊恩隔着桌子把身子探过来，抓住了我的手。我看着他那朦胧的灰眼睛，看着烛光中闪动的金褐黄色斑点，我知道，我的人类情感占了上风。

“很对不起，梅格。我很高兴，你觉得我是你可以放心倾诉的人。孩子什么时候出生？”

“来年春天，5月初。”我听到伊恩轻轻地叹了一口气。我知道，他断定我们在一起拍电影是不可能了，“事实上，我不知道我还能向保罗和我的经纪人隐瞒多久。我要是告诉他们实情，情况肯定不妙。”

“我们要视情况而定，总会有办法的，他们不会把我们两个人都炒掉的。”他的声音更加轻柔，“再说，你的孩子更重要。毕竟，即使这次你不能演，你还有别的角色，别的电影。”

我点点头：“我知道。这并不是我自己预先设计的，但事情已经变成这样了，我真不该让大家失望。”

伊恩和我靠得更近了，他抓住我的双手。“你没有让我失望，而且你知道，我会永远支持你。”他吻了我的手指头，然后是我的嘴唇，“我希望你允许我帮助你，我不想让你一个人承受这一切。”他用双手捧起我的脸，再次亲吻了我。

我往后缩，看到了他热情善良的眼睛。他让我看到了他是多么愿意照顾我。我也很喜欢他，但是，我不能鼓励他对我示好。我还在为埃里克的死而难过，而且我觉得他的死我有责任。如果不是因为我——或者具体的说是卡米拉的复仇，他现在应该还活着。如果我不能向伊恩表明我自己的身份，以及我知道卡米拉是什么样的人，我也再没有更多的事情要对他说了。再说，即使我告诉他，他也不会相信。

伊恩感觉到我在退缩了，他的眼睛开始变得模糊，他也开始把身子向后移了。“梅格，我非常抱歉。你告诉了我这么多，可我这个人太不敏感、体贴了。其实，我并不想强加于你什么。”

“你没有强加给我什么，如果我不相信你的话，我也不会跟你讲这么多我的情况。”我笑了，一个劲地摆动他的手，“而且，我知道你这个人靠得住。你在我绝对最糟糕的时候帮了我的忙，我真该好好感谢你才是。”

“好的。听你这样说，我就放心了。但是，我觉得你还有什么事情在瞒着我。真的，你没必要自己一个人扛着。我向你保证，我不会辜负你对我的信任。”

我摇摇头：“就这么些了。实际上，我告诉你的已经够多了，该轮到你告诉我你的情况了。”

“那改天吧。”他把最后一口威士忌喝完，站了起来，“我已经喝好了，不想再多占用你一分钟的时间，我想你希望一个人待一会儿。如果你不反对的话，周末我会给你打电话。”

“希望你能打电话来。”我把他的外套拿来，帮他穿好，陪他走到门口，“如果你愿意的话，早晨给我打电话。”

他弯下身，再次吻了我的嘴唇：“保重，梅格。”

“你也请保重。”

我关上门，感到一种莫名的孤独。我本来以为一个人在屋里的时候有一种如释重负的感觉，但我环视昏暗的屋子，照亮屋子的，只有餐桌上的烛光。黛娜·华盛顿已经唱完了她的最后一首歌，电唱机的唱盘悄无声息，房间里安静极了。我看看报纸的剪报，内心深处渴望着我得不到的东西——埃里克，约翰·肯尼迪和所有在前面等着我和我的孩子的未知事物。我很想念埃里克，想起我们一起度过的那个夜晚，我们像嬉戏贪玩的小狗一样，谁都没有向对方表白，我们已经开始喜欢对方。我真希望我有先知先觉，能够事先知道卡米拉会摧毁他的生活，那样的话，我就可以救他。

我把我们喝过威士忌的杯子拿到洗碗槽去冲洗，这时看到伊恩的围巾搭在椅背上。我一把拿起围巾冲出了屋子，希望在他叫到一辆出租车前追上他。

我看到伊恩在街上，从我这里看过去，是一个模糊的身影，离我有半个街区那么远，他的手放在口袋里。他正走在一辆停下来的车的后面，想横穿过派克大街附近的一条街。突然，在一种强烈预感的驱使下，我向他飞了过去。就在我沿着街道向他飞过去的过程中，地面开始颤动，人行道开始变形。伴随着可怕的撕裂声和撞击声，地面出现了一个洞，停住的汽车一头栽了下去，消失了。我和伊恩重重地撞在一起，在他就要掉下大坑去的那一瞬间，我把他拉了上来。一阵尘土和烟雾随即升腾而起，空气中顿时弥漫着下水道的难闻气味。我感觉手上的伊恩软绵绵的，我把他放在我的肩膀上，撤退到一个离塌陷的人行道远的比较安全的地方。

我扛着伊恩，来到毗邻我家的一栋公寓大楼前，把他放在长凳上。他缓过神来，拼命地咳嗽，大口地吸气。在我们上面，窗户打开了，人们在向外张望。远处响起了警报声。我朝我家公寓楼的有顶棚的入口看过去，看到门卫斯派寇先生正盯着我。我意识到，他是在看到了我把伊恩扛在肩上的样子。

“街上出现了一个下沉口，斯派寇先生。你最好给消防部门打个电话，我闻到了气体的怪味。”

“他是谁？”

“一个朋友。他没事。最好打急救电话。”

“你能扛得动一个男人？你是怎么做到的？”

“有时候我们不做，是不知道我们的潜力的，”我说，“我要找急救人员给他检查一下。”伊恩身子向前倾，手肘放在膝盖上，大口地吸着气。

“对不起，伊恩，我刚才和你撞到了一起，你没事吧？你刚才昏过去了一会儿。”

“我想，只是有点儿喘不过气来。究竟发生了什么事？”

“你自己看。”我扶他站起来，我俩一起向街上望去。警报声不断响起，红色警灯不断地闪烁，大批紧急救援车辆在派克大街停了下来。警察已经封锁了格莱麦西公园附近的交通，将从公寓楼里出来聚在一起看热闹的人群往后推。

“正当你过街的时候，行人道塌陷了。你把围巾忘在我那里了，我试图追上你，我来得正是时候。”

“你救了我这条小命，非常感谢。”

“你帮了我这么多，我只是有机会报答一次。你真的没事吗？要不要让急救医护人员看一下？”

“不必了，我怀疑我有些淤伤。那么漂亮的擒抱摔倒的动作，你在哪里学会的？”

我耸了耸肩：“我可是学了很多年的芭蕾。”

伊恩笑了，用胳膊搂着我的腰：“如有冒犯之处，你可得提醒我。”

我听到头上有声音，抬头一看，只见电线杆上歇着一只鸟，乌鸦一般大小，正拍打着宽大的翅膀。它抬头看着我，我知道它是卡米拉。当然，这又是她在捣鬼。我的目光没有移开，我把能量集中在她下面的街灯上。不一会儿，街灯便发出耀眼的光，然后爆炸，裂成碎片和火星散落开去。乌鸦扇扇翅膀，向空中飞去，消失在黑夜里。

伊恩吃惊地看着眼前礼花般的景象，把我的腰搂得更紧了；“今天晚上奇怪的事可真不少。我来打一辆出租车，送你回家吧。”

“你肯定你没事？”

“当然肯定，无论我遭遇什么厄运，我总能指望你来救我，对吧？”

“对。”我真希望，埃里克遭遇不幸时，我也能像这样在他身边保护他。

二十四

自从萨瓦娜和埃尔克宣布她们要联手开面包咖啡店之后，一楼的餐馆供应商店彻底改头换面了。至于给咖啡店取个什么名字，从来都不是问题。萨瓦娜的一个大手笔，就是深蓝色的遮阳篷和鲜艳的黄色字体店名：萨瓦娜思乡咖啡店。星期六下午一两点的时候，我到达那里时，萨瓦娜正指挥尼克和消防站的另一个哥儿们安装遮阳篷和入口处的照明固定装置。

“为什么要叫‘思乡咖啡店’？”我问。

“我觉得这个名字很贴切，”她说，“尼克也同意。你有没有注意到，在纽约的每个人似乎都想念家乡的某个东西？即使是纽约本地人，也不例外。”

我点点头：“尤其是今天。”

“一切都变了，我们听到的消息更加可怕。你有没有听到杀死刺杀肯尼迪的凶手李·哈维·奥斯瓦德的杰克·卢比的消息？电视上播了。”

“我看过了。”我在我家附近的咖啡店逗留了一会儿，看了枪击画面的重放，戴着帽子的人扭打在一起。这一段赤裸裸的、没有任何意义的录像片段被一遍又一遍地播放，使得过去几天才发生的事情已经显得遥远而不真实了。

“我们进去，”萨瓦娜说，搂住我的肩膀，“我带你参观参观。”她推开了门，“大家都回来了，在厨房里忙活。我们得到了第一批订单，所以要把一切都准备好。”

“简直不敢相信！”我说着。我在入口处停下来，看到亮堂的就餐区，以前阴森发霉的商店内部焕然一新。看来，尼克·韦斯特利和他的一帮消防站哥儿们出了不少力。他们清理、去掉了破旧的油漆布和陈列柜，露出了屋子里本来就有的宽幅橡木地板和胶合板玻璃陈列柜后面古色古香的护墙板。

“把原来的装修拆掉，”萨瓦娜自豪地说道，“就这么简单！”

事实上，要恢复原来商店内部的地板和其他木制品的原貌，用砂纸打磨、抛光等，很明显要花不少时间和力气。要补偿从消防站来的自愿者们在管道、电气和木工等方面所做的大量劳动，萨瓦娜得免费供他们吃喝好几年。裹着布的线路、腐蚀的管子和破旧的电灯插头、插座都更换了。护墙板上面的墙壁刷成了乳白色。马口铁冲压制成的天花板上吊着球形电灯。从餐馆供应公司弄来的一件古色古香的家具——一个长长的玻璃柜台，经过翻修，放置在厨房入口处。玻璃柜台后面的墙上有人用漆写上了几个字：埃尔克面包和糕点。

厨房里的设备是萨瓦娜从餐馆供应公司廉价盘过来的，前面房间的椅子和桌子是她从街上捡来的。萨瓦娜捡到的任何东西，都要改造一番，没有重样的椅子。餐桌既有带垂板的红木桌，也有松木的隔板桌。只要能派上用场的一件都不丢掉，厨房里用不上的壶、罐、铜壶等，都成了房间的装饰物。萨瓦娜爱收集一些旧把手、生锈的铁制品以及翻修留下废墟堆里找到的手工方头钉和楔子等，她把它们放在一只旧的大木箱里。“有一天我要做一张拼贴画，”她说，“把它挂在吧台后面的墙上。”

“我记得你开的是咖啡店，”我说，“你还打算卖酒吗？”

“刚开始不会卖酒，卖酒需要许可证。但总有一天会——为什么不呢？现在，我们只提供汤、三明治和烤制食品，我们只在白天营业。”

因为下午肉制品批发企业一关门之后，这一带街区也就几乎没什么客人了，所以5点之后营业没什么意思。另外，埃尔克和萨瓦娜不打算雇人，要完全靠自己经营这家咖啡店，这也意味着我们其余的人要经常作为自愿者来帮忙。

在厨房里，艾莉和埃尔克两个人都扎着头巾，正忙着打扫刚刚安装好的储藏柜。“嘿，你来了我们很高兴，”艾莉说，“拿双橡胶手套，我们正需要帮手。”

“艾尔呢？”

“在睡午觉，”埃尔克说，“等会儿我就让她下来。你能待多久？”

我耸了耸肩：“你们要我待多久，我就待多久。待一晚上怎么样？”

“当然。诺妮的表演取消了，我想，大家都不想出去寻开心。她希望他们会安排她在下个周末演出。”艾莉说。

“留下来吃晚饭吧，”萨瓦娜劝我，“我已经准备了炖菜。过一会儿，尼克要和消防站的几个朋友过来。”她递给我一副橡胶手套和一块海绵，“等遮阳篷一装好，我就马上过来。”

我想起我来纽约的第一个星期，离现在已经一年多一点儿时间了，尽管那时整座城市随时都有受到古巴导弹攻击的威胁，我还是在大街上急匆匆地走着，去参加兔女郎的面试。我周围的人垂着眼睛、忧心忡忡，根本不注意周围其他的人。但是，自从肯尼迪总统遭暗杀后，周围普遍有一种悲伤情绪，这种共同的悲伤似乎影响了每一个人。对我而言，没有比在萨瓦娜那儿能和我的好朋友一起吃炖菜更美的事情了。

感恩节的那一周，主导我们生活的新闻，仍然是肯尼迪总统去世的消息。从星期五下午开始，《黑暗之影》以及其他正常播出的节目停播，改播广播电视网的特别报道和在华盛顿哥伦比亚特区举行的追悼仪式和在阿林顿国家公墓举行的下葬仪式。

在星期三的正式演出后，从指挥室的喇叭里传来保罗·阿博特的声音，要求全体演职人员马上到排练厅集合。听到保罗的通知时，伊恩和我还没有卸妆，正坐在费尔法克斯女士闺房的矮长沙发上。伊恩把獠牙放进西服的胸前口袋里，叹了一口气："我想，这将是亨利五世向部队讲话，要他们树立信心、继续战斗。大伙儿都还心情沉重、闷闷不乐。"

考虑到过去几天发生的事情，在楼上排练厅聚集起来的人们还是一脸的严肃庄重。由于到的人比平常要多，点心桌子上增加了一桶咖啡和一盘曲奇饼干。卡米拉那天没有演出任务，但参加了下午的台词排练，她穿着一套时髦的黑色西服，戴着墨镜。她和我擦身而过，没有说一句话。

和别人相反，保罗·阿博特显得出奇的热情洋溢、兴致勃勃。如果他要涉及星期五的悲伤话题的话，显然不应该是那样一种表情。当屋子几乎坐满人的时候，保罗放下咖啡杯，站到一个装满影迷邮件的箱子上，这样我们大家都看得到他。奈杰尔用茶匙敲了一下咖啡桶，大家都不讲话了。

"大家好！我知道过去的几天，大家都不容易，都很悲痛，也许现在给大家发布一点儿乐观的消息不是什么坏事，尤其是它涉及我们每一个人。你们知道，我一直在筹集资金来拍摄电影版的《黑暗之影》，现在看起来——似乎是，有了好消息！我刚刚得知这个消息！我们3月末、最迟4月初就可以开拍！"保罗笑了，就像一名拳击运动员将双手举过头顶。

"太棒了，保罗！"迈克尔大声叫道，吹起了口哨，震耳欲聋。

这是一个信号，示意大家欢呼，鼓掌，大笑，相互拥抱。

“嘿，停一下，大家请注意，”保罗高声说道，“我们所有的人都有份。没有大家的齐心协力，我们不可能做成这件事情。拍摄预计要五周时间，绝对的低成本制作，我们还要一周出五集电视剧，要不然，广播电视网会要我们的命。我指望大家能齐心协力，你们愿意和我一起干吗？”人群中更多人欢呼，更多人打口哨，更多人鼓掌，“太好了！我有多丽丝为我保驾护航，奈杰尔负责管理整个剧务团队。一旦开始拍摄，因为从摄制组到拍摄地点很远，我们就要经常乘坐交通工具。你们愿意和我一起干吗？”

和其他人一样，我也鼓掌欢呼。伊恩也在拍手，他看到我，给了我一个鼓励的眼神。我感到很糟糕，这一点儿伊恩是知道的。一周前我就应该告诉保罗，他的女主角到时不能工作。现在他已经筹集到了拍摄电影的资金，在他宣布可以进入拍摄后再告诉他我的情况，对他会是一个多么大的打击啊。我看了一眼卡米拉，她在离我最远的地方靠墙站着，戴着墨镜，让人难以琢磨。我的事她知道多少？

“反正，”保罗说，“我的意思是，我最好把消息告诉你们所有的人，因为你们迟早也会从行业报刊上读到的。还有，不久就要下大雪了，我们要做一些先期选景的工作。你们中的好几个都要参加这些场戏的拍摄，包括梅格、伊恩以及卡米拉。另外，由于在这之前节目停播，这周有两集要重播。我们已经储备了足够的节目录像，所以，不仅感恩节，而且星期五都不用工作了。我只想对大家说感恩节快乐，并祝你们过一个愉快的周末。我想，我们都需要花点儿时间和家人、和朋友在一起。星期一见。”

伊恩在我耳边轻轻地说道：“太好了！我们真该放松一下了。你明天有什么安排吗？”

“和朋友吃饭，你呢？”

“回康涅狄格州的家，就我一个人，除非你愿意和我一起去。很欢迎你来。”

我摇摇头。

“太不凑巧了，但是，至少我们可以在钻石酒吧喝一杯。你换好衣服后，在大厅等我。”

我知道我不必着急，在卸掉吸血鬼的妆后，伊恩一般会冲个澡。穿着披风、精纺套服、背心、高领衬衫，在摄影棚灯光的照射下，很容易出汗，伊恩很在意下班后在外面等着他的影迷。“不能就这样一身汗臭地见他们，让他们倒胃口，”他总是说，“一个臭烘烘的吸血鬼太不像话了。”

我慢慢地走上楼梯，来到更衣室，我很后悔答应了和伊恩一起喝酒。我觉得，我们说不定会在那里碰到卡米拉，虽说她自从和迈克尔分手后已经很少去钻石酒吧，不过也没必要去冒这个险，她越少看到我俩在一起就越好。我脱下带花边的晨衣，把一堆长长的垂鬈发放在梳妆台上，好让麦琪整理。我梳好头，洗了脸，穿上宽松的羊毛衬衣和牛仔裤。

我觉得很不舒服。我坐在椅子上，看着结霜的窗户，外面的天色渐渐地暗了下来，各种交织在一起的情感在我脑海里翻腾。我老是想着埃里克，我知道我要对付卡米拉——但是，什么时候？怎么对付？她已经出手很多次了，我不能再给她机会。如果她再有机会，那对伊恩或我，都是致命的。我已经减少进野食，可我不应该这样做，我不能太虚弱。我身上凡人的情感（更不用说荷尔蒙了）占了上风。还有保罗，我得立刻告诉他我的情况，我是现在告诉他，还是把这个长周末过完之后？但是，我怎能把这样一个好机会白白浪费掉呢？我没有勇气去面对他。

我闭上眼睛，试图让自己注意力集中，但不知不觉地睡着了。我醒来的时候，听到有人在轻轻地敲更衣室的门，一时不知道自己身处何处。

“我好了，”伊恩说着，站在门口看着我，“正在睡觉吗？”

“抱歉！”我跳了起来，拿起我的上衣，“你等了好一会儿吗？”

“我刚来，不过，我不想单枪匹马地去对付影迷的夹攻。准备好去面对外面的那些人了吗？”

我戴上毛线帽，然后，我们一起走到寒冷的外面。街上刮着刺骨的寒风，但似乎阻止不了影迷们的热情。伊恩和我在影迷的签名簿上签名，和他们一起合影照相，过了好几分钟，我们才得以离开，向钻石酒吧走去。就在我们向酒吧走去的时候，还有一些影迷跟在我们后面，不过大多数留在原地。当然，他们知道我们要到哪里，但他们有一些不成文的影迷礼仪，一般不会跟我们到钻石酒吧里的。

酒吧里人很多。由于周末长假，来这里的演员也好，剧组工作人员也好，比平常星期三晚上要多。伊恩和我本来想挤到里面去，但无奈地放弃了，就在入口处外面一张桌子旁坐了下来。伊恩要了一杯拉格啤酒，我点了一杯姜味汽水。

“我希望你不要生病，”伊恩说，“因为如果那样的话，我肯定会被传染！”

“别担心，我想，只是这样几天就过去了，我有些累而已。”

我看看周围，从黄铜栏杆看过去，餐区人声鼎沸。我的目光落在餐区后面角落的一个卡座上。卡米拉，身穿黑色套服，盘了金黄色的发髻，和保罗坐在一起，十分抢眼。两个人喝的都是马丁尼酒，两个人的身子都向前倾。卡米拉正在施展她的魔力，看上去，保罗对她很着迷。我心里觉得很沉重，深切地有种不祥的预感。

伊恩伸出手来握着我的手：“你的姜味汽水还一点儿没喝呢，是不是很不舒服？”

“伊恩，我这个人真无趣，我该回去了。”

“那样的话，我送你，请别拒绝。”

伊恩一边把拉格啤酒喝完，一边等着结账。我们在街角叫了一辆车身涂成格子形状的恰克（Checker）出租车，就在那个时候，寒冷干燥的空中飘下了第一片雪花。汽车穿过城区到达第5大道转向南时，我的手紧紧地抓住座椅，很不舒服。当我们到达格莱麦西公园时，我连从出租车里下来的力气都没有了。

“梅格，你肯定你没事吗？我来把你送到门口。”没等我开口回答，伊恩就和我一起下了车，抓起我的胳膊，“司机，请稍等一下——我马上就回来。”

我的身子靠着伊恩去找门钥匙，感到头发晕。他从我手里拿过钥匙，开了门，然后搀扶着我走进家门口。“你自己能行吗？我觉得，我不能就这样扔下你不管，如果你不反对的话，我留下来待一会儿。”

“不用，我没事，是胃的毛病。我还有整整一个周末呢，会好的。”

“你肯定没事？”虽说很担心，但他在我屋门打开后，还是把钥匙给了我。

“绝对没问题，”我向他保证，“谢谢你。祝你周末愉快。”

我关上门，身子靠着门上，听到伊恩的脚步走过了大理石厅，我慢慢地坐到厨房的地板上，咬紧牙，抱住肚子。我的肚子疼得撕心裂肺，喘不过气来，我感觉我的大腿上有湿的黏糊糊的东西。我知道发生了什么，自从在钻石酒吧里开始的第一阵剧烈疼痛，我就知道了。

我躺在地上，挺起身子，脱掉外套盖在身上。我蜷缩成一团，咬紧牙关，忍受着一阵阵痉挛，它火辣辣的，令人恶心地抽扯着全身。

“不，不！”我抽泣着，但是，我知道已经结束了，胎儿已经流产了。

我把头靠在毛线帽上，又一阵痉挛袭来，我突然意识到，我已经失去了埃里克，现在我又要失去我们的孩子。我居然让它发生或者使它发生，我做错了什么？我感到一阵阵内疚，比肚子里的痉挛还要难受。我想死掉，我知道这有可能。听我妈妈说，对我们这样的吸血鬼来说，生孩子是致命的。

我躺在厨房冷冷的地砖上，盖着外套，身子不停地抖动着，忍受着剧痛，恨不得一睡不醒。“我流了多少血？它会停止吗？”躺在半明半暗的屋子里，看到街头的路灯透过落地窗照了进来，我在不停地想。

痉挛阵痛的频率慢慢减少，我的呼吸也开始变得更均匀了，最后，我裹着外套，挣扎着来到浴室。

过了一会儿，我洗干净了身子，往雕花玻璃杯里倒了一些J&B威士忌，然后，坐在长沙发上，向窗户外面看去。外面在下雪，起先看到的少许粉末状雪花变成了厚厚的、湿湿的一层，粘在树上。我喝完了杯子里的酒，把它放在地上，然后躺回到床上，不知不觉地睡着了。这是一个漫长的夜晚，我一次又一次地醒来，脑子里是一个又一个梦的片段，都是关于埃里克的，接着又睡着了。

等我完全醒来的时候，屋子里已经洒满了早晨的阳光。我同时意识到，门铃在响。我不想见任何人，不过还是轻轻地走到门口，通过门镜向外看去。门口有一个人，手里拿着一个很长的花店盒子，在有些不耐烦地按着门铃。我开了锁，打开门。

“对不起，小姐，对方坚持要求今天早上第一个送到。”

“太谢谢你了。感恩节快乐。”

我关好门，把白色的长纸盒放到餐桌上。盒子里是24枝深红色玫瑰，还有一张卡片：

感恩节快乐！希望你感觉好些了！

爱你的，伊恩

闻到这浓郁的花香，我深深地吸了口气，开心地笑了。

此前我从没有收到过一束花这么多，我没有花瓶。我在屋子里到处找，试图找到一个适合的容器，最后决定用我平时用来擦洗地板的黄色塑料桶。不知为什么，把红玫瑰安排布置在黄桶里，我的心情好了很多。还有一个原因，是我还有整整四天没人打扰的休息时间。我已经决定感恩节不去萨瓦娜那里吃饭，我想一个人。而且，我想去雪地里走走。

我洗了个澡，穿上厚毛衣、裤子和雪地靴。正当我准备穿上厚重的夹克衫时，门铃响了。我没到门镜去看是什么人，就直接开了门。

“感恩节快乐，”伊恩说着，热情地微笑着。

“同乐，我以为你到乡下去了呢。”

“我是准备去，但在走之前，我要确定你没事。你现在感觉怎么样？”

“很好，我没事。”

“太好了，如果你有问题，我就会有感染的危险，那可就要命了。”

我笑了：“别担心，谢谢你送的玫瑰。它们刚刚送过来，你想看看吗？”

“我想，你这是邀请我进屋，”他说着，走进窄窄的过道，“哎，你看，多么漂亮的花瓶啊！”

“有双重功能。我没想到今天早上会有人送花过来，真的谢谢你。”

“下次送的时候，我会让他们包括花瓶在内。你肯定你没事吗？因为，我可不想你有事。”他说着，仔细地看着我，“脸色很苍白，比平时要苍白得多。”

“我没化妆。”

“得了，我见过你以前没化妆是什么样的。我要你和我一起到乡下去。那里空气新鲜，可以长时间散步，冬天特有的景色和带咸味的海风这些都会对你有好处。我的车就在外面，暖和惬意，随时可以走，你什么都不用带。”

“不管怎么说，我要谢谢你。可我想一个人清静一会儿。”

“我也能给你清静，很多的清静。那里房子很大，意思就是要与世隔离。在那里，你几乎都不怎么能看到我。”

“恐怕，不仅仅是清静的问题。”

“我明白了，”他深情地看着我，用双手搂住我，“对不起，梅格。你现在感觉怎么样？你需要看医生吗？”

“不用，我没事，但是，真的不能见任何人。”

“不过，我觉得你也不能一个人待着。如果坐车没问题，换一个地方会对你有好处的。我向你保证，你可以拥有你要的清静。”

“你说得对。你一番盛情邀请，我又怎么好意思拒绝？你给我一分钟的时间，我来打个电话，带把牙刷。”

我给萨瓦娜打电话，告诉她感恩节我不过去吃饭了。在电话里，我听到大伙人声嘈杂地做着准备工作，我知道即使餐桌上少了我一个，也没有关系。再者，虽说我喜欢一个人独处，但是能够离开这个屋子和有关埃里克的回忆，我觉得也不错。改变一下环境，也许真的对我有好处。

二十五

伊恩说他的汽车暖和的时候，严格来说是对的，发动机刚熄火。他开的是一辆两座敞篷车，但暖和肯定谈不上。停在我家门口路缘上的，是一辆深绿色跑车，一条很厚的皮带系着引擎盖，方向盘的位置不对，车门是向后开的。

“看上去像个玩具，车顶呢？”

“没有车顶，”伊恩说，他为我把着车门，“这下我在想，我劝你和我一起到乡下去，也许不是个好主意。你觉得你没事吗？一路会很辛苦，而且风很大。”

“我没事，反正现在我回不了头了。”

“太好了。那么上车，我们走。越早出发越好，天气对我们不利，而我又把顶篷放在车库里了。”他把我的小旅行包放在我座位的后面，在我膝盖上搭了一条厚围巾，“我想你用得着这个，”他说着，在我旁边坐下，“车里也没有加热器，希望我们半路不要遇到暴风雪。”

在发动机的隆隆作响声中，他解释说，这辆车是1956年的摩根跑车，是他叔叔的，而且，“一旦上了高速公路，跑起来还是很过瘾的”。事实上，我们还没有到街角，我就已经感到一股潮湿的寒气渗透到了夹克里，只是我一点儿也不在乎寒冷。我缩坐在座位里，把那条围巾围在脖子上，毛线帽子戴得很低快要挨着耳朵，这样才不会被风吹走。本来摩根跑车就不常见到，更令大家感到新奇的是，在一个寒冷的雪天早晨，看到了两个人开着一辆不合顶的敞篷车。大家都透过车窗看着我们，有几个还向我们微笑，冲我们招手。

我把围巾拿开，大声叫道："他们认为我们是疯子！"

"他们是嫉妒！"他笑着说，"你还好吗？"

"很好。"

这显然比一个人坐在屋里花很多时间去左思右想，或者在寒冷阴郁、空空荡荡的街道孤零零地散步要好。我已经感觉好多了，可还是受不了整整一下午都坐在萨瓦娜的饭桌旁边吵吵闹闹地谈话。我坐直身子看着窗外，半闭着眼睛，雪花飞舞着，打在我的脸上。天空是铅灰色的，路上来往的车辆很少。沿途的风景，主要是街道和工业区，快速地一闪而过。

约一小时后，伊恩在直通公路旁的一家加油站停了下来。

"快到了，你要不要方便一下？"

我摇摇头，伸了伸懒腰。一辆蓝色的道奇车在我们旁边的加油泵停了下来。一位戴着呢帽的中年女子从对面看着我，然后看看摩根跑车，她对正在车的后排座椅上打打闹闹的两个孩子说了些什么。

他们把脸贴着车窗，看着我们的车。那位女人再看看伊恩，仰起头再盯着他看，脸上露出了一种认出人后的惊讶表情。她又看看我，她用手打了一下自己的嘴巴。

她摇下了车窗，先用手指着我，然后指着正在给加油站工作人员钱的伊恩："我认识你！你是——等等，等等，你是谁？吸血鬼，对吧？"孩子们惊呆了，眼睛里充满了恐惧。坐在司机位置上的男人靠着方向盘茫然地看着伊恩，然后看看我。

伊恩跳上车来。

“简直不敢相信！”女人说道，她说话的声音跟尖叫差不多，“他是塞巴斯蒂安！”

“感恩节快乐！”伊恩冲他们喊道，找到挡位，我们一溜烟地开跑了，后面的道奇车里爆发出一阵欢呼声。

“她认为我要把你拐骗到某个地方去。”我们的车开出了服务站，伊恩说。

“实际上，你就是。”我笑了。那些孩子会期待着能在星期一的电视上看到我们开着一辆玩具跑车。

“更糟糕的是，他们会做噩梦，认为我会出没在他们住的地方做坏事，而且他们的想法是对的。”伊恩将车变了道，改走靠近岩质海岸线的一条较窄的车道。前面出现了一个村庄，房子和小商店紧靠路边。有一个船坞，岸边停靠着几条小船。

“我的房子就在前面。那一片水域叫长岛海峡，你看到的那一块块露出水面的，被称作顶针岛。”

“这名字真好听，”我说，看着岩石嶙峋的一座座小岛，“我看到一些岛上有人居住。我们要划船上到其中一座岛上去吗？”

“不，感谢上帝！我的叔叔还是很有眼光的，他的房子选在岬角。在岛上建房子当然没问题，然而一旦有了风暴，你就会被困在岛上。1938年的一场飓风，把岛上的一切都夷为了平地。还有，作为题外话，这些岛屿是以糙莓来命名的，据说是一种黑色的山莓。因为从来没有见过，所以不敢肯定。”

伊恩转了个急弯，进入海岬，海岬成弧状，与长岛海峡构成倾斜的角度。一阵大风从水面刮过来。伊恩行驶在一条很窄的石子路上，前面出现了一扇经过风雨侵袭变了色的大门。轻轻飘舞的雪花变成了冰冷的颗粒，打在脸上有刺痛的感觉，能见度也降低了不少。

“好了，你马上就可以看到我称为家的房子了，不过还要一点儿时间！请等一下。”伊恩说着，跳下车去，把大门打开。

在一片树丛中，矗立着一间灰色的木瓦房，与阴沉昏暗的天空融为一体，屋顶上有烟囱和带有栏杆的眺望台。伊恩回到车上，顺着斜坡往下开，在柱廊前面停了下来。

“快进去，先暖和一下。门没锁。”

我快步顺着台阶往上走，回过头看见伊恩正把行李包放在走廊里。他又爬上了摩根汽车，把车开到由碎石铺成的出车道前的木瓦车库。我抓起行李包，把它们拿到门口，很快，一阵冻雨落在走廊上。我抖落掉沾在夹克衫上的雨和雪，推开房子的前门。里面很暖和，有烤火鸡和香料的味道。我脱掉夹克衫，在黑糊糊的门口走来走去，等伊恩过来，品味着感恩节的气息。

“真的赶得很巧，差一点儿就挨淋雨了，”伊恩说着从门外跑进来，不停地抖动身体，像一只打湿了的小狗。

“我说，我们得先喝点儿威士忌。”他打开电灯，把我们的夹克衫挂好。我发现，我们站在一个很宽敞的铺着木地板的大厅里。厅里有一张长隔板桌，桌子上方的墙壁上挂着装裱好的斯托尼克里克港湾的水彩画。一个装邮件的盘子占据着桌子的一角，旁边是一只装满苹果的陶碗。一只大搪瓷罐里装满了秋天的鲜花：金色的菊花、香蒲花、野生草等。

“你一定有精灵在为你干活。你又不在这里，怎么可能在炉子里准备好了饭菜、在屋里布置好鲜花呢？”

“我很聪明，对不对？我给为我打扫卫生的女士打了一个电话，她是我的邻居。实际上，我们要吃的东西是她家午餐的一部分，她人太好了。”

我跟着伊恩，沿着过道来到一间很大的农场式的厨房，它的天花板很高，墙壁漆成香草色，厚木地板磨损得很严重。带垂板的餐桌和两把椅子占据着屋子的一角，后面有带着黄铜插销的玻璃窗。几乎占据了整整一面墙的，是一个松木餐具柜，破旧不堪、松松垮垮，上面放满了各种各样的盘子、杯子、碗。有一个难看的炉子，后面的搁架上放着锅，旁边是食品储藏柜。伊恩从石头水槽上方的橱柜里拿出两个杯子，放在案板墙边的桌上。

“你可别期望太高。这个地方破旧不堪，可我还就喜欢它这个样子。”

“我也是，一点儿也不要改动它，”我说着，向玻璃窗外望去。窗外，海天茫茫，雨点不停地打在波涛汹涌的水面上，“它使我想起了我的老家，只不过我们在窗外看到的是田地，而不是大海。但围绕着我们的屋子有一条走廊，还有一间阳光房。不过，我想你这里应该没有飓风避难窖。”

“其实，我们这里还真有类似的东西，我的叔叔把它当酒窖使用。”伊恩从餐具柜里拿了一瓶酒，仔细地看着上面的标签，“真该谢谢叔叔，他给我们留下了一批不错的普朗克葡萄酒。”

“普朗克？你们是这样称呼葡萄酒的吗？”我笑了起来，想起我们坐好准备吃饭时，爸爸拼命拔着红酒瓶子软木塞的样子，“在老家，我们没喝过什么像样的。冰茶。水。记得在纽约和我的经纪人韦斯利·特拉斯科特第一次吃饭的时候，他问我要喝点儿什么，我就点了牛奶。他吓坏了，告诉我除非是在早餐吃麦片之类的，否则千万不要喝牛奶。他给我点了一杯低度的粉红色葡萄酒。如果它的颜色不是粉红色的话，我想我可能喝不了那杯酒。它喝起来有点儿甜，看上去又不会伤身体，所以我又喝了一杯，结果在看他邀请我看的戏剧时，我几乎一直都在睡。抱歉，我话太多了。”

“没关系，不用太客气。”伊恩打开了酒瓶，沿着玻璃杯壁往里面慢慢地倒酒，“你是要和我一起喝威士忌，还是愿意喝葡萄酒？如果你要坚持自己的意愿的话，说不定冰箱里还有一点儿牛奶。”

“虽然很想喝牛奶，但我还是选择喝葡萄酒。”

“太好了！我去弄酒、生火，你不如先安顿一下。你的房间在楼上，右边的第一间。等有空的时候，我再带你参观房子的其他地方。如果你困了的话，也可以先睡一会儿。”

我让伊恩在厨房里慢慢地做他的事情，自己跑到门口去拿我的包。房子出奇的安静，唯一的声音是我上楼时脚踩在地毯上发出的沉闷的吱吱嘎嘎声。在楼上过道的右边，我推开第一间房间的门。我进到屋里，感觉一阵冷风从房间掠过。我隐隐约约地听到有沙沙声。是老鼠吗？我能抑制住自己的冲动吗？到现在我可是一点儿饭都没吃。

但是，很快我意识到沙沙声是一扇打开的窗户窗帘随风吹动发出来的。我把窗帘拉到一边，迎面吹来冰冷有腥味的海风，我把窗扇拉了下来。狂风把树枝吹弯，将潮湿的树叶贴在窗玻璃上，然后又把它们扯开。

我打开黄铜床头灯，看看四周。墙上贴有褪了色的矢车菊图案的壁纸，上面挂着装裱过的香草的彩色图片。编织地毯上有一把铺有轧光印花棉布垫子的安乐椅，椅子的一边是胡桃木书桌，另一边是相同材质的带镜子的梳妆台。我把包打开，放在床罩上，很想知道伊恩在他叔叔的屋子里住了多少年。我拿出盥洗用品，毛巾和洗脸毛巾，把它们放在梳妆台上，然后去看卫生间在哪儿。

在过道的尽头，我发现了一个镶着黑白地砖、通风很好的浴室，它是这一楼层三个房间的公共浴室。我洗完脸，梳好头，但懒得化妆。我看看镜子中的自己，发现伊恩说得对，虽说我感觉好一些了，但我的脸色比平时要苍白一些。

顺着燃烧原木的味道，我下楼来到宽敞舒适的客厅。一个巨大的散石壁炉里，火烧得正旺，壁炉架的周围是一些装裱了的相片。壁炉的前面铺着一大块磨薄、褪了色的地毯，上面有修补的补丁。一张沙发和几把扶手椅，围着一张漂流木咖啡桌摆放着，在咖啡桌上，伊恩放了一盘切德干酪，切成片的苹果，还有核桃和饼干。

屋子的另一端是窗户，通过它们可以看到海峡。左边是玻璃门，和一个看上去是中庭的地方相连接，中庭里有一张玻璃面桌子和几把钢架金属丝椅子。天花板上吊有一篮篮的蕨类植物，没有封起来的金属架上有各种各样的植物。我伫立在它们前面，浓烈的花香让人心醉。

“我们可以坐在这里，但最好是白天外面有光线照射进来的时候，”伊恩说着走进来，一只手拿着自己的威士忌，一只手拿着我的红葡萄酒，“欢迎来我家里做客，干杯！”

“祝你快乐。”我们俩相互碰杯。我喝了一小口葡萄酒，马上就能感觉到不一样的味道，“不错的葡萄酒！我觉得，我在这里太受宠了。”

“这正是我所希望的。实际上，有一地窖的好东西等着被享用呢。我叔叔乔，虽说是个共产党，但很赞成喝好酒。我想，他是想用这一地窖的好酒来安享晚年，没想到加速了他的死亡。”

“共产党？真的吗？你也是？”

“不是，”他笑了，“我的父亲是名外交官。我们这个家庭很怪，我父亲和我叔叔一直合不来，可以说，是正好相反的两个人。现在，他们两个人都不在了。让我给你看样东西。”

我跟随伊恩走出中庭，来到客厅外的一扇门前。打开这扇门，里面是一间书房，三面墙都堆满了书，从地板一直堆到了天花板。装有竖棂的铰链式窗子下面，是一把有软垫的椅子，窗外是一个假山花园。一张椭圆形的桌子和两把低背皮安乐椅，占据了房间的大部分。伊恩打开红木桌的一个抽屉，拿出一个雪茄烟烟盒。

“我的叔叔乔是家里最小的一个，在西班牙内战时期，他离开家，参加了林肯旅，去推翻西班牙独裁者佛朗哥。最后，他到达了殖民地，也就是我爸爸对美国沿岸的称呼。斯托尼克里克的这个地方，成了同行者的安全藏身处。”伊恩打开了雪茄烟烟盒，用手清点着一大堆硬币、军功章和小纪念品，“这些东西，都是我叔叔1937年参加西班牙内战获得的，他总是说，那是他人生的辉煌时刻。”

“他再也没有回英格兰吗？”

“没有，这也是令人有些难以理解之处。实际上，虽说我父亲有一段时间做过英国大使，但我们家不是英国人。那时候，我在伦敦外的寄宿学校上学。”伊恩拿过我手里的玻璃杯，“让我来给你再加点儿酒。看得出来，你喜欢柏图斯葡萄酒，为什么不呢？只要你喜欢喝，就是好东西。等会儿我也喝一点儿。”

我们回到客厅，伊恩从装酒的玻璃瓶里又倒了一些酒，我们坐到壁炉前的扶手椅上。我意识到，伊恩是想告诉我关于他的一些事，并且为了讲这些故事做了精心的准备。

“问题是，迟早会有这一天。也许，随着《黑暗之影》这样快地走红，这一天很快就要来到。一旦媒体开始刨根问底，你的背景是很难再掩盖下去的。英国的小报一得到点儿风声，他们就会穷追不舍。我们都不希望我们的生活毁于一些没办法控制的事情。你明白我说什么吗？”

“我明白。”我坐直身子，把杯子放在桌子上。我有些担心，是不是我的情况伊恩知道的比我想象的要多。

“我知道，你也有你的秘密，至少我认为是这样。我想听听你怎么看这个问题，因为它涉及严重的后果。”

“你指的是黑名单吗？你是共产党吗？”

“不，天哪，不是！不是我。我跟那个一点儿关系都没有。不是，是我的家庭。”他站起来，从壁炉架上拿起一个镜框，“我的父亲和他的弟弟是罗马尼亚人，这是他俩在一起照的唯一一张照片。你能看得出我父亲比我叔叔个子高一些、年纪也大几岁。由于年龄上的差异，他们真的可以说是两代人。我的叔叔对我父亲和我外公的生活只有鄙视。你可以看一下，在这里，他们站在我们家的房子前。实实在在的一座城堡，罗马尼亚中部特兰西瓦尼亚边界众多城堡中的一座。也许我要补充一句，我外公去世后，我父亲成为一名男爵。”

“这么说，现在你是男爵？是什么男爵？”

“现在，这一切都没有意义了，只是一个头衔。我的意思是说，共产党大约在1948年掌握了政权。我父亲伤心透了，我的叔叔也很伤心，因为他认为自己是一个真正的共产党，而当局却认为他只是一个逃亡的贵族，是国家的威胁。他们根本不需要冯·德拉库尔男爵一家。”

“德拉库尔？那是你们家族的姓吗？”我差一点儿笑出声来，但是看到伊恩一脸的严肃，我又不好意思笑出来，“对不起，我弄错了。不过，你的姓是弗莱彻，我知道。”

“这是我母亲的姓，她来自南非。共产党在罗马尼亚掌权之后，他们住到了瑞士。我在外面上学的时候，我父亲和我母亲在发生于瑞士哥达山口的一场车祸中双双去世了。”

“我为你的父母感到非常难过。那你的叔叔乔呢？”

“他本来叫约瑟夫，不过，一生中大半时间他都用乔·史密斯这个名字。他是两年前去世的。每年的夏天，我会和他在一起待上几个星期，但大部分时间他都是一个人。他觉得被他所信仰的事业愚弄和抛弃了。他过着很像隐士的生活，采集蝴蝶标本、用笼子诱捕龙虾，再就是喝酒。”

“使你担心的，是不是你家的姓氏听上去像吸血鬼德拉库拉伯爵？”

“是的，还有就是，我的运气太不好了，先是扮演海盗，然后是像匈牙利演员贝拉·卢戈西一样演吸血鬼的角色。所有德拉库拉伯爵的鬼话都是编造的。当然，是不错的虚构，但是，我向你保证我们家族里没有吸血鬼。想想这样的传统，我的父亲是最后的冯·德拉库尔男爵，不是伯爵。而且，不，我们也不住在有吸血鬼出没的德拉库拉城堡。我为我的父亲感到骄傲。我不想就因为在一部肥皂剧中扮演一个愚蠢的吸血鬼，我的这些家庭背景就给人挖掘出来、被人嘲笑。整个吸血鬼的鬼话完全是不可信的传说！我之所以用我母亲弗莱彻的姓，就是不想和吸血鬼有任何联系。”

“我完全理解你的心情。”不过，现在也不是向伊恩说出实情的时机，我不能跟他说，事实上他的客人我，就是一个吸血鬼，“我的意思是，我也改过名字，当然，不是任何家庭历史的原因。我来自一个大家族，布拉奇家族，我的真实名字叫玛格丽特·布拉奇。”

“这就是你所谓的秘密？你的姓是布拉奇？听上去不错。”

“一点儿也不好。”我把酒杯里的酒喝完，很感激地看到伊恩再次把我的杯子斟满，他给自己的杯子也倒上了葡萄酒。我们举起酒杯默默地祝福对方，继续喝酒。

“你介意在厨房里吃饭吗，布拉奇小姐？”

“一点儿也不介意，阁下，我很喜欢在厨房里吃饭。也许现在老家里的人在厨房里都快吃完了。”

“你想跟他们打个电话吗？请自便。你跟家人打电话的时候，我正好可以把饭菜端到桌子上来。”

“你真的不介意我用你的电话吗？这可是长途。”

“电话机在客厅的桌子上，去打吧，别在乎打多长时间。”

伊恩到厨房去了，我来到客厅给家人打电话。我想，我妈妈应该会邀请埃里克的父亲一起吃感恩节大餐，埃里克的父亲克拉伦斯住得离我们家不远。我突然想家了，真希望此刻和他们在一起。

是我妈妈接的电话。我听到水槽里碟子、盘子丁零咣啷的声音，知道她在洗碗。“你爸爸和克拉伦斯刚出去了。他们去了仓库，要用链子把卡车上的东西固定好，今天晚上我们这里有暴风雪。你怎么样？”

“不怎么好。胎儿流产了，昨天晚上。”

“我真为你感到难过，”她说着，碟盘的撞击声没有了，我听到她深深地叹了一口气，“如果你需要，我可以过来，我可以马上到你那里去。”

“我想，我没什么事。谢谢，妈妈。”

“你进野食了吗？因为你需要补充能量，你现在身体很虚弱。有些事情你应该知道，你怀上的是一个凡人小孩。如果是非人类孩子的话，就没那么容易流掉。你得有我的帮助才行。你现在一个人吗？”

我用手捂着电话听筒，轻声地说：“不是，我和一个朋友在一起。不过，你继续说吧，我在听。”

我听到在厨房里的伊恩打开橱柜，在准备饭菜。如果我告诉我妈妈伊恩家的秘密，她会怎么想？如果妈妈有一点儿幽默感的话，我倒是很想告诉她。可是，如果伊恩知道我妈妈和我的事情，他会说些什么呢？比起来我讲的我们家的历史，冯·德拉库尔男爵、叔叔乔、共产党员等这些家史，无疑显得既古老、又神奇。

二十六

一轮几乎快满月的月亮挂在空中，银色的球体照亮了夜晚，把乳白色的光辉洒向长岛海峡。雪已经停了，风也平静下来。我把窗扇进一步往下拉，从我客房的窗户吹来了沁人心脾的海面上的新鲜空气。

伊恩和我在壁炉前坐着，聊到很晚。我们敲核桃吃，又一起喝了一瓶红葡萄酒。即使我记得他叔叔乔酒窖里酒的名称和酿造年份，我银行账户里的那点儿钱也买不了那么多的酒。回想起伊恩给我端茶送饭时高兴的样子，我笑了。虽说饭菜是隔壁的女士做的，但是，很明显伊恩对厨房还是很熟悉。

“我从很小的时候就知道如何照顾我自己，”他说，“我想，一定有比学校饭菜好吃的东西。洋白菜、羊肉、浇糖糊的木薯粉，实在是太难吃了。”

他在旧松木桌子上摆了漂亮的瓷器和沉重的银器，把餐具柜收拾干净，好上菜。我们吃得很慢，吃了第二份，再吃第三份，说说笑笑，不时地看着窗外。到了下午四五点的时候，暴风雨开始减弱了，轻轻飘落的雪花给大地铺上了一层粉末地毯。

吃完饭后，我们收拾桌子，洗碗，两人在一起分外地开心。现在我对伊恩有了更多的了解，知道他绝对不是一个令人生畏、难以接近的人，根本不是我刚开始认为的郁郁寡欢的人。对他的影迷而言，他简直就是他在《黑暗之影》中扮演的内心备受折磨的幽灵的化身，他就是那个具有忧郁气质的吸血鬼，长着一双仿佛能把人看透的眼睛，总是在黑暗中鬼鬼祟祟地出没。他们怎么都不会想到他会变成傻乎乎的小丑，带着我在他的客厅里跳着约翰·斯特劳斯的华尔兹舞，把我头都转晕了。他们也想不到他会惟妙惟肖地模仿他最喜欢的甲壳虫乐队的成员乔治·哈里森或者猫王。但最吸引人的发现，是他有一颗同情心。坐在壁炉前，手里拿一杯红酒，他不动声色地让我谈起了埃里克。我很开心地和他讲着埃里克的事，回忆起我们两个人度过的那些美好时光。

“你知道吗，我的生活中也遭遇过痛苦的失去。”伊恩说，“首先是我的父母，那时候我还是个孩子。但是，一位我敬爱的校长对我说：‘年轻人，无论我们在一生中有多少这样那样的牵挂，我们来到这个世界时是一个人，我们离开这个世界时也是一个人。我们得接受这个事实，充分利用好这短暂的一生，这就是我们人的尊严和威严之所在。’无论如何，每当我需要支持和鼓励的时候，我就想起他的这番话。”

“谢谢你，伊恩，我会记得这句话。但是，最令我遗憾的是我和埃里克在一起的时间太短了，我觉得他的死我也有责任。”

“但事实上你没有责任！你不要那样想。”伊恩俯下身，手肘撑在膝盖上，深情地看着我，“我们活下来的人总是感到内疚。我的父母是为了接我去度假，在赶往一个简易机场的路上发生了车祸。当然，我觉得我有责任。可是我也没办法阻止事故的发生，你也没办法。”

听着他的话，我点了点头。承认自己有责任，是我无意间说出来的，可我无法向伊恩解释我的确要对埃里克的死负责。同时，我也极其伤感地意识到，我和伊恩之间总是存在着这样一条鸿沟。我试图想点儿别的把话题岔开。

“你现在的生活有什么牵挂吗？”

“牵挂？”他笑了，坐在椅子里的身子向后一仰，“哇，这可是女孩子的问法！”

“不！伊恩，我不是那个意思！”

“你不是！我太失望了，我真希望你很想知道我的个人情况。”

“对不起，我不该问这样的问题。”

“不过，看到你慌乱的样子，我还是很开心。简单地说，没有。有一段时间我是有一个女朋友，可她突然嫁给了另外一个人，我的一个大学同学。这伤透了我的心。但是C’est la vie（这就是生活），而且是我的全部情感生活。另外，由于要处理叔叔的财产问题，我手头有很多事情，这也是我回到这里来的重要原因。《黑暗之影》肥皂剧出现的时机很好，对我来说，正好是某种消遣。”

“消遣！我们这个节目是很火的。我可要提醒你，近来，你很自闭，伊恩。”

“我喜欢自闭，”他笑了，“可能没人会想到吧？”

正是在那样轻松的时刻，我们相互看着对方，不可避免地评价着对方。友谊在我们之间已经牢固地建立起来，也许还有超出友谊之外的，但那是后来的事，下次再说。我把最后一点儿酒喝完，站了起来，“顺便问一下，你喜欢果馅卷吗？”

“当然喜欢，”他说着，露出惊讶的表情，“很遗憾现在我这里没有。”

“没关系。我想带你见见我的一些朋友，她们准备开一家面包店，你和我一起去参加她们的开张庆典怎么样？”

“我觉得，你这是委婉地要和我约会，这是女孩子的做法。”他笑了，把我手中的杯子接了过去，“当然愿意，我会去的。”他弯腰低下头来，亲吻了我的两边脸颊，然后吻了我的嘴唇，“晚安，玛格丽特·布拉奇，祝你睡个好觉。”

“我会的，男爵。谢谢你为我所做的一切。”我也回吻了他，然后上了楼，感觉很好，又像从前了。不过，我不会去睡觉。

我很高兴伊恩让我给家里打了电话，也很感激他让我能私下和妈妈通话。妈妈的吩咐很具体，我知道我该做些什么。

我在房间的窗子前站了几分钟，呼吸着海面的冷冽空气，让自己镇定下来。尽管我吃了火鸡、红薯，喝了不错的红葡萄酒，我还是必须保持警觉、集中注意力。我把窗扇向上推开了一半，离开了房间，悄悄地由走廊来到楼梯平台。伊恩的房间在楼下，靠近书房。所以我们碰到的可能性很小，他也很难听到我在屋子里走动的声音，我可不想要向他解释为什么我在夜里不好好睡觉，四处游荡。

伊恩告诉过我，让我自己随便看看屋子，我也看过。下午五六点的时候，我爬楼梯时注意到楼梯平台的过道尽头有一扇很窄的门，门上有一个旧黄铜门闩，而不是门把手。我把门打开，本来指望看到架子上搭着毛巾和亚麻制品，但是，扑面而来的是一阵冷空气。我正打算把门关上插上闩子，发现了一个螺旋楼梯。我马上本能地知道楼梯的铁台阶一定通向我们下午刚到时我看到的房顶上带栏杆的眺望台。

现在，在这寂静的夜晚，我拉开了橱柜的门，爬上一小段台阶。在台阶的顶端，我向上推开一个带铰链的盖子，来到一个面积不大的正方形平台上。我弓着背，身子靠在栏杆上，看到海面上的月光和远处地平线上的水墨色天空融为一体。

我向远处看得越久，越是注意到自己内心的宁静，我喜欢混乱之后的这一份宁静。我的生活发生了这么多事情，而一切都来得这么突然，这些事情意义重大，不可逆转地改变了我的生活。我曾努力地将两个世界分开，使它们井然有序、判然有别，而实际情况是我疲于奔命，穷于应付各种始料未及的事件。现在，过去几个月里指导我的标准已经不再有意义。埃里克再也不可能回来了，我怀的孩子也没了。突然，生活中没有任何东西来主宰、控制我，我的将来和海面上的月光一样模糊不明。

我曾让凡人的情感支配我，结果自己的生活一团糟。我应该为自己寻找出一条路，一条让我这样一个非人类在凡人世界中能够生存下去的道路，就像我妈妈一样。妈妈尽情地享受她凡人的生活，但又能行使她超常的本领。她找到了一种平衡，找到了一个凡人伴侣。我浪费了一次过这种生活的机会，没有意识到一个一心想复仇的敌人的无情力量：这个对手不是我造就的，她却一心要消灭我以及和我亲近的人。我也具有凡人的才能，但是，为了实现我的潜力、让我的生活走上正轨，我首先要彻底打败跟在我身后威胁我的强大敌人。为实现这一目标，我必须磨炼我的战斗技能。

我首要的需求，是进野食。我必须恢复耗损掉的能量，替换掉使我身体虚弱的凡人的荷尔蒙。正如妈妈告诉我的那样，我要抛弃我有形的肉身，采取一种无形的气态。我沿着海岸线飘荡，然后顺着一条小河来到一片浓密的树林，旁边有一个花岗岩采石场。我飘到一块岩石的上方，像树顶上的一缕云烟。在我的下方，有一只长着白色尾巴的鹿走在满是鹅卵石头小河的岸上，它停下来抬起头，因为察觉到有危险。鹿的上方有一只美洲狮蹲坐在花岗岩的岩架上，身上的毛呈黄褐色，耳朵的边缘是黑色，很难把它和周围的石头分辨开来。它不为人察觉地伸展前肢，身子向后蹲，准备发起攻击。看到美洲狮伸出爪子正扑向猎物，我恢复了人形，俯冲下去。就在它即将咬住鹿脖子的一刹那，我把鹿抢了过来。我重击美洲狮的口鼻部，只听吱嘎一声，它的头向后一折，肌肉发达的躯干在空中扭转，然后后肢着地落在了小河的岸上。我伸出下颌，咬断吓呆了的鹿的颈脖，拼命地吸起血来。美洲狮摇摇头，像喝醉了酒一样，摇摇晃晃地走了几步，然后站稳了，用那凶恶的眼睛盯着我。接下来，它先是发出了一声轻微的嘶嘶声，然后是一声长吼，接着低下头，一屁股坐在地上。

我把鹿扔在一边，做出下蹲的姿势，挑逗美洲狮攻击我。它和我同时跳了起来，我们的体重差不多。它试图咬住我的脖子，爪子深深地陷进我的肉里。我抓住它的喉咙，将它的脖子向后拧，直到听到断裂的声音，然后，我咬住它多筋的肉。我在流血，我被它抓伤了，但我还是紧紧地抱住它的躯干，拼命地喝着血。喝完血后，我把这只虽然死了但还有体温的动物留在小河的岸上。

我喝足了血，重新恢复了活力，飞到树顶，在树枝构成的天篷里跳来跳去，直到来到树林的边上。我飞到云层里，在天空中飞翔，一直飞到北边的缅因州，然后折回，飞回到长岛海峡的海面上方。我跳进深海中，远处的地平线开始出现黎明的曙光。带盐分的海水清洗了我的伤口，帮助我身上划得很深的伤口愈合。我和鲨鱼一起在深海里游泳，在水中旋转，上下左右摆动，然后浮出水面，感到清新而有活力。

清澈的天空中，朝阳已经升起，照在湛蓝湛蓝的海面上，闪闪发光。阳光照亮了村庄中农舍的屋顶，也温暖了岩石嶙峋的海岸线上一堆堆的半透明积雪。我在海面上畅游，从突出的码头到浮标，一大圈一大圈来回地游着，全神贯注于自己大幅度、干净利落的划水动作。

我向陆上望去，只见伊恩从厨房的后门走了出来，在阳台上溜达，手里拿着一个冒着热气的杯子。他小口地喝着杯子里的咖啡，头向后一仰看看明亮的天空，再将目光扫过宽阔的海面。突然，他下巴下沉，身子向前倾，像是做出了一个滑稽的姿势，杯子里的咖啡洒了出来。

“梅格！老天爷，你在那里干什么？”他冲我喊道。

他的喊声吓了我一大跳，我赶紧换成狗刨式的泳姿，我的头随着波涛上下起伏。如果他在岸上我能看得一清二楚，那么他也能看到我在水里光着身子的样子，我怎么就没想到呢？我举起手来，对他挥挥手："嘿，伊恩。"

伊恩定神看着我，然后叫道："赶快进来！外面太冷了！你这样会冻死的！"

"我马上就上来，你能给我拿条毛巾来吗？"

"你真是疯了！"伊恩把咖啡杯放在阳台的栏杆上，跑进屋去。

我快速游上岸，看看我的胳膊和身上的伤好了没有。如果身上的伤还没有好的话，我只能说是被鲨鱼咬了，那样的话我又要去看医生，我可不愿冒那个险。幸好，海水已经把血污洗干净了，身上已经没有了任何与美洲狮搏斗的明显痕迹。

我爬上岸，伊恩拿了一堆毛巾跑了过来。他扔了一条毛巾给我，让自己露出既惊讶又愤怒的神情。"你疯了！脑子完全不正常！谁让你到零度以下的水里去裸泳？你在那里待了多久？"

"早晨好。你知道，一旦你下到水里，就没那么冷了。"我用毛巾裹住身子，又拿了一条来揩干头发，"但我不该忘记带上毛巾。"

"你觉得这很好玩，是吧？"伊恩真的生气了，"你们明尼苏达州的人都是这样做的吗？除非你和北极熊差不多，否则，你就会出现要命的体温过低的现象！行行好，赶快进来，快点儿！"

他抓住我的胳膊，把我拉上台阶，来到阳台上的房子后门。进屋后，伊恩马上进了他自己的房间："赶快把自己擦干！我来给你拿拖鞋和浴衣。"我在头上包了一条毛巾，并把腿擦干净了。我一点儿也不冷，但当伊恩拿着一件很厚的毛圈织物的浴衣和毛毡拖鞋出来时，我还是假装做出发抖的样子。

"我怎么也想不到你会在这样的天气下去游泳。"他给我拿着浴衣，我把胳膊伸进了袖子，"你无论如何都不能做这样的蠢事。你刚刚流产，我的意思是，你是刚流产，对不对？因为我相信你。"他的眼睛里流露出十分的怀疑，一脸愁苦。

“是的，我刚流产。对不起，伊恩，我是很蠢。”

“我也同意。”他盯了我一会儿，对于我是否是真心实意地承认错误心里并没有底。我不得不让他自己做出判断，因为对于我这种令人困惑的行为，我无法给出解释。我们之间的差距再一次显露出来，妈妈到底是怎么跟爸爸坦白的呢？她有没有坦白？

“好了，”最后伊恩说，“我们到厨房去吧，那里暖和，我煮了些咖啡。”

我跟在他后面，拖鞋我穿上去感觉很大，能在鞋子里面游泳，但我知道我不能把鞋子踢掉。我坐到厨房里的一个凳子上，试图用毛巾把湿头发擦干，伊恩去给我倒咖啡。

“你知道的，我真的为你经受的一切感到非常难过，梅格。如果你这样做是因为感到沮丧，我不能责备你，但如果你想投海自杀，我真的不知道该怎么办。请你跟我说实话，你为什么要到海里去？”

“根本不是你想的那样，我那是一时的兴致。我真的很抱歉，让你为我担心，请原谅我。”

“你的道歉我接受了。但是有一点，我俩当时都认为你不能演电影了。照现在这个样子，你可以演。我们两个都承诺过的，保罗指望着我们，让我们把精力集中到正面积极的事情上，好吗？”

“好，我保证。”我小口地喝起咖啡，意识到要达到一种平衡和秩序是多么不容易，尤其是在处理好凡人的情感方面，我当时居然没想到我给伊恩添了多大的麻烦。

“好的，今天我之所以起得这么早，是因为保罗给我的电话代接服务公司打了电话，留了一条紧急信息。他可能也给你打了电话，只是电话服务站一时联系不上你。反正，我接到信息后，给他回了电话。他的主要意思是，根据天气预报，下周会有大雪，保罗想利用这个机会安排电影的拍摄，他需要把雪景作为一组关键的镜头。”

“真有意思。”我摇摇头，“才一天的工夫，居然有这么大的变化。”

“是的，你又可以演电影了。”伊恩拨弄着我没干的头发，“不过，哪怕是为了保罗，你也不能得肺炎呀。那样的话，他会非常不开心的。顺便说一句，我也不会开心。吃点儿早饭怎么样？说实话，是英式早餐，而不是在盘子上放一大堆蔬菜。”

“端上来吧！”

我已经吃过早餐了，但是考虑到各方面的因素，我不好简单地拒绝。在伊恩做早饭的时候，我跑上楼，到眺望台取回了我的衣服并且穿好。我穿了衣服后，收拾了几件随身用品，把它们装在小包里，放在大门口。

伊恩所谓的英式早餐，是香肠、鸡蛋、很厚的咸猪肉、炒蘑菇、烤土豆、烤面包片和加奶的浓茶。我们坐在靠近窗户的桌子旁边，慢慢地吃着早餐。

“另外，你知道这部电影是由谁出钱拍摄的吗？”我摇摇头，“是卡米拉，不管你信还是不信。保罗今天早晨告诉我的，我不知道她是否有钱支付整部电影的费用，但她给的钱供下个星期拍摄是没有问题的。”

我放下正在吃的烤面包片，睁大了眼睛：“她从哪儿弄来的那么多钱？”

“她是个女巫。”

“我知道，但问题是，她从哪儿得到的钱？”

“我不是开玩笑，我是说真的。这个女人一定是个女巫，不知怎么搞的，她让埃默特·博德曼给了她几百万遗产。”

“可埃默特·博德曼是有家室的。”

“也许围绕遗产还要打官司，但保罗说她从埃默特·博德曼那里弄了不少钱。我觉得她演的角色会增加戏份，鬼才知道作为出资的交换条件，她从保罗那里得到了什么好处。另外，我觉得保罗似乎很后悔随口说出了这件事，要我不要告诉其他人，也许我们不要声张的好。”

“当然，一个字也不要说。”对这个消息，我得认真考虑考虑。卡米拉做任何事情都不是出于好心，如果她还有一颗心的话，一定是别有用心。

吃完早饭后，我对伊恩说我要乘当天上午的火车回市里去：“如果我们下周就拍摄的话，保罗一定会把剧本送过来，我要花些时间读剧本，做一些准备。”

“当然，随便你，不过，欢迎你整个周末都待在这里。如果你走了，你会错过今晚的烤猪肉和烤猪肉上的脆皮。另外，我们要吃火鸡肉丁土豆，你害怕吗？”

“当然不害怕！昨天我们没有留下任何剩菜，记得吗？但是，我真的很遗憾，我吃不到烤猪肉，也不能再喝那么好喝的酒了。”

11点左右，伊恩开车送我到纽黑文火车站。他送给我一个很大的系着细绳的纸盒。“希望你拿得动，”他说，“一点儿在我这里度周末的纪念品，一件你非常需要的东西。”

下午两三点，我回到了家里。我把伊恩给的盒子放在餐桌上，用剪刀剪断细绳。里面装着一只淡绿色的陶制花瓶，瓶壁上有粉红色花朵的浮雕。瓶口塞着一张纸条，上面写道：

我亲爱的北极熊，一个给我带来无比快乐的人！欢迎你随时光临我家。

爱你的，伊恩

我站了一会儿，拿着这只美丽的花瓶，前前后后、仔细地看了个遍，然后在里面装上水，把黄色塑料桶里伊恩送给我的红玫瑰插进去。

在这之前的几个月，我一直在心里盘算着如何重新安排我的屋子，琢磨着在哪里放婴儿床和小孩需要的其他东西。当然那样会很拥挤，但我会将就着，直到我和埃里克想出更好的办法。我把插着玫瑰的花瓶放在咖啡桌上，自己坐在沙发床上，环顾这个小公寓，把我打算做的一些改变从脑海里擦去。不用再改变什么，只有一个变化，那就是我再也用不着整天看着我银行账户里有多少钱，也不用做两份工作了。另外，因为我马上要签一部电影的合同，我可以把更多的钱投进萨瓦娜和埃尔克合开的面包店。

就这样我坐了很久，才意识到我还穿着厚重的夹克衫。我的小包靠着门，是我进门时放在那儿的。我脱掉夹克衫，决定走到下面街角的商店去买份报纸。我走出公寓大楼，外面的空气清冽干爽，温暖的阳光照在我脸上。

我开始过马路，准备穿过公园，突然看到一个穿空军制服的年轻人正在转过街角。他和埃里克一样，个子很高，但比埃里克要粗壮。他的头发是黑色的，而不是埃里克的姜黄色。我的心跳加快了，想象着埃里克穿着空军的蓝色制服，沿着大街健步向我走来的样子。我看着这个年轻人离我越来越近，然后意识到他的眼睛一直盯着我。他停下了脚步。

"你找我，是吗？我是梅格·哈里森，也叫玛格丽特。"

"是的，女士。我是空军中尉加里·梅茨尔，女士。我是埃里克的朋友。"

"我想，你肯定是从俄亥俄州来的。"

"是的，女士。之前我来过几次，但你不在。等会儿我要坐火车走，但我希望能够见您一面。"

"没问题，我也很高兴你能来看我。"我把手伸进口袋里去找钥匙，但一转念改变了主意，“我们就在公园里坐一会儿怎么样？不过有点儿冷，你介意吗？”

“我很乐意，女士。我很喜欢公园。”

我们一起走过马路，来到公园，我俩谁也没说话，在公园里的长凳上坐了下来。凳子由于有阳光的照射，并不太冷。

“叫我梅格好了。我刚从康涅狄格州回来，能见到你我真的很开心，加里。谢谢你。你本来应该要和埃里克去西贡，对吧？他在信里提到过。”

“但是，我们没有去，女士。”他似乎纯粹凭借一种意志力，向下瞟了一眼，马上又看着我。听他讲话，你能感觉到他很紧张，“我们相互许诺过，这也是为什么我到这里来。埃里克也会为我做同样的事，我不能让他失望。”

“我明白，他究竟发生了什么事？你可以说吗？”

“他当时正在做近地空中支援科目的飞行练习，突然一只鸟撞到了他的飞机。听起来有些不可思议，女士，但情况的确如此。他的降落伞打开了，但他还是没有幸免于难。空运救护直升机把他运到医院，可是——对不起，女士。我答应过他，如果有什么不测，我会把这个给你。就像我刚才说过的那样，他也会为我做同样的事。”他把手伸向夹克里——我看得出他的手很僵硬，少了大拇指。他拿出一个用牛皮纸包的小包，“这些东西都在他口袋里，他还给了我一封信。”

“谢谢你，非常感谢你。”他把小包交给我。在我手里，它是热的，好像有生命一样，“加里，你怎么样？告诉我，你现在过得怎么样？”

“我不错，我很好。我的女朋友正在车站等我，我们要一起去见她的家人。”他意识到说这些话可能会刺激我、伤我的心，他摇了摇头，眼睛看着地面，“对不起，埃里克一直和我们提到你。他没有等到回家的那这一天。他没能回来，我很难过。”

我点点头，意识到如果埃里克活着的话，他也应该同一时间和加里一起回家了：“我明白。不过，你多保重，好吗？我知道这一切有多么的难，它对我很重要。”

“谢谢你，女士。”他站起身来，“我要走了，但我很高兴你正好在家。我欠埃里克的人情，我欠他的太多。”他转过身，快速地走开。在公园的入口处，他的肩膀稍稍有点儿下垂，然后从我的视线中消失了。

我解开系小包的线，柔软的牛皮纸开了，里面是包在蓝色手绢里的哈迪的芝宝打火机，上面有明显的伪装色标记。即使它在小包里，我也能感觉到它的形状和重量，我也知道我会找到它的。我用手握住它，不想去正眼看它，它要是尽到了保护埃里克的职责该多好啊！或许它已经尽力了——尽了它的最大能力。我从一个很窄很小的信封里抽出一张薄薄的叠成方形的蓝色光面信纸，读了起来：

> 我最亲爱的梅格，如果你能接到这封信，我想让你知道，我现在对你说的其实是在我心里埋藏已久、每次写信时我都想对你说的话：我爱你。我没有一刻不想你，梦想着有一天再次拥抱你。我祈祷我能很快回到你的身边，从此后永不分离——并希望你永远也不要收到这封信。我要亲吻你的眼睛，亲吻你的嘴唇，亲吻你的身体和灵魂。
>
> 永远爱你的，埃里克

我把信又看了一遍，然后小心折好，放回到信封里。打火机在我的手里，我能感觉到它还是热的。我坐回到长凳上，想象着埃里克驾驶的飞机从树顶上飞过，掠过玉米地。他那张长有雀斑的脸，还有他咧着嘴对我笑着，我开心极了。

一阵微风吹乱了我的头发，我的耳旁响起了我熟悉的轻柔声音。“对不起，我又来打扰你，梅格。我想你应该知道接下来要做什么，我们要做好准备。”

“卡米拉，我知道。我需要你的支持，哈迪。”

“当然，我再也不会让你失望了。你和美洲狮的搏斗很漂亮，你已经能够驾驭你的本领了，你需要这些本领。她已经准备好了舞台，你和她之间的决战只是时间问题。”

“但为什么呢？为什么她要杀死埃里克？还有，为什么要对伊恩下手？”

“不仅如此，她为什么要攻击你的爸爸和外公？她要的是清算，至于为什么要清算，是无关紧要的。她复仇的愿望如此强烈，没有什么能平息安抚她。这是一场战争，会一场战斗接着一场战斗，直到你能够永远地阻止她，不让她再对你构成威胁。你必须彻底地打败她，结束你妈妈露丝和你外婆萨拉贝丝未曾了结的夙怨。”

我点点头，握紧手里的打火机。轻柔的声音在我耳边再次响起：“亲爱的，无论什么时候，你都要把它带在身上，”哈迪说，“决战的时刻快要到了。”

二十七

保罗·阿博特作为电视制片人快速走红，不能说是昙花一现，只能说是令人有些猝不及防。对他而言，电视是一个非常理想的媒体，他是一个天才的销售员，知道如何达成交易。在上大学期间，他就销售过吸尘器，推销过保险，挨家挨户地上门卖过《百科全书》，面对面地遭遇过这个星球上对销售最有抵触情绪的顾客。等到他找到一份销售电视广告时段的工作时，他已经是一位经验丰富的销售员了。到广播电视网上班几星期后，他就将自己的目标锁定在成为一名电视制片人上。

他开始寻找跻身于高级管理层的最佳突破口，决定从白天时间段的电视下手。他硬是拉住负责白天节目的广播电视网高管，向高管放胆断言下午的节目都是些老掉牙的东西：无聊的游戏、枯燥无味的肥皂剧，比按广播剧剧本拍的动画片好不了多少。

“你有什么更好的建议吗？”高管厉声问道。

“当然有，”保罗说着。接着，他利用这样一个机会，根据他做过的一个梦编了一个故事，他认为这会是一档很不错的白天时间电视剧，“这个故事具有神秘感，一个女孩乘坐火车去一个她从未去过的地方，到一家她从未见过的人家做女家庭教师。我们会在里面加入鬼的元素，因为这个地方闹鬼，有点儿像《简·爱》和《螺丝在拧紧》这两部小说的变体。而且，”保罗说，“我会请一位真正的电影明星来饰演里面的贵妇人，一位能吸引家庭主妇的有品位的演员。”

“按照你的预算，我们可以做三个游戏节目，可以通过抽奖的方式奖励汽车和电冰箱来吸引家庭主妇。赞助商提供奖品，所以做节目花不了多少钱。我们只需要一个主持人和向大家展示商品的模特，就足够了。”

“花同样的钱，我可以为你拍出一流的电视剧。”

仅仅几个月时间，在跨越几个收视率的大关后，保罗就打造了一个白天档最热的电视节目。简而言之，上面的一番话，就是保罗每次在接受媒体采访时不断重复的故事。他承认，帮助他成功的人有两位功不可没，他们是霍勒斯·米尔顿和多丽丝·富兰克林。保罗的每一个想法，都是在他们两位的帮助下才得以实现的。甚至可以说，在他们的帮助和指导下，保罗正在成为和他们齐名的编剧和导演。他的这部经过霍勒斯修改过的电影剧本很打动人，没有人怀疑他执导这部电影的能力。

他依然有着精明的销售人员本能。无论是买设备、签约演职员，还是购道具、服装，他都善于讨价还价、精打细算，这样，他将能够在30天的计划安排内拍摄一部成本极其低廉的电影。令人难以置信的是，他竟然获得允许在一处19世纪强盗资本家的庄园里拍摄。它位于哈德逊河，由名胜古迹托管协会经营——而且，可以就地另外搭建布景。很快，一间本来按计划要拆除的破烂不堪的仓库被改造成斯坦诺普庄园的一处外景，这里是塞巴斯蒂安招待客人的老房子里的客房。为了能利用天气预报预测的大雪天气在周末之前拍完一组冬天的外景镜头，前期制作在加紧进行。保罗热情洋溢地鼓动大家和他一起干，尽管薪酬微薄，大家仍欣然答应，也没有什么怨言。

莫伊拉·肖本来希望能得到和她以前在好莱坞一样的工资，结果签约时，她的片酬是演员工会的基本工资再加10%的经纪人费用。由于伊恩在演员表排第一，莫伊拉要求在结尾演职员字幕表上伊恩的名字后面加上“莫伊拉·肖”，她认为这已经是一种胜利。尽管一半的演职员都是新人——包括我在内，但只有卡米拉一人得到了“欢迎卡米拉·内斯比特参加本片拍摄”的单独字幕。不过，和她不同，我不是电影制作的出资人。

显然大家都还不知道卡米拉出了钱，保罗也没有正式宣布他的资金来源，伊恩和我说好了我们绝口不提这件事。重新改写的剧本在星期三发到了大家的手里。在修改过的剧本中，卡米拉的戏份增加了很多，现在的情节主要围绕女巫和吸血鬼的爱情故事。可怜的格温尼丝·费尔法克斯女士饱受单恋之苦，不到剧本的一半，就跳楼自杀，匆匆地结束了自己的生命。

但是，获得更多的戏份是卡米拉出钱的唯一目的吗？出资拍摄，不应该仅仅是向保罗显示她有钱而带来的满足感，一定还有其他原因。她在搭建一个舞台，但是，她到底想干什么呢？我记得哈迪“决战日即将来临”的警告——我把他送给我的打火机一直带在身边。

需要有雪的一组外景镜头，是客人们来参加化装舞会的场景，也是为格温尼丝·费尔法克斯女士的致命一跳做铺垫。这些镜头的拍摄需要大多数正规演职人员到场，但广播电视网的人不愿意耽搁摄影棚拍摄电视的整整一天时间。

因此，我们只好在星期六进行拍摄。保罗这个人同样的运气很好，星期五一早就开始下大雪，下午晚些时候停了下来，这样扫雪机有时间在夜里清扫街道和公路的积雪。

莫伊拉、伊恩和我都住在纽约的东边，相对较近，摄制组的车会在早晨4:45和5:00之间接我们去拍摄地点。天刚蒙蒙亮，我就站在我家公寓楼的前面等着接了伊恩后再接我的车，莫伊拉坚持要求最后一个接她。当一辆带有色玻璃窗的加长车转过街角在我前面的路缘边缓慢地停下来的时候，我吓了一跳。一位身着漂亮制服、戴着帽子的司机，冷得拍拍自己的手，然后赶紧为我打开车门。

我坐进宽敞的汽车，只见伊恩在汽车后排的豪华皮座椅上悠闲自在地半躺着。他冲我笑着说道："卡米拉在最后一刻可能又加了点儿钱，保罗可没钱请我们坐这么豪华的车。如果你想来杯高杯酒，车里甚至还有一个小酒吧。"

我也笑了，在他旁边坐下："好极了！我不反对这种电影明星的派头。"

"你要对台词吗？"

"当然。塞巴斯蒂安！塞巴斯蒂安，你在哪里？"

"格温尼丝，格温尼丝！"

"不！救命！啊——啊——啊！你要再来一遍吗？"

"我想，我们已经背下来了。不错，这样的电影明星生活，我甚至不介意起得这么早。"

莫伊拉，上身裹一件貂皮外套，头上戴着貂皮帽，戴着一副汽车轮毂般大小的墨镜，从她在派克大街的公寓楼里慢悠悠地走了出来，手里提一个精致的蒂凡尼购物袋，里面肯定装着她每天必喝的家里做的汤。她公寓楼的门卫和汽车司机都争相陪她来到汽车前。

莫伊拉上了车，找了一个位置，不慌不忙地坐下来，她的身上散发出一股香奈尔5号的味道。

"我想说，这还差不多，"莫伊拉说，"我还以为是一辆轮胎都磨光了的报废校车呢。当然，以前亲爱的导演路易斯B.梅尔每天都给我派车。"

"哎呀，对我来说，又要从头开始，"我说，"演电影是怎么一回事啊，莫伊拉？有什么窍门吗？”

“可爱的自然派演员斯宾塞说得好‘不要想着演’——这是一条不错的建议，真的。除此之外，不要摇头晃脑，也不要左顾右盼。对准目标，注意自己的姿势，那就差不多了。”她解开貂皮上衣的扣子，透过墨镜看看我俩，“卡米拉可真大方，舍得出钱拍这一组雪景镜头，n'est-ce pas（不是吗）？保罗可是急切需要一点儿样片来吸引投资者。”

我看了一眼伊恩：“这哪算什么秘密啊。”

“我想他对每个人都讲了。当然，都是私下里讲的。”莫伊拉说，“保罗兴高采烈的，就像一只小狗拼命追咬自己的尾巴。他使我想起在水星剧院那些日子里年轻可爱的奥逊·威尔斯[①]。奥逊·威尔斯也喜欢蛊惑糊弄人。”

“这么说来，保罗还没有得到整部片子的拍摄资金，是吗？”伊恩问道。

“显然没有，但这是一个不错的计策，这种事情行业里多得是。”莫伊拉把手伸进空荡荡的手提包里，拿出一张折叠好的报纸和一支圆珠笔，“不管怎么说，一小时完成早晨的填字游戏正好够。”

当我们的车接近庄园大门口时，奈杰尔身穿一件带帽子的派克大衣，脚蹬靴子，挥舞着步话机示意我们停下。轿车摇下车窗，奈杰尔把头伸进车来。

“早晨好，各位。这么早，大家精神还好吧？保罗已经在柱廊架好了摄像机，把黎明当黄昏的景色来拍。你们后面还有一辆大轿车要停下来，形成一列。”

“我们不化妆、不换衣服，就这样拍摄吗？”莫伊拉问道，嘶哑

---

① 美国著名男演员和导演，主演过奥斯卡获奖影片《公民凯恩》。

低沉的声音听上去有些紧张。

“你们坐在车里，外面看不见，给人一种参加化装舞会的客人来到庄园的印象就可以了。保罗不想还没有开机拍摄，雪地上就有了车的印迹。之后，你们直接去化妆，早饭已经在楼下的厨房里为大家准备好了。”

“我的天哪，我真希望保罗现在就拍，”伊恩说着，放下车的后窗，“这座黑白相间的书房可真气派。看！”

越过伊恩肩膀向上看过去，我被眼前的景色惊呆了。错落有致的庄园盖上了一层晶莹平滑的白雪毯，树上和熟铁栅栏上挂着厚厚的积雪，远处新哥特式风格庄园的黑色建筑赫然在目。黎明前的第一缕淡淡的曙光出现在尖顶和塔楼的上方，给宏大的建筑物印上了一层诡异的色彩。正当我们看着眼前的这一切，房子里所有的灯都打开了，每一扇窗户透出耀眼的灯光，迎接着每一位参加斯坦诺普庄园化装舞会的客人。

“我们在这里说话时，保罗就在拍摄，”奈杰尔说，“当上帝做你的场景设计师的时候，你得充分利用它。抱歉。”他的步话机响了，他走开了。

我透过车的后窗向外看，看到了另一辆大轿车，那是接马克斯韦尔、卡米拉和迈克尔的车。奈杰尔躲在石头拱门的阴影里，给了我们一个信号。高大的铁门开了，我们的车向柱廊驶去。尽管是有色玻璃的车窗外面看不到我们，但在我们的车通过摄像机的时候，莫伊拉还是在嘴唇上抹好了口红，然后把口红放回手提包里。

一位助理导演挥手示意，让我们的车开到建筑物旁边，大轿车在靠近房子边门的一条新筑好的人行通道上停了下来，我们一个接一个地下了车。我看到卡米拉从第二辆车出来，穿一件有兜帽的上衣，戴着墨镜。迈克尔虽然看上去感觉还没有睡醒的样子，但还是做出很清醒的架势。马克斯韦尔摆出一副阿尔卑斯人的派头，身上穿一件洛登缩绒厚呢上衣，头上戴着同样布料的帽子，很高兴地向大家挥手。

莫伊拉挽着助理导演伸过来的手，带我们走在人行通道的前面。

“年轻人，你叫什么名字？”

“布赖恩，女士。各位，请注意脚下。”

我们跟着莫伊拉和布赖恩从旁边的入口进去，沿着石头台阶往下走。

“显然这是用人的出入口，”莫伊拉说着，抓住旁边的栏杆，“没有取暖器，哎呀，早饭要在地下室吃。真怀念在好莱坞拍电影的那段日子，在制片厂的外景场地附近，有很不错的员工餐厅。”

“还有一则坏消息，肖小姐，”布赖恩有些不好意思地说，“管道冻住了，下水道的水漫了出来。”

莫伊拉突然停了下来：“这可不妙，我们是不是要穿胶鞋下去呀？”

“现在应该解决了，你和哈里森小姐先去化妆。不幸的是，我们的化妆师和发型师还没有到齐。弗莱彻和法拉比先生去换衣服，其他的人可以先吃早饭，等候我的通知。”

莫伊拉和我被带到了一间用石灰水刷白的房间，里面有锌制台子、脸盆、过去某个历史时期的洗衣设备。房间内的一处壁凹里安装了电灯，有两张轻便化妆桌和配套的椅子。莫伊拉貂皮衣服都没来得及脱，就坐在一把转椅上。她拿下貂皮帽子，摘掉墨镜，从随身带的包里拿出一个漂亮的鳄鱼化妆盒，马上忙活起来。

“在拍摄现场，什么时候都要带上自己的设备，”她说，“化妆大师蒙蒂·威斯特摩为我提供了全套的救急设备。别客气，随便用。”

一位皮肤黝黑的管道工人正在收拾工具，看到她，问道：“请问，你是不是莫伊拉·肖？”

“曾经是。”莫伊拉叹了口气，忙于用海绵在前额涂上粉底霜。

虽说混乱嘈杂，到了助理导演布赖恩再次出现、催促大家到门厅去进行拍摄走位的时候，大家都已经准备就绪。要排练的镜头是塞巴斯蒂安来到化装舞会的情景，他骑着一匹黑马，在雪地中小跑，披风迎风飘舞着，卡米拉从大轿车出来。镜头拉回来，拍摄房子大厅里走动的其他人。斯坦诺普家族的成员身着缎子、天鹅绒、锦缎等华丽贵重的衣服。作为女家庭教师玛吉的扮演者，我穿的是在阁楼箱子里发现的更朴素的衣服，一件没有任何装饰的带长袖的丝绸连衣裙。

我们到场地的时候，摄像人员已经详尽地设计好了移动跟踪镜头。保罗衣服皱巴巴的，胡子也没有刮，看上去像有一个星期没有睡觉的样子，也许是真的没有睡觉。由于劳累，他的声音低沉沙哑，他跑来跑去，跟我们打招呼，解释镜头如何拍。

"这个得用长镜头，"他说，"拍这个采取MOS，所以我可以和你说话。做好标记，这里！"他大声地吼叫，嗓子明显嘶哑了。

"什么是MOS？"我悄悄地问莫伊拉。

"把声音滤掉。"莫伊拉和马克斯韦尔同时说道。

"没有低音麦克风，"迈克尔解释道，"不把声音录下来。"

"虽说只有一天的时间，但我们要做很多的摄影机器位置、演员站位的安排，"保罗用嘶哑的声音说道，"我们来走一遍，准备开始排练。我们可爱的卡米拉到哪儿去了？"

"我在这儿！"一阵丝绸飘舞，卡米拉满面春风地出现在门口，身着乳白色的丝绸长裙，上面加一件带刺绣的天鹅绒披风。保罗走到她旁边，看人时那种有些恼怒的眼神马上变成了恭敬的眼神。

"太开心了！"她乐呵呵地说，"我可早就等着这一天了。"

"我知道，能有今天我们要感谢你。"马克斯韦尔说。

"哎呀，真不好意思！保罗，你都跟大家说了吗？我本来想不声张的。"

“是我不小心说漏了嘴，”保罗呼哧呼哧地说，抓住了卡米拉的手，“没有你，也就没有今天。”

“我提议，让我们向卡米拉鼓掌致意！”迈克尔说着，然后鼓起了掌。我们都鼓起掌来，卡米拉挥挥手，做出一种讨好大家的惊讶神情：“不，请别这样！我非常荣幸能成为这个团队的一员。”

“那我们开始吧，”保罗说着，声音很小，跟说悄悄话差不多，“卡米拉，你按照记号就站在门外。过一会儿，我们会拍你从轿车里出来的镜头。我们先试一下摄像机，除了要骑马的伊恩外，其他所有人都要各就各位，开始！”

这个镜头我们排练了几遍后，然后进行正式拍摄。在原来仓库基础上刚刚搭建的老房子正面的雪地里，伊恩骑着一匹黑马出现了。

“真壮观，”马克斯韦尔低声对莫伊拉说道，“现在我总算明白了这小子为什么要骑马来。”

伊恩看上去的确非常抢眼，黑色的人物在白雪皑皑的背景衬托下，显得浪漫十足。但是，为什么一定要把这场戏改成让他骑马来呢？尽管这是电影，但也根本没必要让他费尽辛苦来参加一个聚会，而他本来就是住在斯坦诺普庄园的客人。

我看了一眼卡米拉，她正盯着我，眼睛里有凶光。在我们目光交会的一瞬间，她把目光移开去看伊恩，嘴唇轻微地颤动。她想做什么？她是不是又设好了一个局，好让事故再次发生？我不由得警觉起来，我把手伸进口袋，手指握住哈迪的打火机。

保罗发出指令：“开拍！”在远处，步话机贴着耳朵的布赖恩向伊恩发出信号，然后退回到仓库的后面。

我屏住呼吸，看到马小跑起来。然后，没有任何征兆，从小跑变成了快跑，在雪地里奔跑起来。

马踏着积雪向摄像机迎面跑来，突然它后腿直立，睁大眼睛，发出阵阵嘶鸣，前蹄在空中划过，伊恩几乎就要从马鞍上摔下来了。大家为他倒吸了一口冷气，但是，伊恩奇迹般地坚持住了。马再次用后腿直立，伊恩身上的披风随着马的跳跃而迎风舞动。

马的前额冒出了热气，马脖子的周围也有热气。马开始安静下来，我知道是哈迪在暗中保护。很快，伊恩重新对马能控制了。马喷着响鼻，不停地踩踏着地上的雪，然后小跑到柱廊。伊恩飞身下马，卡米拉跑了过去，两人拥抱在一起。

保罗叫道："停！"人群中一阵骚动，大家吵吵嚷嚷地拥向伊恩。

"太棒了！"保罗说，"我的天哪，摄下了吗？"

"摄下来了，"摄像师说，"太漂亮了！"

我看到了哈迪，他夹在还喘气的马身上升起的一股热气中，样子看不大清楚。他用严肃的神情看着我，我知道他这是在警告我，更可怕的事情还在后面。

我跑到伊恩面前："你没事吧？"

他点点头，脸色煞白。

"当然没事，"马克斯韦尔说，"太漂亮了，老弟！了不起！"

"相当不错，"迈克尔说，"你骑马骑得这么好，在哪儿学的？"

"你看到了吧，梅格？你过于担心了，"卡米拉说，淡淡地一笑，"你觉得会发生什么吗？"

她突然转过身，向等着给她补妆的女化妆师走去，我跟在后面。

"我觉得，是有值得我担心的事，"我平淡地说，知道化妆师就在附近，竖着耳朵在听我们的谈话，"你为什么要那样对待伊恩？"

她转身用怀疑的眼神看了我一眼："你的意思是说，我要对刚才发生的小小意外负责吗？"

"我知道你是谁，我也知道你对埃里克做了什么。"我说着，我说话的声音压得很低，像说悄悄话一样。

"埃里克？谁是埃里克？你的一个朋友？不管怎么说，我也知道你是谁，你想让大家都知道吗？"她看看女化妆师，然后看看我，"你根本没有资格来威胁我，懂吗？"

"你为什么要做这样的事？"

"因我有能力做，我愿意做，而你拿我没办法。"

卡米拉转过身，悠闲自在地向女化妆师走去，女化妆师看了我一眼，她的表情似乎是在对我说，女艺人之间斗气的事她见得多了。

"好啦，大家，我们继续，"奈杰尔说，"我们现在准备拍摄卡米拉乘轿车到达的镜头。伊恩，你要做好准备，其他人休息一会儿。天气要变坏，我们争取今天早点儿完工。"

轿车司机急忙过来抓住莫伊拉的手："能开车接您，是我莫大的荣幸，肖小姐。很遗憾我不能有幸送您回去了。"

"为什么不能？你要到哪里去？"

"在这一条拍完之后，我就要回城去，下班了。对不起，女士。"

"没关系，我就知道哪有这么好的事。你听到了吧？马克斯韦尔，我们得挤橘黄色校车回家了。"

"可怕，"马克斯韦尔说，"但是，这么冷的天，我要把我带的酒和大家分享。"

我把伊恩拉到一边："这很能说明问题，不是吗？大家都在忙自己的事，没有人想到你会怎么样，你肯定没事吗？"

"谢天谢地，总算保住了性命。刚才发生的简直就是一场噩梦，差点儿要了我的命，我现在都还不明白我是怎么让那匹马安静下来的。"

"你表现得非常好！"

伊恩摇了摇头："我是骑马，不是做骑术表演。我能捡一命回来，真是幸运。"

他说的话一点儿不错，我们应该感谢哈迪。伊恩回到拍摄场地，我在裙子上搭了一条很厚的四方披巾，去查看用来做费尔法克斯女士自杀身亡的建筑。旧仓库的外表被改造成老房子的正面，老房子就是原来的斯坦诺普庄园，是18世纪末后期塞巴斯蒂安·斯坦诺普的家。

在肥皂剧中，费尔法克斯女士是从悬崖上跳下、摔到海边的岩石上而死。在电影中，场所改到了老房子屋顶。塞巴斯蒂安将在老房子里举行盛大的化装舞会，女巫杜尚·夏尔曼使用巫术来迷惑塞巴斯蒂安·斯坦诺普，破坏他和费尔法克斯女士的订婚。在本来应该是他们订婚的舞会上，格温尼丝·费尔法克斯被引诱到屋顶，被困在上面无路可走，不小心从屋顶上摔到满是积雪的院子里，死了。她的死被认为是自杀。塞巴斯蒂安为此非常内疚，悲痛万分，而这激怒了女巫。女巫诅咒他，把他变成了一个不死不活的吸血鬼，永远寻找着他失去的爱情。

我妈妈肯定不会喜欢电影版的《黑暗之影》，但我也无能为力。

我绕了一大圈来到仓库的后面，这样不会在雪地里留下痕迹。我这场戏的拍摄准备在午饭后马上开始。下午两三点的时候，光线就开始变暗了，4:30太阳就要落山了。天气预报说还要下雪，天空已经暗了下来。总的来说，仓库没有什么保护，完全暴露在风雨的侵蚀之下，墙基下陷，屋顶有很大的窟窿。据保罗讲，这个建筑已经没有办法修复，也不值得作为标志性建筑加以保护。建筑学上也没有什么意义，它是在庄园大宅子建好很久之后才建的。

布景建筑最结实的部分是楼梯，它直接建在二层楼高的临时老房子正面的后面。我开始爬这段楼梯，偶尔朝下面看去，只见老房子里面的地上布满垃圾、碎片。当我来到上面平台的时候，我朝柱廊看过去，那边的拍摄正好结束了。轿车转了一个圆弧形的弯，向大门开过来。保罗正在和伊恩、奈杰尔和卡米拉谈话，他们向主要进入口走来。伊恩抬头看到我，停住脚步。我向他挥挥手，其他人也朝老房子看过来，向我招手，除了卡米拉，她匆匆忙忙地走进屋里。保罗做了一个到仓库去的手势，摄像人员开始收拾他们的器具。奈杰尔、保罗和伊恩开始向老房子拍摄布景走来。

很明显，随着天色不断地变暗，保罗决定在午饭之前排练费尔法克斯女士的这场戏。我在平台上四处走动，找找自己的位置，想一想具体的场景。我演格温尼丝·费尔法克斯，要穿的衣服是一件带兜帽的天鹅绒披风，一双法国式后跟的鞋子。我把披风举过头顶、准备转身下楼梯的时候，突然脚下踩空了。

这次攻击来得又快又猛，我手里的披风一下子没了，我背朝下摔了下去。我翻滚着快速向人行道砸下去，没有办法让自己停下来。不知为什么，在我摔离平台的那一刻，我抓住了平台的边缘，但我没有任何支撑，我的头就悬在粗糙的木架子上。

我向下望去，看到人们快步在雪地里走着，伊恩开始跑了起来。我挣扎着想让自己回到平台上。我的力气呢？不管使我从平台上掉下来的力量是什么，我都看不见，它是无形的，一定是卡米拉干的。可是，哈迪在哪里？我去找打火机，用手按住丝绸裙子的口袋。打火机是冷的，哈迪一定出事了！

我试图用一只手肘支撑，让自己身子上升，然后翻身上去。我看到伊恩向老房子跑了过来，担心他比我更危险。

“向后退！”我大声喊道，“别过来！”

他听到了，停了一下，接着又跑了起来。

“不！”我再次大声对他喊道，“就在原地，不要动！”

我被什么东西掀回到平台上，但我的手还是被一种无形的力量紧紧按住。

在卡米拉使我完全丧失能力之前，我要离开我的身体去找她。我以光的速度渗透到庄园里，布满了所有房间。我马上发现卡米拉正在阁楼墙壁的一个凹室里，蹲在木桌上实施她邪恶的巫术。在天窗微弱的光线下，我看到她正在扭拧着我留在服装间里的一件毛衣，挂在桌子的一角，拼命地拽它。

她的脖子上围着伊恩的围巾。她旁边有一只钟形玻璃罩，里面雾气弥漫。我知道困在里面的是哈迪。我如一阵飓风穿过天窗，打翻钟形玻璃罩，让哈迪变成一股雾气逃脱了。与此同时，我从卡米拉手中一把扯掉了我的毛衣。

她像个恶魔愤怒地尖叫一声，紧紧地抓住了伊恩的围巾。接着，卡米拉变成了一团幽灵般的薄雾，通过天窗，飞向因为风雪即将来临而变得昏暗沉沉的天空，后面拖着伊恩的围巾。我旋转着，搅动起空气，跟在她后面追了过去。一阵刺骨的寒风吹得她不由自主地旋转起来，向老房子撞过去。我看到，下面伊恩在冰冻的雪地里踉跄着，膝盖触地摔倒了，大口大口地喘气。保罗和奈杰尔赶紧跑过去，搀扶他站起来，三个人都在和突然开始的一阵冰雪风暴进行搏斗。即使是在空中被吹得不停地旋转，卡米拉还是抓住伊恩的围巾，在风中拧它。只见伊恩地紧紧抓住自己的脖子，喘不过气来。

随着惊雷般的一声巨响，闪电划破天际，冰雪风暴更大了，我发起了一阵威力更大的旋风，卡米拉就像个跳舞跳疯了的旋转托钵僧一样，向老房子的正面撞了过去。巨大的撞击力，使得木结构架子不停地抖动。卡米拉一时间呆住了，她幽灵般的影子在旋风的风眼中停止了旋转。她松开了手里紧紧抓住的伊恩的围巾，围巾像一片叶子飘落到雪地上，她对伊恩的控制解除了。

现在伊恩安全了，可我不能再给卡米拉重获能量的机会。我搅动着带冰碴的气柱，把她的幽灵高高地卷到平台上方，然后重重地摔向下面粗糙的木板。我和卡米拉都恢复了我们的原形。她乳白色的丝绸裙已经破烂不堪，上面血迹斑斑，她的脸也被风和冰碴划破了。她向我扑了过来，发出一声尖叫，像怒吼的大风一样可怕，她像鹰爪子的两只手要抓我的脸。我转身躲闪开，对着她的下颌重重一击。她向后踉跄两步，再次向我扑来，一拳打到了我眼睛上。在冰雪交加的风暴中，我们看不太清楚对方，我们滑倒了，在狭窄的平台上扭打在一起，我用力地将她向楼梯上摔去，刚搭建好的临时老房子正面摇晃起来，发出吱吱嘎嘎的响声。

卡米拉向后摔倒了两步，又站住了，准备再次向我扑过来，但是，她失去了平衡，撞向摇晃的老房子正面。随着一声巨响，新搭建的老房子正面和楼梯分开了，砸向仓库的地面。卡米拉紧跟其后，从楼梯上背朝下掉落，手在空中拼命地挥舞着，尖叫着，重重地摔在下面的废墟上。我紧紧地跟在她后面，在她的尸体旁边站稳。她全身都在流血，身体被木头碎片刺穿了。她目光呆滞，嘴巴大张，血不停地从里面冒出来。

“结束它！”哈迪说着，他的幽灵出现在我的旁边，“你知道怎么办。”

“她已经死了，哈迪，已经没事了。”

“她以前卷土重来过，以后她还会这样做的。这次是你斩草除根的机会，梅格。为了埃里克，为了你外婆萨拉贝丝，快动手！”

我听到了外面雪地里人们的叫喊声，听到了伊恩在叫我的名字。我从口袋里掏出哈迪的打火机，拨动了打火轮，打火机冒出蓝色的火苗，照亮了周围的废墟和垃圾。呼啸的寒风吹着旧仓库的剩余部分，碎木头很快点着了。我转过身，背离了熊熊燃烧的火，向着外面的雪地走去，头也不回。

尾　声

正如莫伊拉那天早上所预测的那样，《娱乐新闻》和别的行业报纸以大量篇幅报道了我们在哈德逊河畔冒雪拍摄的情况，但到了那天晚上，全球媒体报道的热闹劲儿，连她都没有想到。

这应验了那句新闻行业的老话，“带血的消息是最好的消息”，甚至连由著名主持人沃尔特·克朗凯特主持的新闻节目也将卡米拉·内斯比特悲剧性的死亡作为头条新闻来播报。卡米拉·内斯比特的尸体是在一间烧毁了的旧仓库找到的。这间旧仓库用作根据白天收视率最高的电视剧《黑暗之影》改编的电影的拍摄场景。根据有关当局通报，起火的原因还在调查中，但初步迹象表明，这场火灾是由异常的冬季雷电风暴引发的。

我作为“这场火灾的勇敢的幸存者”，接受了各家媒体的采访。“我在英勇地尽力想救出剧组的同事未成的情况下，幸运地从熊熊燃烧的仓库中死里逃生。”有一个记者称我“有胆量”，碰巧有电影胶片支持他的观点。准备排练格温尼丝·费尔法克斯女士从屋顶跳下自杀一场戏的拍摄人员目睹了发生的一切，并用摄像机记录下了这一幕。

由于暴风雪，保罗、奈杰尔和伊恩在雪地里艰难行走的样子我在上面看不清楚，卡米拉和我在平台上的样子也很模糊，显然是在与狂风搏斗，相互帮助着撤离到安全的地方。摄像机中的我在帮助可怜的卡米拉，但我没有抓住，她从平台上摔了下去。过了一会儿，我从燃烧着的建筑中跑了出来，火借着风势，很快就把仓库吞噬了。

大火熊熊燃烧，几英里外都看得见。庄园很快就挤满了救火车、救护车和新闻记者。在我跑过去阻止伊恩、保罗和奈杰尔，不让他们去救卡米拉后，我最大的任务是要说服大家我不需要医学检查。事实上，我很固执地拒绝去看医生。

我终于回到自己公寓后的第一件事，是给老家双湖镇的家人打电话。他们已经看到沃尔特·克朗凯特晚间新闻，据我妈妈说，打电话进来的人络绎不绝，电话一直响个不停。

“感谢上帝，你总算没事，”爸爸说。我听到爸爸在说下面的话时声音有些哽咽，“你尽了最大的努力来救你的朋友，但我真不敢想象那是你。”

“是的，”我妈妈说，“我为你而骄傲。关于卡米拉，你肯定吗？”

“是的，她在火中丧身了。”

“我明白了。你经历了不少，玛格丽特，你自己的事你把握得非常好。我们什么时候再见到你？”

妈妈很少表扬我，我过了好大一会儿才又说出话来：“谢谢，妈妈，一切都还没有定。我希望尽快。”

其实，在接下来的几星期里，除了《黑暗之影》成了最受欢迎的、在电视上谈论得最多的电视连续剧之外，一切都是未知数。广播电视网利用我们这个节目的新闻效应，让我们所有的演员作为嘉宾参加各种谈话节目。我是《明星猜猜看》节目的神秘嘉宾，莫伊拉出现在《女人悄悄话》，迈克尔飞到好莱坞参加了《相亲游戏》等。伊恩受邀参加了约翰尼·卡森主持的《相约今晚》节目，获得了该节目前所未有的高收视率。

威尔逊伯爵的《纽约邮报》只是提到了伊恩和我即将出席思乡咖啡店盛大的开业典礼的消息，结果来的客人之多，都要把屋子挤爆了。由于广播电视网负责公关的年轻女士的热情帮助，新闻记者也赶了过来，咖啡店甚至上了星期日版《纽约时报》的饮食栏目。萨瓦娜和男友尼克·韦斯特利也不失时机地利用隆重开业这个机会宣布他俩订婚的消息，计划来年春天举行婚礼。

埃尔克和萨瓦娜只是我在花花公子俱乐部共事的朋友中首先永远地交出兔女郎耳朵的。一边在花花公子做兼职一边在纽约大学上学的乔利将去斯坦福大学读研究生。艾莉在克利夫兰市的一家当地电视台得到了一份天气预报播报员的工作，诺妮结识了一个在芝加哥酒吧演出的爵士乐队。“谁知道呢？”她笑着说，“我也许会回来在花花公子俱乐部做巡回演出。”格劳丽亚成了一家新的模特公司的经纪人。

我们都认为萨瓦娜的思乡咖啡店会成为我们兔女郎的聚会中心、交流中心、秘密通信地址，有了它，我们不会失去联络。

圣诞节正好落在一星期的中间。保罗答应给我们一个周末长假，有五天的时间，我正好可以回家。一听到这个消息，我马上给我的家人打了电话。

“我们希望你回来，”当从我口里听到这个消息时，我妈妈说道，“我真希望全家在一起过圣诞节！”电话线里咔嚓一声，我知道这次是我爸爸。我能听到他呼吸的声音，而且我知道他是急匆匆地从餐桌上跑过来，拿起了电话。

“在电视上我们能看到你是什么样，但这和你回来我们见到你本人不是一回事。爸爸说道，“我们都很想你，你弟弟想和你说话。”

埃迪接过电话，他和我打招呼时，声音有点儿嘶哑：“你回来过圣诞节的时候，能不能带一个花花公子俱乐部的钥匙圈？”

我笑了：“没问题。你现在和爸爸一般高了吧？”

“比爸爸高一点儿，”他说，说话的声音厚实了一些，“还要几个烟灰缸。”

“你可不能抽烟！”

“他没有抽烟！”我妈妈说道，“你和克拉伦斯说两句，他在和我们在一起吃饭。”

“嘿，玛格丽特，你好吗？看来我们不久就要见到你了。”他说着，他说话很像他的儿子，感觉就像是埃里克在和我说话。

“真想尽快见到你，”我说着，尽量克制着自己不要哭出声来，“你怎么样？你好吗？”

“还好。不过，还是不容易。”他不说话了，我听得出他在强忍着痛苦，“谢谢你写的信，我收到了。回来后看我，好吗？”

“一定，圣诞节见。”我蜷缩在沙发床上，抱着我的枕头。听克拉伦斯讲话，我觉得心里很难受，他的音色和发出的悠扬元音都很像埃里克。我突然意识到，我是多么地想念家乡的每一个人。我要给弟弟带一些花花公子俱乐部的搅酒棒、烟灰缸和钥匙圈回去，带几本《黑暗之影》的剧本给玛丽琳姐妹会的同学，让她们开开眼界。不过，我还要花些时间陪陪克拉伦斯，到埃里克的墓前去看一看。

伊恩邀请我和他一起到乡下过圣诞节，向我保证有“烤鹅和波尔多红葡萄酒、英式葡萄干布丁和大量的上等香槟酒”。

“留着新年请我吧，到时，我的全部时间都由你支配。”我对他说。

在我回老家双湖镇的前一天晚上，伊恩和我一起散步来到钻石酒吧，和保罗一起喝了点儿酒。

“下星期你从老家双湖镇回时，我去机场接你怎么样？”伊恩问，“我甚至会在摩根跑车上装上顶篷。”

“一言为定，而且，在乡下度过新年。”

“太好了！”伊恩说着，抓住我的手，“我们有不少的事情要庆祝。”

庆祝的事情似乎要包括来年春天要拍的故事片《黑暗之影》。在卡米拉死后忙乱的几周里，保罗的头等大事是他决心要为这部电影筹集到资金。

“我并不想在这个时候扫你们的兴，”在钻石酒吧喝酒时，保罗对伊恩和我说，“但是，我们现在很有名既是一件好事，也会让大家很腻烦。在筹钱这一点上，知名度还是起了作用。我已经定了一家电影出品商，出资为原来的两倍，准备明年5月份开拍。可怜的卡米拉，如此慷慨的一个人，多么希望能拍成这部电影的一个人，现在她不在了，太令人痛心了。”保罗举起了酒杯，“为了卡米拉，无论你现在在哪儿，都谢谢你。”

我对卡米拉没有兴趣，无论她在哪儿，可我还是跟着举起了酒杯：“为了卡米拉，愿她安息！”

“是的，为美丽的卡米拉干杯，”伊恩说着，我们相互碰杯，“你知道吗，保罗，你可以把这部电影献给她，来向她表示敬意。”

“我是在想这个问题，”保罗说，“另外，几天前我接到了一个奇怪的电话。你知道她有一个弟弟吗？名字叫戴蒙。结果，他也是个演员。我让他圣诞节后再来见我，也许，我们可以给他分配一个角色。”

“你看这样行不行，”我说着，把酒杯放回到桌子上，“就当卡米拉真有一个弟弟吧。”

图书在版编目（CIP）数据

黑暗之影/(美)斯考特(Scott,K.L.)著;余玉清译.—桂林：漓江出版社，2013.1
ISBN 978-7-5407-6171-4
Ⅰ.①黑… Ⅱ.①斯… ②余… Ⅲ.①长篇小说－美国－现代 Ⅳ.①I712.45
中国版本图书馆CIP数据核字(2012)第301312号

黑暗之影

作　　者　(美)凯瑟琳·斯考特（Kathryn Leigh Scott）
译　　者　余玉清
责任编辑　庞俭克　王　楠　甘慧君
责任校对　徐　明
责任监印　周　萍

出 版 人　郑纳新
出版发行　漓江出版社
社　　址　广西桂林市南环路22号
邮　　编　541002
发行电话　0773-2583322 010-85893190
传　　真　0773-2582200 010-85800274
邮购热线　0773-2583322
电子信箱　ljcbs@163.com
　　　　　http://www.Lijiang-pub.com
印　　制　北京大运河印刷有限公司
开　　本　880mm×1230mm　1/32
印　　张　11
字　　数　220千字
版　　次　2013年2月第1版
印　　次　2013年2月第1次印刷
印　　数　1-8000册
书　　号　ISBN 978-7-5407-6171-4
定　　价　32.00元